天才小毒妃

천재소독비 26

ⓒ지에모 2020

| 초판1쇄 인쇄 | 2020년 3월 13일 |
| 초판1쇄 발행 | 2020년 3월 24일 |

| 지은이 | 지에모 芥沫 |
| 옮긴이 | 전정은 · 홍지연 |

펴낸이	박대일
편집	이문영 · 임유리 · 신지연 · 전보라 · 곽현주
마케팅	임유미 · 손태석
디자인	박현주
일러스트레이션	우나영

| 펴낸곳 | 파란미디어 |
| 출판등록 | 2004년 9월 14일 제313-2004-00214호 |

주소	03992 서울시 마포구 동교로23길 14 국제빌딩 6층
전화	02.3141.5589 영업부 070.4616.2012 편집부
팩스	02.3141.5590
전자우편	paranbook@gmail.com
카페	http://cafe.naver.com/paranmedia
페이스북	http://www.facebook.com/paranbook

| ISBN | 978-89-6371-739-5 (04820) |
| | 978-89-6371-656-5(전28권) |

천재소독비

26

天才小毒妃

지에모 지음 · 전정은 · 홍지연 옮김

파란

차례

한진은 용비야를 천향 차원으로 초청하며 함께 남산홍을 마시자고 했다.

초청장을 받은 용비야는 울어야 할지 웃어야 할지 모르는 얼굴로 한운석에게 물었다.

"네 아버지는 아무래도 홍차를 잘 모르는 모양이다."

"왜요?"

한운석은 알 수가 없었다. 그녀는 차를 좋아했지만 용비야만큼 차에 푹 빠진 것은 아니었다. 비록 용비야와 오래 있으면서 차에 대해 점점 알게 되었고 입맛도 점점 까다로워졌지만, 아직 차 애호가라고 할 수는 없었다.

용비야가 설명하기도 전에 옆에 앉아 있던 고칠소가 웃으며 끼어들었다.

"독누이, 너희 아버지더러 내 남산홍을 망치지 말라고 해!"

한운석은 더욱더 알 수가 없었다. 용비야는 모처럼 고칠소의 말에 동의하며 고개를 끄덕였다.

"아무래도 망칠 것 같군."

사실 고칠소는 약귀일 뿐 아니라 차귀茶鬼이기도 했다.

한운석은 속으로 생각했다. 저 녀석과 용비야는 본래 말이 잘 통해야 하는데!

"독누이, 가장 좋은 봄 차는 녹차야. 가장 좋은 홍차는 여름 차고!"

고칠소가 설명하기 시작했다.

차는 봄, 여름, 가을, 겨울로 나눌 수 있는데, 그중 봄 차와 여름 차, 가을 차가 가장 흔히 보는 것이었다. 겨울 차는 동편이라고도 했다. 차나무는 겨울에 접어들면 휴면기가 되며, 겨울 기후가 온화한 일부 지방에서만 사계절 수확하는 차나무가 있어서 동편이 났다.

차나무가 겨울을 지낸 뒤 처음 틔운 싹이 바로 봄 차였다. 봄 차는 사계절 차 중에서 가장 좋다고 할 수 있으며, 찻잎이 옹글고 부드러웠다.

봄 차는 또 명전차明前茶와 우전차雨前茶, 하전차夏前茶로 나뉘는데 이는 절기인 청명과 곡우, 입하를 기준으로 구분했다. 가장 진귀한 것이 바로 명전차여서, '명전차는 금처럼 귀하다'는 말도 있었다.

하지만 모든 차가 청명절 전에 따야 좋은 것은 아니었다.

녹차는 신선도를 가장 중요하게 여기므로 벽라춘, 용정차, 모봉차 같은 것은 반드시 봄 차, 특히 명전차를 마셔야 했다.

하지만 홍차는 입하 전후의 차가 가장 좋았다. 홍차에서 중요한 것은 신선도가 아니라 완전 발효기 때문이었다. 청명과 곡우 전에는 기온이 낮고 공기에 습도가 높아서 찻잎이 발효하기에 좋지 않고 맛에도 어느 정도 영향을 미쳤다. 물론 보통 사람은 명확한 차이를 느끼지 못하지만, 용비야같이 까다로운 사람은 반드시 알 수 있었다.

여름이 되면 날씨가 더워지고 공기 속 습도가 떨어지지만, 차는 여름에 접어들면 하룻밤 새 영그는 법이었다. 여름이 되면 찻잎이 빨리 자라는 데다 노화되기도 쉬워서 봄 차만큼 질이나 양이 좋지 않았다. 따라서 최상급 홍차는 차나무 품종뿐만 아니라 잎눈의 등급과 건조 솜씨, 그리고 시간까지 중요하게 따졌다.

입하 전후의 차는 너무 굵지 않고, 그때쯤의 기후는 찻잎이 완전 발효에도 알맞아서, 차를 따서 말리기에 최적의 시기였다.

남산홍 같은 탄배차炭焙茶(숯불로 말린 차)는 잎을 말린 뒤 적절한 환경에 1년에서 1년 반 정도 놔두면 맛이 더욱 좋았다.

고칠소가 설명을 마치자 한운석도 이해가 갔다.

용비야가 한진을 청해 대접하려던 차는 녹차, 최상급의 명전 벽라춘과 용정차였다. 본디 그는 한진을 운녕으로 청해 봄 차를 마시며 예아를 보여 주려고 했다. 그런 다음 함께 천향 차원에 가서 그곳에서 난 모봉차를 마시고, 입하가 되면 직접 남산홍 잎눈을 따서 잘 말린 다음 보관할 생각이었다.

그런데 한진이 이 시기에 남산홍을 마시자고 청할 줄이야.

"현공대륙에는 차별로 품종이 하나뿐이야. 빙해 쪽에서 나는 빙해홍을 빼면 다른 품종 홍차는 없어. 한진이 남산홍을 좋아하더라도, 어떻게 만들어지는지 꼭 안다는 보장은 없지."

누가 뭐래도 오랫동안 차 장원을 운영했던 고칠소니 차에 관한 이야기라면 하는 말마다 일리가 있었다.

"빙해 쪽 기후는 천향 차원과는 달라. 빙해 북쪽은 봄이 건조해서, 봄이 되자마자 홍차 새싹을 따서 말릴 시기지. 하지만 천향 차원 쪽은 반드시 입하까지 기다려야 해."

고칠소가 또 말했다.

용비야는 내내 그를 응시했다. 고칠소는 내내 한운석만 바라보았지만 말을 끝내기 무섭게 용비야를 돌아보며 물었다.

"용비야, 충분히 봤지? 내 말이 틀렸어?"

한운석은 입에 머금었던 찻물을 풋 하고 뿜어내고 말았다. 고칠소가 한 말이 어쩜 이렇게 귀에 익은지!

용비야는 무표정하게 말했다.

"고칠소, 현공대륙에 가서 차 장원을 열 생각이냐?"

이 녀석이 현공대륙에 홍차가 한 품종밖에 없다는 것까지 알다니. 용비야 자신조차 잘 모르는 일이었다.

고칠소도 처음에는 당황했지만 곧 히죽 웃으며 부인했다.

"가기도 귀찮아!"

사실은 진작 그럴 생각을 하고 있었다. 운공대륙은 이제 천하 곳곳이 대진제국의 땅이었다. 운공대륙에 차 장원을 열었다가 만에 하나 언젠가 용비야의 기분이 틀어지면 명령 한마디로 차 장원을 봉쇄해 버릴지도 몰랐다.

하지만 현공대륙, 순수하게 주먹으로만 말하는 그 땅에 차 장원을 열고 한진에게 좋은 차를 뇌물로 바치면 누굴 겁낼 필요가 있을까?

남산홍은 기르지 못하니, 그는 반드시 남산홍보다 더 좋은 홍차를 길러 내야 했다. 그런 다음 용비야가 직접 찾아와서 부탁할 때까지 기다릴 생각이었다!

물론, 현공대륙에 차 장원을 여는 다른 목적도 있었다. 바로 돈을 벌기 위함이었다. 아주 큰돈을!

용비야는 고칠소가 이런 속셈인 줄도 모른 채 진지한 얼굴로 한운석에게 말했다.

"현공대륙에서 찻잎을 팔면 괜찮을 것이다. 운공대륙이 안정되면 빙해에 들러 국경 무역 가능성이 있는지 살펴보자."

마침 한운석도 똑같은 생각을 하고 있었다.

"찻잎 장사뿐만이 아니에요. 한가해지면 차라리 현공대륙에 가서 상황을 살펴보기로 해요."

고칠소의 눈빛이 복잡해졌다. 그는 속으로 서둘러 움직여야겠다고 생각했다. 운공대륙이 아직 전란의 후유증에서 벗어나지 못하고 있을 때 한시바삐 현공대륙에서 한몫 잡아야 했다.

차와 술, 연초 세 가지는 이윤이 높은 장사였다.

여기까지 생각이 미치자 고칠소는 별안간 한 사람을 떠올렸다. 영승!

현공대륙 술장사가 괜찮은지 어떤지는 몰라도, 실종된 지 오래인 영승이 마실 술을 찾으러 현공대륙에 간 건 아니겠지?

무릇 감히 용비야에게 도전한 자는 모두 형제라는 원칙 아래, 고칠소는 자신이 직접 영승을 찾아내 함께 현공대륙에서 차와 술, 연초 장사를 해야겠다고 생각했다! 그가 가진 물건 보는 눈에다 영승의 장사 솜씨가 있으면, 한 지방의 부호가 되지 못하는 것이 더 이상했다!

생각하고 또 생각하던 고칠소의 가늘고 긴 눈이 천천히 좁혀졌다. 갑자기 미래에 대해 동경과 기대가 차올랐다.

아직 마무리되지 않은 예아의 일만 아니라면, 틀림없이 오늘 당장 현공대륙으로 출발했을 것이다!

용비야는 고칠소가 속으로 무슨 생각을 하는지 몰랐고, 고칠소는 한운석이 속으로 무슨 생각을 하는지 몰랐다. 지금은 한운석도 예쁘장한 두 눈을 가늘게 뜨고 있었다. 그녀는 현공대륙이 딴 주머니를 만들기에 딱 좋은 곳이라는 것을 깨달았다. 국경 무역을 시작하기 전에 어떻게든 방법을 강구해 현공대륙에 가서 돈을 벌어야 했다. 벌써 협력할 사람도 골라 놨다. 바로 영정이었다! 그녀 자신의 현대적인 경영 이념에 영정의 오랜 장사 경험이 더해지면 현공대륙에서 첫손 꼽는 부호가 되지 않는 게 더 이상했다!

그때, 내내 침묵하던 고북월이 갑자기 입을 열었다.

"폐하, 국경 무역을 열고 서로 가진 것과 가지지 못한 것을 교환하는 것은 양 대륙 백성들에게 혜택을 주고 국고의 수입을 창출하는 방법입니다. 국경 무역에서 얻는 조세는 언제나 조세의 으뜸 항목이었지요. 지금은 국경 무역 할 때가 되지 않았으니 필시 사사로이 장사하는 상인이 있을 것입니다. 소신이 보기에는 이번 조세 개혁에 반드시 그 관세를 정해야 합니다."

고북월의 말에 한운석과 고칠소가 나란히 눈을 흘겼다. 빙해 쪽에 관세를 매긴 일은 한 번도 없었다.

"아주 좋다. 특히 몇 년 동안은 반드시 관세를 가중해야 한다!"

용비야가 차갑게 말했다.

앞으로 몇 년간은 운공대륙의 물자에 여유가 없을 것이다. 이런 시기에 물자를 현공대륙에 파는 사람이 생기면 운공대륙 물자난을 가중하고 물가를 올리게 될 터였다. 그러니 고액 관세를 징수하는 것이 이를 억제하는 방법이었다.

이 말을 듣자 한운석도 이치에 맞다고 생각했다.

그녀는 고민하기 시작했다. 현공대륙에서 돈을 벌어 딴 주머니를 만들려면 차와 술, 연초를 노려야 했다. 어쨌거나 이 세 가지는 필수품이 아니니 백성들이 누릴 양식이나 일상용품의 공급이나 가격에 영향을 주지는 않을 것이다.

이렇게 차 한 잔이 장사 싸움을 일으켰다. 고칠소가 영승을 찾아내 협력에 성공할지, 한운석이 영정과 순조롭게 협력할 수 있을지는 하늘만이 알고 있었다. 이 모든 것은 나중의 일이었다.

어쨌든 한진이 초청장을 보냈으니 용비야는 천향 차원에 다녀와야 했다.

그는 바쁜 일을 처리한 뒤 한운석과 예아를 데리고 도성 방향으로 갔다. 고칠소와 고북월도 따라갔고, 목령아는 약성으로 돌아갔다. 약재 감독 연맹을 조직하는 일은 너무 오래 미뤄 둘 수 없는 데다 그녀가 돌아오기를 기다리는 아이들도 있었다.

목령아와 한운석 일행은 함께 성문을 나섰다. 한운석 일행은 동쪽으로, 목령아는 서남쪽으로 가야 했다.

"령아, 서동림을 딸려 보내 줄까?"

한운석이 물었다.

그들은 한 무리지만 목령아는 혼자여서 아무래도 안되어 보였다. 애석하지만 아무리 달래도 목령아는 거절했다.

"됐어! 고작 며칠 여정인데 뭐. 곧 도착할 거야."

목령아는 웃으며 말했다.

"언니, 아직 늙지도 않았는데 왜 갈수록 잔소리가 늘어? 형부가 밉다고 차 버리지 않도록 조심해."

용비야는 마침 마차 안에서 고북월과 이야기를 하느라 이 말을 듣지 못했다. 도리어 말을 타고 있던 고칠소가 들었다. 그는 그쪽을 바라보았지만 별말은 하지 않았다.

잔소리가 많다는 말까지 들은 한운석이 또 무슨 말을 할 수 있을까? 그녀는 손을 내저으며 목령아더러 어서 가라고 했다.

"다음에 봐!"

목령아는 웃으며 손을 흔들고는 말을 몰면서 큰 소리로 외쳤다.

"형부, 고 태부, 다음에 봐요!"

누군가에게 형부라고 불린 것이 처음인 용비야는 바깥을 내다보았지만 목령아는 이미 멀리 가고 없었다.

한운석은 저도 모르게 고칠소를 돌아보았다. 령아 저 아이, 그 좋다던 칠 오라버니에게는 또 만나자는 인사도 안 했잖아!

하지만 고칠소는 아랑곳하지 않았다. 그가 막 움직이려는데 뜻밖에도 저 멀리서 목령아의 외치는 소리가 들려왔다. 유난히도 큰 외침이었다.

"또 봐요, 소칠 오라버니!"

소칠 오라버니…….

오래전, 그녀가 아직 어린아이고 그 역시 소년이었을 때, 그녀는 저렇게 그를 불렀다.

'소칠 오라버니, 자, 집에서 훔쳐 온 거야. 엄청 맛있어. ……소칠 오라버니, 이게 내 용돈 전부야. 다 줄게. ……소칠 오라버니, 가지 마. 이틀만 기다려 줘, 응? 벙어리 할머니에게 헝겊신 만들어 달라고 해서 오라버니 줄게.'

"……또 보자, 꼬마."

고칠소는 담담하게 말한 뒤 말 머리를 돌려 먼저 동쪽으로 달려갔다.

야석편 **선천적인 자질**

천향 차원은 도성 교외에 있었다. 한운석은 북려국 첩자를 조사하기 위해 처음 이 차 장원에 방문했던 것을 기억하고 있었다. 그때 납치당해 군역사를 만났고 고칠소도 만났다.

천향 차원은 고칠소 소유였을 때도 무척 넓었지만, 용비야가 봉쇄한 후로 황폐해진 뒷산도 차 장원에 집어넣어 반이나 넓혔다. 멀리서 바라보노라면, 빽빽하게 늘어선 차나무가 꼭 산속에 드러누운 용 같았다.

하지만 천향 차원이 얼마나 넓어졌든 간에 남산홍은 여전히 남산의 조그만 구역에서만 났다. 남산홍은 토양 요구 조건이 무척 까다로워 다른 곳에 옮겨 심으면 잘 자라지 않거나 죽기 때문이었다.

비록 용비야가 천향 차원을 한진에게 선물했지만, 이곳 시위나 차 재배농은 여전히 용비야 사람이었다. 한진이 원하는 것은 매년 산출되는 남산홍이었다.

천향 차원에 들어가서 남산까지는 얼마쯤 거리가 있었다. 한운석은 사람들에게 마차에서 내려 걸어가자고 제안했다.

마차에서 내리자 사람들은 저도 모르게 숨을 깊이 들이쉬었다. 이 산에는 봄기운이 완연했고 공기마저 신선해서 한 모금 들이쉬자 떠나기가 아쉬울 정도였다.

고북월과 용비야가 나란히 걸었고, 한운석은 예아를 데리고 용비야 오른쪽에서 걸었다. 고칠소는 예아 옆에 있었다.

고칠소는 몰래 싱긋 웃으며 예아의 손을 잡았다. 하지만 뜻밖에도 이미 그와 친해진 예아가 재빨리 손을 빼내 모후 반대편에 있는 부황 옆으로 갔다.

그 정도면 괜찮았지만, 예아는 고개를 돌리고 고칠소를 향해 혀까지 쏙 내밀었다. 모후의 손을 잡고 갈 때 다른 쪽 손은 부황만 잡을 수 있었다. 다른 사람은 아무도 그럴 수 없었다! 비록 잠깐 겁이 나서 부황의 손을 잡지 못했지만, 애써 용기를 냈다.

고칠소는 눈을 가늘게 뜨고 위협을 잔뜩 담아 바라보았다. 예아는 그래도 겁내지 않고, 똑같이 눈을 가늘게 뜨고 위협했다.

이렇게 어른과 아이는 서로 눈빛을 주고받으며 싸움을 벌였다. 결국 고칠소가 패배했다. 달리 이유가 있어서가 아니라 그가 기꺼이 져 줬기 때문이었다. 그는 예아가 입을 벌리고 함박웃음 짓는 모습이 좋았다. 아이는 많이 웃어야 보기 좋았다!

"꼬마야, 이 의부가 여기서 네 부모를 만났을 때 넌 아직 있지도 않았어!"

고칠소가 웃음을 터트리며 말했다.

한운석은 속으로 꿍얼거렸다.

'그땐 너희 아빠와 내가 서로 좋아하지도 않았는걸!'

고북월도 속으로 웃음을 지었다.

'사실은 그때 나도 있었지. 발각되지 않았을 뿐.'

용비야는 돌아보며 한운석에게 물었다.

"네가 납치되었던 곳이 남산이었지?"

한운석은 마치 뭔가 생각난 듯 용비야를 잡아당겨 귀에 대고 조용히 속삭였다.

"사실은 그냥 가려고 했는데 당신이 남산홍을 좋아하던 생각이 나서 직접 따려고 했어요. 당신 기분을 좋게 해 주려다가 하마터면 목숨을 잃을 뻔할 줄은 몰랐죠."

용비야는 정말로 그 일을 모르고 있었다. 그는 그날 한운석이 단순히 차원에 놀러 왔던 것으로 생각하고 있었다.

그는 한운석에게 사랑이 담뿍 담긴 미소를 지어 보이며 나지막이 말했다.

"내 생각보다 이르구나."

무슨 뜻이지?

한운석은 어리둥절했다. 용비야는 곧 몸을 세우고 다시 한번 쿡쿡 웃음을 지었다.

두 사람이 속닥속닥하는 동안 고칠소는 벌써 예아를 안고 멀리 가 버렸다. 저런 모습은 안 보는 게 나았다! 고북월 역시 소리 없이 고칠소와 예아 뒤를 따랐다.

"이르다고요? 뭐가요?"

한운석은 의아한 듯이 물었다.

용비야는 대답할 생각이 없는지 걸음을 옮기려 했지만, 한운석이 재빨리 붙잡았다.

"똑바로 말해요!"

용비야의 휘어진 입꼬리가 더욱 올라갔다. 웃음기가 잔뜩 묻은 눈동자에는 사랑스러움 외에 약간의 어색함도 담겨 있었다. 그는 우아하게 몸을 숙여 한운석의 귀에 속삭였다.

"이제 보니 그렇게 일찍 나를 좋아했구나? 내가 생각했던 것보다 이르다."

한운석은 곧 무슨 말인지 깨닫고 저도 모르게 얼굴을 살짝 붉혔다. 그녀는 용비야를 흘겨봤지만 무슨 말을 해야 좋을지 알 수가 없었다.

부끄러워하는 그녀를 보자 용비야는 소리 없이 웃다가 점점 소리를 내며 기분 좋게 웃었다.

"조용히 해요!"

한운석은 황급히 앞을 살폈다. 예아 일행이 벌써 멀리 가 버렸기 망정이지 아니면 민망해서 어쩔 줄 몰랐을 것이다.

"그보다 더 이르냐?"

용비야가 다시 물었다.

"당신은요?"

한운석이 되물었다.

용비야는 농담하지 않고 그녀의 손을 잡아당기며 부드럽게 물었다.

"나도 언제부터 너를 좋아했는지 모르겠다. 다음 생에서는 우리 둘 다 한눈에 반하도록 하자. 어떠냐?"

분명히 부끄럽고 화가 나는데도 이 말을 듣자 한운석의 심장은 사르르 녹아내렸다. 그녀는 그의 손을 잡아 손아귀에 남은 잇자국을 살며시 만졌다. 이 잇자국은 그녀의 걸작이자 그가 일부러 남긴 흉터였다.

그는 모반을 보고 전생의 연인이 깨문 자국이라고 했다. 만약 그 자국이 죽는 날까지 남아 있으면 다음 생에서 모반이 된다고 했다.

한운석은 잇자국에 살짝 입을 맞추고는 웃으며 말했다.

"좋아요. 다음 생에서는 이걸 보자마자 당신을 사랑할게요."

시공을 초월해 온 사람에게 다음 생이 있을까? 다음 생은 어떤 것일까?

한운석도 자신이 왜 갑자기 그 사실을 떠올렸는지 알 수가 없었다. 그녀는 그 사실을 별로 좋아하지 않았다.

바로 그때, 갑자기 앞에서 예아의 울음소리가 들려왔다. 부부가 일제히 돌아보았지만 예아 일행의 모습은 보이지 않았다. 두 사람은 두말없이 쫓아갔다.

남산 자락에 도착해 보니 예아가 고북월의 품에 안겨 큰 소리로 울고 있었고, 고칠소는 그들을 찾아서 길을 되돌아오는 중이었다.

"무슨 일이냐?"

용비야가 차갑게 물었다.

"몰라. 저쪽에 도착하자마자 갑자기 엉엉 울기 시작했어!"

초조함이 고칠소의 얼굴에 고스란히 드러났다.

"어디가 안 좋은 거야?"

한운석이 다급히 물었다.

"진맥해 봤으나 몸은 정상입니다."

고북월이 즉시 대답했다.

한운석이 손을 뻗자마자 예아가 와락 달려들어 모후 품에 안겼다.

어머니가 강하든 약하든, 아이에게는 언제까지나 어머니의 품이 가장 안전한 곳이었다. 어머니 품에 안기자 예아는 곧 울음을 그치고 나지막하게 훌쩍였다.

한운석은 아들을 꼭 끌어안았다. 평생 이렇게 품에 안고 지켜 주고 싶었다.

용비야는 눈을 잔뜩 찌푸렸다. 마음이 아파서 말이 나오지 않았다. 그러고 싶진 않지만, 그는 예전처럼 뒤로 물러났다. 아들이 가장 두려워하고 가장 도움이 필요할 때 그는 물러서는 수밖에 없었다.

예아가 두려워하고 있다는 것을 그도 알아보았다.

"예아, 뭐가 겁나니?"

한운석이 부드럽게 물었다.

예아는 멀찍이 물러서는 부황을 간절한 눈으로 바라보았다. 콩알 같은 눈물방울이 다시 뚝뚝 떨어졌다.

그는 겁이 났다. 하지만 무엇이 겁나는지는 깨닫지 못했고 알지도 못했다. 그러나 이번에 자신을 겁나게 만든 것이 부황이 아니라는 것은 알 수 있었다.

"부황이니?"

한운석이 다시 물었다.

용비야를 겁낼 때 외에는 한 번도 이런 모습을 보인 적 없는 예아였다. 그렇지만 용비야는 지금 아이를 안지도 않았고 내내 멀찍이 떨어져 있었다!

예아는 부황을 바라보았다. 그렇게 보고 또 보다가 한층 사납게 울기 시작했다.

용비야는 보지 않으려고 고개를 돌렸다. 보고 싶지 않아서가 아니라 도저히 볼 수가 없어서였다.

그는 침묵을 지키며 물러섰다. 한 걸음, 한 걸음 더 멀리 물러섰다.

그런데 뜻밖에도 예아가 갑자기 발버둥을 치며 모후 품에서 빠져나오더니 부황에게 달려갔다. 거의 부황을 안을 뻔했고 조그만 팔까지 쭉 뻗었지만, 결국 예아는 거기서 멈추었다.

"겁 안 나……."

예아는 고개를 들어 부황을 바라보며 앳된 목소리로 훌쩍거리면서 굳세게 말했다.

"겁 안 나요!"

부황을 겁내는 게 아니었다. 하지만 겉보기에는 분명히 겁내고 있었다! 사람들은 아무리 생각해도 알 수가 없었다. 그저 마음 아파하는 수밖에는 별도리도 없었다.

그런데 그때 예아가 갑자기 오른쪽으로 난 오솔길을 홱 돌아보며 놀라고 겁먹은 듯이 한운석 뒤로 숨었다.

"무……, 무서워……."

설마 다른 사람인가?

용비야 말고 예아가 겁내는 사람이 또 있다고?

모두 깜짝 놀랐다. 그때 낯익은 모습이 꽃이 흐드러지게 핀 오솔길에서 걸어 나왔다. 키가 크고 우뚝하며 차가운 얼굴에 오만하고 냉랭한 눈빛을 한 그는 먼지 하나 없는 하얀 옷을 걸쳤지만, 인간 세상에 내려온 신선 같다기보다 도리어 신처럼 존귀해 보였다. 세상의 그 어떤 더러움도 감히 그에게 다가가지 못하며, 또 감히 그를 더럽힐 수 없는 것 같았다.

그는 한운석의 생부, 현공대륙 오대 절정 고수 중 한 명이자 랑종의 종주인 한진이었다.

그가 걸어 나오자 예아는 모후의 다리에 필사적으로 매달렸고 아예 울음을 터트리지도 못했다. 한운석은 황급히 예아를 안아 올려 제일 먼저 한진에게서 멀찌감치 물러났다.

한진은 예아를 알아차리고 계속 시선으로 그 모습을 좇았다.

"저 아이가 바로 헌원예냐? 예아가 너를 두려워하느냐?"

"예아가 선배님을 두려워하는군요?"

한진과 용비야가 거의 동시에 입을 열었다. 고북월이 즉시 보충했다.

"아닙니다, 폐하. 태자 전하는 선배님을 더 두려워하고 있습니다."

"나를?"

한진은 알 수가 없었다.

용비야는 곧 예아의 이상 반응을 한진에게 알려 주었고, 이곳에 온 중요한 목적도 밝혔다.

가만히 듣기만 하던 한진의 차가운 얼굴이 이상하게 변했다.

놀랍게도 그는 다소 의심스럽게 물었다.

"그것이 사실이냐?"

"결단코 사실입니다!"

용비야는 진지하게 말했다.

"다가가 보시면 사실인지 아닌지 아실 수 있습니다."

한진은 망설이지 않고 재빨리 한운석을 쫓아갔고, 용비야 일행도 뒤따랐다.

한운석은 예아를 데리고 가장 가까운 다실로 들어갔다. 어렵사리 예아를 달래 울음을 그치게 했는데, 한진이 다실 밖에 도착해서 들어오기도 전에 예아는 다시 그녀의 품에 뛰어들어 엉엉 울었다.

이제 막 돌이 된 아이가 뭘 알까? 뭘 견딜 수 있을까?

한운석은 마음이 아파 어떻게 해야 할지 알 수가 없었다. 자신이 그 모든 것을 대신하지 못하는 사실이 한스러웠다. 대신할 수만 있다면 설령 열 배, 백 배의 고통을 짊어져야 한다 해도 아깝지 않았다.

세상의 부모 마음이 다 이렇지 않을까.

한진과 용비야 일행은 바깥에서부터 예아의 울음소리를 들었지만, 한진은 그래도 안으로 들어갔다.

그가 들어서자 예아는 기겁해서 울음마저 뚝 그쳤다. 조그마한 몸이 바들바들 떨려 멈출 줄을 몰랐다.

"설마 정말로……."

한진은 혼잣말하며 살짝 손을 휘저었다. 보라색 광채가 반짝하더니 이내 사라졌다. 고북월과 고칠소는 무슨 일인지 몰랐고, 용비야는 비록 한진이 뭘 했는지 몰랐지만 보라색 광채가 반짝인 후 한진의 몸에서 흘러나오던 강력한 기운과 힘이 전부 사라진 것을 분명하게 느꼈다.

그러자 이내 예아도 더는 울거나 소동을 부리지 않았고, 떨지도 않았다.

한운석이 제일 먼저 예아의 변화를 알아차렸다. 그녀는 긴장한 얼굴로 용비야를 바라보며, 여전히 예아를 꼭 끌어안은 채 함부로 움직이지 못했다. 용비야는 뭔가 깨달은 것처럼 긴장해서 아무 소리도 내지 않았다.

방 안은 고요했다. 한진마저 침묵에 잠긴 채 예아를 바라보았다.

얼마 지나지 않아 예아가 움직였다. 마치 도둑처럼 살그머니 모후 품에서 머리를 내밀고 느릿느릿 한진 쪽을 돌아보았다. 깊고 맑은 눈동자에는 눈물이 가득 고여 있고, 다소 흐릿하면서도 가련하고 부끄러워하는 눈빛을 띠고 있었다.

사람들은 긴장한 채 행여 아이를 놀라게 할까 봐 숨조차 제대로 쉬지 못했다. 그렇지만 한진을 보고 또 보던 예아는 놀랍게도 점점 용기가 났다. 그는 모후 품에서 미끄러져 내려와 망설이는 듯이 한동안 서 있다가 결국 조심조심 한진에게 다가갔다.

이건…….

예아가 겁내지 않아?

다실은 유난히도 조용했고, 어른들은 하나같이 긴장한 얼굴로 예아를 바라보았다. 예아는 처음에는 조심스러웠지만 한진에게 가까이 갈수록 담력이 커졌다.

울어서 빨개진 눈동자에는 두려움은 사라지고 도리어 호기심이 떠올랐다.

이 아이, 감정 변화가 너무 빠른 거 아니야? 어머니인 한운석마저 믿을 수가 없었다.

예아가 한진 앞에 섰을 때, 한운석 등 다른 사람들은 심장이 조마조마했다. 예아가 왜 저러는지, 뭘 하려는지 도저히 짐작조차 할 수가 없었다.

언제나 쌀쌀하고 침착하던 한진도 호기심 어린 눈빛을 지었다. 그는 워낙 커서 예아 앞에 서자 마치 커다란 산 같았다.

그는 몸을 숙여 진지하게 예아를 바라보았다. 첫눈에 이 외손자가 사위를 쏙 빼닮았다는 것을 알 수 있었다. 이목구비가 똑같은 것이 아니라 기질이 아주 똑같았다.

예아는 정말로 한진을 겁내지 않았다. 심지어 한진의 눈빛에도 겁을 먹지 않고 그 눈을 똑바로 들여다보았다.

도리어 한진이 그런 반응에 익숙지 않아 무의식적으로 물러섰다.

한진이 물러서자 놀랍게도 예아가 앞으로 몸을 기울였다. 흑백이 분명한 아이의 눈동자는 너무너무 진지해서, 흡사 한진을 완전히 꿰뚫어 보려는 것 같았다.

한운석 일행은 한층 더 의아해했다. 도무지 믿어지지 않았다.

예아는 대체…… 대체 어떻게 된 거지?

"꼬마야, 내가 두렵지 않구나. 그렇지?"

한진이 차갑게 물었다.

예아는 그제야 물러서서 왼쪽으로 한진 주위를 한 바퀴 돌고, 다시 오른쪽으로 한 바퀴 돌았다. 마치 뭔가를 찾는 듯했다.

몇 바퀴 돌고 난 다음 예아는 놀랍게도 더 가까이 다가가 한진의 몸에서 냄새를 맡았다. 이 모습에 사람들은 약속이라도 한 것처럼 꼬맹이를 떠올렸다.

꼬맹이는 목령아가 데려갔고 약성에서 며칠 머물기로 되어 있었다. 만약 이곳에 있어서 저 광경을 봤더라면 녀석은 무슨 생각을 했을까?

예아는 두려워하지 않았지만, 한진은 분명히 민망하고 난처한 기색이었고, 아이가 이렇게 가까이 오는 것을 무척 낯설어했다.

얼마 지나지 않아 참다못한 그가 일어나서 뒤로 물러났다.

예아는 그제야 모후를 돌아보며 진지하게 말했다.

"겁 안 나요……. 안 나요!"

"설마 선배님이 아니라 선배님 몸에 있는……."

용비야가 뭐라고 말해야 할지 몰라 망설이자 한진이 그 말을 받았다.

"저 아이는 내 내공을 감지할 수 있다. 저 아이가 두려워한 것은 내 내공이다!"

용비야도 거의 비슷한 뜻으로 한 말이었다.

"저를 두려워하는 것도 제가 가진 서정력 때문입니까?"

"하지만 예아가 날 겁내지는 않잖아요!"

한운석이 황급히 끼어들었다.

"네 봉황력은 서정력에 한참 미치지 못하고, 내 내공에는 훨씬 더 뒤처진다."

한진이 설명했다.

사람들은 그래도 알 수가 없었다. 한진은 옆에 앉아 담담하게 말했다.

"현공대륙의 무학 명가는 모두 칠채천석七彩天石이라는 것을 가지고 있다. 서로 다른 내공을 지닌 사람이 가까이 가면 서로 다른 빛깔을 띠는 돌이지. 빛깔은 곧 서로 다른 등급의 내공을 의미한다."

"그런 신기한 것이 있어요?"

한운석은 무척 의외였다.

한진이 계속 말했다.

"칠채천석은 현공대륙에서 아주 흔하니 결코 신기한 물건이 아니다. 하지만 칠채천동七彩天瞳을 가진 자는 백 년에 한 번 날까 말까 한 기재다. 칠채천동을 가진 자는 의식을 통해 보기만 해도 모든 사람의 내공 등급을 판단할 수 있다. 칠채천동은 선천적인 자질로, 어머니 배 속에 있을 때부터 갖게 된다. 어렸을 때는 천동이 아직 완전히 열리지 않아서 내공의 강약만 판단할 수 있고 등급은 판단할 수 없다."

"그래서 선배님이 내공을 숨기자 예아가 두려워하지 않은 것입니까?"

용비야가 진지하게 물었다. 그도 사부에게 들은 적이 있었다. 공력이란 기를 응집해서 만드는 것으로, 내공을 가진 자의 몸에서는 무형의 힘이 흘러나오게 되며, 이를 '기장氣場'이라고 부른다고 했다. 강한 자는 기장이 워낙 강력해서 무예를 익힌 사람이면 어느 정도 느낄 수 있었다. 하지만 약한 자는 기장이 약해 느낄 수 없었다. 현공대륙의 칠채천석과 한진이 말한 칠채천동은 이 '기장'을 감지함으로써 내공의 강약을 판단하는 것일 터였다.

그 부분은 용비야도 별로 신기하지 않았다.

그가 놀란 것은 한진이 자신이 가진 기장을 숨길 수 있다는 것이었다. 그렇게 되면 타인이 자신의 실력을 감지할 수 없고 심지어 내공을 익힌 사람이라는 사실도 감지할 수 없었다.

그보다 더 뜻밖인 것은 예아가 내공과 기장을 감지하는 선천적인 자질을 타고난 것이었다.

한진은 고개를 끄덕였다.

"지금은 아이의 천동이 아직 열리지 않아 속일 수 있다. 아이가 자라 천동이 열리고, 천동을 잘 단련한 다음에는 속이지 못할 수도 있다. 선천적인 자질은 그저 자질일 뿐, 앞으로 얼마나 큰 능력을 갖추게 되느냐는 자신에게 달려 있다. 이 아이는 아직 어리고 힘이 약해 강력한 힘 앞에서 자연히 두려움을 느낀 것이다. 겁을 먹는 것은 본능이다."

이 말을 듣자 사람들은 그제야 어떻게 된 일인지 대강 알 수 있었다. 용비야와 한운석은 심각한 얼굴이 되어 아무 말도 하지 않았다. 고북월과 고칠소는 믿어지지 않아 서로를 바라보았다.

한진은 이야기를 하면서 한운석을 돌아보았다.

"현재 현공대륙에는 천동을 가진 사람이 한 명 있다. 그 사람도 어려서부터 집 밖으로 나서지 않았는데 역시 두려움 때문이었지. 지금 여덟이나 아홉 살쯤 되었는데 능력이 여간 아니다. 네가 봉황력을 숨긴다 해도 간파할 것이다."

한운석은 자신이 가진 힘을 들키는 일 같은 건 관심 없었다. 그녀의 표정은 몹시 복잡했다. 얼굴에는 의외와 놀람, 기쁨, 걱정, 두려움 같은 온갖 감정이 교차했고 손조차 떨렸다.

"우리 아들이 나중에 세눈박이가 되는 건 아니겠죠?"

그 말에 한진은 멍해졌고, 용비야와 다른 사람들도 당황했다. 그런…….

하지만 곧 얼음처럼 냉랭하던 한진이 별안간 큰 소리로 웃음을 터트렸다.

"하하, 하하하하, 세눈박이라고?"

"아니겠죠?"

한운석은 울음을 터트릴 지경이었다.

그녀는 현공대륙이 어떤 세상인지, 예아가 가진 선천적인 자질이 얼마나 좋은 것인지에는 관심 없었다. 그저 예아가 잘 지내기만 한다면, 아버지를 겁내지 않기만 한다면 다른 것은 아무것도 필요 없었다!

"의식과 생각이 있으면 존재하니 보고도 보지 못하는 법."

한진이 웃으며 말했다.

"천동은 개념적인 의미일 뿐이니 안심해도 된다."

공연히 놀랐던 한운석은 예아를 와락 끌어안았다.

"다행이야, 정말 다행이야!"

예아는 어른들이 무슨 이야기를 하는지 전혀 알아듣지 못했다. 아이의 마음은 한진에게 쏠려 있었다. 저 아저씨는 대체 뭘까? 어째서 저렇게 이상할까? 저 아저씨의 몸에는 분명히 무시무시한 것이 있었는데 갑자기 사라져 버렸다.

그 무시무시한 것을 숨긴 걸까? 아버지도 그 무시무시한 걸 숨길 수 있을까?

한운석과 용비야는 천동을 가진 사람이 현공대륙에서 얼마나 강력한 존재인지, 얼마나 많은 이들이 추종하고 떠받드는지 전혀 모르고 있었다.

한운석은 그저 '세눈박이'가 되는 게 아닐까 걱정했고, 용비야는 '자신이 언제쯤 편안하게 아들을 안을 수 있을지'에만 관심이 있었다.

"나이가 어려서 겁을 먹는다면 언제쯤 선악을 알고 겁내지 않을 수 있습니까?"

용비야가 묻고 싶었던 말을 고북월이 먼저 물었다.

"철이 들 때까지 기다려야 한다. 빨라야 세 살 이후다."

한진은 담담하게 말했다.

"아직 2년이 남았군요."

용비야는 몸을 일으키며 진지하게 말했다.

"선배님, 소생에게 내공을 숨기는 법을 가르쳐 주실 수 있습니까?"

한진은 아무 말 하지 않고 별안간 용비야의 어깨를 잡았다.

용비야는 강력한 기운이 어깨를 덮치는 것을 느끼고 반사적으로 대항하려고 했지만 참았다.

"대항해라!"

한진이 차가운 목소리로 말했다.

용비야는 즉시 사양하지 않고 대항했다. 한진을 자못 공손하게 대하긴 하지만, 한운석을 제외하면 그 누구도 자신의 몸에 이처럼 강력한 무공을 펼치는 것을 절대 허락할 수 없었다.

그의 눈빛이 사나워지는가 싶더니 별안간 서정력이 터져 나와 한진의 손을 그대로 튕겨 냈다.

한진은 무척 뜻밖이었다. 용비야의 내공은 지난번 만났을 때보다 훨씬 심후해져 있었다. 지난번에는 자신이 얕보았던 것일까, 아니면 이 녀석이 그간 수련을 계속한 것일까?

운공대륙을 다스리고 무공 또한 운공대륙에서 가장 강한 그가 수련을 멈추지 않은 것을 보면, 그 야심이 작지 않다는 뜻이었다.

"네가 가진 서정력이면 육품일 것이다. 하하하, 현공대륙 고

수 순위 10위 안에 들겠구나."

한진이 모처럼 웃음을 지었다. 가벼운 웃음일 뿐이지만 용비야의 실력에 무척 만족해하는 것을 알아볼 수 있었다.

내공을 숨기려면 내공의 등급부터 확실히 알아야 했다. 방금 한진은 용비야의 내공 깊이를 시험해 본 것이었다.

현공대륙 무인의 내공에는 열 등급이 있고, 각 등급은 다시 초, 중, 고, 세 단계로 나뉘었다. 십대 고수 중 상위 다섯 명은 칠품, 하위 다섯 명은 모두 육품이었다. 용비야가 현공대륙에 건너가면 아마 고수 순위 10위 안에 드는 사람 중 누군가는 순위권 밖으로 밀려날 것이다.

한진은 속으로 애석해했다. 만약 용비야가 현공대륙에서 태어났더라면 현공대륙의 무학계에 기적이 일어날지도 모르는 일이었다. 안타깝게도 용비야는 운공대륙에서 태어났고 속세의 일에 치여 몸을 뺄 수가 없었다.

그런 생각을 하자 한진은 예아를 돌아보았다. 생전 처음 선천적인 자질을 가졌다는 이유로 제자를 받아들이고 싶은 충동이 일었다. 그렇지만 그 말은 꺼내지 않았다.

그는 용비야에게 말했다.

"오늘부터 가르쳐 줄 수 있지만 얼마나 걸릴지는 네 노력에 달려 있다."

"감사합니다, 선배님!"

용비야는 무척 기뻐했다.

그는 예아를 돌아보며 몹시도 부드러운 웃음을 지었다. 너무 부드러워서 한운석이 질투할 정도였다. 예아는 부황이 왜 그러는지 몰랐지만, 부황의 웃음이 참 좋았다. 그는 곧바로 쪼르르 부황에게 달려가 해죽 웃었다.

비록 부자가 서로 안을 수는 없지만, 옆에서 보는 사람을 시샘하게 만들 만한 장면이었다.

한진과 용비야는 건넛방으로 갔다.

그들이 나간 뒤에야 한운석은 비로소 완전히 정신을 차렸다. 그녀는 기쁘고 기대가 되기도 해서 예아를 끌어안고 왼쪽 볼에 한 번, 오른쪽 볼에 한 번, 이마에 한 번, 코에 한 번 뽀뽀해 주었다. 뽀뽀를 받은 예아가 까르르 웃으면서 그녀의 얼굴을 껴안고 똑같이 여기저기 뽀뽀했다.

고북월은 그런 예아를 바라보며 깊은 생각에 잠겼다. 하지만 그가 무슨 생각을 하는지는 알 수가 없었다.

고칠소는 기쁨을 얼굴에 고스란히 드러낸 채 자랑스럽게 말했다.

"과연 내 양자다워. 대단해!"

예아가 신경 쓰지도 않자 그는 예아를 억지로 잡아당겨 안았다.

"예아, 나중에 네 아버지를 따라 상주문이나 뒤적이지 말고 이 의부를 따라 현공대륙으로 가자. 좋지?"

"싫어요!"

예아는 조금도 망설이지 않고 대답했다.

고칠소는 곧 질문을 바꿨다.

"예아, 나중에 의부를 따라 현공대륙에 가지 말고 운공대륙에 남아서 네 아버지의 걱정을 덜어 주자. 좋지?"

"싫어요!"

예아는 여전히 망설임 없이 대답했다.

한운석과 고북월은 웃음을 터트렸다. 예아의 버릇은 그들 모두 알고 있었다. 잘 모르는 질문을 들으면 예아는 늘 '싫어요'라고 대답했다.

한진은 반 시진을 들여 용비야를 가르친 다음 알아서 훈련하라는 말을 남긴 뒤 먼저 나갔다.

한운석은 예아를 데리고 쉬러 갔고 고북월은 어디론가 사라져 보이지 않았다. 고칠소만 문 옆을 지키고 있다가 한진이 나오자 빙긋빙긋 웃으며 다가가 친근한 척 말을 걸었다.

"국장國丈(황제의 장인) 어른, 오늘은 기분이 좋으시군요."

고칠소가 기억하기로 지난번에 만났을 때는 웃은 적이 없던 한진인데 오늘은 몇 번이나 웃었다.

국장이라고?

한진은 고칠소에게 눈길도 주지 않고 돌아서서 걸어갔다.

비록 한운석이 소소옥을 위해 그를 아버지라고 부르긴 했지만, 그와 한운석은 아직 정식으로 서로를 인정하지 않았고 10년의 약속도 기한이 되지 않았다. 그는 아직 이들이 선배님이라고 부르는 쪽이 익숙했다.

당연히 한진이 호락호락한 상대가 아니라는 것을 잘 아는 고칠소는 그래도 싱글거리며 쫓아갔다.

"국장 어른, 듣자니 남산홍을 마시자고 용비야를 부르셨다지요? 안타깝지만 지금은 남산홍을 마실 시기가 아닙니다."

이 말은 성공적으로 한진의 주의를 끌었다.

그렇지만 한진은 잠시 걸음을 멈췄을 뿐 그를 제대로 보지도 않고 계속 걸어갔다.

확실히 한진은 용비야에게 남산홍을 마시자고 했고, 천향 차원에 도착하기 전에 초청장을 보냈다. 그런데 천향 차원에 도착해 이곳 날씨를 보자 틀렸다는 것을 알았다.

이곳의 봄은 빙해 쪽 봄과는 무척 달랐다. 이곳은 비가 많이 내리는 데다 기온도 낮아서 홍차를 말리고 발효하기에 적절하지 않았다.

다만 초청장은 이미 보냈기에 다시 회수하지 않았다.

고칠소는 찰거머리같이 한진을 따라붙었다.

"국장 어른, 입하가 지난 뒤의 남산홍이 가장 좋습니다. 그 시기에 다시 오시겠습니까?"

한진은 여전히 일언반구도 없이 고칠소를 공기 취급했다.

고칠소는 계속 말했다.

"국장 어른, 남산홍에도 등급이 다양합니다. 최상급 남산홍은 어떻게 나는지 아십니까? 천향 차원의 비밀이지요!"

한진이 걸음을 멈추자 고칠소는 신이 났다. 그런데 웬걸, 한진은 비밀을 묻지 않고 차갑게 말했다.

"이 차 장원은 본 존의 것이다. 본 존이 그것을 모르겠느냐?"

뭐……

어쩌자고 그걸 잊어버렸을까? 용비야는 고칠소의 차 장원을 봉쇄하고 그의 재배농들을 매수했는데, 지금 보니 한진도 용비야와 똑같이 재배농들을 모두 매수해 남산홍의 비밀을 전부 알아낸 모양이었다.

남산홍에 대해 할 말이 없어지자 고칠소는 즉각 화제를 돌렸다.

"국장 어른, 남산홍이 없어 못 마시더라도 괜찮습니다. 제가 이번에 특별히 국장 어른께 드리려고 강남에서 최상급 용정차를 가져왔습니다. 부디 소생의 마음을 살펴 주시지요."

한진이 망설이는 것을 보자 고칠소는 재빨리 말했다.

"대산정岱山亭에 가서 한번 맛보시겠습니까?"

남산 산허리에 있는 대산정 쪽 샘물은 천향 차원에서 가장 좋은 물이었다. 이는 한진도 의당 알고 있을 터였다.

차는 물에 우려내는 것이었다. 8점짜리 차도 10점짜리 물을 만나면 차 역시 10점이 되고, 8점짜리 물로 10점짜리 차를 끓이면 차도 8점밖에 되지 않았다.

차의 품질은 무척 중요하지만, 차를 끓이는 물은 더 중요했다! 같은 차라도 끓이는 물이 다르면 그 맛은 천차만별이었다.

"너도 차를 좋아하는 모양이지?"

한진이 차갑게 물었다.

고칠소는 무척 기뻐했다. 한진이 드디어 그에게 '사람 말'을 했기 때문이었다.

"국장 어른, 솔직히 말씀드리면 이 천향 차원은 본래 소생의 사업장이었지요. 특히 남산홍은 소생이 차 재배농들과 몇 년 동안 연구해 만들어 낸 품종입니다."

고칠소가 이곳에 온 최대의 목적은 바로 이 말을 하기 위해서였다!

그런데!

한진은 그를 흘낏 보더니 경멸 조로 말했다.

"그처럼 수치스러운 일을 입에 담을 용기가 있더냐?"

순간 고칠소는 멍해져서 한참 동안 말을 잇지 못했다. 한진은 이미 이 일을 아는 것이 틀림없었다.

고칠소가 정신을 차렸을 때 한진은 이미 멀리 가 버린 뒤였다. 그가 쫓아가려 했지만 한진의 모습은 몇 번 번쩍번쩍하더니 곧 사라져 버렸다.

본래 고칠소는 좋은 차를 꽤 많이 숨겨 두고 있었다. 우선 잘 보여서 친해진 다음 현공대륙에 가서 찻잎 장사를 하려는 이야기를 꺼내고 랑종의 비호를 부탁할 계획이었다.

그 목적을 위해 한참 이야기했건만 한진은 여전히…… 그를 멀리했다! 심지어 그가 가져온 차도 마시지 않았고 더욱이…… 깔보기까지 했다!

고칠소는 갑작스레 깨달았다. 이 세상에 용비야 말고도 자신을 충격에 빠뜨릴 사람이 한 사람 더 있다는 것을.

하지만 그는 용비야가 폐관 수련을 하기 전에 먼저 한진에게 사흘 후 대산정에서 봄 차를 마시자고 청했다는 것을 전혀 모르고 있었다. 그렇지 않았다면 한진은 필시 그가 가져온 봄 차를 맛보았을 것이다.

과연, 용비야는 고작 사흘 만에 내공을 숨기는 방법을 익혔다. 그가 다시 나왔을 때 서정력으로 인해 흘러나오던 기장과 살기는 전부 사라지고 없었다.

용비야가 밖으로 나와 보니 한운석 일행이 문밖에 서 있었다.

사흘 만에 용비야를 본 한운석은 말로 표현하기 힘든 기분이 들었다. 이 남자가 예전보다 더 듬직하고 더 침착해진 것 같았다. 그것이 그의 몸에서 흘러나오던 살기를 느낄 수 없기 때문인지는 확실히 알 수 없었다.

예아는 무슨 일이 있었는지 몰랐다. 그저 옆에서 노느라 부황이 나왔다는 것도 모르고 있었다.

용비야는 나오자마자 예아를 발견했다. 그는 눈을 찌푸린 채 웃음을 지었다.

"예아!"

그가 큰 소리로 불렀다.

예아는 곧 고개를 돌렸고, 부황을 보자 생긋 웃었다.

사흘 동안 사라졌던 부황이 마침내 돌아왔다!

그는 매일매일 잠들기 전에 모후에게 물었다.

'부황은요? 부황은……'

모후는 늘 이렇게 말했다.

'부황은 곧 돌아오실 거야.'

아직은 거리가 멀어서 예아도 부황에게서 달라진 점을 느끼지 못했다. 부황에게 안길 때만 부황의 몸에 있는 무시무시한 힘을 느낄 수 있었다.

예아는 뒤뚱거리며 부황에게 달려갔지만 예전처럼 부황 앞에 걸음을 멈추고 감히 안기지 못했다. 대신 고개를 들고 입을 헤벌쭉 열며 달콤한 미소를 지었다. 아직 다 자라지 않은 이가 몹시 귀여웠다.

"아버지, 돌아오셨어요!"

용비야는 예아를 와락 끌어안고 싶었지만 참았다. 너무 갑작스러워 아이를 놀라게 할까 두려워서였다. 어쨌든 아이는 아직 아무것도 몰랐다.

그는 몸을 숙이고 예아를 바라보면서 어떻게 해야 할지 생각했다. 예아는 내내 아버지를 바라보면서 히죽해죽 웃었다. 마치 이렇게 가까이서 아버지와 마주 보는 것이 무척 행복한 일인 것처럼.

결국, 용비야가 참지 못하고 손을 뻗어 예아의 머리를 쓰다듬었다. 평소 이런 동작에는 예아도 별로 겁먹지 않았다.

가끔 예아가 너무 놀이에 푹 빠져 아무리 불러도 말을 듣지 않을 때면 그가 가서 안아 올리곤 했는데, 그런 접촉에도 아주 무서워하지는 않았다.

용비야는 예아의 머리를 쓰다듬었으나 예전처럼 금방 손을 떼지 않고 예아의 조그만 얼굴을 살며시 쓰다듬은 뒤, 곧 그 손을 잡았다.

예아의 웃음이 조금씩 조금씩 굳기 시작했다. 뭔가 발견한 것 같았다.

용비야가 조그만 손을 꽉 잡자 예아는 급히 뿌리쳤다. 이를 본 한운석과 고북월 등은 예아가 여전히 아버지를 배척하는 줄 알고 깜짝 놀랐다.

특히 용비야는 마음이 찢어지는 것 같았다.

그런데 예아가 양팔을 활짝 열고 용비야의 품속으로 와락 뛰어들어 꼭 껴안았다!

용비야는 몸집이 너무 컸고 예아의 팔은 너무 짧았다. 예아가 아무리 팔을 활짝 벌려도 아버지를 완전히 끌어안을 수는 없었다.

아이는 한 번 안았다가 곧 손을 놓고 옆으로 돌아가 옆에서 아버지를 끌어안았다. 이번에는 단단히 안을 수 있었다.

아이는 아무 말도 하지 않았고 표정도 무척 편안했다. 그는 아버지를 꼭 안고 마치 뭔가를 느끼는 듯 얼굴을 아버지 팔에 갖다 댔다.

예아는 움직이지 않았고 용비야도 감히 함부로 움직이지 못했다.

하지만 곧 예아가 다시 팔을 풀었다. 그는 다시 아버지 앞으로 달려가더니 갑자기 까치발을 하고 아버지의 목을 껴안았다.

이렇게 하자 단단히 몸을 붙이고 완전하게 안을 수 있었다.

용비야는 마침내 참지 못하고 커다란 팔로 예아를 와락 끌어안아 완벽하게 품에 감쌌다. 그의 완전한 보호막 안으로, 완전히 안전한 느낌 속으로.

아들에게 하고 싶은 말은 산더미같이 많았지만 그는 여전히 침묵했다. 수만 가지 말보다 한 번의 포옹이 더 따스했고, 아들도 더 잘 이해시킬 수 있었다.

예아도 말이 없었다. 꼭 닮은 두 부자는 말없이 서로를 안고 따스함을 나누었다.

어른과 아이가 단단히 끌어안은 모습을 보는 한운석의 눈시울이 빨개졌다. 울음이 날 것 같았다.

그녀가 약하기 때문이기도 했고, 또 잘 알기 때문이기도 했다! 그녀는 용비야가 혈육의 정에 얼마나 기대를 품고 있는지 너무 잘 알았다. 예아가 아버지의 품을 얼마나 갈망해 왔는지도 너무 잘 알았다.

저런 포옹이 있기에 예아의 어린 시절이 완벽해질 것이며, 저런 포옹이 있기에 용비야의 일생도 비로소 완벽해지지 않을까?

그리고 그녀 자신은 저 광경만 봐도 행복했고, 또 만족스러웠다.

고북월은 빙그레 웃었고, 고칠소도 저도 모르게 웃음을 지었다. 질투가 나기보다 도리어 행복한 기분이어서 그 자신조차 믿을 수가 없었다. 그는 왜 행복한 걸까?

예아는 한참 동안 아버지를 안고 있다가 비로소 고개를 들고 얼굴을 보았다. 한참 쳐다보던 아이는 다시 헤벌쭉 웃으며 대담하게 손을 뻗어 아버지의 눈과 코, 입을 만져 보더니 저도 모르게 귀여운 소리로 불렀다.

"아버지…… 아버지……."

용비야의 심장은 그 소리에 녹아내릴 것만 같았다.

예아는 부르고 또 부르다가 다시 아버지의 목을 끌어안고 흐느꼈다.

"아버지……, 아버지……."

이 울음소리에 용비야의 심장은 완전히 무너지고 말았다. 끌어안는 것 외에는 이 아이에게 뭘 해 줘야 할지 알 수가 없었다.

예아는 흐느끼고 울다가 다시 한번 고개를 들고 아버지를 보면서 눈물투성이 얼굴로 생긋 웃었다.

"아버지! 아버지!"

눈물 속에서 피어난 웃음은 앳되고 깨끗하고 순수해서, 마치 용비야가 평생 겪어 온 풍상과 먼지, 고난과 더러움을 모조리 씻어 내리는 것 같았다.

용비야의 입술이 예아의 이마에 살며시 닿았다. 그가 속삭였다.

"예아, 너와 네 어머니는 아버지를 구하러 온 것이 틀림없구나."

예아는 알아듣지 못했다. 아이는 아버지가 뽀뽀하는 것을 보고 자기도 아버지의 이마에 힘껏 뽀뽀해 주었다. 전혀 주눅 든 모습이 아니었다.

용비야는 참지 못하고 껄껄 웃었다. 기쁨에 찬 이 웃음은 마치 심장에서부터 흘러나온 듯 너무도 진실하고 순수했다.

예아는 아버지의 이마에 뽀뽀한 것으로는 부족했는지 다시 양 뺨에 한 번씩 뽀뽀하고 마지막에는 코끝에도 뽀뽀했다. 어머니에게 그랬던 것처럼 아버지에게도 친밀하게 굴었다.

이마와 왼뺨, 오른뺨에 돌아가면서 열 번이나 뽀뽀했지만 그래도 부족했다!

용비야는 처음에는 가만히 있었지만, 나중에는 예아가 뽀뽀하면 자신도 똑같이 예아에게 뽀뽀해 주었다. 두 부자는 땅에 웅크려 앉은 채 장난치기 시작했다.

용비야는 아들과 놀아 주면서도 잊지 않고 눈물을 닦아 주었다. 그 상냥하고 웃음 띤 모습에 모두가 넋을 잃고 바라보았다.

고칠소는 말할 것도 없고, 한운석과 고북월마저 눈이 휘둥그레졌다. 용비야가 누군가와 뽀뽀하는 장난을 칠 줄이야!

다른 사람이 알면 장장 세 달 정도는 입에 오르내리지 않을까?

이렇게, 용비야가 내공을 숨길 수 있게 되자 예아는 다시는 그를 두려워하지 않게 되었고, 이날부터 정식으로 아버지의 껌딱지가 되었다.

오후에 용비야는 한진을 대산정으로 청해 봄 차를 즐겼다. 예아가 그의 품에서 내려오려고 하지 않아 부득불 같이 데려갔다.

한운석이 말리려고 하자 용비야가 말했다.

"괜찮다. 지금까지 못 해 준 것은 보상해야지."

야석편 **잠**

예아가 달라붙어 있어서, 용비야는 한 손으로 아이를 안고 한 손으로 차를 끓여 한진에게 대접했다.

"강남에서 헌상한 벽라춘입니다. 올봄에 처음으로 수확했는데, 차나무 한 그루마다 가장 연하고 싱싱한 싹만 따서 만들기 때문에 큰 차 장원 하나에서 이렇게 작은 통만큼만 납니다."

용비야는 차를 끓이면서 설명했다.

이 말을 들은 고칠소는 자신이 준비해 온 찻잎을 슬그머니 깊은 골짜기로 던져버렸다. 그는 코를 만지작거리면서 아무 말도 하지 않았다.

그의 맞은편에 앉은 고북월은 그가 찻잎을 버리는 것을 똑똑히 봤지만, 들추지 않고 말없이 웃기만 했다.

한진은 첫 잔을 마시기 무섭게 칭찬했다. 용비야는 그에게 벽라춘의 유래에 관한 이야기를 들려주었고, 그렇게 이야기를 나누다가 현공대륙 차 품종에 관해 물었다.

고칠소와 한운석은 금세 진지해져 묵묵히 귀를 기울이며 머리에 새겼다.

마지막으로 한진이 먼저 예아에게 손을 뻗었다.

"아가, 외할아버지가 안아 주고 싶은데 어떠냐?"

외할아버지?

한진은 아직 정식으로 한운석을 딸로 인정하지 않았지만, 오히려 예아를 먼저 외손자로 인정했다.

친딸은 좋아하지 않으면서 사위와 외손자는 좋아하다니, 대체 무슨 괴벽이람? 한운석은 할 말을 잃었다.

예아는 망연한 얼굴로 한진을 바라보며 미적미적 반응하지 않다가 결국 어머니를 돌아보며 묻는 눈빛을 보냈다.

"왜, 어머니가 허락하지 않으면 못 하느냐?"

한진은 어린아이에게도 똑같이 차가웠다.

뜻밖에도 예아는 고개를 끄덕였다.

한진은 분명히 민망해했다. 그가 손을 거두려는데 한운석이 재빨리 말했다.

"예아, 외할아버지에게 안기렴! 어서! 외할아버지는 대단하신 분이야. 나중에 네게 무공을 가르쳐 주실 거란다!"

예아의 선천적인 자질이 그처럼 좋다니 낭비할 수는 없었다.

만약 용비야가 현공대륙을 정벌할 마음이 있다면, 혹시 나중에 예아가 훌륭한 선봉이 될지도 몰랐다!

현공대륙을 정벌하지 않더라도, 최소한 강력한 무력 단체의 지지를 받으면 빙해 연안을 지키며 현공대륙 무인들의 침범을 방어할 수도 있었다.

비록 한진은 랑종이 20년간 운공대륙 북쪽 변경을 지켜 주겠다고 용비야에게 약속했지만, 언제까지나 랑종에 의지할 수는 없었다! 알다시피 의지란 곧 제약이었다! 자신이 가진 강력한 힘만이 영원한 보장이었다.

한운석이 방금 한 말은 한진을 떠보기 위함이었다.

한진은 그 말에 대답하지 않았지만 그래도 예아를 안아 올려 허벅지에 앉히고 말했다.

"외할아버지라고 불러 볼 테냐?"

예아는 또다시 어머니에게 묻는 눈빛을 보냈다. 용비야와 고 북월 등은 아무 말 하지 않았지만 속으로는 남몰래 웃고 있는 게 분명했다.

예아는 과연 한운석이 배 아파 낳은 아들다워서 중요한 순간 에는 늘 죽이 척척 잘 맞았다!

한운석이 웃으며 말했다.

"예아, 외할아버지가 무공을 가르쳐 주시겠다 하셨으니 사부 라고 불러야겠지?"

한진은 그제야 한운석을 바라보았다. 쌀쌀하던 눈빛이 다소 불쾌해졌다.

한운석은 겁내지 않고 도리어 그를 탓했다.

"10년의 약속 기한이 아직 안 되었잖아요. 저도 아직 본래 핏 줄로 돌아가지 않으니 당연히 예아도 마찬가지예요. 그 아이 를 제자로 받아들이거나 아니면 10년 후에 다시 봐요."

"본 존이 이 아이를 현공대륙에 데려가겠다면, 허락하겠느냐?"

한진이 반문했다.

한운석이 대답하기 전에 다급해진 용비야가 재빨리 예아를 받아 안으며 말했다.

"예아는 아직 어리니 서두를 일은 아닙니다."

뜻밖에도 한진은 서둘렀다.

"세 살이면 무학을 익히기 시작해야 한다. 절대로 저 아이의 자질을 낭비하지 마라. 너희 부부의 자질이 무척 뛰어나니 당연히 그 아이도 나쁘지 않다. 더욱이 천동을 가진 자는 천재다. 세 살이 지나면 그 아이의 선천적인 자질이 반드시 드러날 것이다."

한운석과 용비야는 한진의 초조한 마음을 읽을 수 있었다. 한진처럼 차분하고 냉담한 사람을 초조하게 만들 정도면 예아의 자질이 얼마나 귀하고, 얼마나 얻기 어려운지 알 만했다!

잘 갈고 닦으면 청출어람이 될지도 몰랐다.

한운석의 눈동자가 계산적으로 반짝였다. 그녀는 일부러 이렇게 말했다.

"용비야, 예아가 세 살이 될 때까지 기다렸다가 차라리 천산으로 보내는 게 어때요? 우선 범천력부터 배우게 하는 거예요."

"그것도 방법이군."

용비야도 즉각 대답했다.

한진은 차를 마시기만 할 뿐 별말 하지 않았다. 그렇지만 몸을 일으켜 떠나려 할 때 한마디를 남겼다.

"저 아이가 세 살이 된 후, 내년 입동이 지난 후에 독종 지하 궁전에 와서 나를 찾아라. 사부로 모실 필요는 없다. 외할아버지로 받아들일지 어떨지도…… 아이 뜻대로 해라."

결국 한진도 승낙한 것이었다.

용비야와 한운석이 일어나서 감사 인사를 하려는데, 한진은 몸을 번쩍하더니 어느새 멀리 가 버렸다.

"선배님, 입하에 남산홍을 따러 오시겠습니까?"

용비야가 소리를 질렀다.

한진은 정확히 대답하지 않고 한마디만 했다.

"때가 되면 오겠다!"

한운석은 뛸 듯이 기뻐 예아를 안고서 깔깔 웃었다.

"예아, 앞으로 저 아저씨를 보면 외할아버지라고 불러야 해. 알았지?"

할아버지와 할머니는 일찍 세상을 떠났고 외할머니도 없었다. 예아에게는 저 외할아버지뿐이니 당연히 받아들여야 했다. 저런 집안 어른이 있다는 것은 예아에게 복이었다.

다만 외할아버지 성격이 괴팍하고 심성이 냉담하다 보니, 한운석으로선 비상수단을 써서 예아가 그 복을 쟁취하게 해 줘야 했다.

"예."

예아는 고개를 끄덕였다. 그는 어머니가 하는 말이면 뭐든 들었다.

"착하기도 하지!"

한운석이 예아를 끌어안으려 했지만 예아는 발버둥 치며 조그만 몸을 용비야 쪽으로 쭉 내밀었다.

"아버지……, 아버지, 안아 주세요, 안아 주세요…….”

용비야는 즐겁게 웃으며 예아를 받아 안았다.

두 팔이 텅 비게 된 한운석은 망연한 표정이었다. 친밀한 부자를 보자 갑자기 사랑을 빼앗긴 기분이 들었다.

　그날 저녁, 한운석은 철저하게 사랑을 뺏겼다.

　예아가 부모와 자지 않을 때면, 용비야는 늘 뒤에서 그녀를 안고 긴 다리로 그녀의 다리를 휘감아 완전히 품에 가두곤 했다.

　이 때문에 그녀는 늘 이렇게 말했다.

　'용비야, 우리 침상을 작은 걸로 바꿔요. 이렇게 큰 건 낭비잖아요.'

　그러면 용비야는 언제나 이렇게 대답했다.

　'구르면 낭비가 아니지.'

　그는 정말 그녀가 데굴데굴 구르게 하고…… 침상 위에서 온갖 운우雲雨를 일으켰다.

　예아가 함께 잘 때면 상황은 완전히 달랐다.

　예아는 안쪽에서 자는 것을 좋아해서 한운석과 벽 사이에 누워 잤고, 자다가 종종 그녀를 밀어내곤 했다. 예아가 자꾸 밀어내면 그녀는 별수 없이 용비야 쪽으로 물러났다.

　한운석은 용비야가 자는 모습을 거의 보지 못해 그의 자는 모습이 보기 좋은지 어떤지도 몰랐다. 하지만 예아의 잠든 모습이 상당히 엉망이라는 것은 아주 확신했다.

　아이는 이불을 걷어차거나 그녀 쪽으로 마구 비집어 들어왔고, 아침에 일어났는데도 보이지 않아서 침상을 샅샅이 뒤져 보면 침상 아래쪽 끝에 웅크린 채 잠들어 있는 적도 많았다.

　예아가 자꾸 밀어내면 그녀도 용비야를 침상 가장자리로 밀어낼 수밖에 없었다. 물론 한운석은 용비야가 침상에서 밀려나는 망신을 당한 일을 누구에게도 말하지 않았다.

그 때문에 용비야는 늘 이렇게 말했다.

'황후, 우리 침상을 넓은 것으로 바꿔야 하지 않겠소?'

한운석은 언제나 이렇게 대답했다.

'폐하, 침상 밑에서 주무시면서 야경을 서시지요.'

이런 이야기가 새어 나갔다면 아마 조정의 문무백관이 신물이 나도록 한운석을 씹어 댔을 것이다. 하지만 용비야는 절대로 이런 망신스러운 이야기를 퍼뜨리지 않았다.

오늘 밤은 상황이 완전히 달라졌다.

놀랍게도 예아가 침상 바깥쪽으로 가서 용비야의 품 안에 웅크려 자겠다고 한 것이었다. 게다가 잠자리 위치나 방향이 바뀐 이유로 잠 못 이루지도 않고, 오히려 금세 편안하게 잠들었다.

용비야는 예아를 향해 옆으로 누웠고, 한운석은 혼자 침상 안쪽에 누웠다. 어쩐지 자리가 무척 넓게 느껴졌다. 팔다리를 쭉 뻗고 똑바로 누운 그녀는 무척 나쁜 예감이 들었다.

과연 예감대로였다. 처음에는 조용히 잘 자던 예아가 얼마 안 있어 용비야 쪽으로 몸을 밀고 들어오기 시작했다. 조그만 엉덩이를 자꾸만 꼬물거리며 밀어 대자 용비야도 어쩔 수 없이 뒤로 물러났다.

용비야는 당연히 잠을 이루지 못했다. 아들을 품에 안을 수 있기를 그처럼 오랫동안 기다려 왔으니 오늘 밤은 잠들지 못할 터였다.

용비야가 물러나자 한운석도 따라서 물러났다.

용비야는 그제야 한운석이 아직 잠들지 않은 것을 알고 돌아보며 나지막이 물었다.

"잠이 오지 않느냐?"

"곧 자요……."

한운석은 알아서 제일 안쪽으로 물러나 등을 뒤판에 바짝 대고 부자에게 널따란 공간을 마련해 주었다.

이를 본 용비야가 차갑게 말했다.

"이리 오너라."

한운석은 고개를 저었다. 용비야의 얼굴 위로 경고의 기색이 떠올랐다.

"내 손으로 해야겠느냐?"

한운석은 별수 없이 순순히 다가와 뒤에서 그를 안았다. 용비야는 그제야 만족했다.

"자거라."

자라고?

잘 수 있을까?

얼마 지나지 않아 용비야가 다시 뒤로 몸을 물렸고 한운석도 따라서 물러날 수밖에 없었다. 물러나지 않으면 용비야에게 짓눌려 옴짝달싹 못 하게 되었을 것이다.

그렇게 조금씩 조금씩 물러나다 보니 결국 한운석은 침상 뒤판에 바짝 붙게 되었다. 용비야가 또다시 뒤로 움직이자 결국 한운석이 소리를 냈다.

"이러다 나 깔려 죽어요! 그만 좀 해요!"

마침내 용비야가 참지 못하고 웃음을 터트렸다. 그는 조그맣게 속삭였다.

"쉿, 앞으로 가서 자거라."

한운석은 별수 없이 예아 앞으로 넘어가서 잠을 청했다. 예아를 향해 옆으로 누워 보니 놀랍게도 예아는 푹 잠든 채로 입을 헤벌리며 웃고 있었다.

얼마나 행복한 걸까?

등 뒤가 텅 비자 한운석은 아무래도 어색했다. 정말이지 사랑을 뺏긴 기분이었다. 그렇지만 조용히 잠든 아들의 얼굴이 그녀를 마음 편히 잠들게 해 주었다.

밤이 깊었고, 한운석도 점점 잠이 들었다.

하지만 용비야는 내내 잠들지 못했다. 예아가 더는 물러날 곳이 없을 때까지 밀어붙이자, 그는 비로소 조심조심 몸을 일으켜 한운석 뒤로 자리를 옮긴 다음 한운석을 살며시 껴안았다.

일가족 세 사람은 예전 그대로 예아가 가장 안쪽에, 한운석이 그 뒤에, 그리고 용비야가 두 모자의 뒤를 지키는 형태로 제일 끝에 눕게 되었다.

한진은 천향 차원에 오래 머물지 않았고, 용비야 일행도 이튿날 그곳을 떠났다. 고북월은 먼저 운녕으로 돌아갔고, 고칠소는 다른 곳에 놀러 가겠다고 했으나 어디로 가는지는 말하지 않았다.

용비야는 예아와 한운석을 데리고 도성으로 향했다. 가는 길에 예아는 용비야에게 딱 붙어서, 용비야를 제외한 누구에게도 안기려 들지 않았다. 한운석은 웃어야 할지 울어야 할지 몰라서, 차라리 예아가 안아 달라 보채지 않으면 몸이 편할 거라고 자신을 위로했다.

도성에서 한운석 일행은 얼마 전에 복귀한 당자진을 만났다. 당리와 영정, 당 부인은 모두 당문으로 돌아갔고, 당문은 때맞춰 첫 번째 무기를 내놓았다. 당자진의 상태도 좋아 보였다.

용비야와 한운석은 황궁의 설계도를 살폈다. 한운석도 특별히 까다롭게 굴지 않고, 침궁에 금琴을 놓는 방을 하나 만들라고 요구했다. 용비야가 가진 군어를 여태 쓰지 못하고 있었다.

그녀는 훗날 운공대륙이 안정되면 그를 위해 한 곡 타 주고 싶었다.

한동안 바깥에 나가 있었더니 운녕 쪽에서 급한 서신이 하나 둘 전해졌다. 용비야는 도성에 딱 하루 머문 뒤 운녕으로 출발했다.

운녕에 도착하자 용비야는 강남 군벌 중에서 구양강풍歐陽康豐이라고 하는 부장을 선발해 대장군으로 삼고 강남의 군대를 맡겼다. 구양강풍은 바로 구양씨 집안 사람으로, 주 노부인의 조카였다.

용비야는 구양씨 집안에 은혜를 베풀고, 한운석은 주 노부인에게 위세를 보인 셈이었다. 황제와 황후가 당근과 채찍을 골고루 쓴 덕에 구양씨 집안과 주씨 집안은 황실을 존경하면서도 두려워하게 되었다.

그 두 집안이 강남을 장악했으니 조세 개혁을 추진하는 용비야에게 반대하는 힘은 크게 줄었다.

그해 여름, 용비야는 호부에 명해 정식으로 조세 개혁안을 시행에 옮겨 소금과 연초, 술, 차, 일부 광산업에 대한 징수 제도를 새롭게 제정했다.

이렇게 되자 윤택한 사업은 여전히 강남의 명문세가들 손에 있었지만 조정 역시 세수를 통해 그들과 함께 이윤을 나눌 수 있게 되었다. 이는 강남 재단의 수입원을 줄이고 황실 금고의 수입원을 늘려 주었다. 부유한 강남을 제압하기만 하면 국고가 충실해지고 운공대륙 다른 지역의 복구 작업도 빨라졌다.

재해가 할퀴고 간 북려 지역은 의외로 상당히 빠르게 회복되었다.

북려 지역 눈 피해는 늦봄 즈음에 끝났다. 여름에 접어든 후 아금은 군대를 이끌고 나가 목축민들이 고향을 재건하는 일을 도왔고, 개인 명의로 동오와 북려 남부에서 새끼 가축을 대량 구매해 재해를 입은 북부 이재민들에게 나눠 주었다.

재건하는 데 대량의 인력과 물자가 필요한 남쪽의 성시와는 달리, 북려 지역 초원의 재건은 상대적으로 간단했다. 기후만 따뜻해지면 초목이 자연적으로 자라고 목축민들은 풀이 나는 곳을 찾아다니기 마련이니, 새끼 가축만 제공해도 초원은 점점 질서를 되찾았다.

사람이 건설해야 하는 것은 성 하나뿐인데, 상당히 거칠고 조악한 건축 방식이어서 단순히 돌을 쌓아 올리면 끝이었다. 이렇게 세운 성을 석두성石頭城이라 부르며, 이는 북려 지방 초원의 특색이었다. 따라서 북려 지방이 심각한 재해를 겪었음에도 다른 지방보다 빨리 회복된 것은 이상한 일이 아니었다.

용비야는 이 기회에 아금에게 큰 상을 내리고, 동시에 서부와 중부에도 전란 후 재건 작업을 재촉했다.

한운석은 북려 지방 상황을 일찌감치 예측했다. 그녀가 가장 호기심을 보인 부분은 아금이 어디서 그 많은 돈이 생겨 새끼 가축을 구매했느냐는 것이었다. 그녀가 알기로 아금은 새끼 가축뿐만 아니라 다 자란 가축도 적잖이 사들여 재해 지역 집집마다 한 쌍씩 분배해 주었다.

다 자란 가축 한 쌍은 무엇보다 귀중한 것이었다. 한 달이나 두 달만 기르면 번식해서 새끼를 낳기 때문이었다.

"용비야, 아금은 지난번에도 목사에 큰돈을 기부했는데, 그 많은 돈이 어디서 났죠?"

한운석은 의아해하며 물었다. 아금이 받는 봉록으로는 제 몸 하나 건사하기에도 부족했다.

용비야도 이미 조사해 보았다.

"목령아의 금패를 썼다. 강건 전장에 기록이 남아 있는데, 지난번 성금까지 더하면 일억 냥 넘게 썼을 것이다."

한운석은 그제야 그 일을 떠올렸다. 목령아가 아금에게 돈을 갚은 것은 그녀도 알고 있었고, 그 액수는 일억에 그치지 않았다. 그렇다면 아금은 몇 번이나 선행을 베풀고도 아직 적지 않은 돈이 남아 있을 터였다.

"제법 호방하네요."

한운석은 웃으며 말했다.

아금이 쓴 돈에 문제만 없으면 용비야도 간섭할 이유가 없었다. 용비야가 걱정한 것은 아금이 동오국 노예상들과 결탁하는 일이었다. 그래서 용비야는 이번에 아금에게 상을 내리면서 상금을 하사했을 뿐 아니라 봉록도 올려 주었다.

북려 지역의 재해 복구는 순조로웠고, 강남 조세 개혁 역시 무척 순조로웠다. 덕분에 용비야도 예전만큼 바쁘지 않아 조례가 끝나면 일부러 찾아와 한운석, 예아와 함께 있어 준 다음 다시 어서방에 가서 상주문을 살폈다.

오늘은 조례가 일찍 끝나서 그가 왔을 때 예아는 아직 침상에 붙어 자고 있었다.

예아가 아버지를 두려워하지 않게 된 이후, 일가족 세 사람은 잠들 때마다 '밀어내기'를 반복했다. 예아는 늘 바깥에서 잠들었으나 깨어났을 때는 늘 가장 안쪽에서 자고 있었다. 그사이 무슨 일이 있었는지는 아버지와 어머니만 알았다.

용비야는 예아의 이마에 가볍게 뽀뽀한 다음 한운석의 입술에도 도장을 찍었다. 예아에게 뽀뽀할 수 있게 된 후로 그는 한운석의 이마에는 입 맞추지 않고 늘 입에만 입을 맞췄다.

예아가 깨어나 있을 때면 가볍게 입 맞추고 떨어졌지만, 예아가 없거나 잠들어 있을 때면 쉽사리 그녀를 놓아주지 않았다.

알다시피 예아는 아버지 껌딱지가 된 후부터 매일 밤 아버지에게 딱 붙어 자려고 했고 예외란 없었다.

예전이었다면 태부 저택에 가서 고북월의 침상을 차지하거나, 조 할멈더러 지키게 하고 혼자 자기도 했다. 하지만 천향 차원에서 돌아온 이후로 그런 일은 단 한 번도 일어나지 않았다. 이는 곧 용비야가 침궁에서 딸을 얻기 위해 힘쓸 기회가 없다는 뜻이었다.

이렇게 몇 달이 흐르자, 용비야는 예아가 아버지를 가장 곤란하게 한 일은 안지 못하게 하는 것이 아니라 밤마다 딱 붙어 있는 것이라는 생각을 하게 되었다.

예아가 아직 잠들어 있는 것을 보자 한번 내려앉은 용비야의 입술은 떠날 줄 몰랐다. 그는 몹시 패기 넘치는 동작으로 그녀의 입술과 닫힌 이를 비틀어 열었다. 아침 댓바람부터 더없이 절절한 깊은 입맞춤을 하고, 그 입맞춤에 서로가 통제 불능 상태에 빠져들 지경이었지만, 그는 결국 아쉬워하며 떨어졌다.

한운석이 그를 쏘아보자 그는 예아를 흘끔 살피더니 저도 모르게 싱긋 웃으며 다시 입맞춤하면서 그대로 한운석을 쓰러뜨렸다.

한운석은 다급했다. 지금이 어느 땐데! 예아가 곧 깨어날 거란 말이야!

한운석은 있는 힘껏 용비야를 밀어냈지만, 용비야는 장난기가 발동해 일부러 놓아주지 않았다. 그는 그녀를 놀려 대다가 예아를 살피곤 했고, 한운석은 그를 걷어차고 싶어질 만큼 골이 났다.

그때, 갑자기 예아가 몸을 뒤척였다.

한운석은 마음이 달았다. 그런데 뜻밖에도 용비야가 더 다급해했다. 그는 예아가 몸을 뒤척이는 것과 거의 동시에 한운석을 놓고 벌떡 일어나 재빨리 옷매무시를 가다듬었다.

기실 예아는 몸을 뒤척였을 뿐 깨어난 게 아니었다.

한운석은 잔뜩 긴장한 용비야를 보고 처음엔 어리둥절했지만 곧 웃음이 터져 큰 소리로 깔깔거렸다.

이제 보니 용비야가 그녀보다 더 예아가 깨어나는 걸 두려워하고 있었다.

저렇게 긴장하고 난처해하는 그는 여태 본 적이 없었다! 한 번 웃음이 터지자 그칠 수가 없었다. 그 소리에 예아가 깨어났다. 이불 속에서 일어나 앉은 아이의 앳된 얼굴은 완전히 긴장이 풀려 맹해 보였다.

그는 모후를 돌아보았다가 다시 부황을 쳐다보며 더없이 멍한 표정을 지었다. 무슨 일이 있었던 거야?

그 순간 용비야의 표정은 말로는 설명할 수가 없었다. 결국, 그는 차갑게 가라앉은 눈으로 한운석을 노려보았지만 한운석은 겁내기는커녕 그 음침한 눈빛을 보자 더욱더 신나게 웃어 댔다.

정말이지 배가 아플 지경이었다.

멍해 있던 예아는 실성한 것처럼 웃어 대는 모후를 지나쳐 부황에게 팔을 뻗었다.

"부황, 안아 주세요! 안아 주세요!"

용비야의 표정이 금세 풀렸다. 그는 예아를 번쩍 안아 올려 어깨에 앉혔다.

"부황, 모후가 왜 웃어요?"

예아가 궁금한 목소리로 물었다.

돌이 지난 예아는 여러 방면에서 발육이 무척 빨랐다. 키도 빨리 자랐고, 언어 능력도 금방 늘어서 자주 쓰는 말을 논리에 맞게 이어 말할 수 있고 본능적으로 어른들이 하는 말의 뜻도 알아들었다.

"부황을 놀리는 것이다."

용비야는 사실대로 말했다.

"왜요?"

예아는 궁금해했다. 요사이 예아는 호기심쟁이가 되어, 일단 하나를 물면 끝없이 질문해 댔다.

"부황이 우스웠으니까."

용비야에게는 언제나 대처 방법이 있었다.

"왜 우스워요?"

예아는 또 물었다.

"모후가 우습다고 생각했으니까."

용비야가 대답했다.

"왜 우습게 생각해요?"

예아의 얼굴은 진지했다.

"부황이 상주문을 읽으러 가야 하니까. 예아도 가겠느냐?"

용비야가 되물었다.

"왜 상주문을 읽으러 가야 해요?"

예아가 또 물었다.

용비야도 이제 아무렇게나 대답하기 시작했다.

"대신들이 기다리고 있으니까."

"왜 기다려요?"

예아는 부황이 건성으로 대답하는 줄도 모르고 계속 물었다.

"대신들은 기다리는 걸 좋아하니까."

용비야는 대답하면서 예아를 안고 걸어 나갔다. 그래도 문을 나서기 전에 잊지 않고 한운석을 노려봐 주었다.

이제 웃음을 그쳤던 한운석은 그 시선을 받자 또다시 참지 못하고 웃음이 터졌다.

부자가 멀리 가 버린 뒤에야 그녀도 비로소 몸을 일으켰다. 너무 웃어서 얼굴 근육이 마비된 것 같았다. 한참을 생각한 결과, 그녀는 드디어 난처해하던 용비야를 설명할 만한 말이 떠올랐다. 딱 '간통 현장을 들킨 사람' 같은 모습이었다!

내내 바깥을 지키던 조 할멈은 어린 주인과 폐하가 나오는 것을 보자, 즉시 어린 주인에게 주려고 준비한 아침 식사를 대령했다. 조 할멈이 예아의 삼시 세끼를 챙긴 덕분에 한운석이 신경 쓸 필요는 없었다.

예아가 용비야를 따라 어서방으로 가자 한운석은 반나절 내내 자유롭게 지낼 수 있었다.

예아는 어서방에 갈 때마다 용비야가 쓰는 폭이 널찍한 흑단 책상 위에 앉아서 상주문을 뒤적이거나 용비야더러 글자를 가르쳐 달라고 졸랐다.

용비야가 바빠서 옆에 있던 태감에게 가르치라고 했지만, 예아는 듣지 않았다. 그때마다 용비야는 별수 없이 고북월을 불러야 했다. 고북월만이 예아를 해결할 수 있었다.

때로는 예아가 기밀문서를 뒤적이기도 했는데 고북월이니 봐도 상관없었다. 태감이었다면 감히 쳐다보지도 못했을 것이다.

한운석은 정리를 마친 후 대충 아침을 먹고 주방으로 갔다.

그녀는 꼬박 두 달에 걸쳐 총주방장에게 직접 배운 결과, 마침내 밀가루를 반죽하는 법을 익혔다. 그리고 다시 한 달을 들여 탱탱한 반죽을 만들어 낼 수 있게 되었다.

요 며칠은 육수 내는 비법을 연구하는 중이었다.

먹을 만한 달걀국을 만드는 것이라면 벌써 해냈을 것이다. 하지만 그녀가 만들려는 것은 면흘탑이었다. 그러니 탱탱한 면을 반죽하는 것이 첫걸음이요, 육수를 끓이는 것이 두 번째 걸음이었다.

오늘은 그녀도 기분이 무척 좋아서 주방에 가자마자 웃으며 인사를 건넸다.

"좋은 아침!"

주방 사람들은 이 목소리를 듣자마자 우르르 꿇어앉아 예를 올렸다. 하나같이 안색이 시퍼렜다.

총주방장은 속으로 한숨을 푹 쉬었다.

'또 왔군!'

요리사1도 속으로 울부짖었다.

'또 싸겠구나!'

요리사2는 곰곰이 생각했다.

'이번에는 반드시 뒷간을 차지해야지.'

결론적으로, 요리사 열 명 모두 겉으로는 공손한 척했지만 속으로는 한숨을 푹푹 쉬고 있었다. 차라리 폐하가 손수 만든 국수를 먹으면 먹었지, 황후마마가 손수 끓인 육수는 마시고 싶지 않았다!

"모두 일어나서 뒤로 물러나 있거라. 오늘은 본 궁이 기분이 좋으니 너희들에게 탕을 대접하마!"

한운석은 웃으며 말했다.

"황후마마의 은상에 감사드립니다!"

요리사들은 입을 모아 외치고 일어나서 질서 정연하게 벽에 붙어 섰다. 그 표정은 한결같이…… 애원에 가득 차 있었다!

황후마마는 어제 벌써 목록을 써 주며 식재료를 준비하고 깨끗이 씻어 놓으라고 분부했다. 오늘 아침 그들이 한 일은 그 식재료를 준비해 탁자에 늘어놓는 것이었다.

그래서 황후마마가 오늘 어떻게 육수를 끓일지, 이미 속으로 짐작하고 있었다.

한운석은 탁자를 덮은 얇은 보자기를 걷어 냈다. 그녀가 요구했던 식재료가 아주 질서 정연하게 차곡차곡 놓여 있었다.

식재료는 암탉 고기, 닭 뼈, 닭 내장, 비둘기, 돼지 뼈, 돼지 살코기, 바닷가재 살, 얼음사탕, 흰 후추알, 용안육, 생강, 구기자였다.

재료가 많은 편이지만, 기실 합쳐 보면 닭고기, 바닷가재, 돼지고기, 그리고 조미료 등 네 종류로 나눌 수 있었다.

이곳 요리사들은 오랫동안 조 할멈과 함께 일했기 때문에 지난번 폐하가 만들라고 했던 암탉에 곤 바닷가재의 맛이 어떤지 당연히 알고 있었다. 그래서 황후마마가 이런 식재료를 요구하자 몹시 놀라고 겁이 났다.

한운석은 곧 물을 끓이고 식재료를 솥에 넣었다.

암탉에 곤 바닷가재 맛은 그녀가 누구보다 잘 알고 있었고 당연히 뇌리에 깊이 새겨져 있었다. 하지만 오늘 이 요리법에는 무척 자신이 있었다.

용비야가 조 할멈에게 만들게 했던 암탉에 곤 바닷가재는 순수하게 고기만 넣어 문드러지도록 삶은 것이지만, 그녀는 바닷가재의 신선한 맛으로 국물을 낼 생각이었다. 게다가 다른 조미료를 넣어 비린내를 잡으면 닭고기 맛과 돼지 살코기 맛이 서로 충돌하지 않고 오히려 서로 돋보이게 할 수 있었다. 그녀는 몇 번 맛을 보면서 요리법을 조정하기 시작했다.

무엇보다 중요한 것은, 성공적으로 육수를 낸다면 한 번의 노력으로 평생토록 편안히 지낼 수 있다는 것이었다. 이 육수는 현대의 농탕보濃湯寶(냉동 국 형태의 가정 조미료의 상품명으로, 국을 끓이거나 고기를 삶을 때 넣어 맛을 내는 제품)나 전골 육수 같은 것으로, 뭘 넣고 끓이든 향기롭고 진한 국물을 낼 수 있었다!

이번에는 한운석이 성공할 수 있을까?

야석편 **행복**

성공이었다!

온종일 끓였더니 큰솥 가득하던 맑은 물이 연노랑 걸쭉한 육수로 졸아들면서 더없이 향긋한 냄새가 났다. 냄새만 맡아도 맛이 아주 좋을 것 같았다.

요리사들은 다 미식가인지라 그 냄새를 맡자 얼마나 맛있는 육수가 나왔는지 알았다. 뜻밖이기도 했지만 놀랍고 기쁘기도 했다. 그들은 당장 저 진한 국물을 맛보며 스스로 연구해 보고 싶은 마음에 안달이 났다.

오랫동안 요리사 노릇을 해 온 그들이 끓인 육수는 황후마마가 아무렇게나 고아 낸 육수보다 맛있지도, 진하지도 않았다!

한운석도 자신이 만들어 낸 육수 냄새에 반해 기절할 것 같았다. 작은 솥에 들어갈 양의 육수는 보기만 해도 침이 줄줄 흐를 것 같아서, 맛보지 않아도 틀림없이 별미 중의 별미라는 걸 알 수 있었다!

하지만!

그래도 뜨끈뜨끈할 때 직접 맛을 봐야 했다!

그녀는 조그만 그릇에다 조심조심 육수를 떠서 한 모금 마셨다.

"우와……."

정말이지 참을 수가 없었다.

"세상에나, 세상에나! 완전 최고잖아!"

이 광경을 보자 온종일 서 있었던 요리사들은 더욱더 기대에 차올랐다.

한운석은 한 모금 더 마신 후 시쳇말로 뿅 간 표정을 지었다.

"음……, 뒷맛이 무궁무진한 것이 인간 세상의 별미로구나!"

그 표정을 본 요리사들이 차례차례 침을 꿀꺽 삼켰다.

한운석은 남은 육수를 단숨에 꿀꺽 삼킨 뒤 탐욕스럽게 혀로 입술을 핥고서 요리사들을 돌아보며 진지하게 말했다.

"아주 맛있구나. 거짓말이 아니야!"

요리사들이 우르르 꿇어앉았다.

"경하드립니다, 황후마마. 마침내 신선한 육수를 만들어 내신 것을 경하드립니다!"

"모두 일어나라!"

한운석은 웃으며 말했다.

요리사들은 우르르 일어나 황후마마가 육수를 내려 주기를 기다렸다. 하지만 뜻밖에도 황후마마는 '덜컹'하고 솥뚜껑을 덮어 버렸다. 그리고 옆에 앉아서 오늘 쓴 식재료의 분량과 끓인 단계별 불의 세기 및 시간을 꼼꼼히 기록했다.

그러니까, 성공했으니 요리사들이 맛볼 필요도 없다는 건가?

바로 그 순간, 반나절 동안 쫄쫄 굶은 요리사들은 성말로 붕괴 직전에 처했다! 지금 그들의 기분은 실패한 육수를 마실 때보다 더 울적했다.

한운석은 수치를 모두 기록한 다음 서둘러 밀가루를 반죽하고, 육수에 물을 부어 밑 국물로 삼아 보글보글 끓인 뒤 반죽한 면흘탑을 넣었다.

몇 달 배운 덕에 덩어리도 적당한 크기로 고르게 잘라 낼 수 있었다.

반죽 덩어리가 익는 동안 그녀는 맑은 물에 채소를 데치고 수란을 익혔고, 덩어리가 다 익자 채소를 얹고 수란도 올렸다. 이렇게 해서 색도 곱고 맛도 갖춘 면흘탑 한 그릇이 완성되었다.

일국의 황후라는 귀한 신분인 한운석이지만, 면흘탑 한 그릇을 끓여 냈다는 사실에 행복한 미소를 지었다.

이건 대체 어떤 행복일까?

이건 여자만의 행복이었다. 신분도, 지위도 상관없고 능력과는 더욱더 무관했다.

이건 사랑하는 남자를 위해 면흘탑 한 그릇을 준비할 수 있다는 데서 오는 행복이었다.

알다시피 아무리 좋은 요리사라도, 사랑하는 남자에게 직접 면 요리를 해 줄 기회가 꼭 있는 것은 아니었다. 한운석은 요리가 식을까 봐 그릇을 든 채 경공까지 써서 용비야를 찾아갔다.

용비야가 예아를 어떻게 설득했는지, 뜻밖에도 예아는 고북월과 함께 태부 저택에 가서 저녁때까지 돌아오지 않고 있었다.

어서방에 도착한 한운석은 때마침 나오려던 용비야와 딱 마주쳤다.

용비야는 곧 향긋한 냄새를 맡았다. 그의 시선이 한운석이

든 그릇 쪽으로 내려갔다. 그는 요리사가 만든 것을 한운석이 가져온 것으로 생각했다. 그녀는 몇 달간 주방에서 열심히 반죽을 배웠고, 두 번 세 번 육수를 끓였다. 그 일은 그도 알고 있었다.

용비야는 배가 고프지 않아서 그릇을 흘끗 보기만 하고 별로 신경 쓰지 않았다.

하지만 잔뜩 기대하고 있던 한운석은 자신이 직접 만들었다는 말을 일부러 하지 않고 그릇을 탁자 위에 놓으며 태연하게 말했다.

"따뜻할 때 먹어요. 예아는요?"

"태부 저택에 갔다."

이 말속에는 예아가 오늘 밤에 돌아오지 않는다는 뜻이 숨겨져 있었다. 한운석이 알아듣지 못했다면 그동안 그와 헛살았다고 해야 할 것이다.

"그렇군요!"

그녀는 나른한 척 옆에 앉아 상주문을 펼쳤다.

"아침에는 실컷 웃었느냐?"

용비야가 흥미로운 목소리로 물었다.

한운석은 그가 복수하려는 것을 알고 또다시 깔깔 웃음을 터트리며 물었다.

"폐하, 다음에도 또 그러실 수 있을까요?"

"보아하니 아직 덜 웃은 것 같군."

용비야는 재빨리 한운석 앞으로 걸어와 차가우면서도 사악한 눈빛으로 그녀를 바라보았다.

한운석은 그의 그런 눈빛이 두렵지 않았다. 이보다 더 차갑고 더 사나운 눈빛이라도, 그녀에게는 눈 깜짝할 사이 저 눈빛을 부드럽게 만들 방법이 늘 있었다. 하지만 용비야가 양손을 들어 올린 순간, 그녀도 그만 깜짝 놀랐다.

"용비야, 그건……."

말이 끝나기도 전에 용비야의 손이 날아들었다. 그는 그녀를 의자에 가둔 뒤 마구 간지럽히기 시작했다!

그녀가 앉은 의자는 반원형으로, 양쪽 팔걸이가 높다랗고 등 쪽에는 높은 등받이가 달려 있었다. 용비야가 앞을 가로막자 한운석은 어느 쪽으로도 달아날 길이 없었다.

그녀는 간지러운 걸 못 견뎌 했다!

게다가 그는 그녀가 어디를 가장 간지러워하는지 너무 잘 알고 있어서 그곳만 집중 공략했다.

한운석은 웃고 애원하고 소리 지르고 반항했다.

"용비야, 그만! 그만! 안 웃을게요, 됐죠? 안 웃는다니까요. 까하하하하……. 용비야, 용서해 줘요. 제발! 이거 놔요! 놓아요! 용비야, 내가 잘못했…… 잘못했어요! 까아아…… 살려 줘!"

이 외침에 문 앞을 지키던 비밀 시위들은 알아서 멀찌감치 달아났다. 조 할멈이 다가오자 서동림이 재빨리 나타나 가로막았다.

"조 할멈, 무슨 일이오?"

"태자 전하를 모시고 돌아가야 하는지 물어보러 왔지."

조 할멈이 진지하게 말했다.

"태자 전하께선 태부를 따라가셨소. 황후마마께서 막 오셨으니 오늘 밤 두 분은 아마 어서방에서 지내실 거요."

서동림은 차분한 표정으로 대답했다.

조 할멈은 흠칫 놀랐지만 곧 정신을 차렸다.

"아차차…… 알겠다, 알겠어! 아무렴, 잘 알지!"

이렇게 해서 조 할멈은 흐뭇해하며 떠났다.

어서방 안에서는 한운석이 숨을 헐떡이며 의자에 서 있었다. 달아날 수가 없으니 의자에 올라서야 용비야가 겨드랑이를 간지럽히지 못하게 하는 수밖에 없었다.

그런데 웬걸, 용비야는 워낙 키가 크고 팔도 길어서 발끝을 세우고 손을 뻗자 얼마든지 간지럽힐 수 있었다.

그의 마수가 다가오자 한운석은 화들짝 놀라 재빨리 책상 위로 뛰어올랐다.

그러나 올라서자마자 얼이 빠졌다. 이 책상은 보통 탁자가 아니라 황제가 일할 때 쓰는 것이요, 문무백관들이 올린 상주문도 모두 이 위에 있다는 사실을 깨달은 탓이었다.

놀란 한운석이 뛰어내리려는데 뜻밖에도 용비야가 갑작스레 그녀의 다리를 잡아당겨 어쩔 수 없이 앉게 만들었다.

"장난치지 말아요! 내려갈래요!"

한운석이 진지하게 말했다.

용비야는 눈썹을 높이 세우며 사악하게 웃더니, 단숨에 한운석을 널따란 책상 위에 눕히고 동시에 몸을 숙여 그녀를 단단히 덮쳤다.

"잘됐군. 짐도 장난칠 생각은 없다."

그가 묵직한 목소리로 말하며 한 손으로 그녀의 허리를 받쳤다.

한운석은 흠칫 놀랐다.

"용비야, 미쳤어요?!"

용비야는 한층 방자하게 웃었다.

"두려우냐?"

"장난 그만해요!"

한운석은 정말 다급했다.

그는 그녀가 긴장해서 이렇게 초조해하고 당황해하는 모습이 좋았다. 아침에는 그녀가 그를 놀렸으니 이제 그가 놀려 줄 차례였다.

한운석은 그를 밀어냈다.

"일어나요. 이렇게 소란 피우면 안 돼요!"

"두렵다고 말하면……."

그의 말이 끝나기도 전에 한운석이 대답했다.

"두려워요!"

용비야는 참지 못하고 껄껄 웃어 댔다.

"두렵다고 말하면 내가 놔줄 줄 알았느냐?"

"뭐예요!"

한운석은 분노했다.

용비야는 즉시 고개를 숙이고 그녀의 입술을 덮쳤다. 그녀는 발버둥 쳤지만 그는 그럴수록 더 방자하게 나왔다. 정말이지 악마였다!

두 사람은 흑단목으로 만든 커다란 책상 위에서부터 긴 의자까지 뒹굴었다. 그렇게 몇 번 왔다 갔다 했더니 한운석은 힘들어서 허리가 끊어질 것 같았다. 알다시피 예아가 용비야에게 딱 붙어 다닌 후로 용비야는 적게 잡아 세 달 동안 금욕 중이었다! 지금은 예아도 없고 여유도 생겼으니 한운석을 쉽게 놓아줄까?

장엄하고 숙연해야 할 어서방에서 이런 끈적한 장면이 연출되다니, 정말 뭐라고 할 수가 없었다.

한운석이 나체가 된 채 피로에 지쳐 기다란 의자 위에 뻗자, 용비야는 얇은 순견 이불을 끌어당겨 그녀를 돌돌 만 다음 가로로 번쩍 안아 올렸다.

"침궁으로 돌아가자, 응?"

일을 끝낸 뒤의 그는 언제나 이렇게 부드러웠다.

한운석은 나른하게 고개를 끄덕였다. 그런데 별안간 가져온 요리가 떠올라 그만 울음을 터트릴 뻔했다. 그에게 먹이려고 고생고생해서 만든 요린데, 뜻밖에도 그가 먹은 것은 요리가 아니라 그녀였다.

한운석은 자신을 위로했다. 사랑하는 사람을 위해 요리를 하는 것도 행복이요, 사랑하는 사람에게 잡아먹히는 것은 더욱더 큰 행복이라고.

그녀가 물었다.

"용비야, 아직 배고파요?"

용비야는 이 여자가 이럴 때 이런 질문을 하는 것이 무척 뜻밖이었다. 예전에는 지쳐서 꼼짝도 하지 않으려는 그녀의 귀에 대고, 늘 그가 먼저 자신은 아직 배부르지 않다고 속삭이곤 했던 것이다.

그런데 오늘은 이 여자의 반응이 달랐다.

용비야는 사악하게 웃으면서 나지막이 물었다.

"더 주겠느냐?"

한운석은 이불 속에서 고운 팔을 내밀어 식어 버린 요리를 가리켰다.

"저거요. 내가 직접 만든 거예요. 먹을래요?"

그 말에 용비야의 웃음이 그대로 얼어붙었다.

"먹을래요, 말래요?"

한운석이 애교 섞인 목소리로 물었다.

용비야는 무의식적으로 헛기침을 했지만 대답은 없었다.

한운석이 그의 얼굴을 쓰다듬은 뒤 계속 아래로 손을 내려 그의 가슴 깊숙이 손을 넣었다.

"내가 종일 끓였다고요. 먹을 거예요, 말 거예요?"

종일 끓였다는 말에 용비야의 안색은 더욱더 나빠졌다.

한운석은 손으로 그의 가슴팍을 자극하며 느긋하게 말했다.

"용비야, 안 먹으면 다음부터 다시는 안 해 줄 거예요!"

이 말에는 두 가지 의미가 담겨 있었다. 분명한 협박이었다.

용비야가 무슨 수로 한운석의 희롱을 견딜 수 있을까? 그는 그녀를 다시 의자에 내려놓고 못되게 구는 손을 잡아 눌렀다. 목소리마저 거칠어져 있었다.

"그만."

한운석은 정말 손을 치웠다가 느닷없이 그를 밀어냈다.

"내가 당신 주려고 직접 만들었단 말이에요. 대체 먹을 거예요, 말 거예요? 시원하게 말 좀 해요!"

비록 냄새는 향긋하지만 한운석이 만든 것이다 보니 아무래도 겁이 났다.

"안 먹을 거면 버려요!"

한운석은 씩씩거리며 맨발로 의자에서 내려왔다. 용비야가 그녀를 붙잡았다. 그리고 긴말 없이 직접 그릇을 들고 밖으로 나가 서동림을 불러 데워 오게 했다.

한운석은 웃었다. 더할 나위 없이 행복한 웃음이었다. 그녀는 참지 못하고 뒤에서 용비야를 끌어안으며 그의 탄탄한 등에 기댔다.

"용비야, 앞으로 내가 매일매일 면 요리를 만들어 줄게요. 좋죠?"

용비야는 대답하지 않았다. 그녀 역시 캐묻지 않고 제풀에 바보처럼 웃었다.

얼마 지나지 않아 서동림이 데운 면흘탑을 가져왔다. 채소와 수란은 이미 망가져 볼썽사나운 모습이었지만, 육수는 여전히 향기로웠다.

용비야는 냄새를 맡아 본 후 면흘탑 덩어리 하나를 집어 살펴보았다. 그제야 이번 것은 꽤 괜찮아 보인다는 것을 알 수 있었다.

조금 전 한운석이 가져왔을 때는 자세히 보지 않았는데, 지금 보니 혹시 서동림이 다른 것으로 바꿔 오지 않았나 의심스러울 지경이었다.

"먹어 봐요. 어서요!"

한운석은 기대에 부풀었다.

따끈따끈한 면흘탑에서 솔솔 풍기는 향긋한 냄새를 맡은 용비야는 서동림이 다른 것으로 바꿔 온 것으로 의심했다. 그렇지만 한운석이 가까이 와서 그릇을 들여다보며 재촉하자 다시 한번 심히 망설였다.

자신이 만든 음식이니 한운석은 당연히 알아볼 터였다!

평소에는 지독하게 결단력 있는 그가 면 한 그릇을 앞에 두고 자꾸만 망설이고 있었다.

한운석이 그를 살짝 찼다.

"도대체 먹을 거예요 말 거예요? 안 먹을 거면 영원히 먹지 말아요."

용비야는 별수 없이 국물을 한 모금 들이켰다.

딱 한 모금뿐이었다.

한 모금 만에 그의 얼굴에서 고민하던 표정이 싹 사라졌다. 그는 믿을 수 없는 얼굴로 한운석을 돌아보았다.

한운석도 그를 바라보았다. 몹시 긴장했고 기대에 가득 찬 얼굴이었다.

용비야는 말없이 한 모금 더 먹었다. 그런 다음 꼼꼼하게 맛을 음미하듯 살짝 입술을 핥았다. 한운석은 그의 입술을 응시하며 기대에 부풀었다.

용비야가 다시 그녀를 돌아보며 뭐라고 말할 것처럼 하자 한운석의 심장은 거의 허공에 대롱대롱 매달릴 지경이었다. 하지만 용비야는 아무 말 하지 않고 고개를 돌린 뒤 계속 먹었다.

이번에는 조금씩 마시는 것이 아니라 한입 가득 머금었다!

한운석은 넋이 빠져 그 모습을 바라보았다. 용비야를 안 지 오래지만 그와 함께 식사하기 시작한 날부터 지금까지 저렇게 우걱우걱 먹는 모습은 처음이었다!

비록 예전처럼 우아한 모습은 아니지만, 마음에 쏙 들었다!

그녀는 바보같이 헤헤 웃었다. 전에 없이 보람차고 행복했다!

사랑하는 사람에게 요리를 해 줄 수 있다는 것은 행복한 일이었다.

사랑하는 사람에게 잡아먹히는 것도 행복한 일이었다.

사랑하는 사람이 자신이 직접 만든 요리를 게걸스럽게 먹는 것을 보는 것은, 한층 더 행복한 일이었다!

어쨌든 한운석의 이 모든 행복은 자기 스스로 차지한 것이었다.

용비야가 면흘탑 한 그릇을 깨끗하게 먹어 치우고 나자 한운석은 생글거리며 물었다.

"맛있죠?"

"아주 맛있구나!"

용비야는 그렇게 대답한 뒤 갑자기 밖으로 나가 서동림을 소리쳐 불렀다.

한운석이 무슨 일인가 하고 고개를 갸웃하는데 그가 서동림에게 묻는 소리가 들려왔다.

"네가 요리를 바꿔 왔느냐? 어느 요리사가 한 것이냐? 큰 상을 내리겠다!"

서동림은 영문을 알 수가 없었다.

"폐하……, 무……, 무슨 말씀이신지?"

방 안에서는 행복에 넘치던 한운석의 얼굴이 순식간에 어둡게 가라앉았다! 그녀가 큰 소리로 외쳤다.

"용비야, 이 원한, 잊지 않을 거예요!"

서동림의 반응과 등 뒤에서 들려오는 포효에 용비야는 마침내 자신의 판단이 틀렸음을 깨달았다.

그가 어서방으로 돌아왔을 때 한운석은 이미 옷을 단정하게 차려입고 나가려던 참이었다.

"정말 네가 만든 것이냐?"

사실을 말했는데도 용비야는 여전히 믿을 수가 없었다.

"아뇨!"

한운석은 콧방귀를 뀌며 그를 밀어내고 밖으로 나갔다.

용비야가 그녀를 붙잡았다.

"언제 배웠느냐?"

한운석은 주먹으로 그의 가슴을 때렸다.

"세 달 넘게 배웠다고요. 이 바보!"

"그렇게나 오래?"

용비야가 저도 모르게 되물었다.

"이……!"

한운석이 정말 화가 나서 노발대발하려는 순간, 용비야가 그녀의 손을 잡고 몹시 패도적으로 입을 맞췄다. 비할 데 없이 깊고도 끈질긴 입맞춤이었다.

　한참이 지난 다음 비로소 그녀를 놓아준 그가 여전히 입술을 마주 댄 채 부드럽게 말했다.

　"한운석, 얼마나 나를 좋아하기에 그렇게 오랫동안 배울 생각을 했느냐?"

　한운석은 조금 전만 해도 분명히 화가 났었지만, 지금은 울고 싶은 심정이었다.

　물처럼 부드러운 그의 시선을 받으며 그녀가 대답했다.

　"아주, 아주 좋아해요."

　"정말 맛있었다. 앞으로는 다른 사람이 만든 것은 먹지 않겠다. 네가 만든 것만 먹을 것이다."

　용비야가 진지한 얼굴로 말했다.

　"정말이죠?"

　한운석이 진지하게 물었다.

　"음!"

　용비야는 힘차게 고개를 끄덕였다.

　한운석은 정을 담뿍 담은 눈길로 그를 바라보았다. 보고 또 보던 그녀가 별안간 참지 못하고 푸하하 웃음을 터뜨렸다.

　"용비야, 내가 만들어 주지 않으면 당신은 평생 면을 못 먹겠네요!"

　용비야는 살짝 당황했다. 한운석은 그 틈을 놓치지 않고 그의 손을 뿌리친 뒤 달아나 바깥에서 배꼽을 잡고 큰 소리로 웃어 댔다.

그가 그녀를 놀리는데, 그녀인들 그를 놀리지 못할까?

용비야가 쫓아 나왔다. 체통도 없이 웃어 젖히는 한운석을 보자 그는 기가 막히면서도 웃음이 났다.

사람들은 대진의 후궁이 쓸쓸하다고들 하지만, 겉으로만 화려한 삼천의 후궁이 과연 한 침상에서 자는 세 가족을 당해 낼 수 있을까? 직접 요리사가 되어 음식을 만들어 주는 그녀를 당해 낼 수 있을까? 지금 이 순간 내키는 대로 후련하게 터트리는 그녀의 웃음을 당해 낼 수 있을까?

분명히 놀림을 당했지만, 한운석이 이처럼 즐거워하는 것을 보자 용비야 역시 참지 못하고 웃음을 지었다.

그녀가 실컷 웃고 차분해지고 나자 비로소 그가 손가락을 까닥였다.

"오지 않고 뭘 하느냐?"

한운석은 고개를 저으며 뒷걸음질 쳤다.

용비야는 눈썹을 치켰다. 얼굴 위에 위험한 기운이 점점 짙어졌다.

한운석은 돌아서서 달아났지만, 자신이 용비야에게 직접 경공을 배웠다는 사실을 잊고 있었다! 용비야는 금세 그녀 앞을 가로막았다.

그는 그녀를 혼내지 않고 차갑게 말했다.

"한 그릇 더 끓여 주면 놓아주마."

한운석은 제자리에 서서 말없이 고개를 저었다.

아무리 그래도 그가 그녀를 어떻게 할 수 있겠는가? 어차피 먹힌 거, 한 번 더 먹힌다고 해도 그녀는 두렵지 않았다.

과연 용비야의 태도가 금방 풀어졌다.

"한 그릇만 더 끓여 다오. 아직 배불리 먹지 못했다."

한운석은 고개를 홱 돌리며 모른 척했다.

"나도 한 그릇 끓여 줄 테니 교환하자. 어떠냐?"

용비야가 진지하게 물었다.

한운석은 도저히 참을 수가 없어 큰 소리로 웃음을 터트렸다. 용비야가 이런 말을 할 줄이야. 정말 두 손 두 발 다 들 수밖에 없었다.

사실은, 그가 좋다면 매일매일 만들어 주고 싶었다!

"기다려 봐요. 금방 해 올게요."

한운석은 시원시원하게 대답했다.

"내가 조수 노릇을 하마."

용비야가 어떻게 가만히 기다리고만 있을까?

"좋아요!"

한운석은 기꺼이 받아들였다.

밤이 깊었지만 두 사람은 손을 잡고 함께 주방으로 갔다. 그들의 뒷모습이 사라진 뒤 비로소 조 할멈과 서동림 일행이 주위에서 쏙쏙 얼굴을 내밀었다. 그들은 도저히 믿기지 않는 얼굴로 서로를 바라보았다.

두 주인이 주방으로 갔는데, 주방이 내일 아침까지 무사할 수 있을까?

그렇지만 주방에서 펼쳐진 광경은 더없이 따스했다.

한운석은 만든 육수를 용비야에게 보여 주고, 육수를 어떻게 냈는지 설명하면서 용비야에게 채소를 씻고 달걀을 준비하게 했다.

두 부부는 도란도란 이야기를 나누면서 바쁘게 움직였다. 용비야가 물었다.

"오래전에 내왔던 시큼한 대추 떡은 어떻게 만들었느냐?"

이 여자의 본래 요리 솜씨로 보아 제대로 된 떡을 만들었을 가능성은 별로 없었다.

한운석은 헤헤 웃었다. 용비야가 그때 먹었던 이가 시릴 만큼 시큼한 대추 떡을 아직 기억하고 있다니 뜻밖이었다.

웃는 것 말고, 용비야가 뭘 더 할 수 있을까?

한운석은 그가 객잔에서 온통 시큼한 요리만 내오게 했던 일을 떠올리고 또다시 웃음을 터트렸다.

용비야는 동작이 너무 커서 달걀을 엎고 말았다. 한운석이 재빨리 치우고 다시 하나를 건넸다.

육수가 펄펄 끓어 뜨거운 김을 뿜어 댔다. 한운석이 솥뚜껑을 열려고 하자 용비야가 재빨리 그 손을 밀어냈다.

"내가 하마."

반죽 덩어리가 솥에서 보글보글 익고 수란과 채소도 준비되었다. 부부는 부뚜막 앞에 나란히 서서 기다렸다.

혼자 조당에 나가고, 혼자 주방에 간다면 별일이랄 수도 없었다.

하지만 두 사람이 함께 조당에 나가고 함께 주방에 가는 것은 드문 일이었다. 적어도 지금까지는 아무도 그런 적이 없었다.

손잡고 나란히 서서 천하에 군림하다가, 또 나란히 서서 면이 익기를 기다리는 것은 공명과 화려함 뒤의 평온함이었다. 이 평온함에는 또 다른 이름이 있었다. 바로 '가족'이었다.

면이 익자 용비야는 국물만 마시고 한운석이 면을 먹었다. 두 사람 다 몸이 따뜻해지고 배도 든든해졌다.

그날 밤 이후 궁궐 안에는 불문율이 하나 더 생겼다. 주방 요리사들이 국수 면을 반죽하거나 끓이지 않는 것이었다.

이 규칙은 서서히 대진 황족 전체의 규칙으로 바뀌어, 황후를 세운 날 밤 황후가 몸소 황제에게 면흘탑 한 그릇을 끓여 주게 되었다. 바로 이 때문에 대진의 황친 귀족들 사이에서 면을 반죽하고 끓이는 일은 여자가 반드시 배워야 할 기술이 되었다.

물론 이는 훗날의 이야기였다.

본래라면 가을이 되면 성대한 가을 사냥을 열어야 했다. 하지만 용비야는 이례적으로 미복을 차려입고 북쪽 지역 순방을 나갔다.

모두가 의아해했다. 벌써 가을인데 북쪽으로 가면 엄동설한을 만날 텐데?

이부의 관리는 북방 몇몇 성시의 관리들에게 어가를 맞이할 준비를 시켜야 한다고 했으나 용비야가 제지했다. 그는 미복 차림으로 몰래 순방하겠다고 했다.

그렇게 해서 용비야와 한운석이 출궁한 그날부터, 비밀 시위대와 용비야의 몇몇 심복 대신 외에는 아무도 그들의 행적을 알지 못했다.

고북월은 10여 일 전에 휴가를 내고 출산을 앞둔 진민 곁에 있어 주기 위해 강남으로 갔다. 용비야는 그를 방해하지 않았고, 그래서 그 역시 용비야와 한운석의 진짜 행방을 알지 못했다.

용비야와 한운석은 예아를 데리고 북쪽이 아닌 강남으로 향했다.

가을의 강남은 북쪽처럼 스산하지 않았다. 하늘은 높고 날씨는 상쾌하고 기온도 적당했다. 일 년 가운데 가장 좋은 계절이라 할 만했다.

용비야가 남하한 것은, 첫째는 몸소 강남 명문세가들의 납세 상황을 조사하기 위해서이고, 둘째는 한운석과 함께 강남 매해에서 겨울을 나기 위해서였다.

그들이 운녕에서 출발해 남쪽으로 가서 한 바퀴 둘러본 다음 돌아올 때쯤이면 딱 한겨울이고, 마침 강남 매해도 돌아가는 길에 있었다.

마차는 황량한 교외를 지나 시끌벅적한 현성을 향해 질주했다.

마부는 언제나처럼 고 씨였고, 수행하는 비밀 시위들도 부근에 몸을 숨긴 채 내내 따랐다. 서동림은 진작 현성에 가서 숙소를 준비해 놓고 있었다.

사람들의 이목을 피하고자 용비야가 바꾼 마차는 겉보기에는 무척 간소해서 평범한 상인이 쓰는 마차 같았다. 하지만 안은 달랐다. 용비야의 제멋대로인 취향에 비춰 볼 때 사치스러울 필요는 없지만 반드시 편안하고 넓어야 했다.

이번 남쪽 지역 순방에서 용비야는 특별히 경로 지도를 만들어, 가려는 성시를 비롯해 몰래 조사할 염전과 광산 소재지를 상세히 표시해 두었다.

지금 한운석은 그 지도를 보고 있었다.

"공교롭기도 해라. 여기 이 장녕長寧 염전은 영주와 무척 가까워요. 바로 이웃인데요?"

급한 서신을 읽고 있던 용비야가 시선을 들었다.

"영주가 가까운 것이 어떻다는 것이냐?"

한운석은 웃음을 지었다.

"진민과 고북월이 바로 영주에 있잖아요! 마침 잘됐어요. 서동림을 보내 고북월이 영주에 있는지 알아보라고 해야겠어요. 참, 아니지, 아니야. 몰래 조사하게 한 다음 깜짝 놀라게 해 줘야지!"

이런 일이라면 용비야는 늘 이견 없이 한운석이 하자는 대로 했다.

이틀 후, 서동림이 소식을 들고 왔다.

"황후마마, 고 태부는 영주 남쪽의 거류항去留巷이라는 곳에 묵고 있습니다. 진 부인은 태교 중이고 조용한 것을 좋아해서,

현지 관리도 묵는 곳은 알지만 감히 방해하지 못했다 합니다.”

“그곳에 들렀다 가자. 일정이 며칠 미뤄져도 괜찮다!”

한운석이 분부했다.

서동림은 폐하의 의견을 물을 필요 없이 명령을 수행하러
갔다.

야석편 **남쪽 순방**

며칠 후 한운석 일가족 세 명은 영주에 도착했다.

한운석은 즉석에서 선물도 구했다. 진민과 고북월에게 깜짝 기쁨을 안겨 주고 싶었다. 용비야는 그녀만큼 흥분하지 않고, 예아를 안고서 차갑게 말했다.

"나와 예아는 거리 입구의 차루에 있겠다. 고북월이 한가하면 들러서 차나 마시자고 해라."

한운석도 용비야를 데려가고 싶지 않았다. 저 얼음덩어리 같은 용비야가 함께 있으면 규방 친구 중에 누군들 불편해하지 않을까?

"예아, 차는 너무 많이 마시지 마, 알겠지? 배고프면 아버지에게 말하고."

한운석이 진지하게 당부했다.

어린아이가 차를 마시는 건 좋지 않지만, 예아는 용비야 곁에 오래 있다 보니 어린 나이에도 차를 좋아하게 되어 그녀가 저지하지 않으면 하루 세끼 꼬박꼬박 차를 마셨다.

용비야의 목말을 탄 예아가 진지하게 고개를 끄덕였다.

"어마마마의 명을 받듭니다!"

"쉿……."

한운석이 허둥지둥 조용히 시켰다.

"신분이 알려지면 너 알아서 운녕으로 돌아가!"

예아는 킥킥 웃었다. 어머니에게 장난친 게 분명했다.

한운석은 장난기 심한 아들을 보자 기가 찼다. 채 두 살도 안되었는데 저렇게 장난이 심하니 다 크면 어떻게 될까?

하지만 한운석은 예아가 성격이 밝고 잘 웃는 편이 좋지, 용비야처럼 얼음덩어리같이 되는 건 원치 않았다. 그러면 얼마나 재미가 없을까!

두 부자가 멀어지자 한운석은 비로소 거리 안쪽으로 들어가 서동림이 알려 준 주소대로 고북월과 진민의 저택을 찾아냈다.

저택은 별로 크지 않았지만 한눈에 한운석의 시선을 끌었다. 저택 바깥담에 담쟁이덩굴이 그득하게 자라 초가을인데도 울창한 초록빛이 담벼락을 물들이고 있기 때문이었다.

저택은 거리 깊숙한 곳에 있어서 거리 전체가 곧 이 저택의 바깥벽 장식 같았다. 하지만 담장을 물들인 초록빛이 거류항 전체를 훨씬 고즈넉하게 만들어 주었다.

저택은 비록 크지 않지만 담이 높아서 몰래 안을 들여다볼 수 없었다.

한운석이 다가가 문을 두드리자 곧 누군가 나와 문을 열었다. 고북월이 데리고 다니는 약 시동이었다. 시동은 한눈에 한운석을 알아보고 당황해 어쩔 줄 몰랐다. 예를 올리려는 시동을 한운석이 재빨리 만류하며 소리 죽여 말했다.

"큰 소리 낼 것 없다."

시동은 황급히 그녀를 안으로 모셨다. 하지만 한운석은 안으로 들어서자마자 정원의 아름다운 경치에 넋을 잃었다. 저도 모르게 탄성이 흘러나왔다.

"아름답기도 해라!"

문밖에는 조그만 꽃밭이 있었고 바닥에는 알록달록한 자갈을 깔아 놓았다. 정원 안에는 개나리를 잔뜩 심었는데, 그루 그루 사람 키 반 정도 되는 높이에 가지가 우산을 펼친 것처럼 활짝 뻗어 두세 사람이 팔을 뻗어야 둘러앉을 수 있었다. 개나리 나뭇가지는 전부 황금색으로 물들어 선명하고 고왔고, 꽃송이는 하나같이 큼직하고 아름다웠다.

둘러보니 정원 전체가 황금빛으로 빽빽하게 둘러싸여 있었다. 한운석은 참지 못하고 꽃밭으로 걸어 들어가 개나리 특유의 약초 냄새를 맡았다. 마치 꽃의 바다에 푹 잠긴 것 같았다.

개나리는 약재로, 일반적으로 봄철에 꽃을 피우지만 제철이 아닌 가을이나 겨울에 피는 것도 있었다. 한운석은 한약재를 다루기 시작하면서부터 종종 개나리를 만지곤 했다. 개나리는 열을 내리게 하고 독을 제거하며 붓기를 가라앉히고 적취를 푸는 효과가 있어서 해독에 흔히 쓰이는 약재기 때문이었다.

그렇지만 관상용으로 개나리를 가꾸어 놓은 것을 보는 건 처음이었다. 그것도 이렇게 예쁘게.

"진민이 기른 것이냐, 아니면 고북월이 기른 것이냐?"

한운석이 웃으며 물었다.

의성에서 고북월은 진민과 혼례를 올리기 전날까지 신혼방을 제대로 꾸미지 않았고, 결국 목령아가 나섰다. 목령아가 고북월에게 진민이 무슨 꽃을 좋아하는지 물었더니 고북월은 개나리라고 대답했다.

한운석도 그때부터 진민이 개나리를 좋아하는 것을 알고 있었다.

"부인께서 기르셨습니다."

약 시동은 당연히 주인과 부인의 비밀을 알고 있었다. 하지만 이런 질문에는 굳이 거짓말하지 않았다.

"부인은 태교 중이지 않느냐? 아직도 이 꽃들을 관리할 힘이 있느냐?"

한운석은 의아한 얼굴로 물었다.

"하인들을 시켜 손보십니다."

시동은 재빨리 해명했다.

한운석도 더는 캐묻지 않고 소리 죽여 말했다.

"두 사람은 어디 있지? 어느 방에 계시냐?"

시동은 속으로 발을 동동 굴렀다. 주인은 아침에 돌아왔고, 곳곳을 살펴도 부인과 작약을 찾지 못해 몸소 찾으러 나간 참이었다.

그런데 북방 순찰을 나갔다던 황후마마가 이곳에 나타날 줄 누가 알았을까. 만에 하나 황후마마가 사실을 알아차리면 어떻게 한담?

"주인과 부인께서는 모두 외출 나가셨습니다. 황후마마, 잠시 안에서 기다리시면 소인이 찾아서 모셔 오겠습니다."

고북월을 오래 따른 시동이라 제법 기민했다.

한운석은 별로 이상하지 않았다. 누가 뭐래도 고북월이 하는 일이라면 항상 안심할 수 있어서였다.

"가 보아라. 나는 정원을 둘러보마."

한운석이 말했다.

그녀는 정원에 개나리뿐만 아니라 초록색 조그만 식물들도 적잖이 심어 놓은 것을 발견했다. 모두 희귀한 것들이고, 아무리 해도 길러 내기 힘든 다육 식물도 몇 가지 있었다.

한운석은 진민의 꽃밭에 완전히 마음을 뺏겼다. 방을 이곳저곳 둘러보았더라면 틀림없이 진민과 고북월이 각방을 쓴다는 사실을 알아냈겠지만, 애석하게도 그녀는 내내 꽃밭에서 기다렸다.

꽃밭에는 희귀한 약초도 있었는데 모두 분재였다! 그녀는 꽃밭 서쪽으로 걸어갔다. 돌담을 지나자 또 다른 풍경이 펼쳐졌다.

그곳에는 말라 죽은 큰 나무 한 그루가 있는데, 윗부분에는 상당히 특별한 꽃이 가득 피어 있었다. 공기봉리空氣鳳梨(파인애플과 틸란드시아 속의 일종인 착생 식물)라고 하는 꽃이었다.

이 꽃은 물이나 흙 속에서 기를 필요 없이 공기만 있으면 살수 있고 뿌리를 내리지 않았다. 이런 꽃은 종류가 다양하고 모양도 괴상하며 색도 가지각색으로, 마른 가지 위에 피어나면 꽃이 가지를 가득 뒤덮어 알록달록한 느낌을 주었다.

"누가 기른 거야!"

한운석은 진심으로 이곳 정원사를 데려가 원예 기술을 배우고 싶어졌다.

그녀는 정원에서 꽃과 풀을 구경하느라 시간마저 까맣게 잊고 말았다. 서동림이 눈앞에 나타났을 때야 비로소 시동이 나간 지 한참 되었다는 것을 떠올렸다.

"황후마마, 고 태부가 차루에서 우연히 폐하를 만났습니다. 지금 이야기를 나누고 계시는데, 폐하께서 마마도 오시지 않겠느냐고 여쭤보라 하셨습니다."

서동림이 말했다.

"진민도 있느냐?"

한운석이 물었다.

"고 태부 말로는 진 부인은 외출을 나가 아직 돌아오지 않았는데, 아마 일찍 오지는 않을 것이라고 합니다."

서동림은 사실대로 대답했다.

한운석은 어깨를 으쓱하고는 별수 없이 차루로 갔다.

차루는 거리 입구 첫 번째 건물인데, 2층 누각 형태이며 한쪽은 큰길을, 다른 한쪽은 거리 입구를 바라보고 있었다. 용비야는 2층에서 거리 입구에 면한 자리를 골라 창가에 앉았다. 덕분에 거리를 지나는 사람들을 모두 볼 수 있었다.

한운석이 찾아갔을 때 예아는 과자를 먹고 있었다. 예아는 뭐든 용비야를 닮았지만 단것을 좋아하는 점 하나만큼은 그녀와 비슷했다.

물론 용비야는 예아가 다 크면 단것을 좋아하지 않을 거라고 했지만, 한운석은 고집스레 믿지 않았다.

고북월은 일어나 예를 올리려다가 한운석에게 눈총을 받았다.

그녀는 예아를 안고 자리에 앉아서 웃으며 물었다.

"부인은 어디 뒀어요? 우리 두 사람이 부인을 만나 보려고 아주 먼 길을 왔다고요."

"저도 오늘 아침에야 도착했는데 그녀가 보이지 않더군요. 하인 말로는 배를 타고 강을 유람하러 갔다기에 막 사람을 보내 찾는 중이었습니다!"

고북월은 태연하게 말했다.

본래 그는 호위를 딸려 남몰래 진민을 보호하게 했는데, 뜻밖에도 그 호위들이 어젯밤 술을 많이 마셔 해가 중천에 뜰 때까지 깨어나지 못했다. 그가 오늘 아침에 도착해 집에 들어가 보니 진민과 시녀 작약이 보이지 않았다.

시위에게 물었더니 진민이 배를 타고 유람하는 것을 좋아해서 종종 외출한다고 했다. 이곳 영주에서 태부 부인이 어떤 사람인지 본 사람은 아무도 없었다. 덕분에 그녀와 작약이 외출해도 아무도 알아보지 못했다.

그는 오늘 아침에 도착하자마자 사람을 풀어 강을 전부 뒤져서 진민을 찾게 했다. 그리고 자신도 나와 주위를 둘러보았지만 여전히 진민의 모습을 볼 수가 없었다.

그녀를 구속하려는 것은 아니었다. 단지 무슨 일이 생겼을까 걱정스러운 것뿐이었다.

본디 북방 순찰을 가기로 했던 황제와 황후가 갑자기 영주에 나타나 자신을 찾아올 줄은 그 역시 꿈에서조차 생각지 못했다.

이제는 별수 없이 두 주인과 함께 차를 마시면서, 아랫사람을 둘로 나누어 한 갈래는 집을 치우게 하고 한 갈래는 진민을 찾게 하는 방법뿐이었다.

그는 진민이 가짜 배를 챙기지 않고 나갔다가 갑자기 돌아와서 주인들과 마주칠까 봐 두려웠다.

언제나 차분하던 그였지만 이번에는 정말 애가 탔다!

차를 마시고 이야기를 나누면서 얼마쯤 시간을 보내자, 고북월은 지금쯤이면 시동이 집을 다 정리했으리라 생각하고 조용히 말했다.

"주인님, 집으로 가시지요. 의성 쪽에 또 일이 생겼는데 바깥에서 이야기하기는 곤란합니다."

용비야는 맛있게 간식을 먹는 예아를 보자 서둘러 자리를 뜨지 않고 담담하게 말했다.

"그럼 저녁에 이야기하지."

고북월도 달리 권할 말이 없어 계속 함께 앉아 이야기를 나누었다.

사실 그때 진민과 작약은 그들과 별로 멀지 않은 자리에 앉아 있었다.

진민은 가짜 배를 가져오지 않았을 뿐 아니라 특별히 수련용 옷까지 입은 차림이었다. 그녀와 작약은 벌써 유람을 끝내고 돌아와 있었다.

본래 그녀는 오늘 고북월이 오는 것을 알고 있어서 특별히 식재료를 사서 몸소 간식 몇 가지를 만들 생각이었다. 그런데 막 거리 입구에 이르렀을 때 한운석 식구를 발견하고 까무러칠 듯이 놀랐다. 진민의 첫 번째 반응은 차루로 달아나 숨는 것이었다. 1층은 안전하지 않은 것 같아서 일부러 2층으로 올라가기까지 했다.

그런데 웬걸, 2층에서 내려다보니 한운석 혼자 거리 안쪽으로 들어갔고 용비야는 예아를 안고 차루로 들어왔다.

그 순간, 진민은 누각에서 뛰어내릴 생각까지 했다.

비록 용비야가 그녀를 한두 번밖에 보지 못했다지만, 절대로 요행을 바라며 용비야의 시력에 도전할 수는 없었다.

그녀는 별수 없이 은폐된 자리를 찾아가 앉았다.

그때부터 지금까지 앉아 있었더니, 고북월이 왔고 한운석도 왔다.

"부인, 저쪽으로 몰래 빠져나가요. 저분들은 알아차리지 못하실 거예요. 이야기를 나누고 계시잖아요!"

참다못한 작약이 속삭였다.

"폐하께서 나오셨으니 틀림없이 비밀 시위가 따라붙었을 거야. 만에 하나 나가다가 부딪히면 원장님께 뭐라고 하겠니?"

진민이 말했다.

바깥에 있는 비밀 시위가 꺼려지지만 않았어도 벌써 내뺐을 터였다. 솔직히 비밀 시위가 그녀를 알아본다는 보장은 없지만, 도저히 모험할 용기가 나지 않았다.

비밀이 들통나도 그녀 자신은 아무 상관 없었다. 하지만 무슨 일이 있어도 고북월에게 해를 입힐 순 없었다!

고북월이 그처럼 애를 써서 거짓 혼례를 올렸는데 만에 하나 발각되면 어떻게 해야 할까?

물론 그녀는 그가 반드시 양자를 들이려는 이유를 아직 몰랐지만, 그와 이름뿐인 부부가 되기를 선택한 이상 열심히 그에게 협조해야 했다.

진민은 고민에 빠졌다. 이제 그녀가 선택할 수 있는 길은 하나뿐이었다. 기다리는 것! 한운석 일행이 떠난 다음에야 그녀도 움직일 수 있었다.

그렇지만 일은 뜻대로 되지 않았다.

얼마 지나지 않아 한량 한 명이 그녀 앞에 앉았다.

"낭자, 성함이?"

그 한량이 음탕한 웃음을 지으며 물었다.

눈앞에 있는 흉한 얼굴의 한량을 보자 진민의 세상은 철저하게 어둠에 잠겼다. 그녀는 얼굴을 굳히고 볼을 뚱하게 부풀린 채 답답함과 화기를 참으며 대답하지 않았다.

한량은 꽤 참을성이 강했다. 그는 조그만 눈이 일직선이 되도록 웃었다.

"낭자, 방명芳名이?"

마침내 진민도 참을 수가 없게 되었다.

"방명은 무슨 개방귀 같은 방명!"

낮고 분노에 찬 목소리는 꽃이나 옥처럼 어여쁘고 고상한 얼굴과는 도무지 어울리지 않았다. 한량은 순간 당황해서 얼굴이 경악으로 물들었고, 하마터면 정신을 놓을 뻔했다. 이렇게 곱디고운 미녀가 그런 거친 말을 할 줄이야!

외모는 곱지만 성품이 강렬하고, 겉은 부드럽지만 속은 강인한 여자. 그야말로 도전 욕구를 불타오르게 하는 여자였다! 한량은 즉시 진민 옆으로 자리를 옮겨 일부러 바짝 붙어 앉았다. 그 동작이 어찌나 옹색한지 몰랐다.

진민은 징그러운 나머지 닭살이 돋아 황급히 피했다. 그렇지만 한량이 다가와 일부러 그녀에게 몸을 부딪쳤다. 진민은 도저히 견딜 수가 없어 벌떡 일어났다.

한량이 다시 다가오려 하자 작약이 황급히 가로막았다. 귀하고 순결하신 아가씨가 이런 모욕을 받게 할 수는 없었다. 마음 같아서야 나리를 소리쳐 부르고 싶었지만 차마 그럴 수는 없었다!

나리 일행은 아직 한담을 나누고 있었고, 이곳의 움직임을 알아차리지 못한 것 같았다. 작약은 마음 굳게 먹고 어쩔 줄 몰라 하는 아가씨를 위해 계책을 냈다. 그녀가 소리 죽여 말했다.

"부인, 어차피 방법이 없으니 차라리 모험을 해 보세요. 이 참에 아래로 달아나는 거예요. 제가 엄호해 드릴게요!"

그때 한량이 음흉하게 웃고는 진민의 다른 쪽 옆으로 다가오며 물었다.

"낭자, 피하지 마시오. 내가 누군지 아시오?"

사실은 진민도 건곤일척 모험을 해 볼 생각이었다. 그녀는 한량과 다투지 않고 조용히 자리를 피했다. 한량이 또 가까이 오자 진민은 작약과 눈짓을 주고받은 뒤 곧바로 누각 층계참으로 달려갔다.

그런데 웬걸, 뜻밖에도 한량에게는 일행이 있었다. 그의 심부름꾼 몇 명이 달려와 층계참을 틀어막았다.

"헤헤, 낭자. 낭자는 본 공자가 찍은 사람이오. 설령 이 차루에서 달아난다 해도 영주성에서 달아날 수는 없지!"

한량이 큰 소리로 웃어 댔다.

진민은 그 자리에 뻣뻣하게 굳었다. 일순 머릿속이 텅 비어 등 뒤에 있는 한량을 생각할 겨를조차 없었다. 지금 그녀의 마음은 온통 고북월 일행 쪽에 쏠려 있었지만, 감히 그쪽을 돌아볼 용기가 나지 않았다. 그녀가 아는 것은 하나, 지금쯤 2층에 있는 사람 대부분이 이쪽을 바라보고 있으리라는 것이었다.

어떡하지?

진민은 제자리에서 꼼짝도 하지 않고 고개를 숙여 제 배를 내려다보았다. 너무너무 울고 싶었다.

이게 다 꿈이면 좋으련만! 꿈에서 깨어났을 때 아직 집에 있고, 고북월도 아직 돌아오지 않은 상태라면 좋으련만!

"진민! 역시 당신이었군요!"

이내 한운석의 목소리가 들려왔다. 진민은 절망적으로 눈을 감았다. 고북월이 어떤 표정을 하고 있는지 너무나도 궁금했지만 감히 그를 바라볼 용기가 없었다! 도저히 용기가 나지 않았다!

한운석은 진민의 배를 보더니 멍한 얼굴로 다시 고북월을 바라보았다. 이게 어떻게 된 일이지?

고북월은 진민 쪽을 등지고 있어서 그들을 보지 못했다.

하지만 방금 그 한량이 다가가 앉았을 때부터 한운석은 곧장 알아차렸고 용비야, 고북월과 이야기를 나누면서 계속 그쪽을 주시했다. 그쪽에 앉은 낭자가 진민 같았으나 확신할 수가 없었다.

그런데 지금 자세히 보니 정말 진민이었다!

"진민, 다……, 당신……."

한운석은 너무 뜻밖이어서 무슨 질문을 해야 할지도 알 수가 없었다. 진민은 지금쯤 만삭이어야 하잖아! 배가 왜 저래? 아이는 어디로 갔지?

마침내 진민은 용기를 내어 뒤를 돌아보았다. 한운석과 용비야, 고북월이 모두 이쪽을 바라보고 있었다. 모두 그녀의 배를 보고 있었다! 오로지 예아만 여전히 오물오물 차와 간식을 먹고 있을 뿐이었다.

진민은 울고 싶었으나 눈물이 나지 않았다. 초조함과 죄책감, 답답함, 분노 등 온갖 감정이 한꺼번에 가슴속에서 치밀어 올랐다. 하지만 얼음처럼 차갑고, 또 노기가 가득한 고북월의 눈과 마주친 순간, 그녀는 가슴을 뭔가로 틀어막은 것처럼 아무 감정도 느껴지지 않았다. 남은 것은 견딜 수 없는 괴로움뿐이었다. 너무나도 괴로웠다.

그는 늘 옥같이 따스하며, 늘 부드러운 눈빛을 짓는 사람이었다. 그를 안 지 오래지만, 그의 눈동자에 나쁜 감정, 나쁜 빛깔이 떠오른 것을 본 적은 한 번도 없었다.

그는 화를 내고 있었다. 몹시, 상당히 화가 나 있었다.

어떡하지?

진민은 다소 겁이 나기까지 했다. 양심의 가책 때문에 그녀는 말없이 고개를 푹 숙였다. 감히 그의 눈을 똑바로 바라볼 수가 없었고, 변명하고 싶지도 않았다. 잘못은 잘못이지, 변명한다고 될 일이 아니었다.

아무도 말이 없었다. 고북월 역시 계속 진민을 바라보기만 할 뿐 오래도록 말이 없었다.

마치 시간이 그대로 멈춰 버린 것 같았다.

하지만 한량은 여전히 방자했다. 그는 한운석 일행을 한 번

살핀 뒤 속으로 고개를 갸웃했다. 척 봐도 부자이거나 귀한 집안의 사람 같은데, 영주성 사람은 아닌 것을 보면 필시 다른 지방에서 온 권세가일 터였다.

영주성은 도성과 멀리 떨어져 황제의 위엄이 닿지 않는 곳이어서, 그 역시 외부인을 두려워하지 않았다. 그는 으쓱거리며 진민에게 다가가 히죽거리며 말했다.

"낭자의 이름이 진민이오? 참 좋은 이름이군!"

진민은 고개를 숙인 채 자책하는 동시에 어떻게 하면 고북월을 위해 적당히 둘러댈 수 있을지 열심히 고민하는 중이었다. 하지만 이런 상황에서는 침착하려야 침착할 수가 없었다. 그러다 보니 내내 좋은 생각이 떠오르지 않았고, 좋은 생각이 나지 않을수록 마음은 점점 더 초조해졌다. 어찌나 손을 비틀어 댔는지 손에 쥔 손수건이 찢어질 것 같았다!

"낭자, 가서 앉읍시다. 본 공자가 낭자에게 할 말이 있소."

한량이 그렇게 말하며 진민의 손을 잡으려 했다. 그러잖아도 초조하던 진민은 닥치는 대로 손을 휘둘렀다.

"꺼져!"

"이 못된 계집이 사람을 쳐! 죽고 싶으냐!"

한량은 경악하면서도 물러서지 않고 느닷없이 진민의 손목을 채뜨렸다. 한운석이 침을 쏘려는데, 뜻밖에도 고북월이 눈 깜짝할 사이 진민 앞으로 움직여 한량의 팔을 틀어쥐어 손을 놓게 했다.

말로는 설명할 수도 없을 만큼 빠른 속도였다. 한운석은 물론이고 용비야조차 똑똑히 보지 못했다. 바람이 휭 부는가 싶더니 어느새 고북월이 그쪽에 가 있었다.

고북월의 손에 얼마나 힘이 들어갔는지, 한량은 곧바로 진민을 놓고 그대로 스르르 꿇어앉았다. 입을 벌렸으나 너무 아파서 소리조차 나오지 않았다.

"그녀는 낭자가 아니라 이 몸의 부인이오."

사람이 소리조차 내지 못할 만큼 고통스럽게 만들면서 눈동자에는 어마어마한 분노를 담고 있는데도 불구하고, 고북월의 목소리는 여전히 예의 바르고 부드러웠다.

"사과하면 한쪽 팔은 무사히 남겨 주겠소."

한쪽 팔을 남기다니, 그럼 다른 쪽 팔은?

"살려 주시오!"

마침내 한량이 부르짖었다. 주위에 있던 심부름꾼들이 한꺼번에 달려들었지만 차례차례 고북월의 금빛 칼에 오른손을 찔렸다. 칼날이 손바닥을 꿰뚫자 심부름꾼들은 고통에 찬 비명을 지르며 감히 다시는 다가서지 못했다.

"사과하시오. 그러면 두 다리를 남겨 주겠소."

고북월이 담담하게 말했다.

두 다리를 남겨 주다니, 그럼 두 팔은?

한량은 혼비백산해서 발버둥 쳤다.

"너는 누구냐? 감히 영주에서 소동을 피우다니! 잘 들어라. 우리 아버지가 바로 영주 지부이시다. 당장 나를 놓아주면 오늘 일은 없었던 것으로 쳐 주마. 그렇지 않으면……."

고북월의 목소리는 부드럽지만 힘이 담겨 있어서 쉽사리 한량의 말을 잘라 냈다.

"사과하시오. 그러면 목숨은 남겨 주겠소."

목숨을 남겨 주다니, 그럼 두 팔과 두 다리는? 그제야 한량은 팔에서 통증이 느껴지지 않는 것을 깨달았다. 아픔은 가셨지만, 마치 제 팔이 아닌 것처럼 감각조차 전혀 느껴지지 않았다.

세상에, 무슨 일이 생긴 거야?

한량도 드디어 공포에 휩싸였다.

"사과하겠소! 사과하겠소! 일단 놓아주시오. 그럼 당장 사과하겠소!"

고북월은 그의 팔을 놓아주었지만 대신 다른 쪽 팔을 잡았다. 분명 살짝 잡기만 했을 뿐인데, 한량이 처절하게 울부짖었다. 그 소리에 그 자리에 있는 사람 모두 모골이 송연해져 고북월을 향해 차례차례 겁먹은 시선을 던졌다. 저 문약해 보이는 공자가 어디서 저런 힘이 났을까! 대관절 어떤 사람일까!

진민이 가장 놀랐다. 이렇게 모질고 잔혹한 고북월은 그녀도 처음이었다. 4월 봄바람처럼 따스하고 부드러운 그가 화를 내면 이렇게 과감하고 잔혹해진다는 것을, 그녀는 여태 알지 못했다.

그녀는 자신이 눈앞에 있는 이 남자를 정말 제대로 몰랐다는 사실을 깨달았다. 그렇게, 그렇게나 가까이 있었는데도.

고북월은 한량의 두 팔만 부순 게 아니라 두 다리까지 망가뜨렸다. 그가 팔목을 잡던 것과 똑같이 복사뼈를 잡자, 마치 치료하듯 가볍고 느린 동작이었는데도 한량은 끊임없이 참혹한 비명을 내질렀고 고통을 이기지 못해 혼절할 뻔했다.

한운석 역시 고북월의 이런 모진 모습은 처음이었다. 예상대로 그녀 자신도 그를 잘 모르고 있었다. 본래는 직접 가서 저 쓰레기 한량을 처리할 생각이었던 그녀는, 저 광경을 보자 안심하고 다시 자리로 돌아가 조용히 웃으며 말했다.

"저것 봐요. 우리 고 태부께서 정말 화가 나셨어요. 진민이니까 저 사람을 저렇게 만들 수 있는 거예요."

용비야는 별말 없이 차를 마셨다. 그가 좀 더 관심이 있는 것은 진민의 배였다. 고북월도 오늘 막 도착했으니 진민의 배가 어떻게 된 것인지 모르는 것 같았다.

두 팔과 두 다리가 망가진 한량은 땅에 쓰러져 꼼짝도 하지 못했다. 하지만 고북월은 여전히 놓아주지 않고 한량의 등을 짓밟으며 차분하게 물었다.

"사과하겠소?"

"내가 잘못했소! 잘못했소!"

한량은 아파서 엉엉 울었다.

"진민 부인, 내가 잘못했소."

고북월은 그제야 발을 치웠다. 심부름꾼들이 허둥지둥 달려와 한량을 끌어냈고, 고북월에게서 한참 멀어진 다음에야 겨우 용기를 내어 부축해 일으켰다.

한량은 도저히 견딜 수가 없었다. 부축을 받아 누각을 내려가려던 그는 다시 멈추라고 명한 뒤 분노에 찬 목소리로 고북월에게 외쳤다.

"네 이놈! 넌 누구냐? 요, 용기가 있다면 이름을 대라!"

고북월이 돌아보더니 오싹 소름이 끼칠 만큼 냉담한 목소리로 말했다.

"접골해 줄 의원을 찾지 못하면 의성으로 나를 찾아오시오. 내 이름은 고북월이오."

이 한마디가 나온 순간 한량은 완전히 멍해졌다!

고북월이라면…….

명성 쟁쟁한 의학원 원장이요, 대진의 태의원 수석 어의이자 태부, 당금 성상聖上이 가장 의지하는 심복 대신! 고! 북! 월!

한량은 말할 것도 없고 그가 데려온 심부름꾼들조차 얼이 빠져 손이 탁 풀렸다. 그 바람에 한량은 힘차게 바닥에 나동그라졌고, 뒤로 쓰러지면서 그대로 층계를 데굴데굴 굴렀다! 심부름꾼들이 우르르 그 뒤를 쫓아 내려갔지만, 도망치는 건지 굴러떨어진 한량을 구하러 가는 건지는 모를 일이었다.

가장 참담한 것은 그게 아니었다. 가장 참담한 사실은 한량이 두 팔과 다리를 영원히 못 쓰게 되었다는 것이었다. 고북월이 부러뜨렸으니 당연히 제대로 수를 썼을 터였다. 세상의 의원들 가운데 그를 빼고 나면, 아무도 한량의 부러진 뼈를 다시 붙여 줄 능력이 없었다.

언제부터인지 예아가 고개를 들고 구경하다가 한량이 층계에서 굴러떨어지는 것을 보자 갑자기 까르르 웃음을 터트렸다. 한운석이 재빨리 아이의 입을 막으며 나지막이 말했다.

"쉿! 태부께서 화가 나셨잖아. 웃으면 안 돼!"

고북월은 돌아서서 용비야와 한운석을 등지고 진민을 마주했다. 큰 키 덕분에 진민의 모습이 완전히 가려져, 한운석 일행은 진민을 볼 수가 없었다.

야석편 **연극**

진민은 고북월이 분노로 미쳐 버린 줄 알았다. 하지만 고북월의 시선이 자신을 향했을 때 이미 평소의 침착하고 태연한 눈빛으로 되돌아가 있는 것을 깨달았다.

진민은 약간 어리벙벙했다. 순간적으로 넋이 빠졌다.

생각했던 원망도 없었고, 질책도 없었다. 고북월은 나지막이 말했다.

"호색한 방탕아가 참으로 괘씸하군요. 진 대소저, 놀라지는 않으셨습니까?"

저 부드러움, 저 차분함. 제아무리 큰 풍랑도 이 사람이라면 쉽게 가라앉힐 수 있을 것 같았다. 하지만 진정으로 그의 마음속에 풍랑을 일으킬 수 있는 사람은 없었다.

그는 겉은 따스하지만 안은 몹시도 차가운 사람이었다. 너무 차가워서 천 길 멀리 떨어진 것 같고, 아무도 그의 마음속에 들어갈 수 없으며 진실한 그를 볼 수 없는 것 같았다.

진민은 그의 관심에 울고 싶을 만큼 마음이 따뜻해졌지만, 한편으로는 그의 예의 바르고 냉담한 태도에 심장이 답답해질 만큼 추웠다. 하지만, 곧 그 느낌을 무시했다. 그보다 더 중요한 일이 그녀를 기다리고 있기 때문이었다.

그녀는 너무나도 평평한 아랫배를 가만히 쓰다듬으며 속삭였다.

"들켰어요."

"괜찮습니다. 아무 말 하지 마십시오. 제가 알아서……."

고북월은 그렇게 말하면서 다정하게 그녀의 어깨를 감쌌다. 진민은 이를 악물고 모진 결심을 내렸다. 그녀는 갑작스레 그를 끌어안으며 엉엉 울었다.

"북월, 잘못했어요! 용서해 줘요! 내가 정말 잘못했어요!"

그녀는 황제 폐하와 황후마마가 언제 영주에 왔는지 몰랐다. 하지만 고북월이 오늘 도착했다는 것은 확실했다. 조금 전에 그들의 대화를 살짝 들으니, 황후마마는 집으로 갔다가 그녀를 만나지 못한 채 돌아왔고 고북월 역시 그녀를 찾고 있었다는 것 같았다.

그렇다면 그는 가짜 임신에 관해 적당한 핑계를 찾아내기가 어려울 터였다. 그가 할 수 있는 가장 현명한 방법은, 모든 책임을 그녀에게 미루고 아무것도 모르는 척하는 것이었다. 그렇지 않으면 영리한 두 주인은 의심을 품을 게 틀림없었다.

진민이 입을 열자 고북월은 그녀가 무슨 연기를 하려는지 짐작했다. 이런 가벼운 거짓 포옹도 별로 뜻밖이지 않았다. 사실 그에게는 변명할 방법이 있었지만, 그녀에게 선수를 뺏기고 말았다. 그의 기억에 있는 진 대소저는 내성적이고 신중하며 단정한 여자였고, 충동적인 사람 같지 않았다.

그런 그녀가 먼저 소리를 친 이상 그가 뭘 할 수 있을까? 그저 열심히 손발을 맞추는 길뿐이었다. 그렇지 않으면 저 뒤에 있는 눈동자 두 쌍을 속일 수 없었다.

진민은 고북월을 살며시 껴안고 있었다. 차마 너무 힘껏 끌어안을 수 없어서였다. 고개를 돌려 용비야와 한운석을 살펴보니 두 사람 다 이쪽을 바라보고 있었다. 이를 확인한 그녀는 이를 악물고 고북월을 단단히 안아 그의 품에 온몸을 던졌다.

그 순간, 고북월의 몸이 눈에 띄게 굳었다. 지금껏 그 어떤 여자도 이렇게 가까이 다가선 적 없고, 이렇게 단단히 몸을 붙인 적이 없었다. 마치 텅 비었던 품 안이 단숨에 꽉 차는 기분이었다. 고북월은 뭐라고 말할 수 없는 감각에 사로잡혔다. 어떤 일을 당해도 놀라지 않고 늘 태연자약하던 그가, 놀랍게도 약간 어색해하고 어쩔 줄 몰라 했다.

사실은 그를 힘껏 껴안은 진민도 심장이 멈출 것 같았다. 그저 연기를 좀 더 실감 나게 하려던 것뿐이지, 다른 뜻은 없었다.

하지만 이 따뜻한 품으로 뛰어든 순간, 겉만 따뜻하고 속은 차가운 이 남자에게 비할 데 없는 가슴이 있다는 것을 깨달았다.

그녀는 그의 단단한 몸을 뚜렷하게 느꼈다. 보기만큼 연약하지 않은 몸이었다. 그리고 그의 몸에서 나는 연한 약초 냄새도 맡을 수 있었다. 무척이나 좋은 향기였다. 1년 내내 의약 관련 일을 하는 사람 몸에는 약초 냄새가 배기 마련이었다. 하지만 그의 몸에서 나는 냄새는 유달리 깨끗하고 유달리 순수했다. 평생 그 속에 푹 잠겨 빠져나올 수 없을 만큼 좋은 향기였다.

지금 이 순간만큼 이 남자가 가깝게 느껴졌던 적은 없었다. 일순 진민은 연기를 해야 한다는 것마저 잊고 말았다.

두 사람 다 멍해졌지만, 다행히 옆에 있던 작약이 허둥지둥 소리를 냈다.

놀랍게도 작약은 우는 데 일가견이 있었다. 그녀가 보란 듯이 흐느껴 울면서 말했다.

"나리, 부인께서 일부러 그러신 게 아니에요! 그저 실수였을 뿐이에요. 제발 그러지 마세요! 나리, 부인께선 나리께서 상심하실까 봐 차마 말씀드리지 못하고 계속 숨기셨어요. 부인을 모른 척하지 말아 주세요!"

진민은 그제야 정신을 차리고 황급히 따라 흐느꼈다.

"북월, 당신에게도 미안하고 아이에게도 미안해요. 날 욕하고 때려도 좋아요. 하지만 모른 척하지는 말아 줘요."

그녀는 고개를 들고 아직도 적응하지 못한 고북월을 바라보며 열심히 눈짓했다.

"북월, 말 좀 해 봐요, 네? 이러지 말아요."

그녀는 끝까지 하기로 마음먹고, 과감하게 손을 내밀어 고북월의 얼굴을 쓰다듬었다.

그렇지만 그의 뺨에 닿는 순간 손이 파르르 떨렸다. 그의 뺨은 얼음처럼 차가웠다. 꼭 그의 손처럼 차가웠다. 운녕에 있을 때 그가 상황에 따라 이따금 그녀의 손을 잡은 적이 있어서 그녀도 비로소 그 사실을 알았다.

그녀는 그의 뺨을 쓰다듬으며 애원했다.

"북월, 아이는 가 버렸어요……. 세 달 전에 정원에서 발을 헛디디는 바람에 아이를……, 아이를 잃고 말았어요. 당신에게 어떻게 알려야 할지 알 수가 없었어요. 난······."

　그냥 연기일 뿐인데, 너무 심취한 탓인지, 아니면 지금 이 순간 잔뜩 찡그린 고북월의 눈썹이 그녀를 슬프게 만든 탓인지, 말을 이어 가던 그녀는 별안간 너무나도 괴로워졌다. 마치 이 모든 것이 진짜 같고, 정말 가졌던 아이를 잃어버린 기분이었다.

　하긴, 이 모든 것은 진짜였다!

　북월 원장, 우리가 함께 얻으려던 아이가 태어나지 못하게 되었어요. 앞으로 가짜 부부인 우린 어떡하죠? 애초에 혼례를 올린 것도 그 아이 때문이 아니었나요?

　이런 생각을 하자 진민의 눈시울이 정말 촉촉해졌다. 그녀는 감정을 이기지 못하고 고북월을 부둥켜안았다. 머리가 어지럽고 마음은 더욱더 어지러웠다. 자신이 왜 이러는지 모르겠지만, 아무튼 감정을 걷잡을 수가 없었다.

　연극에 너무 심취했기 때문일까, 아니면 이 연극이 본래부터 사실이기 때문일까.

　"북월, 아이를 잃었어요. 그래도 제가 필요해요? 북월, 말 좀 해요! 욕해도 좋고 야단쳐도 좋아요. 하지만······ 그렇게 냉랭하게 대하진 말아 줘요. 네?"

　고북월은 적응력이 아주 강했다. 어떤 돌발 상황에서도 그는 최단 시간 안에 가장 영리하게 판단하고, 가장 정확하게 반응할 수 있었다.

　하지만 이번은 달랐다.

　진민이 일인극을 한참 펼친 다음에야 비로소 그의 정신이 돌아왔다. 다행스럽게도 그는 용비야와 한운석에게 등만 보이고 있었다.

아이를 잃었다는 사실을 단번에 받아들일 수 있는 사람이 있을까? 화내지 않고, 괴로워하지 않는 사람이 있을까?

용비야는 고북월의 뒷모습을 바라보며 눈을 살짝 찡그렸지만, 별말 없이 곧 창밖으로 시선을 돌렸다.

한운석은 몇 달 전 고북월에게 겨울인데 진민이 왜 아직 돌아오지 않느냐고 물었던 것을 기억하고 있었다. 그때 고북월의 대답은, 진민이 강남의 기후와 경치를 좋아하고 움직이기 싫어하며, 배가 불러서 과하게 움직일 수 없다는 것이었다. 진민이 세 달 전에 아이를 잃었다는 것을 보면, 필시 차마 유산을 알릴 수 없어 핑계를 대고 남았던 모양이었다.

어쩌자고 이렇게 큰일을 고북월에게 숨겼을까? 고북월은 사리에 밝은 사람이니 그녀를 탓할 리 없었다. 하지만 돌이켜 보면, 그녀는 고북월 부부가 평소 어떻게 지내는지 전혀 몰랐다.

아무래도 한 아이의 어머니인 한운석은 어머니의 고초와 슬픔에 공감했다. 슬픔이 먼저다 보니 이것저것 따져 볼 마음도 없고, 더욱이 차마 진민을 의심하지도 못했다.

마침내, 고북월이 입을 열었다. 그는 무겁지만 여전히 부드러운 목소리로 말했다.

"내가 부주의해서 당신 곁에 있어 주지 못했기 때문이오. 당신 탓이 아니오……."

이렇게 말한 그는 진민을 옆에 앉혔다. 그의 품을 떠나자 진민은 꼭 따뜻하고 작은 세상 속에서 떨어져 나온 것 같았다.

고북월은 진민의 손을 잡고 진지하게 맥을 짚었다. 무겁고 슬픈 표정이었다.

진민은 남몰래 안도했다. 고북월이 손발을 잘 맞춰 주기만 하면 이번 일은 적당히 넘어갈 수 있었다. 그들이 가짜로 혼인했다는 사실도 들통나지 않을 터였다.

그녀는 입술을 깨물고 가련한 눈으로 고북월을 바라보며 기다렸다.

주변이 조용해졌다. 모두가 진민과 똑같이 결과를 기다리고 있었다.

한참 후, 고북월은 무거운 탄식을 내뱉었다. 그는 말없이 진민의 손을 잡아당겨 입술에 대고 가만히 그녀를 응시했다.

그 순간, 진민은 하마터면 연기를 이어 가지 못할 뻔했다!

세상에!

그녀의 손등이 그의 입술에 닿아 있다니! 그녀는 그의 입술의 차가움을 느꼈고, 그와 함께 보드라움도 느꼈다.

이것도 입맞춤일까?

심장이 쿵쿵 달음박질치고, 숨조차 제대로 쉴 수가 없었다. 하지만 시선을 들어 고북월의 물처럼 고요한 눈동자와 마주한 순간, 그 모든 움직임과 술렁임은 눈 깜짝할 사이에 차분히 가라앉았다.

저 물처럼 부드러운 감정은 평소 그의 부드러움과는 달라 보였다. 하지만 어디가 다른지는 말로 설명할 수가 없었다.

진민은 달을 떠올렸다. 가을밤에 하늘 높이 뜬 외로운 달을 떠올렸다. 고독하고 고고하지만 흩뿌리는 빛은 지극히도 부드러워서, 마치 얇디얇은 망사로 칠흑 같은 밤을 덮어 세상 모든 것을 보드랍게 만들어 놓는 것 같은 달.

고북월, 그렇게 진짜같이 연기하다가 이 연극이 진짜가 될까 봐 두렵지 않아요?

"다 내 탓이오. 우선 돌아갑시다."

고북월은 담담하게 말했다.

진민도 더는 말하지 않고 고개를 숙였다.

고북월은 가볍게 탄식한 뒤 한운석 일행 쪽으로 걸어가 유감스러운 목소리로 말했다.

"집에 좋지 않은 일이 생겨 안사람을 데리고 먼저 돌아가야겠습니다. 두 분은 천천히 이야기 나누시지요."

당리나 영정과 달리 고북월은 개인적인 일이나 집안일을 사람들과 이야기하는 것을 좋아하지 않았고, 진민 역시 사람들과 왕래가 잦지 않았다. 용비야는 그런 일을 꼬치꼬치 캐물은 적이 없는 사람이었다. 한운석 역시 비록 진민을 좋아하긴 해도 고북월의 성격을 잘 알기에 개인적인 일은 너무 깊이 묻지 않았다.

이런 일이 생기자 당연히 용비야와 한운석도 길게 말하지 않았다. 누가 뭐래도 고북월에게는 너무 갑작스러운 일이니 부부 둘이서 할 이야기가 많을 터였다.

설사 한운석과 용비야가 궁금하더라도, 우선 당사자들이 차분해질 시간을 준 다음에 찾아가서 관심을 보여야 했다.

"일단 돌아가 보아라. 오늘 밤은 정한 곳에 묵고 내일 다시 찾아가겠다."

용비야가 담담하게 말했다.

진민은 잘못을 저지른 아이처럼 고개를 숙인 채 제자리에 서 있었다. 그 모습을 본 한운석은 뜻밖에도 진민에게서 말하기 힘든 고독감을 느꼈다. 그녀 자신조차 잘 알지 못하는 것 같았다.

용비야가 그렇게 말하자 조마조마하던 고북월의 심장도 마침내 가라앉았다. 그는 서둘러 진민을 데리고 차루를 떠나 집으로 돌아갔다.

거리 입구에서 집까지는 가까웠다. 가는 길에 고북월은 진민의 어깨를 감싸 안고 걸었다. 두 사람 다 말이 없었다. 뒤를 따르던 작약은 두 주인의 뒷모습을 저도 모르게 멍하니 바라보았다. 저렇게 서로 부축하며 걸어가는 저 장면이 진짜라면 얼마나 좋을까.

아가씨는 홀로 강남에 머무는 몇 달간 꽃과 풀을 기르고, 간식을 연구하고, 침술을 연습했다. 또 때로는 글을 쓰거나 춤을 만들기도 했다. 아가씨 자신에게는 왁자지껄하고 충실한 생활이었다. 하지만 제삼자인 그녀는 그 모습을 보며 마음 아파했다. 어떻게 아직 젊은 아가씨가 속세를 떠나 은거한 사람처럼 아무런 욕망과 감정도 없이 살 수 있을까?

나리가 계시면 아가씨의 왁자지껄한 나날이 조금 더 사람 사는 것 같고, 조금 더 따스할 텐데.

그들은 집으로 돌아가 문을 닫았다.

고북월은 곧바로 손을 놓았고, 진민 역시 크게 안도의 숨을 내쉬었다. 그녀는 곧바로 사과했다.

"북월 원장, 죄송해요. 내 잘못이에요!"

야석편 **경악**

진민은 고개 숙이고 사과했다. 마치 큰 잘못을 저지르고 벌 받기를 기다리는 여자아이 같았다.

이런 가엾은 모습을 보자 본래 위로하려고 했던 고북월은 무슨 까닭인지 귀신에 홀린 듯 웃음을 터트렸다.

"뭘 잘못하셨습니까?"

"함부로 나다니는 게 아니었어요."

진민은 그렇게 말했다가 재빨리 정정했다.

"공을 놔두고 외출하지 말았어야 했어요."

"공?"

고북월은 영문을 알 수 없었다.

"가짜 배 말이에요!"

작약이 황급히 설명했다.

"나리, 공이란 가짜 배를 말하는 거예요!"

고북월은 쿡쿡거리며 다시 물었다.

"왜 가져가지 않으셨습니까?"

진민이 대답하기 전에 작약이 앞질러 말했다.

"무거워서요! 나리! 나리도 한번 해 보세요. 그렇게 커다란 공을 배에 묶고 다니면 서 있기도 불편하고 앉아 있기도 불편해요. 더구나 허리도 어마하게 아파요. 그것뿐인가요, 임신한 척

조심조심 움직여야 하니 얼마나 힘들겠어요?"

진민은 작약을 흘겨보며 입 다물라고 경고했다. 하지만 작약은 못 본 척했다.

고북월의 눈을 속일 수 있는 일이 있기나 할까?

당연히 모두 알아차린 고북월이 다시 물었다.

"어딜 가셨습니까?"

"뱃놀이를 갔다 와서 뭘 좀 샀어요."

진민은 사실대로 대답했다.

옆에 있던 작약은 초조한 마음에 재빨리 덧붙였다.

"나리, 부인께서는 나리께 간식을 만들어 드리려고 콩을 사러 가셨어요. 콩만 사러 가지 않았어도 일찍 돌아왔을 테고 폐하나 황후마마와 맞닥뜨리지도 않았을 거예요."

진민이 또다시 눈을 흘겼지만 작약은 여전히 못 본 척했다.

"그분들이 오시는 줄 아셨습니까?"

고북월이 다시 물었다.

"몰랐어요."

진민은 솔직히 대답했다.

"평소에도 종종 공을 두고 나가셨습니까?"

고북월은 뻔히 알면서 물었다. 사실 그는 이곳에서 진민이 어떻게 지내는지 모두 알고 있었다.

진민은 잠시 생각해 본 후 대답했다.

"한 달에 서너 번 뱃놀이를 가거나 물건을 사러 나갔어요."

"그런데 뭘 잘못했다는 말씀입니까?"

고북월은 본래의 질문으로 돌아왔다.

"진 대소저, 모르는 사람은 잘못이 없습니다. 이번 일은 폐하와 황후마마께서 남하하는 것을 예상치 못한 제 부주의 탓입니다."

확실히, 그의 예측은 틀렸다. 그는 두 주인이 북쪽으로 가서 아금을 만나 보고, 구호에 공을 세운 장병들에게 친히 상을 내리려는 줄 알았다. 그런데 어떻게 그들이 가을에 남쪽으로 올 것을 짐작할 수 있었겠는가?

진민은 퍼뜩 깨닫고 고개를 들어 고북월을 바라보았다. 마침 자신을 향해 부드럽게 웃는 고북월 뒤로 저녁 햇살이 비쳤다. 한순간, 진민은 그가 너무 부드러운 건지 아니면 가을날 햇살이 너무 부드러운 건지 구분할 수가 없었다. 어쨌든 그녀의 마음도 따스해졌다.

그는 그녀 탓을 하지 않고, 이렇게 질문하는 방식으로 그녀에게 핑계를 찾아 주었다.

"하지만……."

진민이 묻고 싶은 것은, 아이는 어떻게 되느냐는 것이었다. 그 말을 하기도 전에 고북월이 돌아섰다. 그제야 정원 가득한 개나리가 더미더미 흐드러지게 피어 있는 것이 눈에 들어왔기 때문이었다.

강남의 가을은 황금빛으로, 어디에서든 활짝 핀 국화를 볼 수 있었다. 하지만 그가 강남에서 제일 먼저 본 것은 정원을 가득 채운 개나리였다. 그는 서둘러 꽃밭으로 걸어가 자세히 들여다보았다. 정원에 있는 것은 제철이 아닐 때 만발하는 품종인 데다 개나리 중에 약용 가치가 가장 높은 대연교大連翹였다. 그냥 기르기도 어려운데, 이렇게 잘 기른다는 건 더더욱 말할 것도 없었다.

고북월이 돌아보고 진지하게 물었다.

"진 대소저, 소저께서 기른 겁니까?"

"할 일도 없고 한가해서 분위기 전환이나 해 볼까 해서요."

진민은 잠시 망설이다가 물었다.

"북월 원장께서도 개나리를 좋아하시나요?"

혼인날 신방을 한껏 꾸몄던 개나리꽃을, 그녀는 평생 잊을 수 없었다. 이리 생각하고 저리 생각해 봐도 자신이 개나리를 좋아하는 것을 그가 대체 어떻게 알았는지 알 수가 없었다. 어쩌면 그 자신이 좋아하는 것일 수도 있었다.

"아주 좋아합니다."

고북월은 대답하면서 꽃밭 깊숙이 걸어 들어갔고, 이내 돌담을 돌아가 또 다른 신비한 풍경을 목격했다. 그 풍경은 바로 한운석이 먼저 봤던 공기봉리였다.

고북월은 이런 식물을 처음 봐서 몹시 신기했다. 꽃 한 송이를 따서 자세히 살펴본 그는 놀랍게도 꽃에 뿌리가 없고 단순히 시든 나무 위에 놓여 있을 뿐이라는 걸 알았다.

"이게 어떻게 된 겁니까?"

고북월이 물었다.

"공기봉리라고 하는데, 뿌리를 내릴 필요가 없어요. 호흡할 공기와 적당한 수분만 있으면 살아서 꽃을 피워요."

나무에 가득 핀 공기봉리를 보는 진민은 속으로 감개무량했다. 두 다리를 못 쓰게 된 후로 그녀는 진씨 집안에서 뿌리 없는 아이가 되었지만, 그래도 자랐다.

고북월은 손으로 꽃을 살며시 받쳐 들고 한참 바라보다가 비로소 물었다.

"진 대소저, 이 몸에게 한 송이 주실 수 있겠습니까?"

그는 자신이 언제부터 뿌리 없는 사람이 되어 사방을 떠돌며 바쁘게 지냈는지조차 기억나지 않았다.

"원장 어른께서 마음에 드신다면 얼마든지 고르세요."

진민은 웃었다. 그녀는 좋은 물건이 있으면 기꺼이 나누는 사람이었다.

고북월은 지금 손에 든 것이 있어서 따로 고르지 않았다. 그가 가진 꽃은 꽃잎이 활짝 핀 데다 중심은 연노란색이고, 크기는 손바닥에 놓기 딱 좋을 만큼 적당했다.

참고 또 참았던 작약이 결국 다시 생글거리면서 입을 열었다.

"나리, 그 꽃은 몸에 지니고 다닐 수도 있어요. 가끔 물만 주시면 돼요. 차라리 제가 실을 달아 허리에 묶어 드릴까요?"

이 말에 진민도 참지 못하고 웃음을 터뜨렸다. 그녀는 화가 나기도 하고 우습기도 한 목소리로 말했다.

"못된 계집애, 별 이상한 생각을 다 한다니까! 저게 옥패인 줄 아니?"

고북월도 웃으면서 호기심 조로 물었다.

"실도 달 수 있습니까?"

"당연하죠! 부인이 손재주가 얼마나 좋으신데요. 진료 상자에도 한 송이 달아 놓으셨어요."

작약은 꽃을 진지하게 살피다가 신이 나서 말했다.

"어머나, 어쩜. 부인께서 다신 것도 딱 나리께서 갖고 계시는 그 색이에요!"

진민은 몹시 민망해서 뭐라고 해야 할지 몰라 했다. 작약을 땅에 심어 진짜 작약으로 만들어 버리고 싶었다! 둘 사이를 어떻게든 이어 보려는 작약의 의도는 너무 뻔했다!

고북월은 담담하게 말했다.

"본디 뿌리가 없는 식물이니 나를 따라 곳곳을 떠돌 것이 아니라 쉴 곳을 마련해 주어야지. 방에서 기르도록 하자."

고북월은 방으로 들어가 주위를 한 번 둘러본 뒤 책상 위에 있는 문진에 꽃을 올려놓았다. 책상이 전체적으로 어두운 색조라, 꽃은 마치 어둠 속에 활짝 피어난 밝음처럼 평온하고 고고해 보였다.

"참 아름답군요."

"참 아름다워요."

고북월과 진민이 이구동성으로 말했다. 두 사람은 뜻밖의 상황에 서로를 바라보고는 절로 웃음을 지었다.

그때 고북월이 갑자기 기침을 했다. 그는 책상 가장자리를 잡고 고개를 옆으로 돌리며 점점 더 격렬하게 기침했다.

진민은 깜짝 놀랐다. 그녀의 경험상 저 기침은 절대로 보통 상황이 아니었다. 새로 얻은 병이거나 오랜 고질병이었다. 그녀도 아주 오래전에 소문을 들은 적이 있었다. 천녕국 태의원 수석 어의는 약골이어서 다른 사람은 치료해도 자신은 치료하지 못한다는 소문이었다. 그녀는 단순히 풍문으로 여겼지만, 지금 보니 진짜일 가능성이 아주 컸다!

"원장 어른, 괜찮으세요?"

작약이 다급히 물었다.

하지만 진민은 묻지 않고 작약에게 따뜻한 물을 가져오라고 한 다음 고북월의 기침 소리를 자세히 들었다. 기침이 가라앉고 나자 그녀는 두말없이 고북월의 팔을 잡아 맥을 짚었다.

고북월은 무척 의외여서 거절하려고 했지만, 진민의 얼굴은 진지하고 엄숙했다. 지금껏 그녀를 온순한 여자로 생각해 왔는데, 차갑고 엄숙한 지금 모습을 보면 함부로 대할 여지도 전혀 없었다. 절대로 방해를 허락하지 않을 것 같았다.

한때, 그는 한 여자의 엄숙하고 진지한 모습을 보고 넋을 놓은 적이 있었다.

하지만 지금 눈앞에 있는 여자를 볼 때는 넋을 놓지 않았다. 그 대신 참을 수 없는 충동을 느꼈다. 그녀를 방해하면, 그녀가 어떤 반응을 보이는지 보고 싶은 충동이었다.

결국 충동이란 단순히 마음속을 스쳐 간 생각에 불과해서, 그는 여전히 가만히 앉아 있었다.

할아버지와 아버지, 어머니, 한운석, 그리고 예전 천녕국 황궁에 있던 절친한 벗, 황 태의를 제외하면 지금껏 누구도 그의 맥을 짚은 적이 없었다. 자신의 몸이 어떤지는 그 자신이 잘 알았다. 할아버지와 아버지, 어머니는 일찍 세상을 떠났으니, 이 세상에서 그 자신 말고는 그의 맥상을 정확히 파악할 수 있는 사람은 없을 터였다.

한참, 아주 한참이 지나도록 진민은 손을 떼지 않았고, 엄숙하던 표정은 차츰차츰 아리송해져 갔다. 곧 그녀의 눈썹이 잔뜩 일그러졌다.

그녀가 물었다.

"원장 어른, 이건 고질병이군요. 어려서부터 앓으시던 병인데 폐병 위주에 심장과 간이 상했어요. 대체⋯⋯."

진민은 더 말하지 않았지만 이 말만으로도 고북월은 충격에 빠졌다.

그걸 알아냈다고?

진민은 할 말이 많은 것 같았지만 결국 이렇게만 물었다.

"원장 어른 힘으로는 치료할 수 없나요?"

그의 의술은 아무도 따를 수 없고, 그의 몸 상태는 그 자신이 누구보다 잘 알고 있었다! 그녀가 아무리 말해 봤자 헛수고였다. 그녀가 원하는 건 그의 대답이었다. 치료할 수 있는가, 없는가?

그녀가 눈썹을 잔뜩 찌푸리고 있어서, 고북월은 그 걱정과 긴장을 손으로 눌러 펴 주고 싶어졌다.

"할 수 있습니다. 최근 일이 바빠서 약욕하는 것을 잊고 있었군요."

그는 담담하게 대답했다.

진민은 곧 참았던 숨을 내쉬고 순식간에 긴장을 풀었다.

"다행이에요, 정말 다행이에요. 깜짝 놀랐잖아요!"

그 말을 하기 무섭게 그녀는 아차 싶었다. 시선을 들어 보니 마침 고북월도 그녀를 보고 있었는데 분명히 깜짝 놀란 눈빛이었다.

그녀는 민망한 나머지 뭐라고 해야 좋을지 몰라 하며 귀뿌리를 빨갛게 물들였다.

초조한 마음에 머리를 짜내 화제를 돌렸다.

"원장 어른, 일이 이렇게 되었는데 그 아이는 어떻게 하죠?"

양자로 삼으려던 아이는 이제 한 살을 넘겼고 줄곧 유모가 기르고 있었다. 진민도 아직 본 적이 없었다.

고북월은 잠깐 침묵하다가 힘없이 한숨을 쉬었다. 그녀의 다리가 나을 줄 알았더라면 그녀를 부인으로 맞아 평생을 망치게 하진 않았을 것이다. 저런 의술과 재능, 외모에다 다리까지 멀쩡하다면 혼사를 걱정할 필요가 있었을까?

"진 대소저, 이 몸이…… 결국 소저를 망치고 말았군요."

이 말에 진민은 흠칫 놀랐다. 작약이 입에서 나오는 대로 물었다.

"나리, 부인을 버리시려고요?"

고북월은 작약을 신경 쓰지 않고 진민을 바라보면서 무척 진지하게 말했다.

"진 대소저, 언젠가 소저께서 떠나고 싶으시다면 이혼을 청

구하십시오. 강남은 좋은 곳입니다. 본명을 숨기고 이곳에서 살고 싶으시다면 제게 한마디만 하시면 됩니다."

진민은 꼼짝도 하지 않았고 대답도 하지 않았다.

고북월은 몸을 일으켰다.

"오늘 밤 폐하께서 오시지는 않을 겁니다. 내일 오시더라도 소저는 아무 말 하지 않으셔도 됩니다. 제가 말하면 됩니다. 오늘 밤에는 문을 열어 두실 것 없습니다. 내일 다시 오지요."

말을 마친 고북월은 일어나서 나갔다.

그가 멀리 사라진 뒤에야 비로소 정신을 차린 작약이 쫓아나갔다.

"나리! 나리!"

문까지 쫓아갔지만 나리의 모습은 이미 사라지고 없었다. 작약은 황급히 돌아왔다.

"부인, 나리께서 어딜 가셨을까요? 방금 하신 말씀은⋯⋯."

작약마저 혼란에 빠졌다. 이번에 나리가 돌아오시면 오래 머무실 줄 알았는데, 뜻밖에도 일이 이렇게 되고 말았다.

"부인, 나리께선⋯⋯ 대체 어쩌시려는 걸까요?"

작약은 나리가 방금 한 말을 이해할 수가 없었다.

아주아주 오랜 시간이 지나서야 진민이 정신을 차렸다. 그녀가 중얼거렸다.

"작약, 나 저분이 좋아진 것 같아. 어떡하지?"

작약은 초조해서 울음이 나올 것 같았다.

"부인, 부인께선 진작부터 나리를 좋아하셨다고요!"

"그……, 그랬니?"

진민은 시선을 들며 입술을 꼭 깨물었다. 차츰차츰…… 눈시울이 빨개졌다.

밤이 깊었다.

진민은 고목 위에 앉아 하늘에 뜬 달을 바라보며 넋을 놓았다.

하지만 오래 그러고 있지는 않았다. 얼마 지나지 않아 그녀는 나무 위에서 뛰어내려 방으로 돌아갔다.

"부인, 그래도 빗장은 지르지 않으실 거죠?"

작약이 다급히 물었다. 만에 하나 나리가 돌아오시면 어째?

나리가 떠나자 하인들도 따라간 바람에 집에는 그들 두 사람만 남았다.

"그분은 한 말을 지키는 분이셔. 돌아오지 않을 테니 문은 열어 둘 필요 없어."

진민이 담담하게 대답했다.

"부인……."

작약이 쫓아왔지만 진민은 무시했다. 쫄래쫄래 따라오던 작약이 결국 참지 못하고 말했다.

"부인, 괴로우시죠? 무척 괴로우시죠?"

"그만 자."

진민은 담담하게 말했다.

"부인, 괴로우시면 제게 말씀하세요. 속에 쌓아 두고 있으면 병나요. 마음의 병은 치료할 수도 없다고요. 무슨 생각을 하시는지 제게 말씀해 보세요. 숨기고 감추면서 마음 아파하지 마세요."

진민이 점점 더 빨리 발을 놀렸지만 작약도 점점 더 빨리 쫓아가며 계속 말했다.

"부인, 말씀 좀 해 보세요! 부탁이니 제발 한마디만 해 주세요. 부인 마음이 괴롭다는 거 저도 알아요. 밤새 말씀도 안 하시고 내내 마음 아파하실 거잖아요……. 그건 정상이 아니라고요!"

진민이 걸음을 뚝 멈추고 화를 냈다.

"정상이 아닌 건 너야!"

본래부터 그녀는 아무렇지 않았다. 단지 약간 슬픈 정도였다. 그런데 작약이 이렇게 자꾸 말하자 어쩐지 몹시 슬퍼해야 할 것만 같았다.

이미 체념했건만!

고북월은 본래 저런 사람이었다. 애초에 그녀와 혼인한 까닭도, 다리를 못 써 혼처를 구할 수 없는 그녀를 집안에서 아무렇게나 시집보내려 했기 때문이었다. 서로가 원한 혼사였지만, 그녀의 다리가 나은 뒤 그는 후회했다.

그는 정말 좋은 사람이었다. 그녀의 다리가 낫자 그는 가짜 혼인이 그녀의 일생을 망칠까 봐 걱정했다. 오늘 그가 한 이야기는 사실 평소 하던 말과 똑같은 뜻이었다!

정말이지, 작약의 말처럼 심각하게 괴로워할 필요는 없었다! 오늘 저녁 내내 그녀가 아무 말 하지 않은 것은 어떤 일을 곰곰이 생각하고 있었기 때문이었다! 여태껏 그녀가 아무리 생각해도 알 수 없었던 일이었다.

고북월은 어째서 가짜 혼인을 하고 가짜 아이를 낳아야 했을까? 그는 그녀와는 달랐다. 그녀는 시집갈 곳이 없었지만, 그는 본인이 혼인하기를 원하기만 해도 천하의 수많은 여자가 의성으로 달려왔을 것이다. 분명히 마음 맞는 사람을 찾아 혼례를 올리고 아이를 낳을 수 있는 그가, 왜 하필이면 이런 방식으로 아이를 얻고자 했을까? 왜 가짜 영족 후예를 만들고자 했을까?

곰곰이 생각해 보면, 이 일에는 무슨 비밀이 있는 게 틀림없었다. 그것도 아주 큰 비밀이!

진민이 멀리 가 버린 뒤에야 작약이 다시 쫓아왔다. 그녀는 여전히 포기하지 않고 진지하게 말했다.

"하지만 부인, 부인은 분명히 나리를 좋아하시잖아요. 전 벌써 알아봤다고요!"

진민은 살짝 당황했지만 곧 차가운 눈으로 시녀를 바라보았다.

"내가 그분을 좋아한다고 해서, 그 사람도 꼭 나를 좋아해야 한다는 거니? 그게 무슨 논리야?"

작약은 대답할 말이 없어 진민이 멀리 가 버리도록 내버려 둘 수밖에 없었다.

그날 밤, 고북월은 돌아오지 않았다. 하지만 멀리 가지도 않았다.

그는 바로 거리 입구의 차루 지붕에 앉아 있었다. 평생 이렇게 고민스러웠던 적이 없는 것 같았다. 설령……, 설령 황후마마에게 문제가 생겼을 때도, 그는 언제나 가장 이성적인 상태로 최선의 해결책을 생각해 냈다. 해결책이 있으면 고민할 것도 없었다.

하지만 진민 앞에서는, 도무지 어떻게 해야 할지 알 수가 없었다. 최선의 해결책도 찾을 수 없었다. 늘 자신의 행동에 후회하지 않았던 그지만, 유독 이번 혼사만큼은 후회스러웠다.

꽃다운 나이의 여자, 뭐 하나 빼놓을 것 없고 성격마저 무척 훌륭한 여자가 왜 하필이면 그가 일으킨 이 곤경에 빠졌을까?

본래부터 잘못된 혼사였다. 하지만 오늘 잔뜩 찌푸린 그녀의 눈을 봤을 때, 그녀가 무거운 짐을 내려놓은 것처럼 '다행이에요, 깜짝 놀랐잖아요'라고 했을 때, 그는 퍼뜩 깨달았다. 자신이 그녀의 인생만 망친 게 아니라 그녀의 마음마저 망쳤다는 것을.

여기에 생각이 미치자 고북월의 입가에 무력한 웃음이 떠올랐다. 그는 혼잣말로 중얼거렸다.

"바보 같은 사람……."

이튿날 오전, 고북월이 돌아왔다.

어제 그가 남긴 말에 대해 진민은 대답하지 않았고, 그 역시 진민에게 대답을 요구하지 않았다. 두 사람은 아무 일 없었던 것처럼 여전히 예의 바르게 행동했다.

오전 내내 기다렸지만 용비야와 한운석은 나타나지 않았다. 하늘이 어두워졌을 때쯤 고북월은 용비야가 매를 통해 보낸 서신을 받았다. 장녕 염전에 문제가 생겨 급히 살피러 가야 하니 다음에 다시 오겠다는 내용이었다. 서신 말미에는 한운석이 직접 쓴 글이 한 줄 있었다.

푸르른 산이 있는데 땔감 걱정할 필요가 어디 있겠어요. 진민을 너무 힘들게 하지 말아요.

그 서신을 본 고북월은 자못 뜻밖이었다.

"장녕 염전이면 이웃 현성이지요?"

한참 기다려도 부인이 대답이 없자 작약이 가만히 '예' 하고 대답했다. 어제의 적극적인 모습은 온데간데없었다.

고북월은 웃음을 지었다.

"이제 보니 염세鹽稅를 조사하러 남쪽으로 오신 거군요."

진민과 작약은 무슨 말인지 알아듣지 못했다. 진민이 물었다.

"폐하와 황후마마께서 안 오시는 건가요?"

서신을 그녀에게 보여 주려던 고북월은 문득 말미에 적힌 글이 생각나 마음을 바꿔 소매 속에 넣었다.

"예. 급한 일이 생겨 못 오신다고 합니다. 황후마마께서 소저를 푹 쉬게 하라고 하시는군요."

진민이 급히 대답했다.

"저 대신 황후마마께 꼭 감사를 전해 주세요!"

고북월은 고개를 끄덕였다. 그가 문밖으로 나가 부르자 내내 그늘에 숨어 있던 시위가 나왔다.

"가서 새옥백 등을 불러오너라. 아이도 데려오고."

진민과 작약은 깜짝 놀라 서로 바라보았다.

집 부근에 시위가 숨어 있었다고? 얼마 동안이나?

진민이 초조하게 속삭였다.

"우리가 한 말, 다 들은 건 아니겠지?"

하지만 작약은 헤헤 웃었다.

"부인, 겁먹지 마세요. 거짓말을 한 것도 아니잖아요. 다 사실만 말한걸요."

진민이 눈을 가늘게 뜨고 노려보자 작약은 그제야 자기가 또 기뻐서 체통 없이 군 것을 알고 울적하게 입을 다물었다.

얼마 안 있어 새옥백이 유모와 아이를 데려왔다.

아이는 기껏 한 살이 넘은 남자아이였다. 친부모가 어떤 사람인지 몰라도 생김새는 번듯했다. 도자기 인형처럼 이목구비가 오밀조밀하고 피부가 하얗고 보드라우며, 흑백이 분명한 커다란 눈동자에는 멍하고 낯설어하는 빛이 가득 담겨 있었다.

아이는 유모 손에 자랐고 새옥백이 지켜보고 있어서 낯선 사람을 만난 적이 거의 없었다. 한 살이 넘었는데 보통 아이들보다 조금 일찍, 안전하게 걸을 수 있는 것 말고는 특별한 점이 없었다. 보통 아이들보다 유난히 여리고 겁이 많아서, 당당이나 예아와는 비교도 할 수 없을 정도였다.

처음에는 유모 손을 잡고 들어왔으나, 들어와서 고북월과 진민 등을 보자 아이는 곧 겁을 먹고 유모의 다리를 꼭 껴안은 채 내내 뒤에 숨어 있었다.

"이름이 뭐예요?"

고아를 본 진민은 마음이 아프면서도 가슴속에 정이 솟았다. 어쨌든 본래대로라면 그녀와 고북월의 친아들이 되었을 아이였다.

보기 전에는 별생각이 없었지만, 보고 나자 어제 자신이 크나큰 잘못을 저질렀다는 것을 깨달았다. 그녀는 고북월의 계획만 망친 게 아니라 이 아이의 운명까지 바꿔 놓았다.

의성의 어린 주인이요, 태부의 아들이자 영족의 후예가 되어야 했을 아이였는데, 지금은 그 영광스러운 신분을 모두 잃어버린 것이었다. 그녀 역시 고북월이 아이를 어떻게 처리하려는지 몰랐다.

"아직 이름을 짓지 않았습니다."

고북월은 담담하게 말했다. 말이 끝나기도 전에 유모가 황급히 대답했다.

"아명은 그림자라는 뜻인 영자影子라고 합니다."

새옥백이 즉시 유모를 노려보았다.

"누가 끼어들어도 좋다고 했느냐?"

유모는 겁을 먹었고, 영자도 더욱 겁이 나는지 유모에게 단단히 매달렸다.

고북월이 눈을 찌푸렸다. 하지만 그가 입을 열기 전에 진민이 가만있지 않았다.

"이쪽 언니에게 물은 건데 누가 당신더러 끼어들라고 했죠? 당신은 누구예요?"

그녀는 유모가 영자를 몹시 애지중지하는 것을 알아차렸다. 그렇지 않았다면 그렇게 다급히 끼어들지 않았을 것이다.

새옥백은 주인을 흘끗 바라보았지만 주인이 말이 없자 감히 아무 소리 하지 못했다. 진민은 영자를 안아 보고 싶었으나 아이가 놀랄까 걱정스러웠다.

그녀가 유모에게 말했다.

"언니, 아이를 안아 줘요. 낯을 가리는 모양인데 저러다 놀라면 어떡해요."

유모는 황급히 영자를 안아 올렸다. 영자는 즉시 유모의 목을 힘껏 껴안았다.

이 모습을 본 진민은 마음이 아파 고개를 돌리고 고북월에게 말했다.

"원장 어른, 저 아이는 제가 맡겠어요. 친아들처럼 키울 거예요!"

그녀는 고북월이 양자를 얻으려는 것은 알았지만, 이 아이가 어떤 점에서 고북월 눈에 들었는지는 확실히 몰랐다.

고북월이 농담을 건넸다.

"제게서 아이를 빼앗아 가시려는 겁니까?"

진민은 바로 알아듣지 못했지만, 금방 눈치챘다. 아무래도 고북월은 이 아이를 양자로 거둘 모양이었다.

"아이는 여기서 키우시지요. 유모와 새 의원이 보살피겠지만, 소저가 틈이 나서 가르치고 길러 준다면 이 아이의 복일 겁니다."

고북월의 말투는 여전히 예의 발랐다.

그의 양자라면 명분상으로는 그녀의 양자이기도 했다. 뭐 하러 저렇게 예의를 차린담?

"어쨌든 엄마라고 부르는 건 똑같잖아요."

진민이 웃으며 말했다.

"그렇다면 진 대소저께서 아이에게 이름을 지어 주시지요."

고북월이 말했다.

진민은 받아들이지 않았다.

"아이의 본명은 당연히 아버지가 지어야죠."

고북월은 어쩔 수 없다는 듯한 웃음을 지어 보였다.

"곰곰이 생각해 볼 테니 나중에 정하시지요."

아이 일은 이렇게 마무리되었고, 새옥백과 유모도 이 집에서 묵게 되었다. 고북월은 사람을 불러 후원을 정리하고 방을 보수해 새옥백에게 내주었다. 유모와 영자는 진민과 같은 건물을 썼고, 고북월이 쓰는 건물은 여전히 빈 채로 남았다.

뭘 어떻게 했는지 모르지만 진민은 하루 만에 영자와 친해졌고, 이튿날부터 영자는 뒤뚱거리며 진민을 따라다녔다. 크고 작은 그림자가 붙어 다니는 모습을, 고북월은 다소 넋을 놓고 바라보았다. 그는 일부러 영자와 가까워지려 하지 않았지만, 영자가 쳐다볼 때면 늘 웃어 주었다. 영자도 차츰차츰 그를 두려워하지 않게 되었고, 먼저 그에게 다가가 까르르 웃기도 했다.

진민은 고북월이 오래 머물지 않을 것을 알고 있었다. 하지만 고북월이 머문 시간은 그녀가 생각한 것보다 훨씬, 훨씬 짧았다. 후원의 보수가 끝난 뒤 고북월은 곧바로 의성으로 떠났다.

그날은 초하루여서 초승달도 보이지 않았다.

진민은 아무도 딸리지 않고 고북월을 따라 거리로 나갔다.

거리 입구에 이르자 고북월이 걸음을 멈췄다.

"진 대소저, 그만 들어가시지요."

진민은 고개를 끄덕였다.

"원장 어른, 평안한 길 되세요."

고북월은 미소 띤 얼굴로 고개를 끄덕였고, 돌아서기 무섭게 떠나갔다. 미련이라곤 전혀 찾아볼 수 없었다. 그렇지만 갑자기 진민이 큰 소리로 불렀다.

"고북월!"

고북월은 예상 밖의 사태에 다소 당황해 즉시 몸을 돌렸다. 이 여자는 처음 만났을 때부터 지금까지 그를 이렇게 부른 적이 없었다.

이건…… 뭐지?

진민을 바라본 그는 다시 한번 이 여자가 첫인상과는 꽤 다르다는 생각을 했다.

"고북월, 아이를 원하면서 왜 직접 낳지 않죠? 언젠가 친자식이 갖고 싶어지면 말해 줘요. 그럼 난……."

진민은 말을 멈췄다. 고북월은 저도 모르게 눈썹을 찡그렸지만 가슴속에서는 당황스러움이 솟았다.

그때 진민이 갑자기 생긋 웃으며 말했다.

"말만 해요. 그럼 이혼해 줄 테니까요."

고북월은 진민이 고백이라도 하는 바람에 자신이 대놓고 그녀를 거절하고 상처 입히는 상황이 될까 봐 두려워하고 있었다.

그런데 들려온 말은 '이혼해 줄 테니까요'였다. 겉으로는 안도의 숨을 쉬었지만, 무슨 까닭인지 마음이 약간 무겁고 뭐라고 설명하기 힘든 이상한 기분이 들었다.

진민은 그를 향해 미소 지었다. 언제나처럼 시원시원한 그 미소 속에는 장난기가 담겨 있어, 방금 한 말이 농담인지 진담인지 헤아릴 수 없게 만들었다.

고북월은 이러지도 저러지도 못했다. 그녀가 '고북월' 하고 불렀기 때문인지, 아니면 지금 저 웃음 때문인지 모르지만, 갑자기 지금 이 순간의 진민이야말로 진정한 진민이라는 생각이 들었다.

그가 그 말에 대답하기도 전에 그녀가 손을 내저었다.

"잘 가세요, 원장 어른!"

그녀는 말을 마치자마자 돌아섰고, 다시는 돌아보지 않고 정말 가 버렸다.

어젯밤 그 일 이후 고북월은 좀 더 잔인하게 그녀의 마음을 식혀 버리기로 마음먹었지만, 뜻밖에도 그럴 기회조차 없었다.

진민의 뒷모습이 거리 안쪽으로 사라진 뒤 고북월은 참지 못하고 가볍게 웃음을 터트렸다. 하지만 왜 웃는지는 자신조차 몰랐다.

그날 밤으로 고북월은 영주성을 떠났다. 그가 언제 돌아올지는 아무도 몰랐다. 어쩌면 그 자신조차 확실히 모를 수도 있었다.

고북월이 영주성을 떠난 시각, 용비야의 마차 역시 영주성을 벗어나고 있었다. 고북월은 의성을 향해 북쪽으로 갔고, 용비야와 한운석은 장녕 염전이 있는 동쪽으로 갔다.

분명 장녕 염전에 문제가 생기긴 했지만, 용비야와 한운석은 별로 서두르지 않았다. 고북월에게 서신을 보낸 것도 일부러 한 일이었다.

어제 차루에서는 두 사람 다 의심하지 않았지만, 그날 저녁 곰곰이 생각해 보니 짚이는 데가 많았다.

첫째, 고북월은 부주의한 사람이 아니었다. 그런 그가 진민 혼자 영주성에 남겨 두었을까? 틀림없이 사람을 보내 몰래 보호했을 것이다. 유산처럼 중요한 사건이라면, 아랫사람들이 보고하지 않았을 리 없었다.

둘째, 한운석이 그 저택에서 본 수많은 약용 개나리는 보통 정원사가 길러 낼 수 없으니 진민 자신이 심고 길렀을 가능성이 컸다.

셋째, 세 달 동안 유산한 일을 숨겼다는 건 도무지 말이 되지 않았다.

용비야와 한운석 모두 진민의 임신에 문제가 있다고 느꼈다.

한운석은 똑똑히 알아보고 싶었다. 고북월과 진민이 어려운 일에 처했는데 숨기고 있는 건 아닌지 걱정스러워서였다. 하지만 용비야는 고북월의 집안일에 끼어들지 말자고 주장했다. 지난 일을 돌이켜볼 때, 고북월의 성격이라면 설사 그들이 따져 묻는다 해도 기껏해야 한두 마디 해명하고 말리라는 것을 한운석도 알고 있었다.

그래서 두 사람은 아무것도 모르는 척했고, 공연히 찾아가서 고북월과 진민이 계속 애써 연극해야 하는 일이 없도록 핑계를 대고 피해 주었다.

예아는 말발굽 소리를 자장가 삼아 벌써 용비야 품에서 쌔근쌔근 자고 있었다. 하지만 용비야와 한운석은 자지 않았다. 그들은 장녕 염전 이야기를 나누었다.

소금은 일상 필수품이었고, 영향력도 아주 컸다. 심지어 곡식과 비슷하게 나라의 흥망에 영향을 줄 수 있었다. 본디 한운석은 소금에 대해 잘 몰랐고, 그저 음식을 만들 때 쓰는 조미료라고만 생각했다. 하지만 이 세계에 와서야 소금이 얼마나 중요한지 알게 되었다.

소금에는 부패 방지라는 크나큰 용도가 있었다. 용비야처럼 바닷가재 가격의 백 배나 되는 돈을 치러 얼음을 구하고, 말 몇 필이 죽어라 달리게 한 끝에 신선한 바닷가재 한 마리를 왕부에 보내 한운석에게 고아 줄 수 있는 사람은 극소수였다.

제빙 기술이 없는 이 세계에서, 백성들은 오직 소금으로 채소와 육류, 어류를 절여 보관하는 수밖에 없었다.

운공대륙 동부의 해산물, 서부와 중부의 육류, 북부의 유제품은 소금으로 가공한 다음에야 일정 시간 보관하거나 운공대륙 곳곳으로 보내 사고팔 수 있었다. 상업과 무역은 바로 그렇게 발전한 것이었다.

그래서 비록 집마다 매일 먹는 소금양은 적어도, 사실상 운공대륙 전체의 소금 소비량은 무시무시할 정도였다. 조정이 소금 상인에게 염세를 징수하는 것도 당연했다! 매년 조정의 염세 수입은 다른 세수의 수십 배가 훌쩍 넘었다.

춘추오패 중 하나인 제환공齊桓公도 제나라에 염전이 있었던 덕분에 그 염전에서 조세를 받음으로써 간접적으로 천하 상인들이 제나라에 돈을 내게 만들었다.

지금 용비야와 한운석이 가는 장녕 염전은 바로 운공대륙 최대의 염전이었다. 이 염전에 문제가 생기면 운공대륙 전체 상업이 흔들리고, 올해 대진의 조세 수입도 대폭 깎일 터였다.

게다가 이 염전에 얽힌 사람도 상당히 많았다. 염전 노동자 수천 명에 운송 담당자까지 더하면 만이 넘었다. 염전 작업이 하루라도 중단되면 만 명이 넘는 사람들의 돈벌이가 끊겨 쉽사리 폭동이 일 수 있었다.

이치대로라면 이처럼 큰 염전은 황족이 관리해야 했다. 황족이 아니라면 적어도 황친 국척이 맡아야 했다. 하지만 이 염전은 강남 사대 명문세가가 공동으로 소유하고 있었다. 소씨 집안은 가산을 몰수당했지만, 아직 다른 세 집안은 남아 있었다. 이 염전은 그들에게 가장 큰 돈주머니로, 결코 조정에 양보할 리 없는 곳이었다.

용비야는 일찌감치 이 염전을 노리고 있었다. 언젠가 삼대 명문세가가 장녕 염전을 이용해 소란을 피운다면 정말 큰일이 벌어질 수 있었다. 올해 막 새 조세 제도를 시행했으니, 용비야 역시 이렇게 빨리 손을 쓸 생각은 없었다.

본래는 조세 개혁 시행이 어떻게 되고 있는지 살펴보기만 할 생각이었는데, 뜻밖에도 어제 오후 운녕 쪽에서 급서가 날아들어 장녕 염전에 문제가 생겼다고 알려 주었다.

누군가 장녕 염전에서 대량의 소금을 빼돌려 동오국에 판다는 내용이었다!

조정이 아니라 삼대 명문세가가 이 염전을 관리하고 있기에, 대진 내에서 소금을 사고파는 일은 상당히 자유로웠다. 하지만 나라 밖으로 소금을 팔려면 반드시 조정이 나서야 했고, 개인이 파는 것은 절대로 허락하지 않았다. 이는 탈세와 관련된 행위였다.

소금을 대량으로 빼돌렸다면, 삼대 명문세가와 관련이 있는게 분명했다. 이 기회에 명문세가 한두 곳을 억누를 수 있다면, 용비야가 염전을 차지하기도 어렵지 않았다.

닷새 후, 용비야와 한운석은 장녕 염전에 도착했다. 예아는 서동림이 데려가 놀게 했고, 한운석과 용비야는 변장했다. 한운석은 부잣집 자제로 남장하고, 용비야는 흰옷을 입은 존귀한 공자 차림을 했다. 한운석은 청수하고 준수했고, 용비야는 영준하고 귀티가 났다. 두 사람이 나란히 서자 정말 볼 만해서,

나가기도 전에 길 가는 사람들의 시선을 적잖이 끌었다.

그들은 곧바로 염전에 가지 않고, 삼도 암시장 동래궁 이름으로 장녕 염전을 담당하는 삼대 명문세가 관리자에게 방문장을 보냈다.

방문장에는 동래궁이 방문하겠다는 내용뿐이었다. 영리한 사람이라면 그들이 온 목적을 알 테니 다른 이야기는 아무것도 쓸 필요가 없었다. 암시장 사람이 염전의 주인을 찾아온 것은 당연히 소금 밀수를 위해서였다!

용비야는 본래 이번 소금 밀수 사건을 남몰래 조사하기가 무척 어려우리라 생각했는데, 동래궁이라는 배경이 지대한 도움이 되어 주었다. 운공상인협회가 삼도 암시장에 세력을 두고 있다는 것은 적잖은 사람이 알고 있었지만, 용비야도 삼도 암시장에 세력이 있다는 것을 아는 사람은 몇명 없었다. 어쨌든 강남 삼대 명문세가 사람들은 아무도 몰랐다.

용비야가 쓴 것은 동래궁의 주인 아들인 엽葉 공자의 이름이었다. 삼대 명문세가 관리자는 이 방문장을 보고 깜짝 놀랐다.

주씨네 총관은 주씨 집안 셋째 도령이고, 모용씨네 총관은 모용씨 집안 아홉째 도령이었다. 주씨와 모용씨는 친척이어서 한통속이었다. 주 셋째 도령은 곧바로 모용 아홉째 도령을 찾아가 상의했다.

"우리더러 물건을 내놓으라는 것일까?"

주 셋째 도령은 신중하게 물었다.

"동시에 두 집안에 방문장을 보냈는데, 사씨 집안에도 보낸 건 아니겠지?"

"어쩔 생각이야?"

모용 아홉째 도령은 의아한 목소리로 물었다.

"값을 올려야지!"

주 셋째 도령은 차갑게 코웃음 쳤다.

"어떻게?"

모용 아홉째 도령은 늘 주 셋째 도령이 시키는 대로 했다.

주 셋째 도령은 잠시 생각하다가 서둘러 말했다.

"세 집안이 싸우다가 저쪽 좋은 일을 해 주기보다는 차라리…… 사옥군謝玉君도 불러서 다 같이 값을 올리는 게 낫잖아? 삼도 암시장 동래궁은 진짜 알부자야. 그 주인 아들이 왔으니 틀림없이 큰 거래일 거야!"

모용 아홉째 도령은 곧바로 승낙했다. 그런데 웬걸, 그들이 찾아가기도 전에 사옥군이 손을 잡자고 찾아왔다. 세 사람은 단번에 의견 일치를 보았다.

사옥군은 사씨 집안 큰 도령으로, 나이는 주 셋째 도령이나 모용 아홉째 도령보다 대여섯 살 많으며 삼대 명문세가 중에서 이름난 망종이었다. 하지만 집안싸움이 격렬해, 그 어머니는 아들이 망종이라는 걸 알면서도 억지로 장녕 염전에 보내 이곳을 관리하게 했다. 말이 관리자지, 사실은 돈을 펑펑 써 대는 역할이었다!

사옥군은 득의양양하게 말했다.

"내가 깊이 알아봤지. 그 엽 공자는 친구 한 명을 데려와 낙

146

영樂榮 주장酒莊에 묵고 있어. 듣자니 낙영 주장을 통째로 빌렸다는군. 하하하, 정말 주머니가 두둑한 자야! 나만 해도 한 층밖에 못 빌리는데."

"아버지께 들으니 진정으로 나라에 맞먹을 만한 부자는 동래궁이라더군. 두고 봐, 우리 폐하께서 바쁜 일이 끝나면 반드시 삼도 암시장을 손보실걸? 동래궁이 목표일지도 몰라!"

모용 아홉째 도령도 재빨리 말했다.

"아이고, 폐하께서 싹 다 몰수하기 전에 어서 뜯어먹자!"

주 셋째 도령이 웃으며 말했다.

세 사람은 한바탕 상의 끝에 높은 가격을 결정한 다음, 각자 엽 공자를 만나 가격을 말하고 죽어도 양보하지 않기로 했다.

용비야가 그들을 만나려 한 것은 단지 누가 감히 소금을 빼돌려 암시장과 거래하려 드는지 떠보기 위해서일 뿐이었다. 그런데 뜻밖에도 세 집안이 모두 응답해 왔다. 이 반응이 그를 크게 분노하게 했다! 저 세 놈이 평소에도 국고에 들어와야 할 돈을 얼마나 빼돌렸을까?

용비야는 흥정하지 않고 생각해 보겠다고만 한 뒤 꼬박 닷새 동안 세 도령에게 답을 주지 않았다. 덕분에 세 도령도 초조해졌다.

결국 주 셋째 도령이 안절부절못하고 나섰다.

"까짓것, 연회를 베풀어서 그자를 부르고 그 자리에서 가격을 정하는 게 어때?"

사옥군은 기꺼이 동의했고 모용 아홉째 도령도 승낙했다.

"장사에 술이 빠질 수 없지. 술은 내게 맡겨."

사옥군이 간사한 눈빛을 지으며 싱글싱글 웃었다.

"장사에 여자는 더더욱 빠질 수 없지. 여자는 내게 맡겨! 틀림없이 영주성에서 가장 예쁜 낭자들을 데려오지!"

이렇게 해서 용비야와 한운석이 세 사람과의 약속 장소에 나갔더니, 꽃처럼 어여쁜 여자가 비파를 안고 얼굴을 반쯤 가린 채 가장자리에 앉아 있었다.

자리를 잡은 뒤 사옥군이 즉시 웃으며 운을 뗐다.

"엽 공자, 일단 곡부터 들읍시다. 오늘 온 이 낭자는 강남에서 최고라오. 그녀가 타는 곡은…… 정말이지 혼을 쏙 빼놓지! 정신 바짝 차리시오. 괜히 혼이 빠져 장사 이야기를 못 하게 되면 안 되니까."

말이 끝나기 무섭게 옆에 앉아 있던 한운석이 웃으며 말했다.

"생김새도 혼을 쏙 빼놓는구려."

그녀는 이렇게 말하며 다가가 쥘부채로 그 낭자의 턱을 살짝 들었다.

강남 사람들은 어쩜 이렇게 할 말을 잃게 만드는지! 늙은이는 용비야에게 후궁을 들이려 하더니, 젊은이는 용비야를 위해 기녀까지 불러!

한운석이 화가 나 있는 사이, 갑자기 그 낭자가 그녀의 손을 피해 비파를 안고서 용비야 쪽으로 달려갔다.

야석편 소란 피우지 마라

낭자가 한운석을 피해 용비야에게 달려가자 한운석의 시선은 곧 그 뒤를 좇았다. 그녀의 고운 눈이 서서히 가늘어졌다.

다행히도 낭자는 너무 가까이 가지는 않았다. 그렇지 않았다면, 지금 한운석의 눈동자에 떠오른 살기로 보아 오늘 이 연회는 시작하기도 전에 끝났을 것이다.

낭자는 자리를 바꿔 용비야 맞은편에 앉기만 했다. 한운석도 본래 자리로 돌아가지 않고 그 옆에 서서 팔짱 끼고 지켜보았다.

그녀를 흘낏 본 용비야가 참지 못하고 입꼬리로 웃음을 지었다. 그는 저 낭자에게 관심조차 없었다. 한운석을 놀릴 생각만 없었다면 눈길조차 주지 않았을 것이다.

이 광경을 본 세 도령은 서로서로 눈짓을 보냈다.

사옥군은 속으로 생각했다.

'모습을 보아하니 엽 공자는 안 좋아하는데 오히려 그 친구에게 먹히는군.'

주 셋째 도령도 속으로 생각했다.

'엽 공자를 흔들 수 없어도 저 한 공자를 우리 편으로 만들 수 있다면 그것도 좋은 일이지. 어쨌거나 엽 공자와 함께 이런 장사를 하러 올 정도면 결코 평범한 사람은 아닐 거야.'

모용 아홉째 도령도 속으로 생각했다.

'한 공자에겐 이 방법이 먹힌 것 같은데? 저렇게 안달 내잖아?'

세 사람이 한바탕 눈짓을 주고받은 다음, 모용 아홉째 공자가 웃으며 입을 열었다.

"한 공자, 완완婉婉이 철이 없어 그러니 너무 탓하지 마시오! 자, 사죄의 뜻으로 완완에게 큰 잔으로 술 세 잔 마시게 하겠소!"

완완은 이곳에 오기 전에 반드시 엽 공자의 마음을 사로잡아야 한다는 신신당부를 들었다. 그런데 누가 알았을까? 엽 공자는 들어서자마자 얼굴 하나로 그녀의 마음을 사로잡고 말았다. 그는 한번 보기만 해도 혼이 쏙 달아나기에 충분한 사람이었다.

그녀는 강남 제일 가기였다. 강남의 남자라면 재능이 빼어난 문인이건 권세가의 공자건 전부 그녀를 떠받들었고, 천금을 들여 곡을 청하고 만금을 들여 하룻밤을 청했다. 심지어 집안 재산을 탈탈 털어 주며 구혼한 사람도 있었다. 애석하게도 그녀는 눈이 무척 높아서 여태 자신의 마음을 흔들어 놓는 사람을 만나지 못했다.

이번에는 사씨 집안 공자에게 빚진 일이 있어서 은혜를 갚으러 온 참이었다. 오기 전에 사 공자는 그녀에게 엽 공자의 내력을 일러 주었고, 엽 공자의 환심을 살 수 있다면 그 첩이 되더라도 어마어마한 영광이라는 말을 덧붙였다. 그녀는 엽 공자의 내력에 매우 놀랐지만, 그 자리에서 첩이 되기를 거절했다.

그녀의 하한선은 하룻밤까지였다!

그런데 웬걸, 엽 공자를 한 번 보자마자 몇 년 동안 지켜 왔던 하한선도 사라져 버렸다. 엽 공자도 마음이 있다면, 그를 따라가고 싶었다. 설사 명분이 없더라도 그러고 싶었다.

그런데 모용 아홉째 도령의 말을 듣자 완완도 상황이 달라졌다는 것을 알았다. 사옥군이 옆에서 자꾸만 눈짓했지만 그녀는 못 본 척했다.

그녀가 일어나서 진지하게 말했다.

"한 공자, 너무 탓하지 마세요. 소녀는 엽 공자께 한 곡 바치고 싶으니 곡을 끝낸 다음 다시 사죄드리겠어요."

한운석은 고개를 끄덕였다.

"완완 낭자, 나더러 순서를 지켜라, 그 말이군?"

이 말에 세 공자는 더욱 몸이 달았다. 사옥군이 황급히 수습하러 나섰다.

"한 공자는 참 농담도 잘하시오. 자자, 내가 완완 대신 벌주를 마시겠소. 완완은 다 좋은데 너무…… 절개가 굳세서 문제라오, 하하하!"

"절개?"

한운석은 속으로 냉소를 지었다. 몸 파는 여자에게도 '절개'란 말을 붙일 수 있는 걸까? 그녀는 웃으며 말했다.

"엽 공자가 마음에 들어서 본 공자는 눈에 차지도 않는 모양인데? 하하하!"

고개를 숙이고 술잔만 만지작거리던 용비야는 한운석이 이렇게 말하자 입꼬리를 훨씬 높이 끌어 올렸다. 평소 함부로 술을 마시지 않는 그지만 이번에는 저도 모르게 술잔을 입에 가져갔다. 꽤 괜찮은 술이었다.

한 공자는 계속 몰아붙이고 엽 공자는 아무 말이 없자 사옥군은 고민했다. 어차피 엽 공자가 완완에게 흥미가 없으니 아예 엽 공자의 체면을 신경 쓰지 않아도 될 것 같았다.

그가 껄껄 웃으며 말했다.

"완완, 한 공자께서 네가 마음에 드신 모양이다! 자자, 한 공자께 먼저 한 곡조 들려 드려라."

완완은 속으로는 무척 싫었지만, 사옥군의 눈동자에서 경고의 빛을 보자 말을 들을 수밖에 없었다. 행여 사옥군의 일을 망치기라도 하면, 사씨 집안이 강남에 가진 세력으로 볼 때 앞으로 이곳에서 편히 살아가기 힘들 터였다.

그녀는 비파를 내려놓고 살랑살랑 한운석 앞으로 걸어와 인사한 뒤 두 손으로 곡 목록을 바쳤다.

"한 공자의 아낌에 감사드립니다. 한 곡 고르시지요."

한운석은 무슨 생각인지, 이번에도 부채로 완완의 턱을 들어 올렸다. 완완이 고개를 들자 한운석은 웃으며 말했다.

"너는 어느 곡을 가장 좋아하지?"

"모두 좋아합니다."

완완이 대답했다.

뜻밖에도 한운석은 이렇게 말했다.

"그럼 전부 불러 봐."

이 말에 완완의 고운 얼굴이 싹 굳었고, 주위에 있던 도령들도 당황했다.

전부 부르라고?

목록에 있는 곡은 서른 개가 넘었다! 곡마다 무척 길어서 전부 부르려면 목이 쉴지도 몰랐다!

한참 만에야 완완이 대답했다.

"한 공자, 저……, 정말 농담도 잘하시는군요."

"내가 농담하는 것 같아?"

한운석이 반문했다.

완완은 억울해하며 사옥군에게 도움을 청하는 눈빛을 보냈다. 사옥군도 진지한 한운석의 얼굴을 보자 순간 어떻게 해야 좋을지 몰랐다. 마침내 그는 완완을 데려오지 말았어야 했다고 후회했다. 장사 이야기나 잘 했으면 이런 일은 없었을 텐데.

"한 공자, 그게…… 전부 부르려면 온종일 걸리지 않겠소? 공자도 다 못 들을 거요."

주 셋째 도령이 이렇게 말하며 용비야를 돌아보더니 장난스레 말을 걸었다.

"엽 공자, 친구분께서는 농담을 참 좋아하시는구려. 자, 노래 감상은 나중에 하고, 일 이야기부터 합시다. 오늘 밤은 내가 주인으로서 호수로 유람 나갈 준비를 해 두었소. 완완도 함께 가서 오늘 밤 정성껏 한 공자의 시중을 들게 하리다. 어떻소?"

용비야더러 체면 좀 세워 달라고 도움을 청하는 말이었다.

결국 용비야도 시선을 들고 그쪽을 바라보았다. 놀랍게도 그가 빙긋 웃었다. 하지만 그의 웃음은 한운석에게만 향해 있다.

"됐다, 그만. 소란 피우지 말고 이리 오너라!"

한운석은 몹시 뜻밖이었다. 용비야의 성격상 그녀가 소란을 피울 때면 보통 끼어들지 않고 마음대로 하도록 놔두었다가 일이 엉망이 되었을 때야 나서서 난장판을 수습하곤 했다.

그런데 오늘은 소란 피우지 말라니?

왜 저렇게 착해졌지? 설마 저 완완 낭자가 정말 가엾은 거야?

한운석은 내키지 않는 얼굴로 다가갔다. 그런데 뜻밖에도 그녀가 용비야 옆에 앉자, 용비야가 그녀를 잡아당겨 무릎 위에 앉혔다!

이게 무슨!

한운석은 멍해졌다. 용비야가 뭘 하려는 거지? 물론 전에도 이런 적이 있었다. 전에도 그는 사람들 앞에서 강압적으로 그녀를 끌어안은 적이 여러 번 있었지만, 그때와 달리 이번에는 그녀가 남장을 하고 있었다!

용비야는 한운석을 무릎 위에 앉히고 한쪽 팔로 허리를 감싸고서 웃으며 말했다.

"됐다. 아무 곡도 듣지 말고 저녁에 돌아가면 네 노래나 듣기로 하자. 어떠냐?"

세 집안의 도령들은 하나같이 입을 떡 벌렸고 완완 낭자는 더욱더 놀라 눈이 휘둥그레졌다. 방 안에 정적이 흐르고, 온 세상이 그 자리에 멈춘 것 같았다. 움직이는 것은 완완의 손에서 스르르 떨어지는 곡 목록뿐이었다.

저 엽 공자가…… 남색가라니! 남자를 좋아하는 거야?

자꾸만 그녀를 몰아붙이던 한 공자는 이제 보니 그의 면수面首(예쁘장하게 생긴 남자, 귀부인의 노리개를 가리킴)였다. 어쩐지 세상

무서운 줄 모르고 감히 완완에게 시비를 걸더라니!

눈앞에 있는 네 사람이 하나같이 경악에 빠진 표정을 짓자 한운석은 마침내 용비야가 뭘 하려는지 깨달았다.

"동래궁 공자에게 남색기가 있다는 소문이 나면 안 좋을걸요?"

그녀가 속삭였다.

용비야는 이렇게 대답했다.

"즐거우면 된다."

그는 술잔을 들어 단숨에 마신 뒤 한운석에게 술잔을 보여 주었다.

"벌주다. 화가 풀리느냐?"

한운석은 속으로는 기가 막혔지만 겉으로는 아양 떠는 척 일부러 남자도 아니고 여자도 아닌 것 같은 콧소리를 냈다.

"당신이 밤에 어떻게 하는지 두고 보겠어요!"

이 말을 듣자 완완은 완전히 무너졌다. 당당한 강남 제일 가기요, 재주와 외모를 겸비한 자신이 기껏 남자에게 미치지 못하다니?

그녀는 더는 견딜 수 없어 사옥군을 매섭게 노려보더니 비파조차 챙기지 않고 달려 나가 버렸다.

사옥군 일행은 그제야 차례차례 정신 차리고 서로 바라보았다. 그들이 다가와 앉은 후에도 용비야는 한운석을 놓아주지 않고 계속 무릎 위에 앉혀 놓았다.

물론 장난칠 때 치더라도, 해야 할 일을 그르치지는 않았다. 비록 세 도령을 안 지 얼마 되지 않았지만 그의 마음속에는 이미 기본적인 대책이 서 있었다. 저 세 도령은 결코 장녕 염전의 책임자가 아니었다. 분명히 그들 뒤에 다른 사람이 있었다. 세 집안의 가장이 장녕 염전이라는 커다란 돈주머니를 세상모르고 생각 없는 저런 자들에게 맡길 리 없었다.

그는 저런 보잘것없는 자들에게 시간을 낭비하고 싶진 않았지만, 뒤에 있는 진짜 책임자를 끌어내리려면 앞에 있는 세 사람을 통할 수밖에 없었다.

처음에는 한담을 나누었지만, 이런저런 이야기를 하다 보니 애가 탄 모용 아홉째 도령이 가격 이야기를 꺼냈다.

"가격?"

용비야는 생각에 잠긴 척했다.

계속 용비야 품에 쏙 안겨 있던 한운석이 끼어들었다.

"전에 다른 사람에게 팔았을 땐 얼마였소?"

세금은 국고의 돈이자 대진 백성의 돈이었다. 아직도 국고에서 나오는 돈으로 길을 닦고 다리를 놓아야 할 지역이 꽤 많이 있었다. 또, 고북월과 목령아가 줄곧 준비하고 있는 의약 개혁도 국고의 은자를 기다리고 있었다!

이들이 빼뜨린 세금은 단 한 푼도 놓치지 않고 모조리 돌려받아야 했다!

한운석이 이렇게 말하자 용비야는 속으로 쿡쿡 웃었다. 지금까지도 그는 종종 이 여자의 총명함에 감탄하곤 했고, 아직 보여 주지 않은 놀라운 부분이 얼마나 많은지 알 수도 없었다.

사실 그녀가 한 말은 아주 민감한 부분이라 쉽게 상대방의 경계를 살 수 있었다. 그가 이렇게 말했다면 틀림없이 경계를 샀겠지만, 일개 면수라는 처지에 있는 그녀가 무심결에 끼어든 척하며 묻자 훨씬 자연스러웠다.

"하하하, 수량이 다르면 가격도 다른 법이오."

사옥군이 웃으며 대답했다.

"아니, 사람마다 가격이 다른 게 아니었소?"

한운석은 코웃음 쳤다.

"엽 공자의 체면이 있으니 친구 할인은 해 줄 줄 알았는데. 하하하!"

사옥군은 한운석을 용비야의 품에서 끌어내리고 뻥 걷어차서 쫓아내고 싶었다! 하지만 웃으며 말할 수밖에 없었다.

"물론 엽 공자의 체면은 세워 드릴 거요!"

"그럼 말해 보시오. 엽 공자는 당신네 최대 고객이 아니오?"

한운석이 다시 물었다. 여기서 '최대'란 신분을 말하는 걸까, 아니면 물량을 말하는 걸까?

사옥군은 뭐라고 해야 할지 몰랐고, 옆에 있던 주 셋째 도령과 모용 아홉째 도령은 더더욱 좋은 생각이 나지 않았다. 사실 그들은 평소에 각자 따로 밀매를 해 왔는데, 물량도 적은 데다 아는 사람에게 소개받았기 때문에 금방 거래가 성사되어 지금처럼 복잡하게 담판할 일이 없었다.

사옥군이 대답하기도 전에 한운석이 잇따라 물었다.

"그럼 어디 말해 보시오. 지금까지 당신네 최대 고객은 누구였소?"

야석편 **낚시**

　사옥군은 한운석이 말한 '최대'가 어느 부분을 가리키는지 알아차리지 못하고 있었다. 신분이라면 틀림없이 엽 공자가 제일이지만, 물량이라면 엽 공자는 아직 양을 말하지 않았으니 정확히 말하기 어려웠다.

　그런 와중에 한운석이 추궁하자 사옥군은 큰 짐을 내려놓는 기분으로 자신이 성사시켰던 가장 큰 거래를 보고했다. 용비야는 말없이 빙긋 웃었다. 이 광경을 본 주 셋째 도령과 모용 아홉째 도령도 가만히 있지 못하고 제가 맡았던 최대 거래와 그 가격을 보고했다.

　물론 세 사람 모두 일부러 가격을 올려 말했다. 엽 공자는 동래궁 공자이니 당연히 돈이 부족하지는 않을 터였다.

　한운석은 그들이 댄 손님 이름을 가만히 머리에 새겼다. 세 사람 다 상업계에서 다소 이름이 있는 자들인데 몰래 그런 짓을 했다니! 돌아가면 반드시 그자들을 단단히 혼쭐내 주리라!

　"엽 공자, 얼마나 살 생각이오?"

　사옥군이 조급하게 물었다.

　용비야는 잠깐 생각하다가 손가락을 전부 펼쳐 보였다.

　"다섯이면……."

　사옥군은 확실히 알 수 없어 우선 크게 잡아 보았다.

"쉰 수레?"

용비야는 코웃음 쳤다.

"5백 수레!"

이 말이 떨어지는 순간 사옥군 일행은 충격에 휩싸였다. 쉰 수레만 해도 그들이 예측한 최대 수량인데 장장 열 배! 5백 수레라니!

과연 동래궁 주인 아들은 씀씀이가 어마어마했다! 사옥군 등 세 사람은 놀라고 기쁜 와중에도 더럭 겁이 났다.

알다시피 그들에게는 그만한 재량권이 없었다! 그들로선 그처럼 많은 소금을 빼돌릴 방도가 없었다! 더욱이 운송 문제를 해결할 수도 없었다.

소금을 운송하는 일은 단순하지 않았다. 대량이면 육로든 해로든 각기 다른 세관에 검사를 받아야 하고 정해진 증명서를 갖춰야 했다. 누가 팔고 누가 사는 것인지 증명서에 상세히 쓰고 납세 증빙 서류도 있어야 했다.

밀수한 소금은 운송하기가 몹시 어려웠다. 그만한 책임을 지려는 사람이 아무도 없어서 거래 증명서를 쓸 방도가 없고, 위조했다간 쉽게 발각될 뿐 아니라 증거를 남길 수도 있었다.

소량은 그럭저럭 운송할 수 있지만, 대량을 운송하려면 꽤 많은 곳에 끈을 대야 했다. 그들은 아직 그만한 연줄을 만들지 못했고, 정식으로 하자면 아예 방법조차 없었다.

이만한 물량이면, 설사 사옥군 등 세 사람이 맡고 싶더라도 소화할 능력이 없었다!

그들이 말이 없자 용비야가 차갑게 물었다.

"왜, 너무 적은가?"

"아니오, 아니오!"

사옥군은 고개를 저으면서 손까지 내저었다.

"그만한 양을 누가 적다고 하겠소? 그럼 가격은……?"

"그쪽에서 가격을 대 보게. 적당하면 오늘 당장 보증금을 치르지."

용비야는 시원시원했다.

이 말에 사옥군 등 세 사람은 기뻐하면서도 긴장했다. 기쁜 것은 큰 거래가 생겼기 때문이고, 긴장한 것은 만에 하나라도 실수하면 장사를 망칠까 두려웠기 때문이었다.

사옥군은 한참 생각하다가 결국 이렇게 대답했다.

"엽 공자, 가격은 마음 푹 놓으시오. 반드시 만족할 만한 가격으로 드리겠소. 문제는 운송이오."

"왜? 운송비를 더할 생각이오?"

한운석이 재깍 물었다. 이렇게 큰 거래에 운송비가 별도라니 너무 심하잖아?

"아니오, 아니오! 장녕에서 삼도 암시장까지 가는 길에 익숙지 않아서 그렇소."

사옥군은 웃음을 지어 보였다.

"엽 공자, 이건 어떻겠소? 내일 이 몸이 길을 잘 아는 사람을 모셔 올 테니 다시 이야기하는 걸로. 어떻소?"

이 말이 떨어지자 용비야와 한운석도 짐작이 갔다. 그들이 오늘 찾아온 목적을 기본은 이룬 셈이었다.

"그럼 내일 만나지."

용비야는 한시도 더 머물고 싶지 않아 일어났다.

마침내 그가 한운석을 놓아주었지만, 한운석이 일어나자마자 다시 손을 잡고 손가락을 얽었다.

게다가 큰길에 거의 다 왔는데도 놓을 생각을 하지 않았다.

"그만 좀 해요!"

한운석이 나지막이 말했다. 이렇게 손잡고 큰길을 걸으면 구경꾼들이 몰려들 게 분명했다.

용비야는 그제야 손을 놓았다. 염전을 조사하기 위해 너무 눈에 띄지 않으려던 것만 아니라면, 틀림없이 놓아주지 않았을 것이다.

"날이 늦었어요. 우린 어디로 가죠?"

한운석은 기분이 좋았다.

"호수 유람을 가자."

용비야가 대답했다.

강남에는 강과 호수가 많았고, 강이나 호수를 유람하는 것은 누구나 좋아하는 놀이였다. 한운석도 아주 좋아했다.

용비야는 누선 한 척을 빌려 배에서 밤을 보내기로 했다. 그와 한운석은 호수에서 경치를 구경한 다음 호수 가운데 있는 작은 섬에도 올라갔다. 한운석은 오후 내내 신나게 놀았지만, 밤이 되자 용비야가 신날 차례였다.

두 사람이 갑판 위에 서 있을 때, 어디서 났는지 그가 비파

하나를 한운석 앞에 내밀었다. 비파를 본 한운석은 비로소 용비야가 호수 유람을 나온 이유를 깨달았다. 그녀에게 노래를 시키기 위해서였다!

그녀는 비파를 받지 않고 바보같이 웃기만 했다.

"나…… 할 줄 몰라요."

금과 쟁을 탈 줄 알고 플루트도 불지만 다른 것은 만져 본 적도 없었다. 노래도 할 줄 몰랐다. 몇 곡 대충 흥얼거리는 게 고작이었다. 옛날 노래라면 간드러진 목소리로 구성지게 불러야 하는데, 그랬다간 그녀 자신이 먼저 간지러워 죽고 말 터였다.

"괜찮다."

뜻밖에도 용비야는 강요하지 않고 비파를 아무렇게나 물속에 던져 버렸다.

당연히 한운석은 이상한 느낌을 받았다. 일이 이렇게 간단할 리 없었다. 하지만 용비야는 정말로 다시는 비파 이야기를 꺼내지 않았다.

얼마 안 있어 참다못한 한운석이 먼저 말을 꺼냈다.

"난 정말 노래 부를 줄 몰라요."

"괜찮다. 모르면 됐다."

용비야는 웃으며 말했다.

그가 이렇게 나올수록 그녀는 더 긴장했다. 하지만 그날 밤 내내 그는 소금 밀수 이야기만 했을 뿐 다른 것은 언급하지 않았다. 마침내 한운석도 서서히 경계를 풀었다.

잘 시간이 되자 용비야는 똑바로 자리에 누웠고, 예전처럼 몸을 돌려 그녀를 끌어안지 않았다. 그를 등지고 옆으로 누운 한운석은 속에서 의심이 꾸역꾸역 일었다. 오늘 밤엔 이 인간이 너무 이상했다.

그녀는 기다리고 또 기다렸지만, 용비야는 잠이 들었는지 움직임이 없었다. 도저히 참을 수가 없어서 몸을 홱 돌리자 그는 멀쩡하게 눈을 뜨고 있었다.

"당신……."

한운석이 의아해하며 물었다.

"괜찮아요?"

"괜찮다!"

용비야는 담담하게 대답했다.

"이……, 이러지 말아요. 겁난다고요!"

한운석이 항복했다.

용비야의 눈동자가 교활하게 반짝이는가 싶더니 이윽고 그가 입을 열었다.

"비파는 탈 줄 몰라도 시중은 들 줄 알겠지?"

이 말에 한운석은 퍼뜩 깨달았다. 이제 보니 그가 그녀를 호수에 데려온 의도는 바로 이것이었다!

사옥군은 완완더러 호수에서 하룻밤 시중을 들게 하겠다고 했는데, 용비야는…….

그가 똑바로 누운 것도 그런 뜻이었을까? 그녀더러 '시중'을 들라는!

"할 줄 몰라요!"

한운석이 씩씩거리며 말했다.

용비야는 마침내 웃음을 터트렸다.

"모르면 가르쳐 주마."

이렇게 해서 그날 밤 용비야는 특별히 인내심을 발휘해 가며 밤새 한운석을 가르쳤다. 그녀가 애원할 때까지, 기꺼이 '시중' 들기를 바랄 때까지.

한운석과 용비야가 누선에서 운우지락을 나누는 동안, 사옥 군 등 세 사람은 밤새 고민하고 상의했지만 대책을 내놓지 못 했다.

장녕 염전에서 밀수란, 사실상 천녕국이 멸망하기 전부터 있 었던 역사가 오래된 일이었다. 세 명문세가는 그 일에 있어 남 몰래 서로 협력해 왔다. 작은 거래는 각자 하고, 큰 거래는 세 집안이 손을 잡고 총책임자에게 맡겨 처리했다. 그 책임자는 조 점주라고 했다.

세 집안의 인맥과 세력을 동원해야만 육로와 해로를 완전히 통과할 수 있었다. 한 집안의 힘만으로는 애초에 대량의 거래 를 처리하기가 불가능했다.

사옥군 등 세 사람이 고민하는 것은 바로, 어떻게 하면 이 대 규모의 거래를 조 점주에게 넘긴 뒤 그 속에서 이득을 얻을 수 있는지였다. 결국 세 사람은 한 가지 방법을 정한 뒤 함께 조 점 주를 찾아갔다.

조 점주는 쉰 살가량 된 사람으로 무척 우아하고 겸손한 인물이었다. 그는 세 집안이 추천한 사람이고 세 집안에 고용된 몸이어서, 세 도령에게도 항상 예의를 갖췄다. 하지만 일에서는 융통성이라곤 전혀 없어서 예외를 둔 적이 거의 없었다.

"도령들께서 이렇게 왕림하신 것을 보면 필시 큰 거래가 있는 모양이군요?"

그가 웃으며 물었다.

"큰 거래가 있을지 없을지는 조 점주가 이익을 얼마나 양보하느냐에 달려 있소."

사옥군이 말했다.

"이 몸이 맡은 거래는 세 집안이 공유하며, 이익 또한 세 집안 것이지요. 세 분이 함께 오셨다는 것은 설마……."

조 점주는 말을 하다 말고 입을 다물었다.

"우리 세 사람이 개인적인 교분으로 마련한 거래요."

주 셋째 도령이 속닥거렸다.

조 점주는 이내 알아차렸다.

"전례대로 소개비 일 할을 드리지요. 어떠십니까?"

"안 되오! 적은 물량이 아니란 말이오!"

모용 아홉째 도령이 참을성 없이 나섰다.

조 점주는 진지하게 말했다.

"세 분, 집안의 규칙을 어기면 좋지 않습니다. 그랬다간 이 몸도 세 분의 춘부장께 드릴 말이 없어집니다."

"5백 수레 물량이오. 하겠소, 말겠소?"

모용 아홉째 도령이 단숨에 털어놓았다.

"5백 수레?"

조 점주도 깜짝 놀랐다.

"그렇소!"

모용 아홉째 도령은 득의양양하게 고개를 끄덕였다.

"사려는 자가 누구입니까?"

조 점주가 다시 물었다.

소금 밀수는 보통 일이 아니어서, 조 점주는 일을 맡으면 늘 신중에 신중을 기했다. 큰 거래에는 특히 더 그랬다.

"누군지는 물을 것 없소. 어쨌든 소개비로 삼 할을 준다면 그쪽을 소개해 주되, 그보다 낮으면 관두겠소. 후후후."

주 셋째 도령은 모질게 선을 그었다.

"이건…… 단순한 일이 아니군요!"

조 점주는 신중한 얼굴로 말했다.

"사기꾼을 만나신 건 아니겠지요?"

"하하하, 조 점주, 우리 세 사람을 뭐로 보시오? 우리가 사기를 당할 것 같소?"

모용 아홉째 도령이 냉소를 지으며 물었다.

"세 분, 5백 수레면 적은 양이 아닙니다. 어디까지 운송해야 합니까? 가는 길에 세관은 몇 곳이나 지나야 합니까? 허허, 만에 하나 실수라도 하면 이 일로…… 황궁에 계신 분을 움직이게 될 수도 있습니다!"

조 점주는 진지하게 말했다.

"알았소, 알았소. 말해 줘도 상관없겠지! 동래궁 주인 아들인 엽 공자요. 우리와 친구여서 이렇게 찾아온 거요! 그렇지 않고서야, 동래궁이 소금을 사는데 구태여 천 리 먼 이곳까지 찾아올 필요가 어디 있소? 알아서 바칠 사람이 줄을 섰는데!"

사옥군이 즉각 대답했다.

그러자 조 점주는 정말 충격을 받았다.

"동래궁!"

"삼 할을 줄 거요, 말 거요? 안 줄 거면 관둡시다!"

사옥군이 귀찮은 듯이 말했다.

"드리지요!"

조 점주는 전혀 망설이지 않았다! 다른 사람이라면 외상을 할 수도 있지만 동래궁이라면 반드시 현물을 내놓을 것이고 가격도 합리적으로 쳐줄 터였다!

다른 사람이라면 5백 수레라는 말에 틀림없이 의심했겠지만, 돈깨나 있는 동래궁이라면 믿을 만했다!

"세 분의 인맥이 갈수록 넓어지는군요. 언제 엽 공자와 교분을 트셨습니까?"

조 점주는 참지 못해 물었다. 그라고 그만한 인물과 교분을 트고 싶지 않을 리 없었다.

칭찬을 들은 사옥군 등 세 사람은 하늘로 날아오르는 기분이었다. 모용 아홉째 도령이 황급히 말했다.

"내일 만나서 가격을 논의하기로 했으니 조 점주도 참가하면 교분을 틀 수 있지 않겠소?"

조 점주는 거래 문제에는 아무 관심이 없었다. 거래를 성사

시켜 봤자 이득은 세 집안의 것이었다. 하지만 만약 이번 기회를 통해 엽 공자와 교분을 틀 수 있다면 앞으로 그의 인맥도 넓어질 것이다.

그는 웃으며 물었다.

"내일 제가 주인으로서 연회를 베풀어 엽 공자를 초청하겠습니다. 엽 공자는 뭘 좋아하시는지요? 입맛은 또 어떠신지 모르겠군요."

이 말을 들은 사옥군 일행은 속으로 슬그머니 웃었다. 모용 아홉째 도령이 재빨리 나서서 속삭였다.

"엽 공자가 좋아하는 건 바로…… 남자요!"

이튿날, 조 점주가 연회를 열어 용비야와 한운석을 초청했다. 초청장은 사옥군이 몸소 가져왔다.

용비야는 '조 점주'라는 글자를 보자 한바탕 캐물어 사옥군의 입에서 사실을 끄집어냈다. 조 점주는 바로 강남 삼대 명문세가가 뽑은 대점주로, 장녕 염전의 소금 밀수 총책임자였다. 세 집안의 도령들이 평소 맡는 작은 거래라 해도 반드시 조 점주를 통해 물건을 받아야 했다.

조 점주는 작은 거래에는 나서지 않고 큰 거래만 상대했다. 용비야가 조사하려는 것도 큰 거래로, 개중에서도 특히 최근에 동오국으로 넘어간 대량의 소금 밀수 건에 관심이 있었다.

큰 거래 하나면 증거를 찾아 삼대 명문세가를 처벌하기에 충분했다! 설령 그때 세 집안이 조 점주에게 책임을 전가하더라도, 관리 부실이란 이유를 들어 똑같이 그들을 연루시킬 수 있고 그 기회에 염전을 되찾을 수 있었다.

용비야가 동래궁 주인 아들이라는 신분으로 나선 것은, 첫째는 그 신분을 이용하면 조 점주 같은 사람의 의심을 떨어뜨리기 좋기 때문이며, 둘째는 장녕 염전에서 동오국까지의 운반로와 삼도 암시장까지의 운반로가 기본적으로 일치해 동오국의 소식을 적잖이 탐문할 수 있기 때문이었다.

그날 오후, 용비야와 한운석은 약속대로 천명호天明湖 기슭으로 나갔다. 조 점주가 예약한 주점은 누선에서 운영하는 주점으로, 그 누선은 1년 내내 기슭에 정박하지 않고 청명호를 떠다녔다.

조 점주는 평소 큰 거래를 할 때면 누선을 통째로 빌렸다. 그런데 이번에는 누선만 빌린 게 아니라 천명호 전체를 비우고 다른 놀잇배가 운행하지 못하게 막았다.

한운석은 호숫가에 서서 맞이용 조각배를 기다리다가 감개무량하게 말했다.

"용비야, 거긴 일 이야기하는 데도 좋겠지만 정담을 나누는 데도 딱 좋겠어요!"

호수 한가운데에서 일 이야기를 하면 듣는 귀가 없어서 좋고, 호수 한가운데에서 밀회를 하더라도 완전히 밀폐되어 발각되기가 쉽지 않아 좋았다. 한운석은 갑자기 또 장삿거리가 떠올랐다. 누선 함대를 조직해 대진의 호수를 전부 점거하고 체인 주점 같은 장사를 해 보고 싶었다.

용비야는 어서 빨리 딸을 얻고 싶어 했지만, 그녀는 늘 이런저런 장사를 해 보고 싶어서 1, 2년 뒤에나 둘째를 가질 생각이었다. 서동림과 비밀 시위가 예아를 데리고 이곳저곳 다니며 놀아 주지 않았더라면, 아마 그녀는 용비야를 따라 나오지도 못하고 객잔에 틀어박혀 예아와 함께 있어 줘야 했을 것이다.

용비야는 한운석이 이런 생각을 하는 걸 아는지 모르는지 그녀를 돌아보며 진지하게 말했다.

"황후, 짐이 장녕 염전을 손에 넣는 것을 도와준다면 호수 하나와 누선 한 척을 상으로 내리리다."

한운석은 감사 인사를 하려다가 불현듯 용비야의 특별한 목적을 깨달았다. 어젯밤 누선에서 있었던 온갖 일들이 떠오르자 그녀는 즉시 표독스레 그를 노려보았다.

"필요 없어요!"

이내 맞이용 조각배가 기슭에 도착했다. 그들을 맞이하러 나온 사람은 놀랍게도 조 점주 본인이었다. 용비야가 어제 했던 장난 덕분에 남장한 한운석은 부득불 용비야에게 딱 붙어 다니는 척해야 했다.

소개와 인사가 끝나자 한운석과 용비야는 조각배에 올랐다. 조각배는 곧 큰 누선을 향해 노 저어 갔다. 가는 동안 용비야는 한운석의 허리에서 손을 떼지 않았고, 조 점주는 남몰래 한운석을 흘끔거리며 속으로 무척 다행스럽게 생각했다.

어제 엽 공자를 초청하기로 한 뒤로 그는 즉시 쾌마를 달려 현성으로 가서 남총男寵(잘생긴 외모를 지녀 이를 밑천으로 시중드는 남자) 두 사람을 구했다. 이들 중 한 명은 곱상하고 사랑스러운 생김새에다 음률에도 능통했고 특히 피리를 잘 불었다. 다른 한 명은 비록 외모는 뛰어나지 않지만 몸이 크고 튼튼해서 강인한 느낌을 풍겼다.

조 점주가 엽 공자와 잘 지내려면 당연히 먼저 비위를 맞춰야 했다. 그래서 하는 김에 한 공자에게 줄 사람도 준비한 것이었다.

누선에 오르자 한운석과 용비야는 맞은편에서 걸어오는 두 남자를 발견했다. 그 외형이나 차림새, 눈짓이나 걷는 자태를 보자 두 사람은 단번에 뭘 하는 자들인지 알아차렸다.

한운석은 하마터면 웃음을 터트릴 뻔했다. 용비야가 마침내 제 발등을 찍은 셈이었다! 조 점주는 틀림없이 사옥군에게 어제 이야기를 듣고 특별히 남총을 준비했을 것이다. 용비야를 위해 연약하고 곱상한 남자를 준비한 것까지는 그렇다 쳐도, 한운석 자신을 상대해 줄 사람까지 준비했을 줄이야!

한운석은 용비야의 손을 놓고, 용비야가 남자에게 붙잡히는 모습을 잔뜩 기대하며 바라보았다. 용비야는 크고 튼튼한 남총만 응시하고 있었으나, 그 얼굴은 천년 내내 꽁꽁 얼어붙은 얼음장처럼 무서울 만치 차가웠다.

그가 분통을 터트리려는 순간 뜻밖에도 조 점주가 다가가 양손으로 두 남총의 손을 각각 잡았다. 몹시도 정답고 야릇한 태도였다.

이건……

한운석은 무척 놀랐고, 용비야 역시 마찬가지였다. 자신들을 위해 남총을 준비한 줄 알았는데 조 점주 역시 남색가였을 줄이야. 게다가 취향도 어찌나 독특한지 두 가지 유형을 다 좋아했다!

본래는 남총들을 걷어차 호수로 처박으려던 용비야였지만, 그들이 조 점주의 사람인 것을 보자 쓸데없이 나서지 않고 참았다. 그의 안색이 훨씬 좋아졌다.

조 점주도 두 남총에게 길게 설명하지 않고, 싱글벙글 웃으면서 용비야와 한운석을 누선 위로 안내했다.

방금 용비야가 불쾌해한 것은 전혀 알아차리지 못했다. 비위 맞추는 능력은 그가 사옥군 일행보다 훨씬 고명했다. 그는 남총을 대놓고 엽 공자에게 들이밀지 않고 자신도 같은 부류인 척하며 엽 공자에게 좋은 인상을 심어 주고 가까워지기를 바랐다.

용비야와 한운석이 한쪽에 앉자 조 점주는 그들 맞은편에 앉았고, 두 남총은 조 점주 좌우에 앉았다. 사옥군 등 세 사람도 한쪽에 자리 잡고 앉았다.

용비야와 조 점주는 자못 진지하게 가격에 관해 이야기 나누었다. 장녕 염전의 소금 밀수를 담당하고 있는 만큼, 조 점주는 당연히 호락호락하지 않았다. 용비야는 한마디 한마디를 몹시 신중하게 했고, 그 말속에는 떠보는 의미가 숨겨져 있었다.

한운석은 어젯밤 지칠 때까지 용비야에게 시달린 터라 아직도 피곤해서 사흘 밤낮 내리 자고 싶은 심정이었다. 그녀는 조 점주를 상대할 여력이 없어 가만히 입을 다문 채 옆에서 들으며 기다렸다.

그런데 뜻밖에도 조 점주의 두 남총이 내내 용비야와 자신을 향해 유혹의 눈짓을 하며 추파를 던지고 있다는 것을 알아차렸다. 몸 좋은 남총의 시선을 받자마자 그녀는 재빨리 피했다. 너무 놀라 온몸에 닭살이 돋았다. 그렇지만 속으로는 즐거워하며 남몰래 쿡쿡 웃었다. 그녀는 조 점주는 남색기가 없으며, 저 두 남총은 그녀 자신과 용비야를 위해 데려왔다는 것을 확신할 수 있었다.

용비야를 바라보았지만, 용비야는 조 점주의 정체에만 온 신경을 쏟느라 남총에게는 관심조차 없었다. 사실 용비야의 성격이라면, 조 점주와의 담판에 집중하고 있지 않더라도 남총들에게는 눈길 한 번 주지 않았을 것이다. 그는 눈여겨볼 가치가 없거나 쓸모가 없는 사람이라면 보통 깨끗이 무시했다.

용비야의 진지한 모습을 보면 볼수록 한운석의 눈동자에서 웃음기가 짙어졌다. 그가 진실을 알았을 때 어떤 반응을 보일지 몹시 기대되었다. 틀림없이 아주 재미있겠지!

그는 평생토록 수많은 여자로부터 홀딱 반한 시선을 받아 왔다. 한운석 자신도 포함해서. 하지만 남자에게서 홀딱 반한 눈길이나 추파를 받아 본 적은 한 번도 없었다!

그때 용비야는 조 점주와 함께 밀수한 소금 운송 노선에 관해 이야기하고 있었다. 조 점주는 그래도 비교적 신중해서 어느 길로 운송할 것인지 먼저 나서서 말하지도 않았고, 용비야가 물어도 곧바로 말을 돌리지 않고 이런저런 이야기를 하면서 천천히 다른 화제로 넘기곤 했다.

"엽 공자, 운송 문제는 안심하십시오. 적당한 기한만 주신다면 제가 보증하건대 반드시 때맞춰 삼도 암시장으로 보내 드리겠습니다."

조 점주는 진지하게 말했다.

"삼도 암시장이 아닐세."

용비야는 이렇게 말한 뒤 입을 다물었다.

조 점주는 복잡한 눈빛이 되었다.

"그 많은 양을, 삼도 암시장이 아니라면 어디에 보관할 생각이십니까?"

그만한 양이면 운송 도중에 발각될 수도 있지만 보관 중에도 무척 위험했다. 일단 발각되면 틀림없이 의심을 살 터였다.

용비야는 조 점주를 바라보면서 미적미적 말이 없었다. 조 점주는 꽤 인내심이 강해서 캐묻지 않았지만, 오히려 옆에 있던 사람이 참지 못하고 나섰다.

"엽 공자, 설마하니 보관하지 않고 바로 파시려는 거요?"

삼도 암시장에 보관하며 가격이 오르기를 기다렸다가 파는 밀수품이 꽤 많았다. 5백 수레 분량을 사 놓고 보관하지도 않는다면, 어디로 보내려는 것일까? 동오국이라 해도 그 많은 물량을 단번에 소화할 수는 없었다.

용비야는 입꼬리에 냉소를 떠올리면서도 여전히 말이 없었다. 그가 말이 없자 조 점주는 부득불 혼자 추측해야 했다.

만약 단순히 값이 오를 때까지 보관할 생각이라면 밀수할 필요가 없었다. 밀수한 소금은 대진 바깥으로 팔아야 하는데, 지금으로선 대진을 빼면 동오국밖에 없었다.

지금껏 조 점주는 엽 공자가 물건을 삼도 암시장에 쌓아 둔 다음 시기와 양을 분산해 동오국에 팔 것으로 생각했다. 그런데 지금 이 상황에서는 엽 공자의 생각을 헤아릴 수가 없었다.

그는 시험 삼아 말을 꺼냈다.

"엽 공자, 공자께서 구매하시려는 양은 아주 많습니다. 동오국도 1년 안에 그만한 양을 다 소화하지는 못합니다!"

용비야는 눈썹을 치킬 뿐 역시 말이 없었다.

그가 말이 없으면 없을수록 조 점주는 점점 자신이 없어졌다. 오래 교분을 맺고 싶은 마음 때문에 그는 잠시 망설이다가 일어나서 가까이 다가가 용비야의 귀에 나지막이 속삭였다.

"엽 공자, 솔직히 말씀드리면 요 며칠 소금을 대량으로 사겠다는 사람이 또 있었습니다. 바로 동오국 사람이지요. 혹시 엽 공자께서 동오국에 팔 생각이시라면 그쪽은 거절하겠습니다."

"후후, 그렇게 담력이 큰 자가 누군가? 감히 우리 동래궁의 장사를 빼앗으려 하다니."

용비야가 나지막이 물었다.

조 점주는 그 사람의 이름은 대지 않고 이렇게 말했다.

"엽 공자, 이번 거래가 성사되면 앞으로 동오국과는 거래하지 않고 모두 공자에게 넘기겠습니다. 어떻습니까?"

용비야는 차갑게 코웃음 칠 뿐 대답하지 않았다.

조 점주는 그가 불쾌해하는 것을 알고 목소리를 더욱더 낮췄다.

"엽 공자, 그 사람은 바로 영……."

그의 입에서 이름이 나오기 전, 용비야는 무심코 시선을 들어 맞은편에 있는 남총을 바라보았다. 바로 그때 그 남총은 넋이 나간 눈으로 용비야를 뚫어지게 응시하고 있었다. 물처럼 부드러운 정이 담뿍 담긴 야릇한 시선이었다.

순간, 용비야의 안색이 싹 굳었다. 시선을 옮기자 이번에는

또 다른 남총이 한운석에게 끊임없이 추파를 던지고 있는 게
보였다.

쾅!

힘차게 탁자를 내리치는 소리와 함께 용비야가 벌떡 일어났
다. 밀수꾼의 이름을 물을 생각조차 싹 사라졌다.

반쯤 말하다 만 조 점주는 화들짝 놀라 아연실색한 얼굴로
바라보았다. 대체 무슨 일이 일어난 것인지 도무지 알 수가 없
었다. 그 사람 이름을 대지도 않았는데 엽 공자는 왜 이렇게 화
를 내는 것일까?

한운석도 무척 뜻밖이었다. 그녀는 용비야와 아주 가까이 있
어서 조 점주가 하는 말을 들을 수 있었다. 일찌감치 남총들을
싹 무시한 그녀는 긴장한 채 밀수꾼의 이름이 나오기를 기다렸
고, '영' 자까지 듣자 더욱더 긴장했다.

그런데 이처럼 중요한 순간에 용비야가 이렇게 충동적으로
나올 줄이야!

용비야의 얼굴에 참을 수 없는 노기가 떠올랐다. 대체 무슨 일인지 몰라 모두가 어리둥절해하고 있을 때, 놀랍게도 곱상하게 생긴 남총이 번개같이 용비야에게 다가가더니…… 그를 위로하려고 했다!

"엽 공자, 화내지 마세요! 조 점주가 말실수를 했다면 제가 사과드리겠어요."

남총은 그렇게 말하면서 술잔을 들었다.

단숨에 잔을 비운 그는 세심하게도 용비야에게 빈 잔을 보여주고는 애교 띤 눈길을 던졌다.

"엽 공자, 이게 첫 잔이랍니다."

그리고 곧 다시 두 번째 잔을 따랐다. 술잔을 든 양손은 하나같이 난화지蘭花指(엄지와 중지를 붙이고 다른 손가락을 펼친 모양)를 하고 있어서 술잔을 입에 대자 손가락이 눈을 가렸지만, 추파를 가득 담은 눈은 여전히 손가락 사이로 수줍은 듯 용비야를 흘끔거리고 있었다.

지금 용비야의 낯빛은 정말이지 말로 설명할 수가 없었다.

옆에서 그 광경을 보는 한운석은 폭소를 터트리기 일보 직전이었다.

하지만 그 남총은 여전히 용비야가 분노하는 부분이 바로 자신들의 존재라는 사실을 알아차리지 못한 채, 그저 조 점주에게 화를 내는 것으로 생각했다.

두 번째 잔을 비우고 나자 그는 아예 용비야의 술잔을 가져와 술을 그득하게 따른 뒤, 입술을 잔 가장자리에 살짝 대고 용비야를 바라보면서 홀짝홀짝 마시기 시작했다.

벌써 걷어찰 준비를 하고 있던 용비야는 이 모습을 보자 고개를 돌리고 구역질을 했다.

"푸하하!"

한운석은 도저히 참을 수가 없어 폭소를 터트리고 말았다. 너무 격렬하게 웃는 바람에 하마터면 의자에서 떨어질 뻔했다. 제 도끼에 제 발등 찍힌다더니! 제 죄 남 안 준다더니! 용비야가 딱 그 꼴이었다!

어제 그 남색 사건만 없었어도 오늘 이런 일이 벌어지지는 않았을 텐데!

조 점주는 멍해졌고, 사옥군 등 세 사람도 무슨 일인지 몰라 어리둥절했다.

남총이 다급하게 물었다.

"엽 공자, 어찌 그러시나요? 속이 안 좋으신가요?"

그가 용비야에게 다가가려 하자 결국 참지 못한 용비야가 발을 휘둘러 그대로 그를 창문 밖으로 걷어차 버렸다.

'풍덩' 하고 큰 소리가 났다.

사람들의 시선은 전부 그 남총이 날아간 방향을 향했지만, 오히려 용비야는 차가운 눈으로 몸 좋은 남총을 바라보았다.

방금 정말로 그를 분노하게 만든 것은 저 남총이었다. 감히 그의 앞에서 한운석을 유혹하다니!

용비야는 채찍을 뽑아 휘두르고 싶었지만, 뜻밖에도 살기 어린 그의 눈빛을 본 남총은 깜짝 놀라 휙 돌아서더니, 알아서 창문 밖으로 몸을 날려 호수에 뛰어들었다.

이렇게 되자 마침내 조 점주도 어떻게 된 일인지 깨달았다. 조 점주 일행은 엽 공자의 급한 성미에 탄식하면서도, 한편으로는 다른 남자의 유혹에 전혀 흔들리지 않으니 참으로 순정파라며 감탄했다.

조 점주는 몹시 후회했다! 사과하고 싶었으나 화가 머리끝까지 난 엽 공자를 보자 도저히 함부로 움직일 수가 없었다. 사옥군 일행은 서로를 바라보았다.

방 안이 조용해진 가운데 한운석만 큰 소리로 웃고 있었다. 용비야가 그쪽을 돌아보며 굳은 얼굴로 물었다.

"아직 다 안 웃었느냐?"

한운석은 웃음을 멈추고 그를 돌아보았지만, 또다시 웃음이 터지고 말았다.

"그래도 웃어?"

용비야가 차갑게 말했다.

그러자 조 점주 일행은 모두 긴장했다. 잘해 보려다가 도리어 엽 공자와 한 공자가 다투게 만들 수는 없었다. 정말 소란이 벌어진다면 이번 거래를 성사시킬 수 있을지 모를 일이었다.

한운석은 정말 웃지 않으려고 입을 막았지만 그럴수록 더욱

참을 수가 없었다. 입을 막아도 계속 웃음이 났다.

갑자기 용비야가 그녀를 향해 몸을 바짝 숙이며 차갑게 말했다.

"마지막으로 묻겠다. 계속 웃을 테냐?"

한운석은 겁내지 않았으나 도리어 조 점주 일행 네 사람의 심장이 높이 뛰어올라 대롱대롱 매달렸다!

한운석은 용비야를 올려다보았다.

"엽 공자, 나도 웃고 싶지는 않지만…… 정말 웃긴 걸 어떡하오! 하하하!"

그 순간, 조 점주 일행 네 사람의 심장은 거의 멎다시피 했다. 그런데 갑자기 용비야가 손을 뻗어 한운석을 간질이기 시작했다.

"더 웃게 해 주마!"

용비야가 한운석의 겨드랑이며, 허리며, 배를 간질여 대자, 한운석은 넘어가도록 웃으면서 피하려고 발버둥 쳤다.

두 사람이 이런 장난을 치자 분위기가 확 달라졌다. 조 점주 등은 눈이 휘둥그레져 멍한 얼굴로 그들을 바라보았다.

얼마 안 있어 한운석은 용비야에게 잡혀 탁자 위에 짓눌렸다. 이제는 그녀도 웃지 않고, 너무 웃어서 얼얼해진 입을 꼭 다문 채 그를 바라보았다.

그녀를 차갑게 노려보던 용비야는 별안간 '풋' 하고 가벼운 웃음을 터트리더니 퉁명스럽게 물었다.

"그래도 웃을 테냐?"

한운석은 몹시 고분고분하게 고개를 저었다.

"제가 감히 어떻게요."

하지만 용비야는 참지 못하고 웃음을 지었다. 그는 그녀의 입술에 부드럽게 입 맞춘 다음에야 일으켜 주었다.

이 장면을 본 조 점주 일행은 완전히 얼이 빠졌다. 바로 그때, 문밖에서 자박자박 발소리가 들려왔다. 꽤 많은 사람이 걸어오는 소리였다.

모두가 문밖을 내다보았다. 별안간 사옥군이 '아뿔싸' 하고 소리치며 황급히 문을 닫으러 달려갔다. 애석하게도 그가 문가에 닿기도 전에 준수하고 가녀린 몸집의 남총들이 몰려와 입구를 틀어막았다. 적게 잡아도 열 명은 넘는 수였다.

이들은 사옥군이 엽 공자를 위해 준비한 남총들이었다. 조 점주가 엽 공자의 비위를 맞춰 가까워지려 하는데 사옥군이라고 그럴 마음이 없었을까? 엽 공자와 가까워지면 훗날 사씨 집안 가주 자리 다툼에서 든든한 판돈이 하나 늘어나는 셈이었다.

남총들이 속속 안으로 들어오려 하자 사옥군이 재빨리 가로막았다. 그런데 웬걸, 그 밖에 또 두 무리나 되는 남총들이 좌우 양쪽에서 몰려왔다. 문 입구는 금세 발 디딜 틈 하나 없이 비좁아졌다.

뒤에 나타난 두 무리는 당연히 주 셋째 도령과 모용 아홉째 도령이 부른 이들이었다. 그들 역시 동래궁 주인 아들의 호감을 얻고 싶었다!

주 셋째 도령과 모용 아홉째 도령도 초조한 마음에 사옥군을 따라 허둥지둥 그들을 쫓아냈다.

한운석이 고개를 들고 용비야를 바라보았다. 마침 용비야도 그녀를 보고 있었는데, 그녀가 또 웃으려고 하자 재빨리 입을 틀어막은 뒤 그녀가 자신의 표정을 보지 못하도록 고개를 돌렸다.

그런 그들을 본 조 점주는 마침내 한 가지 사실을 깨달았다. 엽 공자에게 잘 보이고 싶다면, 엽 공자와 가까워지고 싶다면, 반드시 저 한 공자를 잘 모셔야 한다는 사실!

그것이야말로 진정으로 비위를 맞추는 일이었다!

사옥군 등 세 사람이 대규모 남총 무리를 쫓아내고 나자 마침내 주위가 조용해졌다. 그들이 돌아왔을 때 조 점주는 용비야와 한운석에게 사과하고 있었다. 그들 세 사람도 다급히 사과하려 했지만 한운석이 막았다.

"짜증 나 죽겠네! 일 이야기는 안 할 거요?"

한운석은 일부러 짜증 내며 용비야를 향해 말했다.

"재미도 없는데 일 이야기를 안 할 거면 그만 갑시다!"

"해야지요, 해야지요!"

조 점주가 황급히 다가왔다.

"엽 공자, 방금 하던 이야기가 안 끝났으니 계속하시지요. 아무렴, 계속해야지요."

용비야는 아무 말 하지 않았지만, 조 점주는 아주 대놓고 밀수꾼의 이름을 밝혔다.

"그자는 영낙寧樂이라고 하는 동오족 사람입니다. 얼마 전에 계약금을 내놓으며 물건을 사겠다고 하더니, 여태 다시 찾아오지도 않았고 언제 올 것인지도 말하지 않았습니다. 그자는 3백 수레를 사겠다더군요. 엽 공자, 사실대로 말씀드리자면, 요 몇 달간 장녕 염전에서 빼낼 수 있는 물량도 딱 3백 수레 분량입니다. 그자에게 팔게 되면 엽 공자께서는 내년까지 기다리셔야 하지요. 하지만 가격 협상만 잘되면, 저도 엽 공자의 체면을 보아 공자와만 거래하겠습니다. 동오국 경내까지 물건을 운송해 드리는 것도 약속드리지요."

영낙?

용비야는 속으로 고개를 갸웃했다. 대진에도 영씨 성을 쓰는 사람이 많지 않은데 동오국에 영씨 성을 가진 사람이 있다고? 하지만 그는 따져 묻지 않고 시원시원하게 가격을 댔다.

"영낙이란 자가 제시한 가격에서 이 할 더 내지."

영낙의 가격을 거짓으로 말한 조 점주는 이 말을 듣자 속으로 몹시 기뻐하며 단번에 승낙했다. 용비야도 호방하게 계약금을 치렀다.

그가 말했다.

"우선 3백 수레 분량을 북려로 보내게. 두 달 안에 반드시 보내야 하네."

"그럼요, 물론이지요!"

조 점주는 자신이 넘쳤다.

용비야는 영수증을 받은 뒤 더는 앉아 있지 않고 곧 한운석과 함께 떠났다. 숙소로 돌아오자마자 한운석은 재빨리 허리를 숙여 인사하면서 몹시 공손하고 겁먹은 목소리로 말했다.

"폐하, 오늘 남총 사건은 반드시 비밀에 부치겠습니다. 부디 신첩의 목숨만은 살려 주세요!"

오늘 사건은 아마도 용비야 평생 최대의 흑역사로 남을 테니, 누군가 알면 틀림없이 죽여서라도 입막음을 하려 들 터였다. 한운석의 장난에 용비야는 우습기도 하고 기가 막히기도 했다. 그는 황제답게 오만한 말투로 대답했다.

"태자의 낯을 보아 목숨만은 살려 주겠다. 후후, 하지만 죽을죄는 면해도 산 죄는 피할 수 없지. 오늘 밤 시침하거라."

"용비야, 당신……."

한운석은 울고 싶었다. 이것이야말로 용비야의 필살기였다.

용비야와 한운석이 떠나자마자 사옥군 등 세 사람은 조 점주에게 몰려가 소개비를 요구했고 조 점주도 시원스레 승낙했다.

그날 밤 조 점주는 하룻밤을 꼬박 새워 가며 빠르면서도 비용을 절감할 수 있는 노선을 생각해 냈고, 날이 밝자마자 세 집안의 진짜 책임자에게 보고했다. 조 점주는 노선을 정하는 일만 맡았고, 그 노선에 있는 각종 세관과 검문을 피하는 방법은 자연히 세 집안이 힘을 모아 마련해야 했다.

세 집안 사람들은 본래 조 점주의 능력을 굳게 믿는 데다 상대가 동래궁 주인 아들이기도 했기에 물량이 많아도 크게 의심하지 않았다. 그들은 조 점주에게 몇 가지 질문을 한 뒤 일 처리에 착수했다.

용비야와 한운석은 장녕에 오래 머물지 않고, 이삼일만 있다가 떠났다. 담판을 짓고 돌아온 그날 밤 용비야는 사람을 보내 소금 밀수 건을 고발한 사람을 알아보게 했다. 다름 아니라 영낙이라는 이름이 그와 한운석 모두에게 갖가지 추측을 불러일으켰기 때문이었다.

며칠 후, 서동림이 고발자를 용비야와 한운석 앞으로 데려왔다. 바로 이 고발자 덕분에 장녕 염전 감독관이 직속 상관을 거치지 않고 곧장 용비야에게 상주문을 올린 것이었다.

"누군가 소금을 밀수해 동오국으로 보내는 것을 어떻게 알았느냐?"

용비야가 물었다.

고발자는 용비야와 한운석의 신분을 모르는데도 두려움에 떨며 서둘러 대답했다.

"다른 사람이 그렇게 하라고 시켰습니다. 그 사람이 제게 오백 냥과 함께 증거를 주면서 고발하라고 했습니다."

"그 사람은 누구냐?"

용비야가 다시 물었다.

"저도 모릅니다."

고발자는 잠시 생각한 다음 다시 말했다.

"복면을 쓰고 있었는데, 시종 같아 보였습니다."

용비야는 두어 가지 질문을 더 한 다음 고발자를 내보냈다.

고발자가 나가자 한운석이 말했다.

"영낙이란 틀림없이 가명일 거예요! 내가 조사해 봤는데, 동오족에는 영씨가 없어요. 대신 낙씨 성을 쓰는 거물은 있더군요. 내력이 보통이 아닌 자예요. 전문적으로 노예 거래를 하는데, 대부분 현공대륙에 팔아넘겨요. 노예 거래는 소금 밀수보다 훨씬 돈이 되니 이런 일에 발을 들여놓을 필요는 없겠죠."

"설령 가명이라 해도 왜 하필이면 '영' 자를 썼겠느냐? 그것도 '낙' 자와 함께?"

용비야가 물었다.

가명을 지을 때는 보통 흔히 쓰는 성을 고르고, 가능한 한 의심을 피하려 하기 마련이었다. 하지만 그 밀수꾼은 동오족에는 없는 '영'씨를 골랐고, 동오족 최대 노예상의 성씨인 '낙' 자까지 썼다. 무엇 때문일까?

"그자가 내놓은 계약금은 적은 돈이 아닌데."

한운석이 혼잣말했다.

"계약금까지 내놓고…… 왜 물건을 사 가지 않았을까요?"

그렇게 중얼거리던 그녀가 갑자기 깨달은 얼굴로 말했다.

"용비야, 영낙은 애초에 물건을 살 생각이 없었어요. 일부러 그런 거라고요!"

용비야도 깨달았다. 영낙이란 자는 진짜 밀수꾼이 아니라, 오히려 함정을 파서 조 점주를 끌어들인 뒤 용비야에게 고발해 용비야가 소금 밀수 건에 관심을 두도록 하려는 사람 같았다.

"그 사람이…… 영승은 아니겠죠?"

한운석이 중얼거렸다. 조 점주가 '영' 자를 입 밖에 냈을 때, 그녀는 제일 먼저 영승을 떠올렸다.

"만약 그자라면 어째서 '낙' 자를 썼지?"

사실 용비야도 짐작한 것은 있지만 크게 확신할 수 없을 뿐이었다. 그는 한운석을 돌아보며 생각에 잠긴 듯 눈썹을 살짝 찡그렸다.

만약 영승이라면, 일부러 계약금까지 걸며 그들의 주의를 끈 것이 노예상 낙정이 대진의 소금 밀수에 관심을 보인다고 알려 주려는 의도일까? 만약 영승이 아니라면, 반드시 그 밀수꾼을 끌어내야 했다.

이 점은 용비야와 한운석도 함부로 성급하게 결론지을 수가 없었다. 지금으로선 조 점주 쪽 소식을 기다리는 방법뿐이었다. 용비야가 조 점주에게 덫을 놓았고 조 점주는 서둘러 그와 교분을 트고 싶어 하니, 밀수꾼 소식을 듣기만 하면 알려 줄 게 분명했다.

장녕을 떠난 뒤 한운석과 용비야는 계속 남하하면서, 미복 차림으로 몰래 움직이는 한편 조 점주가 물건을 마련해 보내기를 기다렸다.

열흘 후, 조 점주는 일단 백 수레 분량을 보냈다. 조 점주도 운송 노선을 용비야에게 흘릴 만큼 부주의하지는 않았다. 단지 첫 번째 분량을 발송했고, 한 달 안에 삼도 암시장 부근에 도착할 것으로 예상한다고 한 게 전부였다.

소금 백 수레는 결코 무게가 가볍지 않았다. 순수하게 육로로만 운송하면 두 달 정도 걸리므로 용비야는 그들이 수로 위주로 운반할 것으로 짐작했다.

남쪽에서 북쪽으로 가는 수로는 운하 하나밖에 없었고, 그 운하에는 세관이 겹겹이 있었다!

"간도 크게 그 많은 양을 수로로 운송할 생각을 하다니, 아주 노골적으로 불법을 저지르는군요!"

한운석도 화가 났다. 이는 강남 삼대 명문세가가 운하 쪽에 떳떳하지 못한 관계를 많이 만들어 놓았다는 소리였다!

용비야는 지방관에게 통보하거나 관련 고관대작에게 알리지 않고, 사람을 보내 몰래 조사하게 했다.

닷새 후, 두 번째 물량이 발송되었다. 조 점주가 예측한 운송 시간은 한 달가량이었다. 의심할 바 없이 이번에도 수로로 운송하는 것이었다.

열흘 후, 세 번째 물량도 발송되었다. 이번에는 조 점주도 두 달 정도로 예측했다.

한운석은 냉소를 금치 못했다.

"물이나 뭍이나 모두 연줄이 있군요. 해충 같은 놈들!"

용비야는 여전히 공론화하지 않고 심복만 보내 계속 추적하게 했다.

이렇게, 문무백관들이 황제와 황후가 북려 지역에서 미복잠행 중이라고 여기는 동안, 용비야 일행은 강남에서 남몰래 소금 밀수 건을 조사했다.

한 달 후, 첫 번째와 두 번째 물량이 제시간에 삼도 암시장 부근의 대창고에 도착했다. 조 점주는 용비야에게 서신을 보내 그 소금을 동오국 어디로 운반해야 할지 물었다.

용비야는 세 번째 물량이 도착하면 함께 보내겠다고 대답했다. 한 달 후, 세 번째 물량도 정해진 때 도착했다.

두 달간의 운송에 따른 두 달간의 추적 조사를 통해, 용비야는 남에서 북으로 가는 수로와 육로 두 노선에 연루된 자들을 기본적으로 파악하고 증거도 잡았다.

그중에는 강남 삼대 명가로부터 뇌물을 받은 관리가 적지 않았고, 먼저 나서서 그들 집안에 빌붙은 자들도 있었다. 또 간이 작아서 세 집안에 협박당해 협조한 자들도 있었다.

여기까지 조사하고도 용비야는 서두르지 않았다. 그는 계속 엽 공자의 이름으로 조 점주에게 연락해 첫 번째 물량을 동오국 소산보蕭山堡로 보내라고 했다.

이번에 조 점주가 예측한 시간은 놀랍게도 한 달이었다!

"한 달?"

한운석은 무척 뜻밖이었다.

삼도 암시장에서 북려와 동오국 국경까지는 두 달가량 걸려야 갈 수 있었다. 거리는 멀지 않지만 곧장 갈 수 있는 길이 없어서 커다란 산을 몇 개나 돌아가야 하기 때문이었다. 심지어 그중에는 설산도 있었다. 그 후 국경에서 소산보까지도 꽤 먼 길을 가야 했다.

다 합쳐 보면 세 달 안에도 절대로 도착할 수 없었다!

용비야는 한운석을 바라보면서 한참 동안 말이 없었다.

"설마, 저들에겐 동오국으로 가는 다른 길이 있는 걸까요?"

한운석이 중얼거렸다.

"알았다!"

용비야가 퍼뜩 생각난 듯 외치며 눈동자에 차가운 빛을 번뜩였다.

"틀림없이 영승이다! 그놈, 이제 보니 동오에 숨어 술을 얻어 마시고 있었군!"

한운석은 아직도 이해가 가지 않았다. 용비야는 그런 그녀에게 진지하게 설명해 주었다.

동오국의 말은 품종이 극히 훌륭해서 군마로 쓰기에 딱 좋았다. 북려국 황제는 수년에 걸쳐 적잖은 사신을 파견해 산 넘고 물 건너 동오국으로 가서 말을 사려고 했으나 내내 성공하지 못했다. 하지만 군역사가 황자 몇 명을 데리고 찾아가 일을 성사시켰다.

그해 군역사가 간 길은 일반적인 사신들이 갔던 길과는 다른 비밀 통로였다. 그 길은 엄동설한에도 폭설로 막힐 염려가 없어 적시에 북려국에 군마를 보낼 수 있었다.

두 황자 모두 군역사 손에 죽는 바람에 그 비밀 통로를 아는 사람은 군역사의 사람들뿐이었다. 훗날 군역사 휘하에 있던 흑족 사람들은 아금과 영승 손에 들어갔다.

아금이 그 비밀 통로를 알고 있는지는, 용비야도 확신할 수 없었다. 하지만 영승의 성격이라면 틀림없이 그 통로를 알아냈을 터였다. 조 점주 일행이 짧은 시간 안에 동오국에 소금을 운반할 수 있다면, 군역사가 마련한 그 비밀 통로를 사용하려는 게 분명했다.

"알겠어요!"

한운석이 중얼거렸다.

북려국이 멸망한 뒤 북려 지역 전체는 아금이 담당했다. 아금은 내내 재해 복구로 바빴고 올해에야 비로소 숨을 돌릴 여유가 생겼다. 아금은 그 비밀 통로에 관해 어떤 것도 보고한 적이 없었고, 용비야 역시 강남 일로 바빠 그 통로의 존재를 잊고 있었다.

다시 말해, 그 비밀 통로에는 지키는 사람이 아무도 없고 심지어 관문도 없었다. 밀수품이건 노예 거래건, 모두 그 통로를 이용할 수 있었다!

영승의 가명에 들어간 '낙' 자는 동오족 최대 노예상 낙정의 성이었다. 의심할 바 없이 낙정이 이 일과 관련되어 있다는 암시였다.

변경에서 노예장사를 하는 낙정의 실력이라면, 양국 사이에 놓인 비밀 통로를 알아내는 것은 어려운 일도 아니었다.

낙정이 그 통로를 이용해 밀수한 소금을 운반하든, 노예를 사고팔든, 혹은 다른 용도로 쓰든, 변경에 쌓아 올린 그의 세력으로 보아 필시 그 통로를 차지하려는 야심을 품었을 것이다!

놀랍게도 강남 삼대 명문세가가 그 통로의 존재를 알고 있다니, 그들 역시 낙정과 결탁한 게 틀림없었다!

"세 집안이 노예장사까지 하진 않았을 거예요."

한운석이 진지하게 말했다.

"용비야, 그들이 손잡은 건 틀림없이 밀수품을 운반하기 위해서일 거예요. 고작 얼마 되지 않는 동오국의 작은 땅에서 장사를 해 봤자 얼마나 하겠어요? 낙정이 하던 일은 현공대륙과 동오국 간 노예 거래였어요. 강남 명문세가와 낙정이 노리는 것은 아마도 현공대륙일 거예요!"

한운석은 정말 화가 났다.

그녀도 지난번부터 현공대륙에서 술과 차, 연초 장사를 해 볼까 했는데, 물론 정당한 방법으로 장사할 생각이었다. 고북월 역시 용비야에게 관세를 올리라고 건의하기도 했다. 사사로이 탈루하다니, 강남 사람들도 참 대단했다!

소금 밀수를 조사하러 왔다가 이렇게 큰일을 알아낼 줄이야.

"영승이 신경을 많이 썼군요."

한운석이 진지하게 말했다.

하지만 용비야의 목소리는 차가웠다.

"한참 빙빙 돌려서 말하는군……. 후후, 그자는 내 눈에 띄지 않는 것이 좋을 것이다!"

용비야와 한운석은 즉시 강남 매해로 가는 것을 취소하고, 예아를 데리고 북으로 올라갔다. 가는 길에 의성을 지나 그들은 예아를 고북월에게 맡기고 여전히 미복 차림으로 북상했다.

북려 경내로 들어서자 그들은 몰래 아금을 찾아갔다.

아금은 여전히 옛 모습 그대로였다. 높은 자리에 올랐고 근 한두 해 동안 북려 지방 백성을 위해 쓸모있는 일을 많이 했는데도, 그는 전혀 변한 데가 없었다. 여전히 마른 몸에, 품 넓은 옷을 싫어해서 몸에 딱 맞는 까만 경장을 입었고, 단발에다 비스듬히 흘러내린 앞머리가 눈꼬리를 가려 차갑고 음울한 느낌을 주었다.

그가 누군지 모르는 사람이 보면 냉혹하고 과묵한 살수로 오인할 게 분명했다. 하지만 사실상 그의 무공은 평범하디 평범하다고 할 수 있었다. 그가 가장 잘하는 것은 역시 돈 버는 일이었다. 그것도 투기로 쉽게 버는 쪽이었다.

그는 북려 지역에서 영승 대신 난장판을 수습하는 일을 맡았으나, 그와 동시에 비밀리에 옛 사업을 다시 시작해 지하 전장을 열었다. 본전은 당연히 목령아가 준 금패였다.

그는 이미 목령아가 갚은 돈을 갖가지 방식으로 북려 지역 구호금으로 기부했다. 그리고 대월하거나 딴 돈을 본전 삼아 작은 전장을 열었다. 비록 작긴 하지만 그의 능력이면 틀림없이 1, 2년 안에 큰 전장으로 키워 낼 수 있었다.

그는 줄곧 목령아가 빚을 청산하자며 찾아오기를 기다렸다. 꼼꼼히 셈해 봤을 때 지금쯤이면 강건 전장에서 이미 목령아에게 빚 독촉을 했을 터였다. 형부인 용비야가 목령아의 채무를 면제하고 금패를 사용 금지하지 않는 한, 목령아가 그를 찾아오지 않을 이유가 없었다.

요 며칠간, 아금은 거의 매일같이 금패를 들고 전장을 방문해 돈을 찾으면서 금패가 정지되었는지 아닌지 확인했다. 하지만 늘 돈을 찾을 수 있었다. 그래서 그는 목령아가 쫓아와 따지기를 한층 더 기대하게 되었다.

목령아는 오지도 않았는데, 도리어 용비야와 한운석이 먼저 찾아올 줄은 정말이지 생각지도 못했다.

사실 금패 건은 강건 전장 낙 점주가 일찌감치 용비야에게 알렸고, 용비야는 귀찮아서 한운석에게 그 일을 맡겼다.

한운석은 하룻밤 내내 생각한 끝에 결국 끼어들지 않기로 하고, 낙 점주에게 이렇게 전했다.

'공무는 원칙대로!'

막사에 들어가자 용비야와 한운석은 주인석에 앉아 차를 마셨고, 아금은 그 옆에 섰다. 인사를 올린 것을 빼면 그는 지금까지 한마디도 없었다.

한운석은 자신과 용비야가 입을 열지 않으면, 아금은 온종일 침묵을 지킬 수 있을 것으로 생각했다. 정말 궁금했다. 이자는 천성적으로 말이 없는 걸까, 아니면 두 사람 앞에서만 말이 없는 걸까? 영승 밑에서 일할 때는 말이 많았을까?

만약 그가 말수가 적은 사람이라면 어쩌다 목령아 그 아이를 마음에 들어 했을까? 알다시피 목령아는 아주 시끄러운 아이여서, 늘 참새처럼 조잘조잘 끊임없이 떠들곤 했다.

한운석은 아금이 얼마나 버틸지, 언제까지 침묵을 지킬지 시험해 보고 싶어졌다. 그렇지만 용비야는 그런 일에 흥미가 없었다.

그가 차갑게 물었다.

"영승이 동오국에 있느냐?"

이 말이 떨어지자마자 아금은 고개를 들었다.

"그게 정말입니까?"

아금의 표정에 용비야와 한운석은 상당히 의외였다.

지금껏 그들은 아금이 개인적으로 영승과 왕래하고 있으며, 필시 영승의 행방을 알고 있으리라 생각했다. 그런데 흥분하고 분노한 아금의 얼굴을 보자 용비야와 한운석 둘 다 아금과 영승 사이가 자신들이 생각한 만큼 가깝지 않다는 것을 깨달았다!

용비야가 끈질기게 영승을 끌어내리려는 것은 달리 이유가 있어서가 아니라 영승에게 바람맞은 일 때문이었다. 약속만 이행하면, 영승이 어딜 가서 무슨 일을 하든 한가하게 간섭할 여유 같은 건 없었다.

그런데 아금의 저 반응을 보면 영승에게 원한이 꽤 깊은 것 같았다.

한운석은 곧 소금 밀수 이야기를 해 주었다. 다 들은 아금은 벌떡 일어나 두 손으로 읍하며 큰 소리로 말했다.

"폐하, 북려는 이제 안정되었습니다! 소신은 사임하겠습니다!"

오냐, 영승. 난장판이 된 북려를 내게 떠넘기고 감히 동오국으로 달아나 노예상들과 한통속이 되었다고? 내가 늘 하고 싶었던 일인데!

처음에는 북려 지역 상황이 불안정했다. 하지만 지금 상황이라면 아금 없이도 용비야가 흑족 사람들을 다룰 수 있으니, 그가 남아 있을 필요가 없었다.

관리란 고된 직업이었다. 나라를 걱정하고 백성을 챙기는 일은 정말이지 그가 할 일이 못 되었다. 근 2년간, 무슨 수로 북려 지역 백성들의 아버지라며 자신을 다독여 왔는지 이해가 가지 않았다.

그 역시 영승을 찾아갈 생각은 아니었다. 그가 사임만 하면 영승이 알아서 찾아올지도 몰랐다.

용비야는 본래부터 아금을 썩 좋아하지 않았고, 한운석은 더욱더 아금을 경계했다. 어쨌거나 이자는 아직도 내력과 신분이 불분명했기 때문이었다. 그렇지만 근 2년간 아금이 북려 지역에서 거둔 성과에 용비야와 한운석 모두 마음으로부터 탄복하고 믿게 되었다.

공적으로 생각할 때, 용비야는 정말이지 이런 인재를 잃고 싶지 않았다.

용비야는 사정없이 말했다.

"허락하지! 다만 나중에 북려의 신임 관리가 네 전장을 걸고 넘어져도 분수를 지켜야 할 것이다. 그렇지 않으면 아무리 공을 세웠다 해도 짐이 반드시 벌을 내릴 테니!"

아금은 속으로 흠칫 놀랐다. 지하 전장을 연 일을 용비야가 이렇게 빨리 알아낼 줄은 몰랐다. 하지만 놀라건 말건, 그 역시 차갑게 코웃음 치며 사정없이 대답했다.

"걸고넘어지실 것도 없습니다. 내일 돈을 모두 돌려주고 문을 닫겠습니다!"

그런데 아무도 예상하지 못한 일이 벌어졌다. 아금이 이 말을 끝내는 순간, 문밖에서 분노에 찬 목소리가 쩌렁쩌렁하게 울린 것이었다.

"금가 놈아! 이리 나오지 못해!"

금가 놈?

여기 금씨 성을 가진 사람은 없는데? 아금의 성은 금씨가 아니었다. 아금이란 이름은 그가 금을 좋아했기에 얻은 것이었다.

물론 아무도 성씨 문제에는 관심이 없었다. 그 목소리가 모두의 귀에 너무너무 익숙했기 때문이었다! 목령아의 목소리였다.

외침이 끝나기 무섭게 목령아가 씩씩거리며 막사로 뛰어들더니 칼바람처럼 쌩하고 아금 앞으로 달려들었다.

아금은 당황했다.

헤아릴 수 없는 많은 밤과 헤아릴 수 없는 많은 낮을, 이 여자가 자신의 앞에 나타나는 상상을 수없이 하며 보냈다. 바로 이렇게, 바람처럼 쌩하니 자신의 눈앞으로 날아드는 상상을!

그렇지만……

목령아는 아금 앞으로 달려들기 무섭게 뭐가 잘못되었는지 별안간 앞으로 푹 고꾸라지고 말았다. 우당탕하고 커다란 소리가 났다.

순간, 장막 안이 쥐 죽은 듯 조용해졌다. 목령아는 바닥에 코를 박고 넘어진 채 꼼짝도 하지 않았다. 한운석과 용비야도 어리둥절해서 그쪽을 바라보았고, 아금은 더욱더 믿을 수 없는 표정이 되었다.

아니, 이 아이는 어떻게 이렇게 평평한 곳에서 넘어질 수 있지? 활활 타오르던 분노는 고꾸라짐 한 번에 싹 사라졌다.

용비야와 한운석은 둘 다 말이 없었고, 아금은 부축하려고 다가갔다. 하지만 목령아가 스스로 고개를 들더니 한 손으로 입과 코를 가렸다.

아금이 다가오는 것을 보자 초롱초롱하고 커다란 그녀의 눈에서 즉시 소름 끼치는 살기가 쏟아졌다. 눈빛만 보면 아금을 능지처참하고 싶어서 미칠 것 같은 모습이었다.

아금은 뒤로 물러났다. 눈동자에 떠올랐던 마음 아픈 표정을 숨긴 채, 그는 여전히 얼굴을 굳히며 차갑게 물었다.

"괜찮으냐?"

목령아가 엉금엉금 일어났다. 손은 계속 입과 코를 가린 채였다. 그녀는 숫제 언니와 형부가 막사 안에 있다는 것도 알아차리지 못했다. 그녀가 아금을 죽일 듯이 노려보며 화난 목소리로 따졌다.

"왜 제멋대로 내 금패를 써 대는 거야? 내 돈을 훔쳤어!"

아금은 하마터면 웃음이 터질 뻔했지만 꾹 참았다.

"목령아, 네가 그렇게 부자냐?"

"무슨 말이야?"

목령아가 반문했다.

"한도를 넘겨 찾은 이익은 강건 전장 돈이지 네 돈은 아닐 텐데?"

아금의 대답이었다.

"뭐라고!"

목령아는 기가 막혀 넘어갈 지경이었다.

"하지만 내 금패를 썼잖아! 당신이 써 버린 돈은 모두 내가 지급해야 한단 말이야! 어디서 모르는 척을 해? 그게 내게서 훔친 돈이 아니면, 누구 돈이야?"

아금에게 돈을 갚은 후로 그녀는 이미 더 가난해지려야 가난해질 수 없을 정도로 궁핍했다. 그런데 또 이억을 빚졌으니 정말이지 벽에 머리를 박고 죽고 싶었다. 그 일을 안 뒤 그녀는 약성 일을 팽개치고 꼬맹이도 내버려 둔 채 곧장 북려로 달려왔다.

목령아는 아금의 해명을 기다렸지만, 뜻밖에도 아금은 아무렇지도 않게 말했다.

"흠."

"당신, 정말!"

목령아는 화도 나고 초조해서 발을 동동 굴렀다. 그녀는 한 손으로 입과 코를 막고 다른 손으로는 아금에게 삿대질했다.

"저, 정말……!"

한참 동안 '정말' 소리만 해 대더니 나중에는 그 소리도 내지 못했다.

한운석과 용비야도 가만히 그 광경을 보며 기다렸고, 특히 아금은 상당한 인내심을 발휘하면서 기다려 주었다. 그는 목령아가 울 거라 생각했다. 어쨌거나 그녀는 늘 울보였으니까.

그런데 웬걸, 목령아는 울지 않고 이렇게 말했다.

"대체 어쩔 생각이야?"

아금은 심장이 덜컥했다. 대답하려고 했지만 뭐라고 해야 할지 몰라 침묵하는 쪽을 선택했다. 그는 여전히 평소처럼 차갑고 오만한 태도로 목령아를 바라보았다.

"내 금패와 돈 돌려줘!"

목령아가 다가서며 아금 앞에 조그만 손을 내밀었다.

"일단 달아 두지. 이자도 붙여라. 돈을 벌면 바로 갚을 테니까. 아니면 매달 이자부터 갚을 수도 있고."

여자에게 돈을 빌리는 건 낯부끄러운 일이지만, 아금은 전혀 개의치 않고 시원스레 말했다.

이 말에 용비야와 한운석도 감이 왔다. 예전부터 두 사람 일에 관해 이런저런 추측을 했는데, 지금 보니 아금은 돈을 빌린다는 명목으로 목령아를 잡아 두려고 했다.

알다시피 가진 전장이 비록 규모는 작아도 아금은 당장 목령아에게 돈을 갚을 수 있었다. 그런데 그는 차라리 이자를 지급하더라도 계속 빚지려고 했다.

"싫어!"

목령아는 즉시 거절했다.

아금은 무정하게 말했다.

"그럼 나도 어쩔 수 없다. 어쨌든 돈은 다 써 버렸으니까."

목령아는 너무 화가 치밀어 심장이 다 아플 지경이었다. 아금 앞에 내민 손이 언제든지 아금의 얼굴을 짓이겨 버릴 것처럼 주먹으로 변했다.

바로 그때, 아금은 입과 코를 가린 그녀의 손가락 사이로 차츰차츰 피가 배어 나오는 것을 보았다.

놀란 그가 단숨에 그녀의 주먹을 밀어내고 입을 가린 손을 강제로 뗐다. 그제야 목령아가 코피를 철철 흘리고 있는 것이 보였다. 코든 입이든 온통 피투성이였고 손에도 피가 잔뜩 묻어 있었다.

옆에 있던 한운석이 벌떡 일어나 다가가려 했지만, 용비야가 그녀를 붙잡고 옆으로 돌아 나갔다.

아금은 목령아의 손을 잡은 채 그 얼굴을 똑바로 들여다보았다. 분노 한 줄기가 심장으로 치밀어 들자 너무 화가 나서 하마터면 고래고래 소리를 지를 뻔했다.

하지만 결국 참았다. 그는 말없이 목령아를 한쪽으로 데려갔다.

"놔!"

목령아가 반항했다.

"가만히 있어!"

아금이 차갑게 내뱉었다. 너무너무 사나운 목소리였다. 방금 돈 내놓으라고 달려들던 목령아보다 백배 더 사나웠다.

무슨 이런 사람이 다 있담! 남의 돈을 떼먹어 놓고 왜 자기가 더 큰소리야! 빚진 사람이 왕이야?

하지만 목령아는 그 사나운 태도에 주눅이 들어 금방 조용해졌다.

"고개 들어!"

아금이 차갑게 말했다.

목령아는 시키는 대로 살짝 고개를 들고 코피가 흐르는 것을 막았다. 아금은 제 손수건을 꺼내고, 목령아의 손수건도 **빼앗**아 그녀의 코를 틀어막은 뒤 옆으로 가서 수건을 적셔 왔다.

목령아 앞에 앉은 그가 조심조심 그녀의 얼굴에 묻은 핏자국을 닦아 냈지만, 목령아가 재빨리 그 손을 뿌리쳤다.

"고양이 쥐 생각하고 있네! 위선은 필요 없어!"

아금은 잠깐 침묵하다가, 곧 젖은 수건을 목령아에게 던져 주며 알아서 닦게 했다.

옆에 앉아서 그녀를 차갑게 지켜보던 그는 도저히 참을 수가 없어서 한마디 했다.

"2년이 지났는데 발전은 없고 갈수록 퇴보하는군!"

아금은 분명히 말수가 적은 사람이지만, 목령아를 보면 말하고 싶어 견딜 수가 없었다.

한참을 기다렸지만 목령아는 아무 소리 내지 않았다.

그가 다시 입을 열었다.

"목령아, 대체 언제쯤이면 덜 신경 쓰이게 할 테냐?"

목령아는 그를 무시한 채 고개를 숙이고 손에 묻은 피를 닦았다. 한참 만에야 피를 깨끗이 닦아 낸 그녀는 또다시 깨끗해진 손을 내밀었다.

"금패 돌려줘!"

돈은 안 갚아도 금패는 돌려줘야 하지 않을까?

아금은 몸을 일으키며 담담하게 말했다.

"며칠 기다려라. 사람을 시켜 가져오게 하겠다."

목령아가 다시 물었다.

"한 달에 얼마나 갚을 수 있어?"

"많아야 오백만이다. 매달 이자로 백만을 더 지급하지."

아금은 자못 진지하게 말했다.

"그럼 몇 년이나 걸려?"

목령아는 약재 조제량에는 몹시 민감했지만, 산수는 완전 젬병이었다.

"3년 남짓."

아금이 대답했다.

목령아도 흥정할 마음은 없었다. 아금은 똑똑해서 흥정해 봤자 이기지 못한다는 것을 알기 때문이었다.

그녀는 묵묵히 고민에 빠졌다. 언니에게 부탁해서 강건 전장에 이자를 조금 내려 달라 하고 매달 아금이 주는 돈으로 갚는 수밖에 없었다.

"좋아, 이번 달 돈은 미리 줘!"

목령아가 말했다.

"매달 마지막 날 돈을 갚는 걸로 하자. 어떠냐?"

아금이 물었다.

지금은 겨우 월초라 월말까지는 한 달이나 남아 있었다. 목령아는 속이 부글부글 끓었다. 기가 막혀 말이 나오지 않을 정도였지만 그래도 받아들였다.

"그럼 매달 마지막 날 강건 전장으로 돈을 보내."

"좋다."

아금이 시원하게 승낙했다.

목령아가 돌아서서 나가려 하자 아금이 불렀다.

"금패는 안 받아 갈 테냐?"

"받을 사람을 보낼 거야."

목령아는 보란 듯이 고개를 돌려 그를 바라보았다.

"안심해!"

말을 마친 그녀가 나가려는데, 아금이 태연하게 한마디 던졌다.

"목령아, 벌써 2년이 지났다. 약속을 지키지 않을 테냐?"

애당초 1년 안에 고칠소가 목령아를 받아 주지 않으면 목령아는 아금에게 시집가기로 약속했다.

목령아의 걸음이 우뚝 멈췄다. 그녀는 머뭇거리며 대답이 없었다. 아금은 가녀리고 고운 그녀의 뒷모습을 바라보면서, 역시 한참 동안 말이 없었다.

두 사람은 그렇게 대치했다. 어쩌면 둘 다 뭐라고 해야 좋을지 모르는 것일 수도 있고, 또 어쩌면 둘 다 상대방의 대답을 기다리는 것일 수도 있었다.

하지만 결국 목령아가 입을 열었다.

"아금, 당신을 좋아하지도 않는 사람을 부인으로 맞고 싶다면 그렇게 해."

야석편 **깨끗한 여자**

목령아의 잔인한 대답 앞에서 아금의 대답은 더욱 잔인했다.

"좋아한다는 게 무슨 의미가 있지? 나는 깨끗한 여자를 얻고 싶은 것뿐이다."

본래는 침착했던 목령아지만 이 말을 듣자 단숨에 분노가 타올랐다!

깨끗한 여자가 필요한 것뿐이라고?

저 사람 눈에 난 그저 불결한 여자들보다는 좀 더 깨끗한 여자라는 거야? 대체 날 뭐로 보는 거야?

목령아는 씩씩거리며 돌아서서 아금 앞으로 와락 달려가 그 왼쪽 눈에 힘차게 주먹을 꽂았다!

"앗……!"

예상치 못한 상황에 아금은 피하지도 못했다. 이 여자가 정말 폭력을 쓸 줄이야! 눈알이 터질 만큼 아파서 그는 손으로 눈 언저리를 만졌다.

여자가 폭력을 쓸 땐 보통 손바닥으로 뺨을 때리지 않나? 그런데 이 괘씸한 여자는 주먹을 휘두르다니!

미칠 듯이 화가 난 목령아는 아금이 주먹을 잡아 내리자마자 냅다 다른 주먹까지 내질렀다. 다행히 이번에는 아금도 방비하고 있어서 제때 막아 냈다.

"이러다가 눈이라도 멀면 평생 날 보살펴야 한다!"

아금이 차갑게 말했다.

"눈만 멀게 할 줄 알고? 아예 폐인으로 만들어 버릴 테야! 기꺼이 시집가서 평생 보살펴 줄게!"

목령아는 그렇게 말하며 대뜸 아금의 다리를 걷어찼다.

"윽……!"

아금은 아파서 손을 놓고 털썩 주저앉아 다리를 감싸 안고 신음을 흘렸다.

저 괘씸한 여자의 어디서 이런 힘이 났지? 온 힘을 다 쏟아부었나? 정말이지 지독하게 아팠다!

별안간 목령아가 옆에 있던 의자 하나를 잡아 높이 쳐들어 아금의 머리를 내리찍으려고 했다! 아금은 얼어붙었다. 그의 표정을 보자 목령아 자신도 놀랐다.

그녀의 시선이 아금의 머리와 자신의 손에 잡힌 의자 사이를 왔다 갔다 했다. 이를 본 아금도 마침내 두려운 기색을 드러냈고, 목령아의 얼굴에 떠오른 분노의 불길은 점점 왕성해져 갔다.

목령아는 한참 동안 이리 보고 저리 보다가 갑자기 의자를 옆으로 휙 던졌다. 그녀조차 자신의 행동에 깜짝 놀랐다.

어쩌다 이렇게 충동적이 되었지? 내가 미친 걸까?

목령아는 가슴을 쓸어내리며 마음을 가라앉힌 다음 비로소 경멸스러운 눈길로 아금을 바라보았다.

"미안, 이 낭자께선 깨끗하지 않은 지가 오래야. 정말 맞아들일지 어떨지 잘 생각해 보고 다음에 말해 줘! 안녕!"

목령아는 우아하게 돌아섰다. 하지만 그녀가 미처 발을 떼기도 전에 이번에는 아금이 분노에 휩싸였다.

그는 정말로 분노했다!

"목령아, 거기 서라!"

아금이 노성을 터트렸다.

목령아는 가볍게 콧방귀를 뀌며 두려워하지 않고 곧장 걸음을 옮겼다.

"목령아, 한 걸음만 더 움직이기만 해 봐!"

아금이 분노에 찬 목소리로 으르렁댔다.

그러자 목령아도 그 자리에 우뚝 섰다. 심장이 절로 철렁 내려앉았다. 아금의 목소리가 정말이지 너무너무 사나웠기 때문이었다.

목령아가 처음 한 생각은 어서 빨리 달아나야 한다는 것이었다. 그렇지만 벌써 아금이 앞에 와 있어서 애초에 달아날 수도 없었다.

지금 아금은 주먹에 맞아 눈두덩이가 붓고 눈언저리가 퍼렇게 멍들어 꼭 웅묘猫熊(판다) 같았다. 평소였다면 목령아도 분명히 폭소를 터트렸겠지만, 지금 이 순간에는 그 눈을 보고도 웃음이 나긴커녕 지독한 공포에 휩싸였다.

본래도 얼음처럼 차가운 그의 눈동자에 하늘까지 치솟는 분노의 불길이 이글이글 타오르고 있기 때문이었다!

목령아는 무의식적으로 한 걸음 물러났다. 사실 그녀는 늘 눈앞에 있는 이 남자에게 다소 거리낌을 갖고 있었다. 이유를 설명할 수 없는 거리낌이었다.

아금은 슬금슬금 물러나는 그녀를 차갑게 바라보다가 그녀가 탁자까지 물러나 더 갈 곳이 없어지자 비로소 성큼성큼 다가갔다.

"다, 당신……."

목령아는 온몸이 뻣뻣해지고 몹시 긴장했다.

"당신이 내 돈을 떼먹어 놓고 왜……, 왜 이렇게 사납게 굴어?"

갑자기 아금이 바짝 다가섰다. 거의 코가 맞닿을 만큼 가까운 거리였다. 목령아는 놀라 얼어붙었다. 어딘지 너무 익숙한 느낌이었다. 하지만 아금은 아무것도 하지 않고, 즉시 물러나 목령아 옆으로 갔다.

목령아의 심장이 쿵쿵 달음박질쳤다. 아금은 가만히 서서 침묵을 지켰다. 널따란 막사 안이 갑자기 조용해졌다.

한참이 지난 뒤, 아금이 갑자기 주먹으로 탁자를 힘껏 내리찍으며 냉소를 터트렸다.

"목령아, 이번에는 또 누구 아이를 가졌느냐?"

목령아는 무심결에 그를 향해 고개를 돌렸다. 흠잡을 데 없는 옆얼굴 곡선마저 무시무시한 분노를 풍기고 있었다.

이 장면은 조금 전의 그 느낌보다 한층 익숙했다. 호랑이 감옥에 있었을 때도, 그는 이렇게 분노하며 주먹으로 벽을 때렸다. 그리고 이렇게 말했다.

'목령아, 네가 자신을 아끼지 않는데 나더러 어떻게 널 아껴

주란 말이냐?'

그때 그녀는 칠 오라버니의 아이를 가졌다고 거짓말했다가 그에게 들켰다.

목령아는 아금의 분노한 옆얼굴에 분명히 겁을 집어먹었으면서도, 어찌 된 셈인지 머릿속에서는 한 번도 떠올려 본 적 없던 그날의 장면이 속절없이 떠올랐다.

삼도 암시장에서 북려국 천하성까지 가는 동안 그녀는 가짜로 임신한 척했고 그는 내내 그녀를 보살펴 주었다. 비록 정성스럽다곤 할 수 없었지만 말하면 뭐든 들어주었다. 무슨 탕을 먹고 싶다거나 무슨 음식을 먹고 싶다고 하면, 그는 항상 제때 구해 왔다. 황량한 교외에 있을 때도 늘 필요한 것을 구해 왔다.

목령아 자신도 왜 그때 일을 떠올리는지 알 수가 없었다. 2년 동안 생각해 본 적이 없어서 잊은 줄로만 알았다.

떠오르는 기억을 어찌지 못한 채 그녀는 차갑고 분노에 찬 아금의 옆얼굴을 바라보았다. 뜻밖에도 마음이 슬퍼지면서 말로 설명할 수 없는 아픔이 밀려왔지만, 누구 때문에 마음이 아픈지 알 수가 없었다.

오랜 침묵이 지난 뒤, 아금이 다른 쪽으로 돌아섰다. 그는 그녀를 바라보지도 않고 다른 말도 하지 않은 채 조용히 밖으로 나갔다.

한운석과 용비야는 막사 밖에서 기다리고 있었다.

용비야는 아금의 개인사에는 관심이 없었다. 그는 일하러 온 것이었다. 아금이 나오는 것을 본 그가 차갑게 말했다.

"사임하고 싶으면 당장 떠나라. 계속 머물 생각이면 가서 준비해라. 짐과 함께 비밀 통로에 다녀오자!"

조금 전만 해도 영승에게 화가 나서 사임하겠다고 외친 아금은 뜻밖에도 아무 망설임 없이 대답했다.

"가는 김에 사람을 데려가서 남겨 두어 지키게 하십시오. 첫 번째 물량이 곧 도착하겠군요. 소관도 가서 준비하겠습니다. 내일 아침 출발하시지요."

"그렇게 해라."

용비야가 차갑게 말했다.

아금이 사라지자 한운석은 곧바로 막사에 들어갔다. 관심도 없고 흥미도 없는 용비야는 백성들의 상황을 살피기 위해 혼자서 부근 목장으로 갔다.

한운석이 막사 안에 들어가자 내내 넋을 놓고 있던 목령아가 곧 정신을 차리고 놀란 소리로 외쳤다.

"언니!"

한운석은 일부러 모르는 척하며 물었다.

"아금을 안 좋아한다며? 그래 놓고 여기까지 놀러 왔니?"

목령아는 여태 지난번 혼인 약속에 관한 진실도 한운석에게 말해 주지 않았다. 그저 아금을 좋아하지 않아서 시집가고 싶지 않다고 말한 게 전부였다.

목령아가 말하지 않으니 한운석도 기꺼이 모른 척했다. 청렴한 관리도 집안일은 제대로 처리하지 못한다는데, 감정은 집안일보다 더 복잡하고 변덕스러운 문제였다. 정확히 말하자면,

감정이 복잡하고 사람 마음이 변덕스러운 게 아니라 사람 속이 너무 깊으므로 남들이 헤아리기 어려운 것이었다. 사실상 남들 뿐 아니라 자신조차 그 속을 헤아리지 못했다.

목령아는 마음이 몹시 괴로웠지만, 아무 말도 하고 싶지 않았다. 한운석이 대신 빚을 갚아 줄까 봐 걱정되기 때문이기도 했고, 마음이 어지럽고 머리마저 혼란스러워 제대로 이야기할 수가 없기 때문이기도 했다.

그녀는 생긋 웃으며 핑계를 댔다.

"북려 설산을 보러 온 거야. 예전에 우리 집안이 군역사와 손잡고 설산에 약재를 많이 심었는데 그 후로 관리하는 사람이 없었거든. 겨울이 되기 전에 가서 살펴보고 싶었어. 어쩌면……."

본래는 급한 와중에 떠올린 핑계였지만, 말을 하다 보니 설산에서 약재를 길러 팔 수 있겠다는 생각이 들었다. 설산에서 재배한 약재는 값이 꽤 나갔다!

"어쩌면 그걸 거래할 수 있을지도 몰라!"

목령아는 갑자기 흥분해서 슬픔과 괴로움조차 씻은 듯이 사라져 버렸다.

그녀는 본래 그런 사람이었다. 금방 감정에 휩쓸리지만 또 금방 벗어나고, 울고 싶어지면 울고 웃고 싶어지면 웃는 그런 사람이었다. 생각지 못하게 빚 갚는 법을 찾아내자 그녀의 기분은 금세 활짝 개었다.

최대한 빨리 빚만 갚으면 다시는 아금과 얽히지 않을 터였다. 그녀로선 그를 어쩔 방법이 없으니 멀찍이 피하는 것이 상책이었다.

한운석이 진지하게 말했다.

"설산은 쉽게 올라갈 수 있는 곳이 아니야. 듣자니 산속에는 늑대 무리가 가득하고 눈표범도 있대."

"겁 안 나. 나도 다 방법이 있다고!"

그 방법이란 게 아금의 호랑이가 아니면 또 뭘까? 아금은 그녀에게 큰 빚을 졌으니, 어떻게 해서든 그녀가 설산에 가서 약재를 기르는 걸 도와줘야 하지 않을까?

한운석이 이 질문을 한 까닭도 역시 아금의 호랑이를 떠올렸기 때문이었다. 그녀는 의아한 눈으로 목령아를 바라보며 한참 동안 말이 없었다.

이 아이 앞에서는 할 말이 없어질 때가 종종 있었다…….

"언니, 언니는 왜 왔어? 형부도 왔겠네? 예아는?"

목령아가 물었다.

한운석은 밀수 사건을 간단히 설명했고, 깊이 있는 이야기는 하지 않았다. 해 봤자 목령아는 알아듣지도 못했고 관심도 없었다.

"그럼 아금이 내일 아침에 언니와 형부를 따라 그쪽으로 가는 거야?"

목령아가 물었다.

"너도 가고 싶어?"

한운석이 물었다.

목령아는 곧 고개를 저었다.

"아냐, 그냥 물어본 거야. 얼마나 걸려?"

"짧으면 보름, 길면 한 달 남짓이겠지."

한운석이 진지하게 말했다.

그들의 목적은 비밀 통로를 찾고 현장을 조사하고 증거를 수집하는 것이었다. 용비야가 상당한 인내심을 발휘해 가며 낚싯줄을 길게 늘어뜨려 놓은 것도, 밀수꾼을 일망타진하는 한편 이참에 강남 명문세가들까지 손봐 주기 위해서였다.

"그럼 난 먼저 약성으로 돌아갈래. 가서 약재 종자를 구해 올게."

목령아는 진지하게 말했다.

그날 밤, 아금은 모닥불 연회를 열어 한운석, 용비야와 함께 밥을 먹었다. 용비야와 한운석은 미복 잠행 중이어서, 아금도 다른 사람은 초청하지 않았다.

한운석과 용비야가 도착해 보니 목령아는 보이지 않았다.

"우리 령아는?"

한운석이 물었다.

당연히 일부러 그런 것이었다. 본래 그녀는 직접 목령아를 찾아 데려올까 했지만 그러지 않았다.

"지금 불러오겠습니다. 잠시 기다리십시오, 황후마마."

아금이 시종을 불러 나지막이 몇 마디 하자, 시종은 그제야 목령아를 찾으러 갔다.

목령아를 만난 시종은 이렇게 말했다.

"령아 낭자, 금 대인께서 연회를 베푸셨는데 황후마마께서

낭자를 부르십니다. 금 대인께서 소인을 보내 낭자를 모셔 오
라 하셨습니다."

사실 목령아는 몹시 배가 고팠다. 아금은 그녀에게 막사를
내주었지만 먹을 것은 주지 않았던 것이다!

이곳은 군영이라 마을도 없고 점포도 없었다. 주변을 아무리
둘러봐도 망망한 초원뿐이어서 어디 가서 먹을 것을 구해야 할
지 알 수가 없었다.

그녀는 오늘 아침 아금과 말다툼할 때 언니와 형부가 옆에
있었다는 것을 몰랐다. 언니와 형부가 있으면 아금도 감히 함부
로 굴지 못하리라 생각한 그녀는, 과감하게 연회장으로 나갔다.

야석편 **구역질**

모닥불 연회는 북려 지역 초원 특유의 잔치로 축하의 자리였다. 보통은 드넓은 땅에 땔감을 쌓아 불을 붙이고, 다 함께 불주위에 둘러앉아 축하하고 밥을 먹었다.

하지만 오늘은 손님이 셋뿐이어서, 아금은 전통 모닥불 연회를 약간 바꿔 큰 모닥불을 피우는 대신 조그만 불만 피워 그 위에 쇠틀을 얹고 양을 통째로 구웠다.

목령아는 가까이 가기도 전에 고기 굽는 냄새를 맡았고, 허기를 이기지 못해 혀로 입술을 핥았다. 가까이 갔더니 아금이 직접 칼을 들고 모닥불 옆에 앉아서 양고기를 손보고 있었다.

얼마나 오래 구웠는지 모르지만, 양의 몸통은 황금빛으로 익어 기름기가 반질반질했고, 고기는 노릇노릇하면서 바삭거렸다. 목령아는 참을 수가 없어 군침을 꼴깍 삼켰다. 저 정도면 만점을 줄 수 있었다. 저 고기를 먹으면 무슨 맛이 날지 궁금했다.

한운석과 용비아는 한쪽에 앉아 있었고, 그들 앞 앉은뱅이 탁자에는 빈 쟁반 하나와 찻주전자 하나가 놓여 있었다.

"령아 왔구나. 앉아!"

한운석이 웃으며 말했다.

사실 한운석이 말하기 전에도 아금은 목령아가 온 것을 알았다. 하지만 그는 고개를 숙이고 열심히 양고기에 꿀을 바를 뿐 아무 말도 하지 않았다.

아금의 자리는 한운석 일행 오른쪽이었고, 목령아의 자리는 마련되어 있지 않았다.

용비야는 마침 아금이 준비한 차를 맛보는 중이었다. 한운석은 좌우를 둘러보더니 시치미를 떼고 아금의 자리를 가리켰다.

"령아, 저쪽에 자리가 있어."

아금의 자리에도 쟁반과 찻주전자가 놓여 있었다. 아직 자리에 앉은 적 없어서 당연히 손댄 흔적도 없었다. 목령아는 그쪽을 흘끗 보고는 가서 앉았다.

이렇게 해서 세 사람은 앉아서 아금이 구워 주는 고기를 기다렸다.

비록 겨울이지만, 한운석은 문득 야외에서 고기 구워 먹는 재미에 심취해 저도 모르게 소리 내 웃었다.

"왜 웃느냐?"

용비야가 나지막이 물었다.

"아금더러 노점을 열고 고기를 구워 팔라고 하면 틀림없이 장사가 아주 잘 될 거예요."

한운석의 대답이었다.

누가 뭐래도 아금은 북려 지역 대초원의 실력자이자 대진의 일품 고관이었다. 그런 아금을 이런 식으로 평하자 용비야는 할 말을 잃었다. 최근 들어 그의 황후는 장사하고 싶어 미칠 지경인 게 분명했다. 목령아는 아금 쪽을 보고 싶지 않았지만, 너무 배가 고팠다! 배에서 꼬르륵 소리가 날 정도였다. 고기 냄새가 짙어질수록 그녀의 시선은 자꾸만 양고기로 향했고 그러다 보니 아금 쪽도 몇 번 쳐다보았다.

그녀도 처음으로 그가 고기를 잘 구울 줄 알고 솜씨도 아주 훌륭하다는 것을 알았다.

수척하고 살이라곤 없어 보이는 몸이어서 지금까지는 그가 채식만 할 거라고 생각했다. 저 정도 고기 굽는 솜씨라면 북려의 초원에서 소나 양을 얼마나 많이 먹어 치웠을까. 목령아는 아금이 매일매일 고기를 먹어도 살찌지 않는 부류가 아닐까 생각했다.

정말 부럽고 질투 나는 체질이었다!

확실히, 아금은 고기를 아주 좋아하는 사람이었다. 북려 지역의 대초원이 유일하게 그의 마음을 끈 부분도 바로 초원의 육식이었다.

얼마 지나지 않아 아금이 양고기를 다 구웠다. 기름기가 자르르 흐르는 양 통구이는 보기에도 노릇노릇하고 바삭바삭해서 절로 침이 꼴깍 넘어갔다.

사람들은 아금이 고기 굽는 솜씨뿐만 아니라 자르는 솜씨도 훌륭하다는 것을 이내 알게 되었다. 분명히 무공은 뛰어나지 않은데, 칼을 휘두르는 모양은 남달리 맵시가 났다. 흐르는 물처럼 동작이 자연스럽고 번쩍번쩍 빛나는 칼에는 도기刀氣마저 흘렀다.

한운석과 용비야는 자못 흥미를 느끼고 바라보았다.

한운석이 중얼거렸다.

"저 사람, 재주가 여간 아니군요."

"무공을 익힐 훌륭한 재목일지도 모르겠군."

용비야도 말했다.

하지만 한운석은 웃음을 터트렸다.

"저 손놀림은 분명 도박장에서 익혔을 거예요!"

아금은 삼도 암시장에서 제일가는 도박왕이었다. 도박판에서의 승패는 사실상 '빠름' 하나에 달려 있었다. 손도 빠르고 눈도 빨라야 했다!

목령아는 배고픔마저 잊고 멍하니 그 모습을 바라보았다. 바로 그때 한운석이 갑자기 경계를 돋웠다.

"독이에요!"

그녀는 즉시 목령아 뒤를 바라보았다. 어디서 나타났는지 빨간 눈을 한 백호 한 마리가 어슬렁어슬렁 목령아에게 다가오고 있었다. 그 백호는 다른 호랑이보다 몸집이 크고, 이와 발톱에는 독이 있었다. 의심할 것 없이 군역사가 호랑이 감옥에서 키우던 독호랑이였다.

나중에 호랑이 감옥의 독호랑이는 아금에게 길들여져 아금을 도와 반란을 일으켰다가 많이 희생되었다. 지금 저 호랑이는 살아남은 두 마리 중 하나일 터였다.

'호랑이같이 늠름하다'는 말이 있듯 호랑이는 걷기만 해도 위풍당당하고 기세가 대단하기 마련이었다. 그렇지만 저 빨간 눈 호랑이는 참 신기했다. 분명히 몸집이 큰 동물인데 걸음걸이는 마치 조그만 쥐 같았다. 호랑이는 고개를 숙이고 살금살금 걸어 조심스럽게 목령아에게 접근하고 있었다. 발각될까 두려운 모양이었다. 목령아에게 악의는 없어 보여서 한운석과 용비야도 아무 말 하지 않았다.

목령아는 오로지 아금의 손 아래 점점 쌓여 가는 양고기 조각에만 정신을 쏟느라 등 뒤의 동정은 전혀 알아차리지 못했다.

아금이 양고기를 쟁반 가득 잘라 냈다. 조각마다 네모 길쭉한 모양에 두께도 적당하고 일률적이었다. 먹음직스러운 고기가 큰 쟁반 가운데 착착 쌓였다.

그는 곁눈질로 목령아를 흘끗 보다가 백호가 다가오는 것을 발견했다. 하지만 아무 말 없이 한운석과 용비야 쪽으로 성큼성큼 걸어갔다.

"폐하, 황후마마. 초원에서 가장 훌륭한 음식이니 기쁘게 받아 주십시오."

아금이 두 손으로 쟁반을 받쳐 올렸다. 공손하면서도 비굴하지 않은 태도였고, 눈동자에는 여전히 길들여지지 않는 사나움이 숨겨져 있었다.

"애썼다."

용비야가 담담하게 말했다.

용비야는 많이 먹는 편은 아니지만, 몹시 까다롭고 음식을 보는 기준도 높았다. 말할 것도 없이 아금이 구운 고기는 그의 마음에 들었다.

아금은 고기를 내려놓은 뒤 시종에게 채소를 가져오게 했다. 상추였다.

역시 정성스레 고른 것으로, 크기가 일정하고 적당한 데다 색도 파릇파릇했다. 상추 한 무더기에서 한두 장밖에 얻을 수 없는 것들이었다.

보기만 해도 군침이 도는 향긋한 고기와 저도 모르게 씹고 싶게 만드는 연한 상추까지. 시각만으로도 이렇게 즐거운데, 아금은 여기다 양념까지 내놓았다.

"소관이 가진 비장의 양념입니다."

아금은 그렇게 설명하면서, 상추 두 장에 구운 양고기 한 점을 싸고 양념을 얹어 한운석 앞에 내밀었다.

이치대로라면 먼저 용비야에게 바쳐야 했다. 누가 뭐래도 존귀한 사람은 황제니까. 그러나 용비야는 한운석과 선후 관계나 존귀함을 따지려 들지 않았고, 자연히 아금도 꾸짖지 않았다.

한운석은 이렇게 먹는 방식을 본 적이 있었다. 하지만 용비야는 본 적이 없어서 무척 신기해하고 흥미로워했다.

한 입 베어 문 한운석은 곧 깜짝 놀란 얼굴이 되었다.

"엄청 맛있어요!"

양고기 구이는 보기에만 먹음직스러운 게 아니라, 향긋하고 바삭한 껍질 속에 아주 부드럽고 연한 육질이 들어 있어 맛도 일품이었다. 무엇보다 중요한 것은 노린내가 전혀 안 나는 데다, 오히려 고기 냄새 속에 상큼하고 맑은 상추 냄새가 배어들어 먹기도 좋고 독특한 맛이 난다는 것이었다.

방식이야 한운석에게는 독특할 것 없지만, 이런 맛이나 식감은 처음이었다.

한운석은 얼른 용비야에게 고기를 한 점 얹어 쌈을 싸 주었다. 용비야도 먹어 보고 맛있다고 했다.

용비야가 고개를 끄덕이며 인정하자 아금도 무척 자랑스러워하며, 고기를 굽고 상추를 고르고 양념을 만드는 방법에 관해 자세히 설명했다.

옆에 앉아서 보고, 또 듣던 목령아의 배가 꼬르륵꼬르륵 울어 댔다!

이건 정말 고문이었다!

밥 먹자고 사람을 불러 놓고 한참 기다리게 한 건 그렇다 쳐도, 일부러 시간을 끄는 건 너무하잖아!

그녀가 아는 아금이라면, 저렇게 쓸데없는 말을 구구절절할 리 없었다! 일부러 설명하는 척하면서 그녀에게 고기를 주지 않으려고 시간을 끄는 게 분명했다!

목령아는 그래도 의지가 대단했다. 그녀는 성질을 부리며 자리를 떠서 아금의 비웃음을 사지도 않고 먼저 달라고 청하지도 않았다. 그저 제자리에 앉아서 보지 않으려고 고개를 돌리기만 했다.

그렇게 그녀의 속이 부글부글하고 있을 때, 느닷없이 등 뒤에서 '어흥' 하는 호랑이 소리가 들렸다.

"앗……!"

목령아는 소스라치게 놀라 펄쩍 뛰었다. 하마터면 혼이 나갈 뻔했다! 돌아보니 등 뒤에 커다란 호랑이 한 마리가 앉아 있었다. 그녀는 또 한 번 화들짝 놀라 뒤로 물러나다가 어디에 걸렸는지 또 우당탕 미끄러지고 말았다.

그러자 마침내 아금도 그쪽을 돌아보았다.

아금뿐만 아니라 한운석과 용비야, 그리고 호랑이마저 그녀를 바라보았다.

목령아는 일어나고 싶었지만 너무 배가 고파 일어날 힘조차 없었다. 알다시피 그녀는 점심도 먹지 않았고, 정오부터 지금까지 배에 들어간 거라곤 물 몇 잔이 전부였다!

비록 힘도 없고 무척 울고 싶었지만, 그래도 그녀는 이를 악물고 일어났다. 저 커다란 백호는 그녀도 낯익은 녀석이었다. 지난번 그녀와 아금, 꼬마 당당을 태우고 산굴로 숨어들었던 것도 바로 저 백호였다. 암호랑이를 데려와 꼬마 당당에게 젖을 물려 준 것도 저 백호였다.

그런데 왜 날 보고 으르렁댄 거야?

목령아가 백호에게 똑같이 소리 질러 주려는 순간, 백호가 갑자기 아금을 향해 '어흥' 하고 포효했다! 사실 조금 전에 백호가 소리를 지른 상대는 목령아가 아니라 아금이었다!

아금은 당황했다.

저 짐승이 감히 내게 소리를 질러? 대체 왜?

아금은 백호를 바라보며 아무 말 하지 않았지만, 백호는 또다시 그를 향해 '어흥' 하고 울었다. 누가 봐도 녀석이 아금에게 무척 불만스러워 하는 것을 알 수 있었다.

이 광경을 본 목령아는 어리둥절했다. 어떻게 된 거야?

갑자기 백호가 훌쩍 뛰어올라 모닥불 옆으로 달려들었다.

그리고 쇠틀에 있던 통구이를 통째로 물어다 목령아 앞에 가져 갔다!

이건…….

목령아는 당황했지만 곧바로 깔깔깔 웃어 댔다!

아금, 이 사람아! 이러고도 당신이 호랑이 부대 수장이라고 할 수 있어? 백호가 아금을 거스르다니!

경악에 빠진 아금의 표정에 목령아는 묵은 체증이 싹 내려가는 것 같았다. 그녀는 통구이를 받아 다리 한쪽을 뜯어 크게 한 입 베어 물었다!

아금이 제안한 세심한 음미 방법과 비교하면 그야말로 단순 무식한 방법이었다.

"잘 구웠네. 진짜 맛있어!"

목령아는 칭찬을 아끼지 않았다.

그녀는 이렇게 말하면서 다시 다리 하나를 뜯어 옆에 앉은 백호에게 상을 주었다. 백호는 기뻐하며 고기를 물고 맛있게 먹기 시작했다. 더는 어두워질 수 없을 정도로 먹구름이 드리운 아금의 얼굴 따위는 완전히 모른 체하면서.

사람과 호랑이가 똑같이 고기를 뜯는 모습을 보자 용비야도 웃음을 금치 못했고, 한운석도 큰 소리로 웃어 댔다. 그런데 웬걸. 그렇게 깔깔 웃던 그녀가 갑자기 웃음을 멈추고 탁자 위로 엎어졌다!

"왜 그러느냐?"

용비야는 깜짝 놀랐다.

한운석은 대답 없이 탁자 위에 쓰러져 꼼짝하지 않고 심장 부근을 어루만졌다.

몹시 초조해진 용비야가 그녀를 부축해 일으키려는 순간, 한운석이 참지 못하고 '웩' 구역질을 했다!

한 번도 이런 모습을 본 적이 없는 용비야는 어쩔 줄 몰라 당황했다. 그 모습에 목령아가 즉시 달려왔다.

"언니, 왜 그래?"

용비야는 어쩔 줄 몰라 했고, 목령아는 나는 듯이 한운석에게 달려와 다른 쪽에서 부축해 주었다.

한운석은 계속 헛구역질을 했다. 속이 뒤집히는데 정작 구토는 나오지 않았다.

"아금, 의원을 불러라!"

용비야가 초조하게 소리 질렀다.

아금도 왜 이런 일이 벌어졌는지 몰라 어리둥절했다. 그가 준 음식은 몹시 세심하게 고른 것이라 문제 될 리 없었다!

"뭘 멍하니 있느냐! 의원을 부르라지 않느냐!"

용비야는 눈빛만으로도 사람을 죽일 수 있을 것 같았다.

아금은 지체하지 않고 즉시 달려갔다. 목령아는 초조하게 물어 댔다.

"언니, 대체 왜 그래? 내가 토하게 도와줄게!"

음식이 목에 걸린 것이 아니라 속이 뒤집혀 구역질이 났다는 건 알 수 있었다. 이러지도 저러지도 못하는 이런 상황이야말로 제일 괴로웠다. 가장 좋은 방법이자 가장 빠른 방법은 억지로 구토하도록 만드는 것이었다.

거슬리는 것을 토해 내 시원하게 뚫리면 편해질 터였다.

한운석은 구역질을 하느라 목령아에게 대답하지 못하고, 손만 내저어 괜찮다는 의사를 전했다.

때문에 용비야와 목령아는 한운석이 괴로워하는 것을 보면서도 도울 방법이 없었다.

아플 때가 되어야 의원이 곁에 있다는 것이 얼마나 행복한 일인지 알게 되는 법. 지금 이 순간, 그들 세 사람은 틀림없이 고북월을 떠올렸을 것이다.

얼마 후, 아금이 늙은 의원 한 명을 데려왔다. 한운석도 더는 구역질을 하지 않았지만 창백해진 얼굴로 탁자 위에 엎어져 있었다. 힘이 하나도 없어 보였다.

용비야와 목령아는 그녀를 에워싸고 괜찮냐 묻다가 의원이 오는 것을 보자 알아서 비켜 주었다.

그러나 늙은 의원은 바로 다가오지 않고 한쪽에서 머리카락과 수염을 정리하면서 아금에게 투덜거렸다.

"말씀드렸잖소. 사소한 병 때문에 이 늙은이를 부르지 말라고. 이 늙은이는 요즘 아주 바쁘단 말이오!"

"운녕에서 오신 아주 존귀한 분께서 병이 나셨다지 않느냐. 쓸데없는 소리 말고 어서 가서 살펴라."

아금이 쌀쌀하게 말했다.

아주 존귀한 분?

늙은 의원은 황제와 황후는 생각지도 못하고 그저 고관대작이 왔나 보다 했다. 그쪽을 돌아본 그는 창백한 얼굴을 한 한운석을 보자 병이 난 사람이 그녀인 줄 알아차렸다.

"무슨 쓸데없는 말을 떠들고 있느냐? 어서 오지 못하겠느냐?"

용비야가 화난 소리로 말했다.

이 늙은 의원은 영승의 사람으로, 영씨 집안 군대의 군의였다. 영승이 천녕국 대장군이었을 때부터 그를 따랐는데, 의술은 훌륭하지만 성격이 고약해서 항상 심각한 환자만 보살폈고 사소한 환자는 봐주지 않았다. 게다가 귀족이나 고관이라 해서 체면 봐준 일도 없었다.

그는 용비야를 흘끗 보더니 별말 없이 다가가 한운석을 진맥했다. 잠시 살피다 손을 놓은 그가 수염을 쓰다듬으며 느긋하게 물었다.

"방금 뭘 드셨소?"

"양구이요!"

목령아가 다급히 대답했다.

"오늘 다른 것을 드시진 않았고?"

늙은 의원이 다시 물었다.

용비야는 그들이 아침과 점심때 먹은 음식을 줄줄이 댔다.

늙은 의원은 그 말을 들으면서 고개를 끄덕이는 한편 계속 덥수룩한 수염을 쓸어내렸다. 용비야의 말이 끝나고 한참이 흘렀는데도 그는 미적미적 말이 없었다.

"대체 어떻게 된 거예요?"

목령아가 초조하게 물었다.

뜻밖에도 늙은 의원은 이렇게 대답했다.

"맥상을 봐서는 큰 문제 없소. 필시 양구이가 너무 기름져 불편해졌겠지."

"그것뿐이라고요?"

목령아는 진지하게 물었다.

"몇 점 먹지도 않았어요. 게다가 전혀 기름지지도 않았다고요! 난 기름진 걸 제일 싫어하는데 실컷 먹고도 아무렇지 않았어요!"

아금이 그런 그녀를 흘끗 보았지만 아무 말 하지 않았다.

"기름져서 그런 게 아니면 필시 너무 급히 먹었겠지."

늙은 의원이 또 말했다.

목령아가 눈을 잔뜩 찌푸리며 반박하려는데, 마침내 용비야가 입을 열었다.

"그뿐이냐?"

늙은 의원도 당장 대답하지 않고 계속 수염을 쓰다듬으면서 몸을 일으켰다.

"그럼 여러분들은 뭘 어쨌으면 좋겠소? 단순한 구역질일 뿐 다른 것은 아무 문제 없소. 이렇게 사소한 일에 벌벌 떨 필요 없소. 안심이 안 되면 오늘 밤 잘 보살펴 보시오. 내일 이 늙은이가 의원을 보내 다시 살펴보라고 할 테니."

아금의 입가에 슬며시 웃음이 피어올랐다. 물론 웃음소리는 내지 않았다.

용비야가 폭발하려는 찰나 늙은 의원은 뜻밖에도 또 이렇게 말했다.

"여러분같이 높은 자리에서 부족한 것 없이 사는 젊은이들은 어찌나 겁이 많은지, 이런 사소한 일로도 놀라 나자빠지더구

230

려. 진짜 심각한 환자를 봤다간 아주 놀라 죽겠구려?"

말을 마친 그가 아금을 돌아보았다.

"금 대인, 이 늙은이가 마지막으로 말하는데, 환자가 누구건 간에 중병이 아니면 날 귀찮게 하지 마시오. 설령 운녕성의 높디높으신 주인께서 병이 나도 마찬가지요! 이 늙은이에겐 돌봐야 할 환자가 잔뜩 있단 말이오!"

아금은 말이 없었고 용비야는 두 눈을 가늘게 떴으며 한운석은 당황했다. 목령아는 반박하고 싶었지만 이 얄미운 노인네가 한 말에 일리가 있어서 반박할 말을 찾지 못했다.

늙은 의원은 그들을 무시한 채 돌아서서 떠나려 했다.

바로 그때, 한운석은 또다시 속이 뒤집혀 참지 못하고 헛구역질했다.

용비야는 초조해하고 분노했다. 당장 가서 직접 늙은 의원을 끌고 오려고 했지만, 의원이 먼저 돌아보며 한마디 덧붙였다.

"기름진 음식 때문이 아닌데 저런다면 임신 초기 증상일 게요, 맥상은 아직 확실치 않지만. 이보시오, 부인. 기름진 음식은 적게 드시고 일찍 가서 쉬시오."

말을 마친 늙은 의원은 여전히 꼬장꼬장한 태도로 돌아서서 떠나갔다.

용비야는 멍해졌다. 그는 의원의 무례를 따질 겨를도 없이 충격받은 얼굴로 한운석을 바라보았다. 그를 올려다보는 한운석도 똑같이 뜻밖인 표정이었다.

임신 초기? 이제 막 임신했다고?

"꺄악……!"

갑자기 목령아가 비명을 질렀다.

"언니, 임신했구나!"

목령아의 비명에 용비야와 한운석도 정신이 돌아왔다. 한운석은 참지 못하고 웃음을 터트렸고, 용비야는 뜻밖이기도 하고 놀랍고 기쁘기도 해서 어떻게 해야 좋을지 몰랐다.

분명히 아들이 있지만, 한운석이 임신했다는 말을 듣자 처음 아버지가 되었을 때처럼 놀랍고 기쁘고 흥분되고 뜻밖이어서 어찌할 바를 몰랐다.

그는 웃음을 참을 수 없어 입꼬리를 끌어 올렸다. 큰 소리로 웃는 것이 아니라 엷디엷은 웃음이었으나 무척 기뻐한다는 것은 누구나 알 수 있었다.

그는 한운석 앞에 웅크려 앉아 그녀의 손을 잡고 속삭였다.

"말해 다오. 네가 말해 다오."

한운석은 그가 뭘 해 달라는 건지 몰라 다소 멍해졌다.

"이번에는 네가 직접 말해 다오."

용비야가 다시 말했다.

지난번 예아를 가졌을 때는 예아가 몇 달이나 된 다음에야 아버지가 된다는 것을 알았다. 이번에도 그럴 수는 없었다. 그는 그녀의 입으로 직접 말해 주기를 바랐다.

한운석은 기쁘면서도 약간 감동했고, 또 약간 걱정스러웠다.

"하지만…… 아직 확실하지 않아요. 맥상에 나타나지 않았잖아요."

그녀가 말했다.

용비야는 잠시 생각한 뒤 진지하게 말했다.

"그럼 기다리마."

그는 몸을 일으켜 즉시 비밀 시위를 불러 명령했다.

"의성에 서신을 보내 고북월에게 당장 오라고 해라!"

한운석은 이런 그를 어떻게 해야 할지 알 수가 없었다.

그녀는 정말 두 번째 아이를 별로 기대하지 않은 데다 조금 천천히 가질 생각을 하고 있었다. 어쨌든 예아가 아직 어리고, 그녀도 해야 할 일이 많았기 때문이었다.

그렇지만 용비야의 저런 모습을 보자 갑자기 몹시 기대되었다. 정말 아이가 생겨서 그에게 제 입으로 좋은 소식을 전하며 함께 기쁨을 나눌 수 있다면 얼마나 좋을까?

용비야는 더는 한운석을 바깥에 둘 수 없어 즉시 막사로 데리고 들어가 쉬게 했다. 목령아도 따라가서 자발적으로 세끼 식사와 밤참을 도맡았다.

용비야의 본래 계획은 완전히 어그러지고 말았다. 그는 아금에게 부하 몇 사람을 딸려 보내 비밀 통로를 조사하고 그곳을 지키게 했다.

동시에 찾아낸 증거를 비밀리에 대리시경에게 전하고 전권을 맡아 사건을 책임지게 했다.

아금은 출발하기 전에 특별히 주방을 찾아가 목령아를 보았다. 애석하게도 목령아는 온 정성을 다해 죽을 끓이느라 그가 온 것을 알지 못했다.

아금은 소리 없이 자리를 떴다. 이번에 가면 적어도 한 달 후에나 돌아올 것이다. 그사이 목령아가 돌아가 버릴까 걱정하지는 않았다. 첫째는 황후가 이곳을 떠나지 않는 한 저 여자도 갈리 없기 때문이고, 둘째는 그가 아직 금패를 돌려주지 않았기 때문이었다.

보름 후, 초원에 정식으로 겨울이 찾아왔다. 유난히 거센 북풍은 온종일 씽씽거리며 그칠 줄 몰랐다. 고북월은 혼자서 군영에 도착했다.

눈보다 하얀 장포 위에 잿빛 여우 가죽옷을 걸치고 오른쪽 어깨에는 진료 상자를 멘 차림이었다. 막사 입구에 선 그는 비록 먼지투성이였지만, 미간에 자리한 영기와 비범함은 가릴 수 없었다. 등 뒤에서 거칠게 날뛰는 북풍도 그의 눈 속에 담긴 따스함과 차분함을 날려 보낼 수는 없었다.

그가 가볍게 웃었다.

"폐하, 황후마마, 용서하십시오. 소신이 늦었습니다."

어떻게 이런 사람이 있을 수 있을까? 살을 에는 추운 겨울이라도 그를 보기만 하면 온 세상이 순식간에 따스해졌다.

한운석은 뭐라고 대답해야 할지 몰라 생긋 웃었다.

용비야도 별수 없이 웃으며 말했다.

"고북월, 경공이 또 늦었군."

용비야는 고북월이 닷새는 더 있어야 도착하리라 예측했으나, 뜻밖에도 그는 꼬박 닷새나 일찍 왔다.

"폐하와 황후마마께서 탓하지 않으시니 다행입니다."

고북월은 웃으면서 재빨리 다가왔다.

"황후마마, 소신이 맥을 짚어 보겠습니다."

한운석은 재빨리 손을 내밀었다. 고북월은 진지하면서도 전문적인 모습으로 맥을 짚었고, 용비야는 옆에 서서 기다렸다. 널따란 장막 안이 조용해졌다.

사실은 보름이란 시간이 흐르면서 한운석 자신도 속으로 어느 정도 판단이 섰다. 나와야 할 게 나오지 않았으니 십중팔구 임신이었다.

그렇지만 맥상이 분명하지 않아서 함부로 확신할 수는 없었다. 용비야는 그런 것까지 알지 못했고, 그녀도 그에게 너무 자세히 말하지 않고 고북월이 오기를 기다렸다.

한참이 지났지만 고북월은 아직 알아내지 못한 것 같았다. 용비야는 벌써 긴장했지만 차마 입을 떼지 못했다.

한운석도 처음에는 별로 긴장하지 않았으나 용비야의 엄숙한 모습을 보자 따라 긴장하기 시작했다.

마침내 고북월이 한운석의 손을 놓았다. 손이 떨어지자마자 용비야가 물었다.

"어떠냐?"

고북월은 말없이 웃으며 몸을 일으켰다.

"어떠냐?"

용비야가 다시 물었다. 저렇게 안달하는 모습은 정말이지 그답지 않았다!

고북월은 일어나서 공손하게 읍을 했다.

"경하드립니다, 폐하. 황후마마께서는 틀림없이 회임하셨습니다."

용비야는 기뻐서 어쩔 줄 몰랐다. 그가 한운석을 돌아보며 입을 열려는데 한운석이 재빨리 그 입을 막고 말했다.

"용비야, 나 임신했어요."

이 말은 그녀가 직접 그에게 하기로 약속했었다.

용비야, 나 임신했어요!

천하를 통틀어 이 말을 할 수 있는 사람은 그녀뿐이었다. 그러니 당연히 말해야 했다!

"용비야, 나 임신했다고요!"

한운석은 한 번 더 되풀이했다.

용비야는 이미 기뻐서 말조차 하지 못하는 상태였다. 옆에서 지켜보던 고북월도 내심에서 우러나는 기쁨에 소리 없이 미소를 지었다.

갑자기 '퍽' 하고 큰 소리가 났다.

사람들이 돌아보니 목령아가 입구에 서 있었다. 손에 들고 있던 죽이 바닥에 쏟아진 채였다.

사람들이 영문을 몰라 하고 있을 때, 목령아가 한운석에게 와락 달려들며 기쁨에 찬 소리를 질렀다.

"언니! 정말 임신했구나! 잘됐어! 난 언니하고 같이 돌아갈래! 내가 언니를 돌볼 거야!"

목령아는 고집이 셌다. 한운석이 아무리 권해도 그녀는 끝끝내 그들을 따라 운녕으로 돌아가 조 할멈에게 요리를 배우고 한운석을 세심히 돌보겠다며 고집을 피웠다.

맡은 직무와 설산에서 약재를 기르는 일까지도 까맣게 잊은 채였다.

한운석은 별수 없이 몰래 낙 점주를 시켜 목령아에게 빚을 독촉하게 하고, 금패를 사용 금지해 못 쓰게 만들었다.

목령아는 그제야 포기하고 순순히 군영에 남아 아금이 돌아올 때까지 기다렸다가 채무를 처리하기로 했다.

떠나기 전에 한운석은 목령아에게 한마디 했다.

"령아, 너도 이제 아이가 아니니까 너 자신을 위해 살아야 해."

한운석은 이 말만 남기고 떠나갔다.

그러나 목령아는 씽씽 불어오는 북풍을 맞으며 한참, 아주 한참 동안 멍하니 서 있었다.

어렸을 때는 아버지의 명령을 위해, 목씨 집안의 영광을 위해 살았고, 칠 오라버니를 쫓아 사방을 떠돌곤 했다. 최근에는 약성의 갖가지 일을 처리하느라 바삐 지내면서, 친구에게 무슨 일이 생기기만 하면 반드시 제일 먼저 가서 돕곤 했다.

자신을 위해 산다고?

그런 생각은 한 번도 해 본 적이 없었다.

한운석이 그런 말을 해도 사실 그녀는 잘 이해할 수가 없었다. 하지만 무엇 때문인지 몰라도, 마음속 어떤 부분이 마치 뭔가에 쥐어짜이는 것 같았다. 아프지는 않았지만 괴롭고 답답했다.

그녀는 한참 동안 서 있다가 막사로 돌아갔다. 막 문안으로 들어가려는데 갑자기 뒤에서 누군가 그녀를 불렀다.

"목령아!"

돌아보니 말을 탄 아금이 보였다. 얼굴은 먼지투성이였고 옷과 머리카락은 광풍에 마구 흐트러져 있었다.

하늘이 어둑어둑하고 북풍이 사납게 불어 대 초원 전체가 어둡고 음침했다. 아금의 새까만 경장도 금세 어둑어둑한 하늘에 녹아들어 하나가 될 것 같았다.

목령아는 꿈을 꾸는 듯한 착각에 빠졌다. 세상의 끝자락에 관한, 시간의 끝에 관한 꿈.

분명히 꿈일 거야.

아금은 멀리 서쪽 국경에 갔는데 어떻게 이곳에 나타나겠어?

그녀는 벌써 오랫동안이나 꿈속에서 사람을 만나지 못했다. 그녀의 꿈속은 늘 텅텅 비어 있었다.

저 밉상이 왜 내 꿈속에 뛰어들었담?

내가 꿈에서 만나고 싶은 사람은 분명히 소칠 오라버닌데.

현실에서만 귀찮게 하면 됐지, 거머리처럼 꿈속까지 쫓아오다니 정말……, 정말 얄밉다니까!

목령아는 무시하고 몸을 돌렸다. 막사에 들어서자 갑작스레 세상이 환하고 따뜻해졌고, 목령아도 정신이 들었다.

방금은 분명히 환각이었을 것이다.

그런데 웬걸, 막 자리에 앉기 무섭게 아금이 들어왔다.

목령아는 당황해서 완전히 정신을 차렸고, 생각나는 대로 입을 열었다.

"다……, 당신 어떻게 돌아왔어?"

지금쯤이면 막 변경에 도착했어야 할 사람인데!

아금은 도중에 돌아온 것이었다. 한운석이 정말 임신했다면 용비야가 절대로 군영에 오래 머물지 않으리라는 생각이 문득 들었기 때문이었다. 북려 지역의 겨울은 아무래도 지내기가 좋지 않았다. 목령아의 성격으로 보아 필시 그들을 따라 돌아갈 게 분명했다.

그래서 그는 노선도를 서동림에게 주고 혼자 돌아왔다.

"넌…… 아직 안 갔느냐?"

아금이 반문했다.

목령아가 당장 무슨 말인지 알아듣지 못하자 아금이 덧붙였다.

"네 언니도 가 버렸는데 여기 버티고 앉아 뭘 하는 거냐?"

본래도 마음이 무거웠던 목령아는 아금이 이렇게 묻자 버럭 화가 치밀었다. 그녀는 차갑게 대꾸했다.

"당신이 아직 금패를 돌려주지 않았잖아? 그런데 어떻게 가? 나라고 좋아서 기다리고 있는 줄 알아? 잘 들어, 강건 전장에서 벌써 돈 갚으라는 독촉이 왔어. 당신이 알아서 해!"

"며칠 있으면 사람이 와서 금패를 돌려줄 것이다. 월말에 갚을 돈도 역시 처리해 줄 사람이 있다. 강건 전장 쪽 이자는 내가 너 대신 갚겠다."

아금은 그렇게 말하면서 일부러 길을 비켜 주며 문을 열었다.

"그러니 그만 가도 된다."

목령아는 가슴이 꽉 막혀, 순간적으로 뭐라고 해야 할지 알수가 없었다.

전에는 당장 떠나 버리고 싶었는데, 지금은…….

한참 고민하던 그녀는 설산을 떠올렸다. 그래, 난 설산에 가서 약재를 길러야 하잖아.

언니를 보살펴 줄 필요가 없다니, 당연히 서둘러 설산에 가서 약재를 길러야 했다. 그 약재는 암시장에 내다 팔아도 좋고 강건 전장에 저당 잡힐 수도 있었다.

그 일만 아니었다면, 언니가 보살핌을 거절했더라도 진작 이곳을 떠나 약성으로 돌아갔을 거야!

목령아는 마음속으로 자신을 위한 변명을 찾아냈다.

자신이 생긴 그녀가 반문했다.

"그……, 그러는 다, 당신은 뭐 하러 돌아왔어?"

"잊은 물건이 있다."

아금이 차갑게 말했다.

"아, 그래!"

목령아는 큰 소리로 대답했다.

그런 다음 두 사람 다 침묵에 빠졌다.

아금은 모진 마음을 먹고 다시 물었다.

"그래도 안 갈 테냐?"

정말이지 그녀가 남아 있을 줄은 예상조차 하지 못했다. 왜 남았느냐고 묻고 싶어 미칠 지경이었지만, 입에서 나온 말은 떠나라고 재촉하는 말이었다.

"나, 나는……."

목령아는 망설였다. 아금은 저도 모르게 눈을 찡그리며 그녀의 대답을 기다렸다.

애석하게도 목령아는 그에게 답을 주지 않고 작별 인사를 건넸다.

"누가 안 간대? 나도 물건을 깜빡했던 것뿐이라고. 이제 갈 거야! 안녕!"

물론 군영을 떠날 생각이었지만, 북려를 떠날 생각은 아니었다. 그녀는 말을 끝내자마자 아금 옆을 성큼성큼 지나쳐 문밖으로 나갔다.

아금은 멍한 얼굴로 꼼짝도 하지 않고 제자리에 서 있었다.

막사 안은 등불을 켜 환했고 난로 덕분에 따뜻했다. 하지만 그의 몸은 차츰차츰 차갑게 식어 갔다.

밤낮없이 길을 되짚어 오는 동안, 말을 타고 질주하면서 광풍이 마구 옷을 헤집고 몸속까지 스며들어도 그는 아랑곳하지 않았다. 덕분에 그의 몸은 감각이 없어질 정도로 얼어붙었다. 하지만 그때도 지금 이 순간만큼 춥지는 않았다.

한참 시간이 흐른 뒤, 그는 비로소 고개를 돌렸다. 문밖에 펼쳐진 아득한 초원은 음침하고 스산했고 불빛도, 끝도 보이지 않았다.

그는 목령아가 던진 질문을 고민하기 시작했다.

그는 뭐 하러 돌아왔을까?

그녀를 잡아 두기 위해서? 하지만 그는 분명히 그러지 않았다.

1년의 약속은 이미 너무 오래 지나 버렸다. 억지로 그녀를 잡아 놓고 뭘 하고 싶은 걸까?

그녀가 자신을 싫어하는 것은 분명히 알고 있었다. 자신이 정말 강제로 혼례를 올리지 않으리라는 것도 분명히 알고 있었다. 강제로 할 생각이었다면 1년 전에 했을 것이다.

이제 와서 그녀를 억지로 데려온들 뭘 어쩔 수 있을까?

아금은 품에서 금패를 꺼내 묵묵히 바라보았다.

사실 그는 이 금패를 내내 몸에 지니고 있어서 언제든지 그녀에게 돌려줄 수 있었다.

그는 한참 동안 금패를 바라보다가 마침내 하인을 불러 내주며 차분하게 말했다.

"전장에 가서 이 금패로 진 빚을 모두 갚아라."

"예!"

하인은 그런 다음 다시 물었다.

"주인님, 그럼 이 금패는…… 필요 없으십니까?"

아금은 하인을 노려보며 한참 동안 대답하지 않았다.

하인은 그 눈빛에 모골이 송연해졌다. 주인이 말을 하든 안

하든, 어쨌든 겁이 나서 두 다리가 후들거려 왔다.

결국 아금은 금패가 계속 필요한지 아닌지 대답하지 않고 돌아서서 나갔다.

하인은 어리둥절한 얼굴로 손에 쥔 금패를 바라보았다. 아무튼 금 대인의 속은 정말 헤아리기 어렵다니까. 이걸 어쩐다?

아금은 그날로 서쪽 국경으로 달려갔고, 다시는 목령아의 행방을 찾지 않았다.

며칠 후, 하인은 지하 전장에서 돈을 융통해 강건 전장에 갚았다. 강건 전장은 금패를 다시 사용할 수 있게 해 주었다. 하인은 금패를 가지고 돌아왔지만 어떻게 처리해야 좋을지 몰라 사흘 밤낮을 고민한 끝에 몰래 금 대인의 베개 밑에 금패를 넣어 놓았다.

보름 후, 한운석과 용비야는 운녕 행궁으로 돌아갔고, 고북월도 의성에서 예아를 데리고 돌아왔다.

한운석은 행복한 태교의 나날을 시작했다. 하지만 예아는 어쩔 수 없이 다른 침상을 써야 했다. 아무래도 잠버릇이 나빠서 만에 하나 어머니 배를 차기라도 하면 큰일이기 때문이었다.

예아도 처음에는 싫어하며 이틀 밤이나 소란을 피웠지만 나중에는 조용해졌고, 매일 저녁 태부가 출궁할 때 따라 나가 돌아오지 않고 태부 저택에서 밤을 지내게 되었다.

고북월이 의성으로 돌아가지 않자 의성의 일은 지체되었고, 목령아 역시 약성으로 돌아가지 않아서 약성 일도 지체되었다.

다행히 의성과 약성 일은 바쁠 것이 없었다. 어쨌거나 용비야가 먼저 국고를 충실히 다진 다음에야 의성과 약성에 손을 댈 수 있기 때문이었다.

목령아가 약성에 돌아가지 않자 꼬맹이는 할 일이 없어져 운녕 행궁으로 돌아왔다. 녀석이 돌아오자 놀이 상대가 생긴 예아는 더욱더 태부 저택에서 돌아올 생각을 하지 않았다. 별수 없이 부황과 모후가 몇 번이나 태부 저택에 찾아와 함께 있어 주어야 했다.

사실 예아도 단순히 투정을 부린 것뿐이어서, 부황과 모후가 오면 무척 기뻐했고 그날 밤에는 꼭 부모를 따라 궁으로 돌아갔다. 모후와 같이 자겠다고 하지는 않았지만 그래도 부황에게서는 떨어지지 않았다. 결국 용비야는 별수 없이 침궁에 침상을 두 개 놓게 했다.

예아와 꼬맹이 덕분에, 썰렁하던 태부 저택은 훨씬 떠들썩해졌다. 이곳이 떠들썩하면 할수록 한운석은 진민을 떠올렸고, 진민과 고북월이 대체 어떻게 된 건지 궁금해했다.

그녀와 용비야는 진민이 가짜로 임신했을 가능성이 아주 크다는 것만 알았지, 진민과 고북월 사이의 진실은 추측해 내지 못했다.

한운석은 몇 번이나 진민에 관해 묻고 싶었지만, 그때마다 목까지 나온 말을 삼키곤 했다. 아무래도 고북월이 영주성에서 보여 준 태도로 보아 꼬치꼬치 캐묻기가 어려워서였다. 그 일은 누가 뭐래도 고북월의 집안일이었다.

한 달 후, 아금과 서동림, 그리고 대리시에서 파견한 사람은 소금 밀수 건을 명확히 조사한 뒤 북려 지역과 동오국 사이의 비밀 통로를 이용해 소금을 밀수하던 자들을 현장에서 체포했다. 동시에 강남 삼대 명문세가가 동오국 노예상 낙정과 결탁한 증거도 찾아냈다.

강남 삼대 명문세가는 낙정과 손을 잡아 비밀 통로를 점거했고, 다른 물품까지 현공대륙으로 밀수할 계획을 꾸미고 있었지만 아직 실행에 옮기지는 않은 상태였다.

용비야는 동래궁 쪽 일이 알려지지 않도록 직접 나서서 심문하는 대신 대리시경에게 사건을 주재하게 했다.

대리시경은 한 달에 걸친 심문 끝에 조 점주와 삼대 명문세가 내 수많은 이들의 죄를 판결했고, 동시에 연루된 관리들을 대거 잡아들였다.

삼대 명문세가의 가주는 이 사건에 직접 나서지 않았기 때문에 중죄를 내릴 수는 없었고, 연루된 죄만 물었다. 하지만 용비야는 이 사건을 이용해 삼대 명문세가가 대진의 관청에 마련해 둔 세력을 적잖이 제거했고 장녕 염전도 몰수했다. 또 이번 기회에 다른 염전까지 조정에 귀속시켰다. 이번 밀수 사건은 강남의 상황을 완전히 뒤바꿔 놓았다고 할 수 있었다.

이때부터 강남은 다시는 나라만 한 부를 자랑하지 못하게 되었고, 남부에서 권력을 휘두르는 집안도 없어지게 되었다. 그리고 그해부터 대진의 국고는 나날이 풍족해졌다.

한 가지 언급할 만한 것은, 대리시경도 폐하가 넘겨 준 증거가 어디서 났는지 모른다는 것이었다. 대리시 소경들은 몸소 조 점주를 심문해 밀수한 소금을 누구에게 보내려던 것인지 물었다. 조 점주는 끝내 동래궁 엽 공자의 이름을 대지 않았다. 죽을죄를 면하기 어렵다는 것을 알기에, 자신이 죽은 뒤 동래궁이 가족과 친지들을 잘 보살펴 주기를 바랐던 것이다. 삼대 명문세가의 도령들은 더욱더 함부로 입을 놀리지 못했다. 일단 불고 나면 집안의 죄가 가중되기 때문이었다.

밀수한 소금을 산 사람은 마지막까지 수수께끼로 남았다. 용비야와 한운석도 평생 그 진실을 밝히지 않을 생각이었다. 그 덕분에 동래궁 주인 아들이 남색을 한다는 비밀을 아는 사람은 오직 한운석 혼자뿐이었다.

사건이 종결되자 아금은 피곤해 죽을 지경이었다. 군영으로 돌아간 그는 베개에 머리를 대자마자 잠이 들었다.

아금은 서쪽 국경에서 군영으로 돌아와 침상에 눕기 무섭게 잠들었다.

따지고 보면 밀수 사건은 그와 아무런 관계도 없었다. 그 자신도 무슨 생각으로 죽을힘을 다해 서동림과 대리시 사람을 도와 증거를 모으고 밀수꾼을 잡았는지 이해가 가지 않았다.

더없이 유감스럽게도, 이번 출행에서 영승에 관한 소식은 전혀 알아내지 못했다. 아금은 낙정의 소굴로 뛰어들어 낙정을 붙잡아 심문하고 싶어 죽을 지경이었다. 그러나 애석하게도 폭력이란 그의 강점이 아니었다.

그는 서동림에게 낙정을 사로잡자고 몇 번이나 권했고 서동림도 그러고 싶어 했지만, 감히 경거망동하지 못했다.

낙정은 동오국 사람이고, 노예장사는 동오국이나 현공대륙에서는 합법이었다. 그래서 노예장사를 했다는 이유만으로 대진에서 그에게 죄를 씌울 수는 없었다.

물론 낙정과 강남 삼대 명문세가가 결탁한 일은 증거가 있지만, 동오국이 낙정을 내놓지 않으려 하면 대진의 법으로 동오국 사람을 처벌할 수 없었다. 조정에서는 낙정 무리에 금족령을 내려, 그들이 대진에 한 걸음도 들어오지 못하도록 제재하는 수밖에 없었다. 그렇게 되면 그들이 일단 발을 들이미는 순간 쳐 죽여도 상관없었다.

사실상 고작 동오국쯤은 용비야의 안중에도 없었다. 그 역시 이번 일을 이유로 직접 동오에 출병해 병탄할까 하는 생각을 해 보았다.

하지만 결국 한운석이 그를 만류했다. 첫째는, 무작정 동오 국으로 출병하면 강한 나라가 약한 나라를 괴롭힌다며 책잡힐 게 분명하고, 둘째는 낙정이란 자는 배경이 복잡한 데다 그의 사업 중에 현공대륙과 연결된 것이 많아서 행여 운공대륙과 현공대륙의 충돌을 일으키게 되면 얻는 것보다 잃는 것이 많기 때문이었다.

초서풍은 계속 동오국에 남아 남몰래 아금의 출신과 영승의 행방을 조사했고, 동시에 낙정과 현공대륙 사이의 사업 왕래와 낙정 본인의 가족과 세력에 관해 캐내기 시작했다.

아금은 영승의 행방만 알고 싶을 뿐이어서 기다리는 수밖에 없었다. 베개에 엎드려 잠든 그는 이틀 밤을 내리 잤다. 그가 도대체 얼마나 지쳐 있는지는 하늘이나 알 일이었다.

셋째 날 새벽, 그는 몽롱한 상태로 고개를 들었다. 짧은 머리 카락이 새 둥지처럼 엉망으로 헝클어지고 앞머리도 위로 삐죽 서서, 늘 차갑고 냉담하던 눈이 완전히 드러나 있었다.

솔직히 말하면, 그의 눈은 정말 정말 보기 좋은 모양이었다. 특히 지금처럼 약간 풀렸을 때는 평소의 쌀쌀함이 싹 가시고 이웃집 오라버니 같은 사랑스러움이 더해졌다.

그는 손을 뻗어 엉망이 된 머리카락을 매만지고 다시 베개 위로 엎어져 나른하게 기댔다.

그처럼 오랫동안 바삐 일했더니, 한숨 푹 자고 일어나서 갑자기 할 일이 없어지자 약간 낯설었다. 그는 멍하게 텅 빈 막사를 바라보았다. 무슨 생각을 하는지 몰라도 넋이 나간 듯 눈빛이 흐리멍덩해졌다.

아주 오랜 시간이 지난 뒤에야 비로소 정신을 차린 그가 머리카락을 마구 비벼 댔다. 덕분에 머리카락은 완전히 쑥대밭이 되었다. 그는 벌떡 일어났다.

동작이 커서 베개마저 바닥으로 툭 떨어졌다. 주우려고 몸을 숙이던 그의 눈에 금패 하나가 침상 위에 가만히 놓여 있는 것이 보였다.

이건!

그녀의 금패였다.

운공대륙의 금패는 앞면이 모두 똑같고, 뒷면만 달랐다. 지금 이 금패는 앞면이 위로 놓여 있었지만, 그는 첫눈에 알아보았다! 누가 뭐래도 이 금패는 그의 품 안에 1년이나 숨어 있던 것이었다.

금패를 주워 뒤집어 보니 과연 예상대로였다!

그는 금패를 보면서 생각에 잠겨 있다가 갑자기 아무렇게나 휙 던졌다. 금패는 장막 한가운데 있는 커다란 기둥에 정확히 박혀 들어갔다.

그는 침상에서 내려와 매무시를 정리한 다음 밖으로 나갔다. 뭘 하러 갔는지는 모르지만, 어쨌든 온종일 바삐 보내고 아금이 돌아왔을 때는 이미 한밤중이었다.

막사는 무척 크고 금패는 조그마했지만, 그는 들어가자마자 제일 먼저 금패를 보았다.

"거기 있느냐!"

그가 차갑게 불렀다.

하인이 즉시 들어왔다.

"금 대인, 무슨 분부라도 있으십니까?"

"강건 전장에 진 빚은 깨끗이 갚았느냐?"

아금이 차갑게 물었다.

"모두 갚았습니다."

하인은 사실대로 대답했다.

"이자는?"

아금이 또 물었다.

"역시 한꺼번에 갚았습니다."

하인도 또 대답했다.

아금은 기둥에 박힌 금패를 노려보며 계속 물었다.

"금패는? 그것도 돌려줬느냐?"

기둥에 박힌 금패를 보지 못한 하인은 깜짝 놀랐다. 이제 보니 주인의 의도는 금패를 령아 낭자에게 돌려주는 것이었다.

"그 금패는 금 대인의 베개 밑에 넣어 뒀습니다. 소인이 당장 가서 돌려보내겠습니다."

하인은 황급히 말했다.

아금의 얼굴에는 아무 표정이 없었다.

"알았다!"

하인은 허겁지겁 침상 쪽으로 갔지만, 베개 밑을 한참 뒤적여도 손에 닿는 것이 없었다! 하인이 베개를 들어 봤으나 아래쪽은 텅텅 비어 있었다!

"아니……."

하인은 더럭 겁이 났다. 그는 아금이 없을 때 매일 이곳에 와서 청소했고 이틀이나 사흘에 한 번 이불을 정리하기도 했다. 어제 이불을 갈 때도 일부러 확인했는데, 금패는 멀쩡하게 베개 밑에 놓여 있었다!

그런데 오늘은 왜…….

하인은 너무 놀라 침상을 샅샅이 뒤지기 시작했다. 그렇지만 이불을 다 들쳐도 금패는 그림자조차 보이지 않았다.

"금 대인, 혹시……."

하인은 아금에게 묻고 싶었지만, 결국 목까지 올라왔던 말을 꿀꺽 삼켰다! 금 대인이 그 금패를 봤다면 진작 돌려주라고 내줬지, 이것저것 물었을까?

그는 금 대인도 분명히 보지 못했기 때문에 물었으리라 생각했다.

"금 대인, 소인은 정말 그 금패를 베개 밑에 두었습니다. 그런데 지금 보니……."

하인은 초조해 눈물이 날 것 같았다.

"지금 보니…… 사라졌습니다!"

"사라져?"

아금이 차가운 눈길로 바라보았다.

"살려 주십시오, 금 대인! 절대로 소인이 꿀꺽한 것이 아닙니다. 소인이 제아무리 간이 배 밖에 나왔다 해도 어떻게 감히 그런 짓을 하겠습니까. 똑똑히 살펴 주십시오, 금 대인!"

하인은 무릎을 꿇고 애원했다. 아금은 여전히 무표정한 얼굴로 차갑게 말했다.

"잃어버렸으면 됐다. 목령아에게 연락해서 강건 전장에 가서 금패를 폐기하라고 알려라. 이 일은 여기서 끝내지."

하인은 무척 뜻밖이었다. 이처럼 어마어마한 일이 벌어졌는데 금 대인이 벌을 내리지 않다니.

"예예!"

하인이 달려 나가려는데, 아금이 한마디 덧붙였다.

"최대한 빨리 목령아를 찾아 전하는 게 좋을 것이다. 그렇지 않았다가 누가 쓰기라도 하면 전부 네가 갚아야 한다!"

하인은 심장이 튀어나올 만큼 놀랐다. 그는 홱 돌아서 달려갔고, 낼 수 있는 힘이란 힘은 모두 동원해 목령아를 찾았다!

그날 밤으로 서신 네 통이 매를 통해 발송되었다. 각각 의성, 약성, 운녕군, 약귀당으로 가는 서신이었다.

하인이 나간 뒤 아금은 고개를 들고 높디높은 기둥 위에 박힌 금패를 한 번 바라본 뒤 자러 갔다.

며칠이 지났으나 하인은 목령아의 행방에 관해 아무런 정보도 얻지 못했다. 그는 눈물 콧물을 빼며 기둥 옆에 꿇어앉아 아금에게 애걸했다.

"금 대인, 대인께서는 틀림없이 령아 낭자를 찾아내시겠지요. 금 대인, 은혜를 베풀어 주십시오! 령아 낭자는 의성에도 안 계시고 약성에도 안 계시고 운녕 행궁이나 약귀당에도 안 계십니다. 소인이 어디를 더 찾아봐야 할지 알려 주십시오, 금 대인."

아금은 가만히 중얼거렸다.

"약성으로 돌아가지 않았다고?"

하인은 고개를 저었다.

"소인이 목씨 집안에 두 번이나 문의했는데, 령아 낭자는 지난번 북상한 뒤로 여태 돌아오지 않았다고만 했습니다."

아금은 즉시 눈을 찡그렸다. 하인이 허둥지둥 말을 이었다.

"의성 쪽에는 심 부원장께 여쭸고, 운녕 행궁 쪽에는 고 태부께 여쭸지만, 하나같이 령아 낭자를 보지 못했다는 대답이었습니다."

아금이 뭐라고 하기도 전에 하인이 다급하게 말했다.

"약귀곡에도 물어봤습니다!"

그러나 이틀 후 약귀곡에서 날아온 집사의 답신에는 목령아가 2년 넘게 약귀곡에 오지 않았다고 되어 있었다.

그날 밤, 아금은 잠을 이루지 못했다.

이튿날 그는 한운석의 친필 서신을 받았다. 목령아의 행방을 묻는 내용이었다. 한운석은 목령아가 북려 군영에 남아 있다가 아금이 돌아온 뒤 약재를 심기 위해 함께 설산에 가는 줄로만 알고 있었다.

서신을 다 읽은 아금은 갑자기 깨달은 듯 막사 밖으로 뛰쳐나갔다.

이때 하늘은 무겁게 가라앉아 어둑어둑해져 있었고, 초원 전체에 깃털같이 가벼운 눈이 쏟아지고 있었다. 아금은 먼 곳을 내다보았지만 까마득히 먼 설산은 보이지 않았다.

아금은 화가 나서 발치에 있는 돌부리를 걷어차며 분통을 터트렸다.

"목령아, 넌 대체 어디까지 멍청해질 셈이냐?"

북려 지역 북부에 늘어선 설산은 하나하나 높고 험했다. 그중에는 현지 유목민들이 신산神山으로 떠받드는 탓에 여태껏 아무도 오른 적이 없는 산도 꽤 많았다. 북부에서는 매년 겨울이면 산신山神과 설신雪神에 제를 올리는 행사가 많이 있었다.

여러 설산 가운데 약재를 기르기 좋은 곳은 몇 군데뿐이지만, 아직 캐지 않은 진귀한 야생 약재를 간직한 곳은 제법 많았다.

한때 군역사가 약재를 심으려고 개발한 설산은 세 곳으로, 모두 북려 지역 서북부와 동오국의 경계에 있었다. 산이 험하지는 않지만 무척 높고, 산허리에는 1년 내내 빙설이 뒤덮여 있어 산을 오르거나 내려오는 것 모두 쉽지 않았다.

아금이 알기로 군역사가 목씨 집안과 손잡고 기르려던 약재는 상당히 진귀하고 특수한 것으로, 반드시 눈 덮인 곳에서만 살 수 있는 품종이었다. 바꿔 말하면, 그 약초밭은 설산의 산허리에 분포하고 있는 게 틀림없었다.

이제 곧 북려 지역에서 가장 추운 시기였다. 며칠만 지나면 한동안 이어질 대폭설이 찾아올 테고, 그때가 되면 설산에 오르내리기는커녕 외출하는 것조차 어려웠다.

비록 군역사가 세 설산에 길을 내긴 했지만, 목령아 혼자 가는 것은 아무래도 몹시 위험했다! 산길을 가는 것이 어려운 건 말할 것도 없고, 산에 사는 늑대 무리와 눈표범은 막고 싶어도 막을 수가 없었다!

엄동설한에 사냥감을 찾지 못한 맹수들은 사람을 보면 틀림없이 서로 먹으려고 덮칠 게 분명했다. 목령아가 그들에게 뜯어 먹히지 않으면 그게 더 이상했다!

생각하면 할수록 아금의 안색이 나빠졌다!

별안간 그가 날카롭게 휘파람을 불어 빨간 눈 백호를 불렀다.

그런데 웬걸, 평소에는 그가 명령하자마자 대령하던 백호가 뜻밖에도 한참 동안 나타나지 않았다.

아금은 한 번 더 휘파람을 불었지만 그래도 백호는 나타나지 않았다.

그는 놀라서 직접 군영 부근에 있는 호랑이 영채로 달려갔다. 그가 빨간 눈의 백호를 위해 지어 준 막사는 아무도 없이 텅 비어 있었다.

"호랑이는 어딜 갔지?"

그는 차가운 목소리로 물었다.

"며칠째 안 보입니다. 아마……, 아마 산속으로 갔나 봅니다."

시위가 쭈뼛거리며 대답했다.

그 백호는 호랑이 부대의 대장이었다. 호랑이 부대는 모두 부근 산언덕에 잠복해 있고 대장 백호만 군영에 머물렀다. 평소에도 대장 백호는 종종 숲속으로 들어가곤 했고, 꼬박 한 달간 돌아오지 않는 것도 자주 있는 일이었다!

금 대인을 제외하면, 군영의 누구도 감히 대장 백호에게 접근하지 못했고, 감히 대장 백호의 행동을 제어할 사람은 더욱더 없었다. 시위들은 그저 매일 구운 고기를 대령하는 일만 담당할 뿐이었다.

화내고 초조해하는 금 대인의 모습에 시위는 무척 어리둥절했다.

아금은 복잡한 눈빛을 지으며 차갑게 말했다.

"나는 한동안 떠나 있겠다. 그동안 군영의 일은 부장들에게 맡겨라."

아금은 분부를 마친 뒤 산속으로 들어갔다. 다른 호랑이들에게 한참 물어봤으나 대장 백호인 대백大白은 산속에 들어온 적이 없다고 했다.

그날, 그는 백호 열 마리를 데리고 곧장 설산의 약초밭으로 달려갔다.

령아편 **약초밭**

목령아는 확실히 설산 약초밭에 있었다.

북려 지역 서부의 세 설산은 서로 잇닿은 산으로, 남쪽에서 북쪽을 향해 일렬로 늘어서 있어서 꼭 북려 지역과 동오국을 가로지르는 천연의 담장 같았다. 이 산맥 전체를 가신산맥迦神山脈이라 부르는데, 남쪽에서 북쪽으로 갈수록 점점 높아졌다.

군역사와 목씨 집안은 손을 잡고 이곳 산허리의 널따란 빙설지에 약초밭을 개간했다. 하지만 첫 번째 설산에서 한 계절 간 약초를 재배했을 뿐 나머지 두 설산은 지금까지 버려져 있었다. 한운석과 약귀곡이 손잡아 약성에서 판매하는 약재를 농단하게 된 후로 군역사는 운공상인협회와 협력해 설산에 약초밭을 개발할 계획을 세웠으나 시작도 하기 전에 끝나고 말았다.

목령아가 산허리에 머문 지는 벌써 보름째였다. 그녀 곁에 있는 것은 바로 오랫동안 실종된 대장 백호 대백이었다. 그녀가 군영을 떠나자 대백은 내내 그녀를 따랐다.

그녀도 본래는 약성으로 돌아갔다가 여름이 되면 다시 와서 설산을 조사할까 했다. 그런데 계속 따라오는 대백을 보자 마음이 바뀌었다. 그녀는 사흘간 준비한 뒤 대백을 데리고 설산으로 갔다.

지난번 목씨 집안사람들에게 물어보고 알아낸 바에 따르면,

목씨 집안과 군역사가 설산 약초밭을 개간한 가장 중요한 목적은 바로 설옥충초雪玉蟲草를 재배하는 것이었다.

설옥충초는 몹시 진귀한 약재로, 충초蟲草(동충하초) 가운데 거의 멸종되다시피 한 품종이었다. 무엇보다 좋은 야생 보양재다 보니 수많은 귀족과 권세가들은 미친 듯이 이를 찾으러 다녔다. 하지만 애석하게도 근 10년 동안 그 수량이 점점 줄어들어, 매년 열 뿌리만 캐도 어마어마한 수확이라 할 수 있게 되었다.

설옥충초가 희귀한 까닭은 그것이 만들어지는 과정과도 관계가 있었다. 그랬다. 이런 약재는 순수하게 심어서 길러 내는 것이 아니라 '만들어지는' 것이었다.

매년 겨울이면 설산에서 설인삼雪人參이라 하는 삼 종류의 약재가 나는데, 이 설인삼을 깊은 설지에 심으면 자라도 무척 조그마해서 아무리 커도 어린아이 새끼손가락만 한 크기밖에 되지 않았다.

이듬해 봄이 되면 설산에는 무척 아름다운 나비 떼가 날아들었다. 이 나비들은 한 마리 크기가 손바닥만 한데 온몸이 티 없이 깨끗한 백옥 같아서 옥호접玉蝴蝶이라 불렸다. 옥호접은 설지로 돌아가 알을 낳는데, 옥호접의 유충은 설지 속에서 설인삼 뿌리줄기에 붙어 설인삼을 먹어 치우곤 했다. 설인삼을 먹을 때 옥호접 유충은 대부분 설지 속에서 동사하며, 그렇게 되면 설인삼과 옥호접 유충의 사체가 한 덩이가 되어 생장하다가 이듬해 초겨울쯤 식물이자 동물인 설옥충초가 되는 것이었다.

옥호접 유충과 설인삼이 어쩌다 합쳐지는지, 그 이유는 아직 아무도 밝히지 못했다. 하지만 목씨 집안과 군역사는 3년에 걸쳐 설옥충초가 어떻게 만들어지는지 알아냈다. 군역사가 죽고 목씨 집안이 무너지면서 그 비밀은 목령아 손에 들어갔다.

설옥충초를 더 많이 얻기 위해, 군역사와 목씨 집안은 설산에 약초밭을 개간하고 겨울 동안 일꾼을 시켜 설인삼을 대량 심어 옥호접이 알을 낳을 수 있도록 할 계획이었다. 심지어 더 많은 옥호접을 약초밭으로 불러들이는 방법이나 옥호접을 사육하는 방법까지 연구하기 시작했으나, 이를 시험하기도 전에 협력이 깨졌다.

목령아 역시 옥호접이 어떻게 생겼는지 직접 보고 싶은 마음이 컸다. 한 마리 잡아서 기를 수 있다면 그보다 더 좋을 수가 없었다. 그래서 보호해 줄 대백도 있고 하니, 위험을 무릅쓰고 설산으로 가기로 과감하게 결정 내린 것이었다.

옥호접은 초봄에 며칠 정도 모습을 드러내는데, 딱 눈이 녹는 시기여서 애초에 때맞춰 산에 오를 수가 없었다. 옥호접을 보려면 설산에서 겨울을 나면서 봄이 오기를 기다리는 방법뿐이었다.

사실 목령아도 충동적으로 움직인 것은 아니었다. 누가 뭐래도 목씨 집안과 군역사는 예전에 협력한 적이 있으니 그녀도 설산 약초밭 상황을 전부 알고 있었다. 그녀는 대백만 데려간 것이 아니라 적잖은 음식과 생활 필수품도 챙겨갔다.

몸집이 큰 대백은 엄연히 말하면 그녀의 말인 셈이어서, 그녀를 등에 태워야 했을 뿐 아니라 대량의 짐까지 져야 했다. 목령아는 식량을 잔뜩 챙기고 커다란 이불, 옷과 신발 몇 벌은 물론 요리에 쓸 부엌살림까지 가져갔다. 대백의 고생이 얼마나 컸는지 짐작할 수 있는 일이었다.

그렇지만 대백은 기꺼이 도왔다. 가는 동안 녀석은 무척 기뻐하느라 작은 짐승을 만나도 모르는 척 놓아주었다.

약초밭 옆에는 버려진 돌집이 꽤 있었다. 목령아는 그중 가장 따뜻한 곳을 찾아 치우고 대백과 함께 묵었다.

하룻밤 자고 일어난 다음에야 그녀는 깜빡하고 숯을 가져오지 않았다는 것을 깨달았다. 추워서 병이 날 정도였지만, 평소 환약을 지니고 다니는 습관 덕분에 가져온 약을 먹고 괜찮아졌다.

주위를 한 바퀴 둘러본 그녀는 가장 외진 곳에 있는 돌집에서 숯이며 장작 한 더미와 제법 많은 생활 물자를 발견했다. 아마 전에 있던 약초 일꾼이 남겨 둔 것 같았다.

숯을 가져와 몸을 데우고, 장작은 지펴서 밥하는 데 썼다. 목령아는 그렇게 홀로 설산 약초밭을 지켰다.

며칠 간의 적응 기간을 보낸 뒤 그녀는 설인삼 몇 뿌리를 파내 연구했다. 놀랍게도 아직 채취하지 않은 설옥충초가 한 뿌리 있었다.

목령아는 뛸 듯이 기뻐 설지에서 소리소리 질렀다.

"대백! 대백, 빨리 와 봐!"

대백은 나른한 듯 멍한 얼굴로 한쪽에 엎드려 있었다. 사실 녀석은 속으로 줄곧 고도로 경계를 하고 있었다. 녀석은 이 설산에 늑대와 표범이 그득하다는 것을 알고 있었다.

본래 녀석은 령아 낭자를 따라가 어디로 가는지 알아본 뒤 주인에게 알려 줄 생각이었다. 그런데 뜻밖에도 령아 낭자는 녀석을 말처럼 부리며 설산으로 데려갔다.

　　령아 낭자는 주인이 목숨 걸고 구해 낸 사람이니, 주인은 그녀를 아주 좋아하는 게 틀림없었다. 그러니 무슨 일이 있어도 령아 낭자를 보호해야 했다.

　　대백은 벌떡 일어나 몸에 쌓인 눈을 탈탈 털고 흥분해서 달려갔다. 목령아가 조그마한 설옥충초를 손바닥에 올려놓고 보여 주었다.

　　"이것 봐, 보물을 파냈어! 아주 좋은 거라고!"

　　대백은 령아 낭자가 뭐 하러 여기 왔는지 전혀 몰랐고, 이 조그만 충초가 얼마나 진귀한지는 더욱더 몰랐다. 하지만 령아 낭자가 무척 기뻐하는 것은 알 수 있었다. 녀석은 령아 낭자의 손에 코를 문지르며 반응했다.

　　"너 줄게! 고생했잖아."

　　목령아는 진지하게 말했다.

　　대백은 충초를 흘낏 보았지만 별로 흥미가 없어 보였다.

　　목령아는 충초를 녀석 입 쪽으로 내밀었다. 녀석은 그제야 혀로 조그만 충초를 휘감아 입에 넣고 씹지도 않고 꿀꺽 삼켰다.

　　군역사와 목씨 집안의 협력이 중단된 이래, 길러 낸 충초든 야생 충초든 전부 사라졌다. 약초를 재배하던 일꾼이 감히 다시는 설산에 올라오지 못했기 때문이었다.

　　목령아가 이 충초를 암시장에 가져가면 틀림없이 아주 높은 가격에 팔 수 있었다. 팔지 않고 자신이 먹더라도 몸에 아주 좋았다. 하지만 그녀는 대백에게 상으로 주었고, 바보 같은 대백도 그대로 먹어 치웠다.

그녀는 기뻐했고 대백도 기뻐했다. 가격도 상관없고 이득도 상관없었다. 이처럼 단순하고 순수한 일은 남에게 말할 필요도 없었다.

며칠 못 가 폭설이 내렸다. 바람이 거세게 불고 눈이 펑펑 내리자 목령아와 대백은 돌집 안에 숨어 외출도 하지 않았다. 목령아는 육식동물인 대백을 위해 특별히 납육臘肉(소금에 절인 고기)을 준비해 왔다.

그녀는 화로에 쇠판을 올리고 납육을 올려 구웠다. 얼마 안 있어 납육에 기름이 잘잘 흐르면서 유혹적인 고기 냄새가 풍겼다.

배가 고팠던 대백은 와락 달려들어 한입에 먹어치우고 싶었지만, 령아 낭자가 납육을 다 구울 때까지 꿋꿋이 참고 기다렸다.

목령아는 납육을 뒤집으면서 물었다.

"그 나쁜 놈이 너한테 자주 고기 구워 줬어?"

온통 고기에만 신경이 쏠려 있던 대백은 무슨 말인지도 모른 채 고개를 끄덕였다.

"그 나쁜 놈도 고기 먹는 걸 좋아하겠지?"

목령아가 또 물었다.

대백은 계속 고개를 끄덕였다.

"그 나쁜 놈은 정말 지독하게 나빠! 고기 먹을 때마다 이에 껴 버려라!"

목령아는 가만히 혼잣말했다.

"아니지, 아니야. 충치가 생겨 고기를 못 씹고 평생 채식이나 해라!"

대백은 열심히 고개를 끄덕였다. 녀석은 고기가 풍기는 향기에 완전히 홀려 있었다. 결국 참다못한 대백은 목령아가 계속 말하게 내버려 두고 침을 흘리며 일어나 부뚜막 위를 덮쳤다.

한입에 납육을 다 먹어 치우려던 순간, 대백이 갑자기 동작을 멈췄다. 흐리멍덩하던 눈빛이 즉시 날카롭고 사나워졌다.

바깥에서 무슨 움직임을 느낀 것이었다!

녀석은 펄쩍 뛰어내린 다음 문가로 달려가서, 목령아에게 바깥이 위험하다는 뜻을 전했다. 목령아는 깜짝 놀랐다. 대백이 저렇게 경계할 정도라면 틀림없이 보통 위험한 게 아니었다.

설산에 오는 동안 수많은 짐승이 대백을 보고 알아서 길을 비켜 주었다. 제 발로 찾아왔다면 짐승은 아닐 터였다. 설마, 사람이 온 걸까?

목령아는 고민에 빠졌다. 이곳까지 올 사람이 대체 누군지 도무지 알 수가 없었다.

그녀는 조심조심 창문을 열고 바깥을 내다보았다. 안 봤으면 좋았으련만, 일단 보고 나자 화들짝 놀랐다.

세상에!

바깥에는 눈표범 한 무리가 와 있었다. 적게 잡아도 쉰 마리는 됨직했고 하나같이 사납기 짝이 없었다. 표범들은 모두 그녀가 있는 돌집을 응시하고 있었다. 무엇보다 목령아를 놀라게 한 것은 눈표범 무리 속에 서 있는 한 여자였다. 눈이 깊고 코가 오뚝하니 이목구비가 또렷해서 아주 예쁘장했다.

게다가 여자는 사냥꾼 차림이었다. 두 다리를 어깨너비만큼 벌리고 서서 양팔을 가슴 앞에 팔짱 낀 모습이 실로 패기 넘쳐 보였다. 목령아는 그 여자를 자세히 살핀 뒤 여자의 허리춤에 비수 하나가 매달려 있는 것을 발견했다. 저 표범 무리는 분명히 저 여자가 데려온 것이었다. 하나같이 훈련이 잘 되어 있어서 쉰 마리가 질서정연한 대오를 이루고 있었다.

"저 여잔 누구지?"

목령아가 중얼거렸다. 대백을 돌아보니, 대백은 벌써 큼직한 입을 쩍 벌리고 송곳니를 드러내 놓고 있었다.

목령아는 저도 모르게 이런 생각을 했다. 만약 저들이 나쁜 마음으로 왔다면, 대백이 쉰 마리나 되는 눈표범을 당해 낼 수 있을까?

솔직히 말해 다소 걱정되지 않을 수 없었다. 그녀는 설사 대백이 저 눈표범들을 물리칠 수 있다 해도 무척 힘이 들리라 생각했다. 그렇지 않았다면 대백이 저런 표정을 지을 리 없었다.

어떡하지?

목령아가 초조해하고 있을 때 문밖에 있는 여자가 큰 소리로 외쳤다.

"이봐, 안에 있는 사람, 잘 들어. 이 약초밭은 본 낭자 거야. 죽고 싶지 않으면 나와서 사과해. 본 낭자도 소인배에게 따질 만큼 속이 좁진 않으니 목숨만은 살려 주지!"

본래는 걱정에 휩싸여 있던 목령아지만 이 말을 듣자 화르르 불타올랐다. 그녀는 문을 활짝 열고 대백과 함께 나갔다!

짐승의 왕다운 대백의 기백이 눈표범들을 겁먹게 한 듯, 표범들이 우르르 물러났다.

여자는 무척 놀란 것 같았지만 곧 평정심을 되찾고 차갑게 말했다.

"기껏 호랑이 한 마리뿐이면서 감히 본 낭자 앞에서 위세를 부리다니, 아예 죽고 싶구나!"

목령아는 정말 기가 막혔다. 아니, 여기까지 와서 위세를 부린 게 누군데!

목령아가 반박하려는데 뜻밖에도 여자가 별안간 날카롭게 휘파람을 불었다. 곧, 약초밭 주변의 숲에서 늑대 한 무리가 뛰어나와 그들을 완전히 에워쌌다! 대략 백 마리 정도 되는 수였다.

목령아는 눈이 휘둥그레졌다.

"대백, 저 여자, 정말 싸울 건가 봐!"

늑대가 가세한 덕에 눈표범 쉰 마리는 금세 사기충천해 다시금 목령아와 대백을 포위했다. 늑대들도 재빨리 가까이 다가왔다. 맹수 백오십 마리는 커다란 원을 이루고 목령아와 백호를 가운데 가두었다.

대백은 내내 목령아 주위를 맴돌면서 멀리 떠나지 못했다. 녀석이 주위를 에워싼 맹수를 노려보며 경고하듯 으르렁하고 나지막이 울부짖었다.

그렇지만 눈표범과 늑대는 머릿수를 믿고 기세등등해져 더는 덩치 큰 백호를 두려워하지 않았다. 특히 제일 앞에 선 눈표범들은 도리어 낮게 울부짖으며 대백에게 응답했다.

"어흥!"

갑자기 대백이 크게 울부짖었다. 눈표범은 그제야 겁을 먹고 몇 발짝 물러났지만 멀리 달아나지는 않고 여전히 사냥감을 노려보듯 목령아와 대백을 주시했다.

이런 상황이 되자 목령아도 상황을 짐작하고 늘 갖고 다니는 비수를 꺼내며 나지막이 말했다.

"대백, 난 신경 쓰지 마."

대백이 목령아의 말을 알아들었다면 분명 주인이 그랬던 것처럼 멍청한 여자라고 꾸짖었을 것이다.

목령아를 보호하는 일만 아니라면, 눈앞에 아무리 맹수가 많아도 녀석은 두렵지 않았다! 하지만 목령아가 있기에 대백은 승산이 아주 낮았다. 상대는 수가 많아 녀석이 잠시만 한눈을 팔아도 목령아가 산 채로 뜯어먹힐 수 있기 때문이었다! 대백이 지금까지 목령아 주위를 맴돌기만 하고 먼저 공격하지 않은 이유도 그 때문이었다. 녀석은 절대로 목령아에게서 한 발짝도 떨어질 수 없었다. 절대로 눈표범과 늑대에게 기회를 줄 수 없었다.

"보아하니 본 낭자에게 사과할 생각이 없나 보구나!"

여자가 오만방자하게 외쳤다.

목령아도 큰 소리로 응답했다.

"네가 뭔데? 이 약초밭이 네 거라고 누가 그래?"

여자는 산을 뒤덮은 늑대와 눈표범을 훑어보며 깔깔 웃었다.

"이 아이들이 내 거라고 하면 내 거야!"

"뭐야! 그게 무슨 억지야? 이 약초밭은 분명 우리 목씨 집안이 개간한 거라고!"

목령아도 화난 목소리로 반박했다.

목령아는 비록 멍청하지만 순진무구할 정도로 멍청하진 않았다. 저 여자와 말을 주고받는 것도 시간을 끄는 한편 여자의 내력을 떠보고, 화해할 길을 찾기 위해서였다. 아무리 그래도 자기 일에 대백을 휘말리게 할 수는 없었다.

"목씨 집안? 후후후, 처음 듣는걸! 잘 들어, 못된 계집애. 물건이란 빼앗는 거야. 주먹 센 사람이 물건을 가지는 거지!"

여자는 차갑고 오만하게 말했다.

목령아는 생각해 보지도 않고 내뱉었다.

"좋아, 그럼 우리 둘이서 싸우자! 지는 사람은 썩 꺼지는 거야!"

"네가? 네가 나와 싸우겠다고?"

여자는 큰 소리로 깔깔댔다.

"왜, 못하겠어?"

목령아는 도발하는 한편, 이상한 규칙을 만들어 내 저 여자를 곯려 주려고 머리를 굴렸다. 어쨌거나 그녀도 언니에게 몇 번 당하면서 경력을 쌓은 사람이었다. 그런데 웬걸, 뜻밖에도 여자가 살짝 발을 굴러 커다란 바위 위로 뛰어오르더니 잔인한 말을 내뱉었다.

"좋아, 죽든 살든 자기 책임인 걸로 해!"

목령아로선 발치에도 미치지 못할 몸놀림이었다. 목령아는 다소 당황했지만 재빨리 정신을 차리고 물었다.

"어떻게 싸울 거야?"

"각자 재주에 따라서!"

여자는 그렇게 말하며 비수를 뽑았다.

목령아는 교활한 눈빛을 띠면서 말했다.

"죽든 살든 자기 책임이라고 했으니, 네 짐승도 복수하면 안 돼!"

"어차피 네가 죽을 테니까!"

여자는 차갑게 말했다.

"죽는 건 죽는 거고, 규칙은 규칙이야. 일단 규칙부터 정하는 게 어때?"

목령아가 진지하게 물었다.

"걱정하지 마. 내가 정말 네 손에 패하면 저 아이들은 모두 퇴각시키겠다고 약속하지! 후후, 네가 내 손에 죽으면 설사 네 호랑이가 복수하지 않는다 해도 내가 가만두지 않을 거야!"

여자는 큰소리를 뻥뻥 쳤다.

그 말에 목령아는 속으로 찬 숨을 들이쉬었다. 마침내 분노의 불길이 화르르 타올랐다. 그녀도 쓸데없는 말은 하지 않고 비수를 꺼내 여자를 겨눴다.

"덤벼!"

이 광경을 본 대백이 목령아를 향해 나지막이 으르렁거렸다. 목령아는 대백의 주둥이를 쓰다듬으면서 속삭였다.

"괜찮으니까 안심해."

여자가 한 걸음 한 걸음 다가오자, 주위에 있던 눈표범과 늑대는 알아서 옆으로 물러났다.

목령아와 여자는 둘 다 비수를 쥐고 있었다. 목령아는 고작 어설픈 솜씨밖에 없었지만 그래도 두려워하지 않았다! 이번 대결은 각자의 재주를 쓰기로 했고 제약은 없었다. 그래서 목령아는 저 여자와 힘으로 싸울 생각은 눈곱만치도 하지 않았다.

이내 두 사람이 마주 섰다. 겨우 한 발짝밖에 떨어지지 않은 거리였다.

이렇게 가까이 서자 목령아는 속으로 더욱 놀랐다. 상대 여자는 정말이지 너무너무 아름다웠다.

"시작!"

여자가 느닷없이 외치며 비수를 찔러 왔다. 목령아는 뒤로 피하는 동시에 가루를 한 줌 뿌렸다.

예상하지 못한 공격에 당한 여자가 황급히 얼굴에 묻은 가루를 닦아 냈다.

"이게 뭐야?"

목령아는 가만히 그녀를 바라볼 뿐 아무 말 하지 않았다.

저게 독가루가 아니면 뭘까?

언니가 운공대륙에서 가장 '독한' 여자인데 동생인 목령아가 이 정도 솜씨도 없으려고? 지난번 호랑이 감옥을 떠날 때 목령아는 언니에게서 독약을 잔뜩 받아내 늘 몸에 지니고 다녔다!

여자는 얼굴에 묻은 가루를 닦아 낸 뒤 다시 덤벼들려고 했지만, 갑자기 얼굴과 손이 가렵기 시작했다. 견딜 수 없는 가려움에 여자는 별수 없이 비수를 집어던지고 마구 긁어 댔다.

"독을 썼구나! 천한 계집, 이렇게 비열한 짓을!"

여자가 대뜸 욕을 퍼부었다.

"말했잖아. 각자의 재주를 쓰기로."

목령아가 즉시 반박했다.

"이……!"

목령아가 독약을 가진 줄은 예상하지 못했던 여자는 궤변을 늘어놓았다.

"본 낭자가 말한 각자의 재주란 무공이지 그런 비겁한 수법이 아니야!"

270

"네 무공은 누가 봐도 나보다 나아. 그러는 너는 비겁하지 않아? 네 짐승도 누가 봐도 내 짐승보다 많아. 그런데도 넌 비겁하지 않다고?"

목령아가 화난 목소리로 반문했다.

"너!"

여자는 화가 치밀었다.

"해약을 내놔. 안 그러면 저 아이들에게 널 물어 죽이라고 하겠다!"

"네가 졌으니 사과부터 해!"

목령아는 제법 진지하게 말했다.

"꿈 깨!"

여자가 분노로 으르렁거렸다.

"생떼를 부리시겠다? 패배를 인정하지 못할 것 같으면 시작하질 말아야지!"

목령아는 더욱더 화를 냈다.

뜻밖에도 여자는 낯짝도 두껍게 큰소리쳤다.

"본 낭자가 끝까지 생떼를 쓰겠다면 어쩔 거야? 당장 해약을 내놓고 사과한 다음 꺼져! 안 그러면 시체도 남기지 못하게 될 테니!"

목령아는 너무 화가 나서 정신이 나갈 지경이었다. 그래서 논리고 뭐고 없이 버럭 소리를 질렀다.

"안 줘! 안 줘! 안 줘! 절대 안 줘!"

여자가 갑자기 목령아를 향해 손가락을 뻗었다. 목령아는 피하면서 다시 독약을 쓰려고 했지만, 여자의 움직임이 너무 빨랐다. 여자는 다른 손으로 목령아의 손을 낚아채 힘껏 비틀었다. 어찌나 힘이 센지 목령아의 손목뼈가 빠질 지경이었다.

목령아는 몹시 아팠다. 하지만 미처 피하기도 전에 여자의 다른 손이 목령아의 얼굴을 할퀴어 길게 두 줄 상처를 남겼다.

목령아는 당황했다. 바로 그때, 대백이 번개 같은 기세로 덮쳐 왔다. 여자는 물론이고 주위에 있던 맹수들도 알아차리지 못할 만큼 무시무시한 속도였다.

대백은 곧장 여자를 덮쳐 바닥에 쓰러뜨리고 한 발로 여자의 몸을 누른 뒤 다른 발을 높이 쳐들어 여자의 얼굴을 후려치려 했다. 주위에 있던 맹수들이 모조리 목령아에게 달려들었다.

표범의 속도는 그 어떤 맹수보다 빨랐다. 대백은 주저 없이 물러나 재빨리 목령아를 잡아 공중으로 던져 올렸다. 덕분에 표범 두 마리는 허공만 덮치고 말았다.

대백은 살기등등하게 표범을 물어뜯고 싶었지만, 역시 그만두고 훌쩍 뛰어올라 목령아를 받았다. 그리고 목령아가 제 등에 떨어진 다음 다시 땅에 내려섰다.

여자는 일어났지만 놀라서 얼굴이 하얘져 있었다. 그녀는 뺨을 긁어 대는 한편 대백과 목령아에게 삿대질하며 소리소리 질렀다.

"다 함께 덤벼! 저것들을 갈기갈기 찢어놔!"

그 순간, 백오십 마리가 넘는 맹수가 벌떼처럼 덤벼들었다. 대백과 목령아의 모습은 눈 깜짝할 사이 그들 사이에 묻혔다.

표범은 속도가 빠르고 늑대 떼는 무척 조직적이었다. 특히 두려운 것은 여자가 여전히 옆에서 끊임없이 명령을 내리고 있다는 것이었다. 그녀는 괴상한 언어를 쓰고 있었다. 목령아는 전혀 알아듣지 못했지만 대백은 똑똑히 알아들었다.

목령아는 놀라고 당황한 와중에도 무척 의아했다. 설마 저 여자도 흑족 사람이라서 짐승 말을 할 줄 아는 걸까? 대백도 궁금했다. 저 여자는 주인의 동족일까? 하지만 깊이 생각할 틈이 없었다. 녀석은 어떻게든 령아 낭자를 보호해야 했다.

쉰 마리의 표범이 전부 대백의 등 뒤로 접근했다. 목표는 목령아였다. 늑대 백여 마리는 네 갈래로 나뉘어 대백의 네 발을 노렸다. 이제 대백은 정말 혼자서 백을 상대해야 하는 처지였다.

대백이 아무리 흉포하다 해도 중과부적이었다. 저 정도 수의 짐승이면 깔려 죽을 수도 있었다!

대백은 목령아를 등에 태우고 눈표범과 늑대의 공격을 요리조리 피하는 한편 목령아를 공격하는 눈표범을 덮쳤다.

대백에게 물린 늑대는 하나도 빠짐없이 그 자리에서 죽었다. 대백은 군역사가 기른 독시의 우두머리여서 온몸이 독이기 때문이었다. 피마저도 극독이었다.

눈표범의 목표는 목령아였다. 목령아는 비수를 움켜쥐고 언제든지 덮쳐 올 눈표범에 대비했다.

별안간, 오른쪽에서 눈표범 세 마리가 날아들었다. 대백은 즉시 몸을 돌려 피한 뒤 그놈들을 향해 달려들었다. 그와 동시에 등 뒤에서 눈표범 다섯 마리가 또다시 목령아를 기습했다.

대백은 훌쩍 뛰어올라 피했지만, 눈표범들도 동료인 늑대를 짓밟고 공중으로 날아올라 위에서부터 다시 한 번 목령아를 덮쳤다.

목령아는 놀라서 눈물이 찔끔 났다. 그녀는 이를 악물고 양손으로 비수를 힘껏 쥔 채 위로 찔러 올렸다.

대백은 끊임없이 네 발을 노리는 늑대들까지는 신경 쓰지 못한 채, 땅에 내려서자마자 한쪽으로 몸을 날렸다. 대백이 자리를 피하는 동시에 눈표범 몇 마리가 그곳을 덮쳤다.

"다 같이 덤벼!"

여자가 옆에서 큰 소리로 외쳤다. 너무 많이 긁는 바람에 얼굴이 벌게져 있었지만, 뜻밖에도 그녀는 신경 쓰지 않았다.

그 순간, 늑대들이 원을 이루고 섰고, 눈표범도 둥글게 모여 섰다. 여자의 명령이 떨어지자 둥글게 섰던 눈표범이 동시에 공격을 시작했다. 놈들은 늑대의 등을 밟고 높이 뛰어올랐다가 아래로 떨어지며 공격해 왔다!

수십 마리에 이르는 눈표범이 덮치자 대백과 목령아는 피할 곳이 없었다.

대백이 한 마리를 피해내자 곧 다른 표범이 달려들었다. 재빨리 피했지만 또 한 마리가 떨어져 내렸다.

눈표범 몇 마리가 대백의 등을 휘갈겨 핏자국을 남겼는데, 하나같이 아슬아슬하게 목령아를 피해갔다. 비록 꽤 많은 표범을 독살했지만, 눈표범의 수는 많아도 너무 많았다. 게다가 늑대까지 표범의 방법을 따라 하자 상처투성이가 된 대백은 달아나고 싶어도 갈 곳이 없게 되었다.

대백의 등에 올라앉은 목령아가 움직일 수 있는 범위도 점점 좁아졌다. 대백의 피에 닿기만 하면 그녀도 똑같이 중독되어 죽을 수 있기 때문이었다!

눈표범 대여섯 마리가 동시에 덮쳐들자, 대백은 갑자기 몸을 훌쩍 뒤집어 목령아를 땅에 떨어뜨린 다음, 온몸으로 목령아를 덮어 품에 안고 단단히 보호했다.

령아편 **울음**

대백이 목령아를 품에 감싸자 맹수들은 모두 공격을 멈추고 주인의 명령을 기다렸다.

대백의 두 다리와 엉덩이는 온통 긁힌 상처투성이였고, 진귀하고 새하얀 털은 피로 벌겋게 물들어 있었다. 녀석은 맹수들을 둘러보며 먼 곳에 선 여자를 살기등등하게 바라보았다. 령아 낭자를 보호할 필요만 없었어도, 틀림없이 저 여자에게 달려들어 쫙쫙 찢어발겼을 것이다!

녀석은 고개를 들고 하늘을 향해 몇 번이나 포효했다. 산속에 사는 호랑이들이 듣고 찾아오기를 바랐지만, 안타깝게도 설산에는 호랑이가 살지 않아 동료를 부를 수가 없었다.

여자는 멀리서 대백을 바라보았다. 진작 저 커다란 호랑이가 다른 호랑이와는 다르다는 것을 느낀 그녀는 일단 못된 계집애부터 처리한 다음 저 빨간 눈 호랑이를 연구해 볼 생각이었다. 그런데 예상과 달리 싸움이 벌어진 후에야 백호의 송곳니와 발톱과 피에 극독이 있는 것을 알게 되었다. 놀랍게도 저건 독호랑이였다.

그녀는 어려서부터 현공대륙 흑삼림黑森林에서 자랐다. 흑삼림은 현공대륙 맹수들의 집결지지만, 그곳에서 저런 독호랑이를 본 적은 한 번도 없었다. 설마, 운공대륙에만 있는 호랑이일까?

276

"어흥! 어흥!"

대백은 여자를 향해 끊임없이 울부짖었다.

"어디서 소리를 질러! 잘 들어라, 설령 해약을 주지 않는다 해도 본 낭자는 너희들을 죽여 버릴 테다!"

여자가 짐승 말로 몇 마디 하자 눈표범이나 늑대 떼가 모조리 앞발을 접어 땅에 엎드리며 공격을 준비했다.

대백은 여자가 내린 명령을 알아들었다. 여자는 일제히 공격해 대백을 찢어발기라고 했다. 대백의 품에 숨은 목령아는 여자가 무슨 명령을 내렸는지 몰랐지만, 대백의 노기는 분명하게 느낄 수 있었다.

대체 무슨 일이 생긴 거야?

별안간, 눈표범 한 마리가 시위를 떠난 화살처럼 달려들었다. 눈 깜짝할 사이 눈표범이 일제히 공격했고, 곧이어 늑대 떼도 가세했다.

놈들은 모두 대백을 덮쳐 마구 할퀴고 물어뜯었다! 대백을 물기만 하면 독으로 죽었지만, 그래도 놈들은 끊임없이 밀려들었다. 백여 마리 짐승이 각각 한 번씩 물고 할퀴기만 해도 대백의 몸에 얼마나 많은 상처가 생기게 될까! 얼마나 많은 피를 흘리게 될까!

대백은 죽을 수도 있었다!

호랑이도 평지에서는 개에게 당한다고, 대백으로선 반항할 여유도 없었다. 하지만 녀석은 여전히 제왕처럼 오만하게 존귀한 머리를 높이 든 채 맹수들을 굽어보았고, 여전히 목령아를 단단히 보호했다. 심지어 목령아가 걱정할까 봐, 긁히고 물린 곳이 몹시 아파도 몸 한 번 떨지 않았다.

목령아는 짙은 피비린내를 맡았고, 아주 가까이에서 짐승의 울부짖는 소리도 들었다. 순간 그녀는 대백이 자신을 품에 안은 것이 제 피와 살로 자신을 지켜 주기 위해서임을 깨달았다!

"안 돼!"

목령아가 소리를 질렀다.

"이 아이를 해치지 마! 그만해! 내가 졌어. 해약을 주고 사과할게!"

그녀는 온 힘을 다해 소리 질렀다.

"이 아이를 놔줘. 뭐든 시킨 대로 할게! 모두 멈춰! 제발 부탁이니 멈춰!"

여자는 이 말을 듣자 몹시 기뻤다!

그녀도 죽은 호랑이보다는 산 호랑이가 훨씬 좋았다. 처음 이 독호랑이를 봤을 때부터 그녀는 어떻게든 놈을 흑삼림으로 데려가 위세를 자랑하고 싶었다.

그녀가 손을 휘젓자 맹수들이 모두 공격을 멈추고 물러갔다.

아이의 직감도 잘 맞지만, 동물의 직감 역시 아주 잘 맞았다. 대백은 저 여자를 보자마자 좋은 사람이 아니란 걸 알아차렸다. 설사 맹수들이 공격을 중지했다 해도 녀석은 계속 목령아를 보호했다.

목령아가 몇 번 발버둥 쳤지만 대백은 꿈쩍도 하지 않았다.

당연히 목령아도 저 여자가 믿을 만한 사람이 아니며 말도 안 통한다는 것을 알고 있었다. 설사 나가서 사과하더라도 안전히 떠나게 해 준다는 보장이 없었다. 하지만 이런 상황에서 뭘 더 할 수 있을까? 그저 할 수 있는 데까지 대백과 자신의 목숨을 지키는 수밖에 없었다.

이번 설산행에서 목령아는 한 가지 도리를 더욱 확실하게 깨우쳤다. 바로, 짐승은 막기 쉬워도 사람은 막기 어렵다는 도리였다!

목령아는 대백을 살며시 쓰다듬으며 속삭였다.

"자꾸 시간을 끌면 우리 둘 다 죽을 거야. 대백, 착하지. 비켜 봐."

대백은 목령아의 말을 알아들었는지 아니면 그녀에게 위로를 받았기 때문인지, 조심조심 몸을 일으켰다. 독혈에 목령아가 다칠까 봐 녀석은 와락 옆으로 몸을 굴렸다. 몸에 난 상처가 눈 바닥에 긁히자 너무 아파서 저도 모르게 으르렁거리며 송곳니를 드러냈다.

대백의 몸이 찢기고 뜯겨 피에 흠뻑 젖은 것을 보자 목령아는 몹시 마음이 아파 그 자리에서 눈물을 뚝뚝 흘렸다.

달려가서 대백을 안아 주려고 했지만, 대백은 화들짝 놀라 황급히 일어나더니 멀찌감치 피해 놀란 눈으로 그녀를 바라보았다.

목령아는 당황했다. 불그스름한 대백의 눈동자에 억울함과 슬픔이 떠올랐다. 녀석은 목령아를 바라보며 목멘 소리로 으르렁거렸다. 마치 사과하는 것 같기도 하고 우는 것 같기도 했다.

싫어서 피한 게 아니라 안으면 안 되기 때문이었다!

목령아는 그제야 깨달았다. 입을 꼭 다물고 참으려 했지만 도저히 참을 수가 없어서 그녀는 결국 엉엉 울음을 터트리고 말았다.

"대백……."

목령아가 우는 것을 보자 여자는 더욱더 즐겁게 웃었다.

"하하하, 그 정도로 울어? 젖비린내도 안 가신 못된 계집이 감히 무슨 배짱으로 내게 덤벼! 해약은 어쨌지? 썩 내놓지 못해!"

목령아가 얻어 온 독약은 충분히 지독하지 않은 데다 그녀가 만난 이 여자는 충분히 참을성이 강했던 모양이었다. 가려움이 목 전체에 퍼졌는데도 그녀는 여전히 침착했다.

목령아가 해약을 던져 주자 여자가 차갑게 말했다.

"못된 계집. 헛수작은 부리지 않는 게 좋아. 내가 여기서 죽더라도 내 짐승들이 반드시 너희들을 같이 묻어 줄 테니까!"

목령아는 대답하기도 귀찮았다.

여자는 해약을 먹고 나자 과연 가려움증이 싹 사라졌다. 그녀는 몹시 기뻐했다.

"하하하, 좋아. 아주 좋아! 이제 천천히 놀아 볼까?"

"넌 설옥충초를 얻으러 온 거잖아? 난 약제사야. 내가 설옥충초를 더 많이 길러 낼 수 있어."

목령아가 차갑게 말했다. 다급한 와중에 떠올린 패이자 지금 그녀에게는 가장 좋은 패였다.

이 말을 들은 여자는 더욱더 기뻐했다. 그녀가 깔깔 웃으며 외쳤다.

"그랬군! 좋아. 넌 살려 줄 수 있어. 하지만 그래도 사과는 해야지. 사과하고 이 약초밭이 본 낭자 것이라고 말해!"

목령아는 분통이 터져 주먹을 꽉 쥐었다. 죽으면 죽었지 이 여자 앞에 고개를 숙이고 싶지는 않았다.

그렇지만 대백을 버릴 수는 없었다. 결국 그녀는 고개를 숙였다.

그녀는 고개를 숙이고 중얼중얼 말했다.

"미안해. 약초밭은 네 거야."

여자는 몹시 신난 얼굴로 바라보면서 만족하지 못하고 말했다.

"뭐라고? 이리 와서 큰 소리로 말해 봐. 사과하려면 제대로 해야지. 부모님이 안 가르쳐 주던?"

목령아는 고개를 숙인 채 다가가 차분하게 말했다.

"미안해. 약초밭은 네 거야."

하지만 여자가 느닷없이 그녀의 머리칼을 휘어잡고 억지로 고개를 들게 했다.

"태도가 왜 이래? 똑바로 말 못 해!"

"어흥!"

대백이 큰 소리로 울부짖었다. 평소 같은 기세가 없어 분명히 노기를 띤 소리인데도 우는 것처럼 들렸다.

목령아는 황급히 대백을 향해 손을 내저어 함부로 덤비지 못하게 했다.

여자는 대백을 흘끗 보더니 가소로운 듯 콧방귀를 꼈다.

"호랑이를 기르면 뭐해? 어차피 내 손에 패했는데? 후후후, 방금 한 말 다시 해 봐."

"미안해. 약초밭은 네 거야."

목령아가 큰 소리로 말했다. 이건 모욕이 아니라 대백을 구하는 것이라고 자신을 위로하면서.

여자가 손에 힘을 주는 바람에 목령아의 긴 머리카락이 잡아뜯길 뻔했다.

"네가 독을 쓴 건 비열한 짓이라고 해!"

"너한테 독을 쓴 건 비열한 짓이었어."

목령아가 큰 소리로 말했다.

마침내 여자도 만족한 듯 차갑게 코웃음 쳤다.

"제법 오기가 있는 줄 알았더니 겁쟁이였군. 정말 천하다니까."

목령아는 눈시울을 빨갛게 물들였지만 변명하지 않았고, 눈물도 그렁그렁 맺혔지만 꿋꿋하게 버티며 울지 않았다. 그런데 웬걸, 여자는 더욱더 심하게 나왔다.

"자, 네 입으로 넌 천한 사람이라고 해. 그럼 용서해 주지."

목령아가 화난 눈길로 노려보았지만 여자는 전혀 아랑곳하지 않았다.

"말하지 않아도 돼. 강요하진 않아."

목령아는 여자를 노려보며 입술을 꼭 깨물었다. 입술에서 당장 피가 흐를 것 같았다.

"아무래도 용서받고 싶지 않은 모양이구나! 좋아. 그럼 용서 안 하지 뭐."

여자가 대충 손을 흔들자 주위에 있던 맹수들이 또다시 접근해 왔다.

"마, 말할게!"

목령아는 목이 메었다.

"나, 나는…… 나는……."

여자는 상당히 참을성 있게 기다려 주었다. 그런데 목령아가 다음 말을 하려는 순간, 갑자기 대백이 어흥, 어흥 하고 큰 소리로 울부짖었다. 주위에 있던 맹수들도 뭔가를 느낀 듯 겁을 먹고 사방을 둘러보기 시작했다.

여자도 곧 짐승들의 이상 반응을 감지하고 주위를 둘러보았다. 가만히 보고 있자니 문득 등 뒤에서 호랑이 울음소리가 들려왔다.

호랑이 소리라기보다는 사람이 내는…… 짐승의 말소리 같았다!

이 소리가 들린 순간 그곳에 있던 짐승들은 모조리 배를 깔았다. 마치 눈 깜짝할 사이 조련당한 것 같았다.

여자는 가슴이 서늘해져 고개를 홱 돌렸다. 커다란 백호 십여 마리가 한 일자로 늘어서서 이쪽을 향해 오고 있었다. 그 한가운데 가장 몸집이 큰 백호의 등에는 한 남자가 앉아 있었다. 수척한 몸에 걸친 검은 옷은 신비로웠고, 온몸에서 풍기는 쌀쌀한 기운은 설산의 공기보다 더 차갑게 느껴졌다.

방금 그 울부짖음은 바로 저 남자가 낸 것일까?

여자는 방금 그게 무슨 뜻인지 알아듣지 못했지만, 짐승의 말이라는 건 확신할 수 있었다! 짐승을 부리는 소리 중에서도 가장 존귀하고 가장 권위 있는 소리였다!

현공대륙 흑삼림에서도 저 소리만이 호랑이 종류를 부리고, 백수百獸를 부릴 수 있었다!

설마 저 사람이…….

놀라 얼어붙은 여자는 차마 생각을 계속할 수가 없었다. 그녀는 속으로 자신에게 외쳤다. 절대 아니야, 그럴 수 없어!

머리끄덩이를 잡힌 목령아는 곁눈질로 그 낯익은 모습을 보았다. 딱 한 번 봤을 뿐인데 그녀의 눈에 고였던 눈물이 천천히 흘러내렸다.

저 얄미운 인간이 여기까지 찾아왔다고? 어떻게 그런…….

목령아는 저 남자가 너무너무 얄미웠고, 보고 싶은 생각도 없었다. 그런데…… 어째서 얄밉지 않은 순간이 생기는 걸까? 바로 지금처럼. 꿈을 꾸는 걸까?

멀리서 이쪽을 바라보는 아금의 시선은 여자에게 붙잡힌 목령아의 머리카락에 쏠려 있었다. 그는 말하지 않았지만, 백호들은 그의 분노를 예민하게 느끼고 속도를 높여 달려갔다. 다른 맹수들 역시 그걸 느낀 듯 벌벌 떨었다.

이를 본 여자는 더욱더 심장이 서늘해졌다. 별안간 그녀가 목령아를 확 끌어당겨 목을 틀어쥐며 경고했다.

"다가오지 마. 안 그러면 이 여자를 죽이겠다!"

아금은 호랑이 등에서 뛰어내렸다. 시선이 느릿느릿 목령아의 얼굴 위로 이동해, 얼굴에 난 상처 자국과 눈에서 흐르는 눈물을 똑똑히 보았다.

그는 무표정하게 여자를 바라보았다. 그리고 사람을 죽일 수 있을 것 같은 목소리로 한 자 한 자 말했다.

"네가 저 여자를 울렸느냐?"

령아편 **죽으러 왔구나**

노기충천한 아금 앞에서는 여자의 오만한 기세도 씻은 듯이 누그러졌고, 오직 두려움만 남았다.

여자는 아금을 바라보았다. 어떻게 된 셈인지 놀랍게도 입을 뗄 용기조차 나지 않았다.

"말해!"

아금이 버럭 소리 질렀다.

여자는 놀란 나머지 손이 풀려 저도 모르게 목령아를 놓아주었다. 아금은 그 틈을 타 목령아를 낚아채 품에 안았다.

그 역시 여자의 대답은 필요 없었다. 그는 싸늘하게 여자를 노려보며 사형을 선고했다.

"죽으러 왔구나!"

순간, 등 뒤에 있던 백호 열 마리가 일제히 달려들어 여자를 포위했다.

어려서부터 짐승을 부린 이 여자는 여태껏 짐승을 두려워해 본 적이 없었다. 설사 호랑이라 해도 부리지는 못하지만 두려워한 적은 없었다. 하지만 커다란 열 마리 백호에 둘러싸이자 너무 놀라 바닥에 주저앉아 비명을 질렀다.

"꺄아악……! 아악……!"

"찢어 죽여라!"

아금의 명령이 떨어지자 백호 한 마리가 와락 달려들어 여자를 땅에 쓰러뜨리고 목을 물어뜯으려 했다. 바로 그때, 갑자기 여자가 괴상한 소리를 질렀다. 늑대 울음소리나 표범의 울부짖음 같은 소리였다. 늑대 떼와 눈표범에게 명령하는 게 분명했다.

늑대와 눈표범은 모두 바닥에 배를 쫙 깔고 감히 함부로 움직이지 못했다. 도리어 백호들은 다소 신기했는지 당장 여자를 물어뜯지 않고 아금을 돌아보았다.

아금도 이곳에 왔을 때 수많은 짐승을 보고 의아해하던 차였다. 짐승 말을 알고 설산에서 저 많은 짐승을 부리는 것을 보면, 저 여자도 흑족의 잔당일 터였다.

설산에 흑족의 잔당이 있다 한들 어떤가? 그는 반드시 저 여자를 죽일 생각이었다! 감히 목령아가 이 모양이 되도록 괴롭히다니, 절대로 용서할 수 없었다!

알다시피 그는 늘 목령아를 괴롭혀 왔지만 울 때까지 괴롭힌 적은 한 번도 없었다. 그런데 저 여자는 무슨 자격으로 그런 짓을 한단 말인가?

호랑이가 가만히 있는 것을 보자 아금은 발로 호랑이의 엉덩이를 걷어차며 분노를 담아 으르렁거렸다. 화들짝 놀란 호랑이는 감히 지체하지 못하고 커다란 입을 쩍 벌렸다.

송곳니가 여자의 목을 꿰뚫으려는 순간, 여자가 큰 소리로 외쳤다.

"넌 분명 유괴당했을 거야! 난 네가 누군지 알아. 네가 어디서 왔는지 안다고! 내가 죽으면 그걸 알려 줄 사람이 없어져!"

이 한마디에 아금은 움찔했다.

아직도 눈물 흘리고 있던 목령아가 와락 달려들어 쩍 벌린 백호의 입을 밀어냈다.

"안 돼!"

여자는 요란스럽게 안도의 숨을 내쉬었다. 심장이 미친 듯이 쿵쾅거렸다. 말 그대로 호랑이 아가리에서 겨우 살아난 셈이었다.

목령아는 아금을 돌아보았다. 아금의 눈빛은 몹시 복잡했고, 심지어 피하고 싶어 하는 마음도 약간 담겨 있었다. 아금이 줄곧 자신의 출신을 찾아다닌 것은 그녀도 알고 있었다. 이 여자가 나타났을 때부터 그녀는 아금의 출신을 떠올렸다.

목령아는 몰래 안도의 숨을 쉬었다. 뜻밖에도 지금 그녀는 자신이 그토록 처참하게 당했던 것조차 까맣게 잊고 오로지 아금의 출신만 생각하고 있었다.

아금을 저렇게 놀라게 한 건 '유괴'라는 단어일 것이다. 유괴란 말은 저 여자가 그가 누군지 안다는 증명이자, 저 여자가 흑족이 아니라는 증명이기도 했다.

비록 영승이 그의 매신계를 갖고 있긴 했지만, 그는 한 번도 영승의 노예인 적이 없었다. 오히려 영승과는 친구이자 협력하는 동료였다. 그는 삼도 암시장에 있을 때부터 주인처럼 살았고, 노예 같지 않은 생활을 했다.

그가 매신계를 되찾고 동오국으로 돌아가고 싶어 했던 것은, 첫째는 누군가의 제약을 받지 않고 자유롭게 살고 싶어서였고,

둘째는 자신이 누군지 알아내고 부모와 가족을 찾아내고 싶어서였다.

호랑이 감옥에서 자신이 어수술에 천부적인 재능이 있고, 흑족도 길들이지 못한 호랑이를 부릴 수 있다는 것을 깨닫게 되자, 그 역시 자신이 절대 평범한 집안 출신이 아니라는 것을 알 수 있었다. 영승은 그에게 어린 시절 기억이 있는지 물어본 적이 있었지만, 애석하게도 그는 아무것도 기억하지 못했다.

영승은 그의 천부적인 자질로 미뤄볼 때 틀림없이 유괴당해 노예가 되었을 거라고 했다.

여자는 몸을 일으키려 했지만, 아금이 갑자기 그녀의 목을 밟고 오만하게 내려다보면서 차가운 목소리로 말했다.

"네가 누구건, 무슨 말을 하건, 일단 목령아에게 사과해라."

그 발에 얼마나 힘이 들어갔는지, 여자는 숨쉬기조차 곤란해 얼굴이 시뻘겋게 달아올랐다. 말을 할 수도 없어서, 여자는 놓아 달라는 뜻으로 아금을 향해 마구 손을 내저었다.

분노한 아금의 옆얼굴을 본 목령아는 말을 하고 싶었지만 용기가 나지 않았다. 지난번 헤어질 때 본 모습이 그의 가장 분노한 모습이라고 생각했는데, 지금은 지난번보다 열 배는 더 사나워 보였다. 목령아도 감히 말을 걸 수 없을 만큼…… 사나웠다.

아금이 여자의 목에서 발을 치우자, 여자는 격렬하게 콜록거렸다. 아금은 아랑곳하지 않고 차갑게 말했다.

"사과해라!"

여자는 도무지 내키지 않아 짜증스럽게 대꾸했다.

"알았으니까 적어도 일어나게는 해 줘!"

아금은 말없이 여자가 엉금엉금 일어나는 것을 바라보았다. 하지만 여자가 똑바로 서기 무섭게 그가 별안간 여자의 무릎 뒤를 걷어차 그대로 무릎 꿇게 했다.

그가 눈을 내리떴고 흘러내린 앞머리가 왼쪽 눈을 가렸다.

"사과하려면 자세를 제대로 갖춰야지."

늘 오만하게 살아온 여자가 언제 이런 치욕을 당해 봤을까? 그녀는 꼿꼿하게 다시 일어나 턱을 쳐들고 가소로운 듯이 말했다.

"여자에게 손을 대다니, 네가 그러고도 남자야?"

"깨우쳐 줘서 고맙군. 안심해라. 다시는 네 털끝 하나 건드리지 않을 테니!"

아금은 입꼬리에 냉소를 머금더니 아무렇게나 손가락을 튕겼다. 그러자 옆에 있던 호랑이 한 마리가 달려와 뒤에서 여자를 덮쳐 앞으로 쓰러뜨렸다. 여자는 정확히 목령아의 발치에 엎드린 자세가 되고 말았다.

여자가 분통을 터트렸다.

"너무 심하잖아!"

감히 이렇게까지 모욕하다니! 그러니까 지금 저 남자는 내가 짐승에게나 어울리는 사람이라고 하는 거잖아!

밉살맞은 놈!

아금이 차갑게 굴 때면 정말 철두철미하게 차가웠다. 그는 너무 심하다느니 하는 말 같은 건 알지 못했다. 그가 아는 것은 목령아를 괴롭히면 반드시 대가를 치러야 한다는 것뿐이었다.

"사과해라!"

그가 차갑게 말했다.

"재주 있으면 날 죽여 봐!"

여자는 그렇게 뻗댔지만 속으로는 겁이 나서 재빨리 협박조로 덧붙였다.

"그럼 영원히 네 출신을 알 수 없을 테니까!"

흑삼림은 현공대륙에서 짐승을 부리는 어수駆獣 집안이 모두 모인 곳이었다. 흑삼림에 있는 십여 곳의 어수 집안 중에는 어수술이 높은 곳도 있고 낮은 곳도 있었다. 짐승의 말에 통달하는 것은 어수술의 능력 중 하나에 불과했고 어수 집안의 사람이면 거의 모두 할 수 있었다.

흑삼림의 주인은 바로 어수 집안의 수장인 능凌씨였다! 다름아니라 능씨 집안의 어수술이 다른 집안보다 훨씬 뛰어나, 다른 집안이 길들인 짐승도 능씨 집안사람을 만나기만 하면 금세 그들을 따르기 때문이었다. 가장 중요한 점은, 능씨 집안사람들이 백수의 왕인 호랑이를 부릴 수 있다는 것이었다.

오래 전, 채 돌이 되지 않은 능씨 집안 후계자가 돌연 실종되었는데, 방방곡곡을 뒤지고도 찾지 못했다. 능씨 집안 여주인은 그 일로 실심풍에 걸렸고, 능씨 집안 가주 역시 집안일과 흑삼림의 일을 팽개치고 부인과 함께 비밀스러운 곳에 은거해 아무도 만나지 않으려고 했다. 능씨 집안이 손을 놓아버리자 흑삼림은 정상적인 질서를 잃고 말았다. 여러 집안이 악전고투를 벌이고 짐승들이 횡포를 부려 무고하게 사람이 다치는 일이 심심찮게 벌어졌다.

본래도 현공대륙에서 위험한 땅이던 흑삼림은 그 이후로 더욱더 사람들이 꺼리는 곳이 되었다.

호랑이 한 마리를 부리는 것은 별 것 아니지만, 호랑이 떼를 부리는 것은 대단한 일이었다. 여자는 눈앞에 있는 이 남자가 능씨 집안의 후예요, 오래전에 실종된 능씨 집안 후계자가 틀림없다고 무척 확신했다.

당시 그는 피살되지 않고 누군가에게 유괴되어 운공대륙으로 팔려갔을 가능성이 아주 컸다. 능씨 부부가 아들이 운공대륙으로 갔으리라는 생각을 하기나 했을까?

여자는 이 비밀이 자신이 가진 최대의 판돈이라는 것을 알아차렸다!

"협박이냐?"

아금이 두 눈을 가늘게 떴다.

"날 용서해 주면 널 너희 가족에게 데려다주겠다!"

여자는 진지하게 말했다.

아금은 그녀를 무시하고, 늑대 떼를 향해 괴상한 소리를 냈다. 곧 늑대 한 마리가 나는 듯이 달려와 여자의 등을 짓밟았다.

여자가 무슨 일인지 알아채기도 전에 늑대가 고개를 숙이더니 사납게 등을 깨물어 살점을 큼직하게 뜯어냈다.

"꺄악⋯⋯!"

여자는 고통스럽게 비명을 질렀다. 날카롭고 처절한 소리가 설산 전체에 쩌렁쩌렁 울렸다.

늑대가 여자의 살점을 뜯어먹자 목령아는 눈을 휘둥그레 떴고 심장 박동도 빨라졌다. 하지만 아금의 눈빛은 싸늘했고 흔들림도 없었다.

늑대가 다시 한 번 여자의 등을 밟자, 마침내 여자도 타협했다. 정확히는 철저한 항복이었다.

그녀는 아픔도 잊고 소리를 질렀다.

"미안해! 미안해! 내가 잘못했어! 잘못했어!"

목령아는 얼이 빠져 아무 말도 하지 않았다.

"약초밭은 누구 거냐?"

아금이 차갑게 물었다.

"저 여자 거야! 저 여자 거!"

여자는 황급히 대답했다. 그리고 아금이 묻기도 전에 알아서 인정했다.

"나는 천한 계집이야, 천것이라고!"

목령아는 그 여자를 바라보다가 천천히 고개를 돌려 아금을 보았다. 마침 아금도 그녀를 돌아보았다. 두 사람의 눈이 마주치자 목령아는 무의식적으로 시선을 피했다.

어떻게 된 셈인지, 방금까지는 그렇게 억울하고 화가 났지만 지금은…… 갑자기 웃음이 났다. 분풀이를 했기 때문은 아니었다. 무엇 때문인지는 그녀 자신도 확실치 않았다.

어쨌든, 이제는 저 여자에게 화가 나지 않아서 더 따질 생각도 없어졌다.

아금이 차갑게 물었다.

"얼굴의 상처는 어떻게 된 거냐?"

목령아는 그제야 얼굴을 긁힌 것을 떠올렸다. 살짝 만져 보니 아팠다.

"저 여자가 할퀸 거야!"

"갚아 줘라!"

아금의 이 말투는 완전히 명령이었다. 목령아가 조금이라도 손해 보는 것은 허락할 수 없었다.

목령아가 고개를 들고 말했다.

"됐어. 그냥……."

"되긴 뭐가 돼!"

아금이 불쾌한 듯이 그녀의 말을 잘랐다.

목령아는 나지막이 말했다.

"난 괜찮아. 저런 사람과 똑같이 굴진 않을래……."

여기까지 말하자 아금의 얼굴이 어두워졌다. 저렇게 착하고 속 좋은 성격이 정말 싫었다. 그런데 뜻밖에도 목령아가 이렇게 말했다.

"저 여자더러 대백에게 사과하라고 해. 그리고 대백더러 나 대신 할퀴라고 해. 난 저 여자에게 손대기 싫어."

이 말에 여자는 화가 치밀어 등의 통증조차 잊고 발작을 터트렸다.

목령아가 너그럽게 봐줄 줄 알았는데, 아금과 똑같이 자신을 모욕할 줄이야! 저 말은 분명히 그녀가 짐승에게나 어울린다는 뜻이었다!

아금의 얼음장 같은 얼굴에도 마침내 금이 갔다. 그 역시 웃음을 금치 못했다. 그의 입꼬리에 사랑스러움이 담뿍 담긴 웃음이 떠올랐으나, 애석하게도 금세 사라져 목령아는 보지 못했다.

그가 차갑게 말했다.

"좋다."

그는 대백을 바라보았다. 온몸이 피투성이가 된 대백을 보자 그 역시 마음이 아팠다. 그가 손을 휘젓자 대백이 달려왔다.

그가 말을 하지도 않았는데 대백은 알아서 커다란 앞발로 여자를 후려쳤고 여자는 저 멀리 나동그라졌다.

짐승은 그녀의 사과 같은 건 안중에도 없었다!

짐승의 세계에 사과 같은 게 어디 있을까? 때려 주는 게 가장 깔끔했다!

아금과 목령아가 쫓아갔고 대백도 곧장 뒤를 따랐다. 여자는 입에서 피를 토한 채 혼절해 있었다.

대백이 다시 발을 쳐들자 목령아가 다급히 말렸다.

"그만해. 때려죽이면 너희 주인이 어디서 왔는지 알 수 없게 된단 말이야!"

령아편 **그래 줄 수 있을까**

중상을 입은 사람은 말할 것도 없고, 정상인조차 설지에 한 시진 동안 누워 있으면 죽기 마련이었다. 목령아가 직접 그 여자를 끌고 돌집으로 향했다.

아금이 그런 그녀를 붙잡고 찡그린 눈으로 얼굴에 난 상처를 바라보았다.

"약을 발라라."

"일단 이 여자부터 데려다 놓고. 안 그러면 죽어."

목령아가 진지하게 말했다.

"죽을 짓을 했지!"

아금이 말했다.

"정말 당신이 어디 출신인지 알고 싶지 않아?"

목령아가 화난 소리로 물었다. 왜 화를 내는지는 자신도 몰랐다. 이 인간과 말할 때면 채 세 마디도 하기 전에 화가 났다.

"내 일이니 네가 신경 쓸 필요 없다! 가서 약이나 발라라."

아금이 그녀를 데리고 집으로 들어가려 했지만 목령아가 거칠게 손을 뿌리쳤다.

"내 일이니까 당신이 걱정할 필요 없어!"

"이……!"

아금은 가슴이 턱 막히는 것 같아 몹시 괴로웠다. 그가 큰소

296

리로 비난했다.

"목령아, 넌 대체 얼마나 멍청한 거냐? 네 부모님이 널 낳을 때 뇌를 안 주셨나 보지? 이곳이 얼마나 위험한 줄 아느냐? 누가 너더러 이곳에 가도 좋다고 했지?"

나만 비난하면 됐지 부모님까지 끌어들여?

목령아도 화가 났다.

"아금, 마지막으로 말하는데, 내 일이니까 당신은 걱정할 필요 없어! 사람 말 못 알아들어? 지금, 당장, 즉시, 어서! 저 여자를 집으로 데려가. 저 여자가 죽으면 그때 가서 울어 봐야 소용없어!"

"저 여자가 죽든 말든 나하고 무슨 빌어먹을 상관이라고!"

아금도 화가 나서 미칠 지경이었다.

그는 목숨을 잃을지도 모르는 위험을 무릅쓰며 두껍게 쌓인 눈길을 억지로 뚫고 왔다. 죽을 둥 살 둥 눈보라를 맞으며 오느라 입은 옷이 흠뻑 젖었다가 마르고, 말랐다가 다시 흠뻑 젖기를 몇 번이나 반복했지만, 그는 차마 걸음을 멈추고 옷을 갈아입지도 못했다. 이 모두가 한시바삐 이 여자를 찾기 위해서였는데, 이 여자는 감격조차 하지 않다니! 늘 잘 울던 여자 아니었나? 이렇게 괴롭힘을 당했으니 그의 품으로 뛰어들어 엉엉 울어야 마땅하지 않을까? 그런데 왜 이렇게 당당하게 말다툼을 하는 걸까?

대체 어떻게 생겨먹은 여자기에?

목령아도 화가 났다. 아금 이 인간은 도대체 왜 이렇게 말이 안 통할까?

"대체 몇 번이나 말해야 알아듣겠어? 정말 사람 말 몰라? 저 여자가 죽으면 당신 출신을 알아낼 수가 없다니까? 당신, 지금 껏 당신이 어디 출신인지 조사했었잖아?"

목령아가 씩씩거리며 물었다.

"네가 뭐하러 내 출신을 알아내지 못할까 봐 걱정하는 거냐?"

아금도 화를 내며 물었다.

"걱정되니까!"

목령아가 흉악하게 대답했다.

이 말이 떨어지자 두 사람은 갑자기 조용해졌고, 약속한 듯 서로를 바라보았다가 즉시 시선을 피했다.

곧 목령아가 서둘러 해명했다.

"당신 출신을 알아내지 못하면 결국 내 탓이라고 할까 봐 걱 정된다는 말이었어! 그런 누명 쓰기 싫거든!"

"알려 줘서 참 고맙군!"

말을 마친 아금은 성큼성큼 걸어가 혼절한 여자를 번쩍 안아 올렸다.

목령아는 그 모습을 보며 천천히 눈썹을 찡그렸지만, 자신은 그걸 알아차리지 못했다.

아금이 여자를 돌집 안에 단 하나밖에 없는 돌 침상에 내려 놓았을 때쯤 목령아가 들어와 물었다.

"대백의 상처는 어때?"

"피에 독이 있으니 함부로 건드리지 마라. 녀석이 알아서 처리할 거다."

아금이 차갑게 말했다.

목령아도 돌아서서 침상 옆에 꼿꼿이 섰다.

아금은 도저히 참을 수가 없었다.

"아직도 약을 안 바르고 뭐 하는 거냐? 얼굴에 흉터라도 남으면 정말 평생 시집 못 간다!"

목령아는 대답하지 않았지만, 순순히 약을 만들어 발랐다. 다행히 긁힌 곳이 깊지 않아서 깨끗이 나을 수는 있었다.

약을 다 바른 뒤, 목령아는 한쪽에 앉아 담담하게 입을 열었다.

"어떻게 온 거야?"

"왜, 내가 안 오길 바랐느냐?"

아금이 반문했다.

목령아는 잠깐 입을 다물었다가 나지막이 말했다.

"고마워."

그가 오지 않았다면 무슨 일이 벌어졌을지, 자신이 살아 있기는 했을지, 그녀도 알 수가 없었다.

아금은 그녀의 감사를 받았는지 말았는지, 한참이나 말없이 침묵을 지켰다.

두 사람은 그렇게 가만히 앉아만 있었고, 여자는 여전히 인사불성이었다. 하늘이 어두워질 때쯤에야 비로소 목령아가 몸을 일으키며 담담하게 말했다.

"가서 밥 지을게."

"목령아!"

아금이 그녀를 불러 세웠다.

"누가 오기를 바랐느냐?"

이렇게 위험한 곳에서 괴롭힘을 당해 울기까지 하면서도 그가 오기를 바라지 않았다면, 그녀는 누가 오길 바란 것일까?

"누가 오기를 제일 바랐느냐?"

아금이 중얼거리듯 물었다.

목령아는 몸을 돌리지 않았지만 걸음을 멈췄다.

누가 오기를 바랐을까?

아금이 묻지 않았다면, 이런 문제는 생각하지도 않았을 것이다.

그래, 괴롭힘을 당해 울기까지 하면서, 그녀는 대체 누가 와서 구해 주기를 바랐을까? 예전이었다면 제일 먼저 생각난 사람은 분명히 칠 오라버니였을 것이다. 틀림없었다!

그렇지만 이번에는 머릿속이 텅 비었다. 그녀는 아무도 생각하지 않았다. 그 어떤 희망도, 기대도 없었다. 일어날 수 없는 일에 대해 더는 희망도, 동경도, 환상도 갖지 않는 것이야말로 어른이 된다는 것일까?

그녀는 칠 오라버니가 나타나지 않으리란 것을, 올 수가 없다는 것을 똑똑히 알고 있었다.

"아무도."

목령아는 솔직히 말했다.

"그냥 내 무공이 더 뛰어났으면 했어."

목령아가 가려는데 아금이 또 물었다.

"목령아, 한 가지 물어봐도 되느냐?"

목령아는 대답이 없었지만 그렇다고 나가지도 않았다. 아금이 한 걸음 한 걸음 다가와 그녀의 등 뒤에 섰다.

목령아는 잠시 기다렸지만, 끝내 그의 말을 기다리지 못했다. 그녀가 무슨 질문이냐고 물으려는데 별안간 아금이 뒤에서 그녀를 감싸 품속에 단단히 끌어안았다.

그가 말했다.

"목령아, 네 마음속에 이미 희망이 없다면…… 이렇게 내가 왔으니…… 다음번에는 내가 와 주기를 바라 줄 수 있을까?"

아금은 품 안에 안긴 사람의 몸이 딱딱하게 굳는 것을 분명히 느꼈다. 그는 그녀의 어깨에 머리를 묻고 눈을 감은 채 대답을 기다렸다. 어쩌면 심판을 기다리는 것일 수도 있었다.

불가능하다는 것을 뻔히 아는데도 결국 참지 못하고 묻고 말았다.

사랑할 수 없다는 것을 뻔히 아는데도 결국 참지 못하고 사랑이란 말을 하고 말았다.

강요할 수 있다는 것을 뻔히 아는데도 결국 강요하지 못하고 그저 묻기만 했다.

목령아는 이미 눈을 감고 있었다. 아금이 뒤에서 껴안는 순간, 바로 눈을 감았다. 그 눈가에는 눈물이 맺혀 있었다. 조금 전에 흘린 것을 깨끗이 닦아 내지 못한 것인지, 아니면 지금 다시 흘린 것인지는 모를 일이었다.

그녀는 두려웠다. 하지만 뭐가 두려운 걸까?

분명히 칠 오라버니를 생각하지 않은 지 한참 되었는데, 지금 또 갑자기 칠 오라버니가 생각났다. 왜 생각나는지는 그녀 자신도 몰랐다.

그녀의 세상, 그 십수 년간의 세상에서 사랑이란 오직 칠 오라버니하고만 연관되어 있었다. 다른 사람은 한 번도 없었다! 그리고 그 십수 년간의 세상에서, 그녀를 사랑해 준 사람은 아무도 없었다. 칠 오라버니를 포함해서.

두려움일까?

아니면 생소함일까?

그녀는 자신의 마음을 헤아릴 수가 없었다. 비로소 자신조차 자신을 제대로 이해하지 못하고 있다는 것을 깨달았다. 지금 이 순간, 그녀는 생각할 힘조차 없었다. 그저 달아나고 싶었다. 그저 숨고 싶었다.

"놔줘."

목령아는 목이 메었다.

아금이 눈을 반짝 떴다.

"아직 내 질문에 대답하지 않았다."

목령아가 대답하려는데 아금이 먼저 말했다.

"잘 생각한 다음 대답해라. 2년을 기다렸으니 몇 년 더 기다려도 상관없다."

말을 마친 그는 곧바로 그녀를 놓아주었다.

목령아는 재빨리 달려나가 아금이 볼 수 없는 곳에 숨어서 엉엉 울었다. 왜 우는지는 자신조차 명확히 알 수가 없었다. 그냥 울고 싶었다. 너무 괴로워서 울고 싶었다.

어째서일까?

어째서 이렇게 괴로울까?

목령아가 돌아갔을 때 아금은 벌써 밥상을 차려 놓고 그녀를 기다리고 있었다. 울어서 퉁퉁 부은 그녀의 눈은 아무리 해도 가릴 수가 없었다. 하지만 아금은 아무 일도 없었던 것처럼 탁자 앞에 앉아 시선을 내리뜨고 냉담한 표정을 짓고 있었다.

탁자 위에 있는 음식을 보자 목령아도 마음이 약간 흐트러졌다. 정말 너무너무 먹음직스러운 음식이었다! 납육반臘肉飯(납육을 얇게 썰고 채소를 곁들여 밥에 얹거나 볶아 먹는 음식)인데, 비록 표고버섯과 납육밖에 없지만 절로 군침이 도는 향기와 모양이었다.

"따뜻할 때 먹어라."

아금이 차갑게 말했다.

"고마워."

목령아는 자리에 앉았다.

몇 숟갈 입에 넣던 그녀가 믿을 수 없다는 표정을 지었다. 정말 너무너무 맛있었다! 식재료도 고작 몇 개뿐인 데다 조미료도 아주 간단한 것밖에 없는데 어떻게 이런 걸 만들었지?

저렇게 기분이 안 좋은데도 이렇게 맛난 밥을 만들 기운이 있단 말이야?

목령아는 몹시 배가 고파서 쉬지 않고 숟가락을 놀렸다. 하지만 아금은 손도 대지 않고 차갑게 그녀를 응시할 뿐이었다. 목령아는 곧 그의 차가운 시선을 알아차렸다. 그래서 밥그릇을 들고 몸을 돌려 아금을 등졌다.

아금의 손이 주먹을 쥐었다. 이 여자는 대체 생각이란 게 있는 건가? 방금까지 그렇게 슬피 울어놓고도 저렇게 밥이 넘어가다니?

아금은 성격도 나쁘지만 참을성은 더욱 나빴다. 지금까지 저 여자 때문에 화병으로 죽지 않은 게 자신조차 신기할 지경이었다!

식사가 끝났으나 두 사람 다 말이 없었다.

벌써 밤이 깊었다. 바깥은 눈보라가 몰아치고 칠흑같이 어두웠다. 호랑이와 늑대, 눈표범들은 모두 바깥을 지켰고, 아금과 목령아는 돌집에서 벗어나지 않았다.

돌집은 실로 간소했다. 안팎 두 칸으로 되어 있는데 안쪽은 침실, 바깥은 주방이고, 가운데 문을 만들어 가리개로 가려 두었다. 하나뿐인 침상은 혼절한 여자가 차지한 바람에 아금과 목령아는 앉아 있을 수밖에 없었다.

한참 앉아 있던 아금이 주방으로 나갔다. 그는 짚을 바닥에 잔뜩 깔고 호랑이 한 마리를 불러들여 한쪽에 눕혔다. 그런 다음 목령아를 불렀다.

"호랑이 몸에 기대 자면 얼어 죽지는 않을 거다. 그럭저럭 하룻밤은 버틸 수 있다."

그가 차갑게 말했다.

"당신은?"

목령아가 물었다.

뜻밖에도 아금은 퉁명스럽게 내뱉었다.

"신경 쓰지 마라!"

말을 마친 그가 침실로 들어가자 목령아는 사납게 발을 구르며 투덜거렸다.

"좀 말해 주면 어디 덧나?"

그녀는 성미가 급해서 칠 오라버니를 찾을 때나 약을 배합할 때를 빼면, 참을성을 발휘하는 일이 없었다. 어떻게 아금에게는 두 번 세 번 참아 주는지 정말이지 자신도 모를 노릇이었다. 그녀가 참지 않았다면, 아마도 그들은 한마디 할 때마다 싸웠을 것이다!

목령아는 짚 위에 누워 백호의 품에 기댔다. 말하자면 이상하지만, 아마도 아금을 무척 믿었기 때문에 그녀는 언제부턴가 호랑이를 겁내지 않게 되었다. 대백뿐만 아니라 아금이 길들인 호랑이는 다 겁나지 않았다.

자리에 누운 목령아는 분명히 죽을 만큼 피곤한데도 도무지 잠이 오지 않았다. 그녀는 문 가리개를 바라보며 저도 모르게 호기심에 사로잡혔다. 아금은 침실에서 뭘 하는 걸까?

외로운 남녀 단둘이 있는 셈인데, 정말이지 꺼리는 게 없는 사람이었다!

목령아가 생각에 잠겨 있는데 갑자기 아금이 불쑥 나왔다. 목령아는 재빨리 눈을 감고 자는 척했다.

아금은 옆에 남은 짚을 모아 목령아 맞은편에 깔고 다른 호랑이를 불러 목령아와 똑같이 호랑이에게 기대 누웠다.

이렇게 해서 이번에는 목령아와 아금이 외로운 남녀가 되어 단둘이 있게 되었다. 게다가 거리도 무척 가까워서 그녀가 다리를 뻗기만 하면 그의 다리에 닿을 정도였다.

본래는 마음 편히 있던 목령아도 이렇게 되자 영 부자연스러웠다. 오랜 시간이 지난 뒤 살그머니 눈을 떠보니, 아금은 고개를 숙이고 가슴 앞에 팔짱을 낀 채 잠들어 있는 것 같았다.

목령아는 그제야 용기를 내 눈을 뜨고 찬찬히 그를 바라보았다.

정말 아주 잘생긴 얼굴이었다. 칠 오라버니를 빼면 이처럼 잘생긴 남자는 본 적이 없었다. 칠 오라버니는 요사하게 느껴질 만큼 잘 생겼고, 아금은 아주 쌀쌀하게 느껴질 만큼 잘생겼다.

그는 대체 어떤 사람일까?

목령아는 멍하게 그를 바라보며 생각에 잠겼다. 그런데 아금이 갑자기 손을 들어 얼굴을 가렸다. 목령아는 가슴이 철렁했다. 금세 얼굴이 빨갛게 달아올랐다.

이 인간, 안 자고 있었잖아!

아금이 손으로 얼굴을 가리자 목령아는 즉시 고개를 숙이고 감히 다시 바라보지 못했다.

잠깐의 침묵 후, 아금이 퉁명스레 말했다.

"잠이 오지 않으면 내 질문에 대답할 말이나 잘 생각해 봐라."

목령아는 재깍 몸을 돌려 호랑이의 따뜻한 품 안에 머리를 묻었다. 그제야 아금도 손을 내리고 목령아를 바라보았다. 결국 그의 쌀쌀한 눈동자에 기막혀하면서도 사랑스러워하는 빛이 떠올랐다. 분명히 머리끝까지 화가 나는데도 저 여자에게는 어쩔 수가 없는 때가 많았다.

두 사람이 말이 없어지자 온 세상이 조용해지고, 남은 것은 바깥에서 부는 북풍이 끊임없이 횡횡 대는 소리뿐이었다. 목령아는 잠들었는지 어떤지 모르지만, 아금은 내내 목령아를 응시했고 그렇게 보고 또 보다가 잠이 들었다.

알다시피 그는 이미 며칠째 쉬지도 못했고 몇 번이나 비와 눈에 몸을 적셨다. 사실은 벌써 풍한이 들었지만 억지로 버틴 것이었다.

이튿날, 목령아가 깨어났을 때 아금은 이미 보이지 않았다.

그녀가 황급히 침실로 들어가 보니 아금은 침상 옆에 서서 멍하게 여자를 바라보고 있었다. 그녀가 들어가니 아금이 흘끗 바라보았지만 아무 말 하지 않았다.

목령아는 가까이 가서 여자의 맥을 짚어 보고 상처도 살핀 후 차분하게 말했다.

"목숨에 지장은 없어. 내상을 입은 것뿐이니 곧 깨어날 거야."

"대백에게 널 데리고 산에서 내려가라고 하겠다. 어제 올라오면서 길을 뚫었는데, 어젯밤에 눈이 내렸지만 길이 막히진 않았을 거다. 가라."

아금이 담담하게 말했다.

또 쫓아내려고!

목령아는 화가 치밀어 즉시 거절했다.

"안 가!"

"안 가면, 남아서 뭘 할 테냐? 방해만 되지!"

아금이 불쾌하게 말했다.

"옥호접이 올 때까지 내 약초밭을 지킬 거야. 당신이 무슨 상관이야? 무슨 방해가 된다는 건데?"

목령아가 반문했다.

아금은 홱 몸을 돌려 뭐라고 하려다가 꾹 참았다. 그가 차갑게 목령아를 바라보았지만, 그러거나 말거나 목령아는 겁내지 않았다.

두 사람 사이로 분노의 불길이 스멀스멀 피어올랐다. 목령아는 아금이 또 꾸짖고 야단칠 줄 알았다. 그런데 아금은 그러지 않았다. 그는 마지막으로 이렇게 말했다.

"여기 네가 할 일은 없으니 먼저 나가라."

목령아는 눈을 찡그리고 볼이 뾰로통해져서는 아금을 한 번 노려보고 망설임 없이 돌아서서 나갔다. 뜻밖에도 아금이 한마디 덧붙였다.

"별일 없으면 들어오지 마라."

벌써 문 앞까지 갔던 목령아가 몸을 홱 돌리고 차갑게 말했다.

"이 집은 내가 치운 거야. 나가려면 당신이 나가! 당장 나가란 말이야! 저 여자도 데리고!"

아금은 할 말이 없었다. 그는 정말 여자를 안아 들고 성큼성큼 밖으로 나갔다. 목령아는 그 광경을 눈이 빠져라 노려보았다. 그녀는 아금을 뒤따라가 그가 입구를 나서자마자 '쾅' 소리가 나도록 힘껏 문을 닫고 비난했다.

"아무나 막 안잖아! 뻔뻔하게!"

그녀는 문에 등을 기댄 채 스르르 미끄러져 바닥에 앉았다. 속이 괴롭고 또 괴로웠다. 이 나이가 되도록 지금처럼 가슴이 답답한 적이 없었다. 칠 오라버니에게 따돌림 당할 때도 재빨리 털고 일어나 재빨리 힘을 내 계속 찾아다니곤 했다. 그렇지만 아금에게는 그럴 수가 없었다. 그녀는 이렇게 속이 답답한 상태가 너무 싫었다. 꼭 늪에 빠져 점점 더 깊이 빨려 들어가는 것만 같았다. 빠져나오고 싶지 않은 것도 아니고 빠져나올 힘이 없는 것도 아니었다. 오히려 어떻게 빠져나와야 할지 알 수가 없었다. 그냥 달아나고 싶었다. 그를 보지 않았으면 싶었다.

그녀는 문에 기대앉아 머리를 무릎 위에 파묻으며 몸을 웅크렸다.

문밖에서는 아금이 한동안 가만히 서 있었다. 안에서 소리가 들리지 않자 그의 차가운 얼굴에 짜증이 고스란히 드러났다. 그는 여자를 아무렇게나 눈 위에 내려놓았다. 주위를 둘러보았지만 어디로 가야 할지 알 수가 없어서 아예 문에 기대앉았다. 음침하게 가라앉은 얼굴은 누가 봐도 겁이 날 정도였다.

한참 앉아 있었더니 놀랍게도 여자가 움직였다. 여자는 천천히 몸을 뒤집어 일어나 앉았다. 아금은 차갑게 바라보기만 할 뿐 말이 없었다.

여자는 몸을 일으킨 뒤에야 한쪽에 앉은 아금을 발견했다. 첫 번째 반응은 달아나려 하는 것이었지만, 그 순간 주위에 엎드려 있던 짐승들이 전부 일어났다. 그녀가 부리던 눈표범과 늑대까지 포함해서.

자신이 손수 길들인 짐승에게 배신당하는 것보다 더 기막힌 일이 있을까? 아금은 입꼬리에 냉소를 지으며 일어났다.

"너는 누구냐? 어디서 왔지?"

아금의 목소리는 늘 낮고 쌀쌀했지만, 이번에는 일부러 큰 소리를 냈다. 집 안에 있던 목령아는 아금의 목소리를 듣고 허둥지둥 일어나 창문으로 엿보았다.

주위를 둘러본 여자는 훨씬 침착해졌다. 본디 그녀는 혼인을 피해 달아났을 뿐이고 그러다 보니 운공대륙까지 오게 되었다. 그리고 어제야 동오국 국경에서 설산까지 와서 약초밭을 발견했다. 오래전에 실종된 능씨 집안 후계자를 만날 줄은 전혀 예상하지 못했다.

만약 달아날 수 없는 운명이라면 차라리 운을 시험해 보는 편이 나았다. 저 남자를 꼬드겨 흑삼림으로 데려갈 수 있다면, 아무도 그녀에게 혼인을 강요하지 못할 것이고 장차 흑삼림의 여주인이 될 수도 있었다.

이렇게 생각하자 여자의 심장이 절로 폴짝폴짝 뛰었다.

그녀가 말했다.

"난 현공대륙에서 왔고, 이름은 봉영鳳英이야. 봉씨 집안 대소저지. 네 이름은 능과凌戈고, 능씨 집안 9대 독자야. 현공대륙을 통틀어서 오직 너만 호랑이를 부리는 자질을 지녔고, 오직 너만 호랑이 떼를 통솔할 수 있어. 그리고 난, 호랑이를 뺀 온갖 짐승을 부릴 수 있어. 우린 배 속에 있을 때부터 혼인하기로 정해졌지만, 넌 세 살이 되기도 전에 납치당하고 말았지."

이 말을 듣자 목령아는 깜짝 놀라 얼이 빠졌다. 하지만 아금은 무표정한 얼굴로 아무 말도 하지 않았다.

"난 열 세 살 때부터 널 찾아 온 세상을 뒤졌어. 그런데 이곳에서 만날 줄은 생각지도 못했어. 그리고…… 후후, 다른 여자 때문에 날 이렇게 대할 줄은 더욱더 몰랐지!"

그렇게 말하는 봉영의 눈에서는 당장이라도 눈물이 떨어질 것 같았다.

"두 집안 사람들은 10년 넘게 널 찾다가 포기했어. 끝까지 버틴 사람은 나뿐이었어. 난 널 찾고 싶었고, 널 집으로 데려가고 싶었어."

목령아는 더욱더 놀랐지만, 아금은 별 반응 없이 차갑게 물었다.

"무슨 근거로 널 믿지?"

"난 알거든. 네 오른손 손목에 흉터가 있다는 거."

봉영이 진지하게 말했다.

마침내 아금도 놀란 기색이 되었다. 그처럼 은밀한 사실을 저 여자가 알고 있을 줄이야. 봉영이 계속 말했다.

"그 흉터는 네가 자라면서 함께 자라나 서서히 손바닥으로 퍼져나갔을 거야."

"넌 대체 누구냐!"

아금도 더는 침착을 유지하지 못했다.

아금의 반응에 목령아는 봉영이 한 말이 사실이라는 것을 알수 있었다.

"내가 이미 말했잖아. 난 어머니 배 속에 있을 때부터 너와 맺어진 약혼녀야!"

봉영은 별안간 창 뒤에 숨어 있는 목령아를 가리켰다.

"저 여자는 대체 누구지? 너와 무슨 사이야?"

목령아는 당황해 무의식적으로 몸을 피해 창 옆 벽에 바짝 붙었다. 어째야 할지 알 수가 없었다.

곧이어 아금의 대답이 들려왔다.

"친구다."

아금은 봉영의 말을 반신반의했다. 그는 봉영의 입에서 진실이 나오게 만들기가 쉽지 않다는 것을 알아차렸다. 그렇다면 따지기보다는 차라리 믿는 척하고 역이용하는 편이 나았다.

"친구?"

봉영은 냉소를 금치 못했다.

"친구 하나 때문에 날 이렇게 다치게 해?"

"어제는 네가 누군지 몰랐다."

아금이 차갑게 반문했다.

"넌 내가 누군지 알았다면서 왜 미리 말하지 않았느냐?"

"말할 기회나 줬어?"

봉영은 화난 척하며 따졌다.

어제, 저자는 그 못된 계집애의 복수를 하겠다며 그녀에게 해명할 기회도 주지 않고 사과하라고 몰아붙인 뒤에야 비로소 자신의 출신을 캐물었다. 그가 그 못된 계집애와 단순히 친구라는 말은 믿지 않았다. 마음에 품은 사람이 아니었다면 자신의 출신보다 더 중요하게 생각할 리 있을까? 그녀는 필시 두 사람 사이에 무슨 충돌이 생겨 말다툼했으리라 생각했다.

그들의 관계가 뭐든 간에, 설사 혼인한 사이라 해도 반드시 그 못된 계집애를 떼어내 버릴 생각이었다. 그에게 시집간다는 것은 흑삼림 전체를 차지하는 것을 의미했다!

어떤 방법이든, 어떤 거짓말이든, 모조리 동원해서 반드시 이 기회를 붙잡고 말리라!

아금은 봉영에게 대꾸하지 않고 차갑게 물었다.

"능씨 집안은 현공대륙에서 어떤 위치냐?"

이 인간은 호랑이를 부리는 능력을 갖추고서도 자신의 출신을 모르니, 필시 현공대륙에 대해서도 전혀 모르고 있을 터였다. 봉영은 교활한 생각을 하며 말했다.

"나를 따라 돌아갈 거야?"

"아직 내 질문에 대답하지 않았다."

아금이 쌀쌀하게 말했다.

"나하고 혼인할 거야?"

봉영이 또 물었다.

아금은 차갑게 그녀를 바라보며 대답하지 않았다. 벽에 딱 붙어 있는 목령아는 마치 온 세상이 조용해진 것만 같은 기분이었다. 그녀는 묵묵히 기다렸다.

아금의 대답을 기다리다 못한 봉영은 잠시 망설이다가 거짓으로 울기 시작했다.

"능과, 저 계집애를 좋아하는 거지?"

아금은 여전히 대답이 없었다.

"좋아, 네가 저 계집애를 좋아한다면 나도 널 만나지 않은 걸로 칠게! 난 갈 거야. 나 혼자 돌아갈 거라고. 넌 죽었다고 생각하고 앞으로 다신 찾지 않을 거야."

말을 마친 그녀는 정말 몸을 돌려 떠나려고 했다. 아금이 차가운 눈으로 그 모습을 바라보며 입을 열려는 순간, 갑자기 목령아가 문을 벌컥 열고 나와서 큰 소리로 외쳤다.

"거기 서! 저 사람은 날 좋아하지 않아. 나도 그렇고. 우린 그냥 친구일 뿐이야! 저 사람은 널 따라갈 기야!"

아금이 대뜸 눈을 찡그리며 차갑게 말했다.

"네가 뭐라고 나 대신 결정하는 거냐?"

목령아는 처음으로, 분노한 아금의 눈을 용감하게 직시했다.

그녀도 봉영의 말을 완전히 믿을 만큼 멍청하지는 않았다. 하지만 이건 기회였다. 현공대륙에 가서 고향을 찾고, 가족을 찾을 기회! 아금처럼 영리한 사람이라면 봉영에게 속아 넘어가지 않을 것이라 믿었다. 오히려 봉영을 이용해 자신의 출신을 조사해 낼 것이라 믿었다.

아금은 남들이야 뭐라건 자기 방식대로, 마음 가는 대로 행동하는 사람이었다. 그런 그가 북려에만, 관아에만 묶여 있을 수는 없었다. 더욱이 그녀를 위해 이곳에 남아 있을 수도 없었다. 마땅히 진정으로 자신에게 속한 곳으로 돌아가야 했다. 그녀의 마음은 너무나도 작고 너무나도 약했다. 한 번 사랑한 뒤에는 다시 사랑할 수도 없고 사랑할 용기도 없었다…….

목령아는 진지하게 말했다.

"아금, 가. 북려는 당신에게 안 맞아."

이처럼 간단한 한마디가 아금의 심장을 산산이 부쉈다.

떠나고 싶었다면 진작 떠났지, 북려에서 2년이나 고된 임무를 맡지도 않았을 것이다. 북려가 그에게 맞지 않다는 것을, 이제 보니 그녀도 알고 있었다!

아금은 냉소를 터트렸다.

"목령아, 내가 떠나기 전에 네가 진 빚은 갚아야 하지 않을까?"

빚?

"호랑이 감옥에서 넌 네게 하룻밤을 빚졌다. 산굴에서는 또 평생을 빚졌지. 1년의 약속은 이미 지나 버렸지만, 미안하지만 난 이자까지 쳐서 받아야겠다. 평생 내 곁에서 한 발짝도 떨어질 생각이랑 하지도 마라!"

아금이 갑자기 목령아 앞으로 바짝 다가와 한 자 한 자 힘주어 말했다.

"이리 따라와."

마침내 그도 모질게 나왔다.

돌고 또 돌아, 피하고 또 피해 2년이 지났으나 그들은 결국 원점으로 돌아왔다. 마치 단단히 묶인 옭매듭처럼, 아무리 풀고 또 풀어도 영원히 풀어 낼 수 없을 것 같았다.

목령아는 온몸에 힘이 쭉 빠지고 머릿속이 혼란스러워지는 것을 느꼈다. 사실, 그녀는 호랑이 감옥에서 있었던 일과 산굴에서 있었던 일을 늘 기억하고 있었고, 빚을 갚을 마음의 준비를 한 적도 있었다. 그렇지만 지금 이 순간에는 당황해서 어쩔 줄을 몰랐다.

령아편 **인정한다**

목령아는 한참 동안 멍하게 있다가 겨우 중얼거리듯 말했다.

"아금, 그 빚이라면 갚을게. 갚으면 되잖아."

"만약 네가 바란 사람이 내가 아니라면 그냥 날 빚쟁이로 여겨라."

아금은 목령아의 손을 잡아 힘껏 쥐었다.

"이미 말했지만, 난 깨끗한 여자가 필요한 것뿐이니까."

목령아는 고개를 숙인 채 더는 말하지 않았다.

봉영은 그들이 무슨 이야기를 하는지 알지 못했다. 하지만 아금이 목령아의 손을 잡자 가슴이 철렁했다.

"능과, 정말 그 여자 때문에 나하고 돌아가지 않을 거야? 네 부모님이 그동안 널 찾지 못해서 거의 미쳐 버리셨다는 건 알아?"

아금은 변명하지 않고 차갑게 말했다.

"안내해라!"

"그 여자도 데려가려고?"

봉영이 씩씩대며 따졌다.

아금이 대답했다.

"안심해라. 우리가 정말 혼약한 사이라면, 돌아간 후에 반드시 널 부인으로 맞겠다."

"그럼 그 여자는? 지금 뭐하자는 거야?"

봉영이 다시 물었다. 저 못된 계집애가 있으면 너무 거치적거렸다.

"갈 테냐, 안 갈 테냐?"

아금은 한자씩 내뱉었다. 마지막 남은 인내심이 바닥난 게 분명했다. 봉영은 그의 음침한 눈을 보자 까닭 없이 두려워져 차마 지체할 수가 없었다.

"좋아, 가! 뒤쪽으로 가자. 산 뒤쪽에 길이 있어."

이제는 상황을 봐가며 움직이는 수밖에 없었다. 여기서 현공대륙은 한참 떨어져 있으니 현공대륙에 도착하기 전에 반드시 능과를 손에 넣고 목령아를 죽일 수 있을 터였다.

봉영이 산 뒤쪽에 길이 있다고 하자, 아금은 이내 그녀가 어떻게 산에 올라왔는지 알게 되었다.

세 설산은 동오와 북려 지역의 경계에 있어서 산 남쪽은 북려에, 산 북쪽은 동오에 속했다. 그렇다 해도 양국은 이 설산에 특별한 움직임을 보이지 않았다. 별다른 이유가 있어서는 아니고, 단지 설산을 정복할 수 없기 때문이었다.

산 뒤에 길이 있다면 이 여자가 만들었을 가능성이 컸다. 그녀는 동오 쪽에서부터 설산에 올라온 것이다. 동오국과 북려 지역의 북쪽 변경 밖에는 끝이 보이지 않는 빙해가 펼쳐져 있었다.

용비야는 대진국을 세운 후 북려 지역 북쪽 변경에 있는 몇몇 설산 입구에 방비가 삼엄한 관문을 설치했다. 현공대륙 사람이 관문을 넘는 건 쉬운 일이 아니었다. 이 여자는 틀림없이 동오국과 빙해가 만나는 곳을 통해 운공대륙으로 들어왔을 것이다. 동오국과 빙해가 만나는 곳에는 관문이 없어서 누구든지 마음대로 드나들 수 있었다.

봉영은 앞에서 가고, 아금은 목령아를 데리고 그 뒤를 따랐다. 눈표범과 늑대는 모두 해산하고 백호 열 마리와 대백만 그들을 따라왔다.

대백은 어젯밤 어디론가 사라졌는데, 오늘 다시 나타났을 때는 털이 깨끗해져 있었다. 눈처럼 희디흰 털은 유난히 순결하고 존귀해 보였다. 대백은 주인과 령아 낭자 사이에 무슨 일이 있었는지 몰랐고, 주인이 령아 낭자를 데리고 가자 가는 내내 즐거워했다.

산 남쪽 허리에서 북쪽 허리로 돌아가자 대설로 뒤덮인 아득한 동오국의 초원이 서서히 시야에 들어왔다.

아금은 저도 모르게 걸음을 멈추고 망망한 눈의 바다를 바라보며 넋을 놓았다.

서동림과 함께 비밀 통로에서 공무를 집행하는 동안에는 진짜 동오국에 들어가지 못했다. 이번이야말로 동오국을 떠난 이래 처음으로 돌아가는 길이라 할 수 있었다.

한때 수도 없이 동경했던 자유는 모두 저 땅과 관련되어 있었다. 저 아득한 초원, 저 푸르른 하늘과 흰 구름과 관련되어 있었다. 그는 돌아왔지만 그 눈에 들어온 것이 어두컴컴한 하늘과 끝없이 펼쳐진 눈일 줄은 누가 생각이나 했을까? 그는 돌아왔지만, 자신의 이성을 송두리째 날려 버릴 수 있는 여자와 함께 오게 될 줄은 누가 생각이나 했을까? 그는 돌아왔지만, 이 땅이 더는 자신의 고향이 아닐 줄은 누가 생각이나 했을까?

봉영은 멈춰선 아금을 보고 말했다.

"내가 길을 만들어 둬서 내려갈 방법이 있어. 동오쪽 길을 이용해 빙해를 넘으면 현공대륙에 도착해."

아금은 그제야 정신을 차리고 물었다.

"산 북쪽은 남쪽보다 가파르고 폭설로 길이 막혔는데 어떻게 길을 만들었느냐?"

이 설산의 북쪽이 상당히 가파르다는 이유로, 비록 국경이지만 산 위에 요새를 짓거나 산 아래에 관문을 설치하지 않았다.

정말 동오국 쪽에서 산에 오를 수 있는 길이 있다면, 그 길은 두 번째 비밀 통로가 될 터였다. 어쨌거나 설산에 오른 다음 대진국 경내로 잠입하기란 그리 어렵지 않았으니까.

북려 지역 관리 노릇에 너무 익숙해진 탓인지, 뜻밖에도 아금은 묵묵히 이 일을 마음에 새기며 돌아간 뒤 용비야에게 말하기로 했다. 분명히 자신의 출신을 찾아, 고향을 찾아가는 중이면서 돌아올 생각을 한다고? 그 자신도 자신이 모순적이라는 것을 깨닫지 못했다.

내내 고개를 숙이고 있던 목령아가 시선을 들어 아득한 설원을 한 번 바라보더니, 아무 말 없이 다시 고개를 숙였다.

"앞사람이 간 길을 따라서 만든 거지. 가자."

봉영은 길게 설명하지 않았지만, 아금은 그 길에 접어들자마자 어떻게 된 것인지 알았다. 이 길은 산 아래에서 올라오며 만든 것이 아니라 산 위에서 내려가면서 만든 것이었다. 게다가 대부분 빙설을 따라 미끄러져 가야 하는 길이었다.

필시 군역사가 만든 길이 분명했다. 북려 지역에서부터 비밀리에 동오국으로 들어가는 통로였다. 군역사는 동오국의 국경 수비를 피하기 위해서, 혹은 북려국 황제의 눈을 속이기 위해서 이 길을 만든 것일지도 몰랐다. 아금도 그 원인을 자세히 추측해 보지는 않았다. 군역사는 이미 죽었고, 북려국은 이미 멸망했으니 그런 일들은 이제 의미가 없었다.

아금은 봉영에게 다른 질문을 하지 않았고, 봉영도 침묵을 지켰다. 그녀는 이따금 목령아를 돌아보며 가는 내내 나쁜 꿍꿍이를 품었다.

세 사람은 아침부터 저녁까지 걸어 설산의 반을 돌아 마침내 커다란 고개 끝자락에 이르렀다.

봉영이 버려진 썰매를 끌고 와서 말했다.

"올라오는 데는 하루나 걸렸지만, 내려가는 건 금방이야. 아직 날이 저물지 않았으니 서두르자. 산 아래에 유목민이 있어서 숙소를 빌릴 수 있어."

아금은 썰매를 흘낏 보더니 차갑게 물었다.

"탈 줄 아느냐?"

"당연하지. 아주 쉬워. 넌 못해? 가르쳐 줄게."

봉영이 재빨리 대답했다.

하지만 아금은 그녀를 무시하고 다시 한 번 차갑게 말했다.

"대답해!"

그가 물은 사람은 목령아였다.

목령아는 무슨 생각에 잠겨 있었는지 아금이 손에 힘을 꽉 주자 비로소 정신을 차렸다. 어리둥절한 표정이었다.

"저 물건, 탈 줄 아느냐?"

아금의 말투는 더없이 퉁명스러웠지만 아직 인내심은 남아 있었다.

목령아는 말없이 고개만 저었다.

봉영은 속으로 냉소를 터트렸다. 저 계집애가 탈 줄 모르면 어때? 이곳에 있는 썰매는 전부 1인용이어서 두 사람의 무게를 견뎌 낼 수 없다고. 이 언덕에서 반드시 목령아를 죽이고 말겠어!

그런데 누가 짐작이나 했을까. 아금은 그녀에게 검을 빌려 커다란 나무를 베어내 적당한 길이의 나무판으로 잘라 냈다. 딱 두 사람이 앉을 수 있는 크기였다.

심지어 그는 봉영에게 한마디도 하지 않고 목령아를 끌고 가 나무판에 앉은 뒤 둘이서만 미끄러져 내려갔다. 봉영은 화가 나서 발을 동동 구르다가 서둘러 썰매에 올라 쫓아갔다.

초반에는 경사가 별로 가파르지 않아서 목령아도 별 반응이 없었지만, 경사가 점점 심해지고 나무판이 미끄러지는 속도가 점점 빨라짐에 따라 목령아의 심장 박동도 자꾸만 속도를 높여 갔다.

그녀는 앞에 앉고 아금이 뒤에 앉아 그녀를 껴안고 있었지만, 그래도 곤두박질치는 것 같은 각도에 혼비백산했다.

"꺄아아악⋯⋯!"

그녀는 참지 못하고 비명을 질러 대며 눈을 꼭 감았다. 그녀가 소리를 지르면 지를수록 아금은 그녀를 더욱 힘껏 끌어안았다. 이 여자를 품 안에 박아 넣어 영원히 떠나지 못하게 할 수 없다는 사실이 한스러웠다.

목령아의 날카로운 비명 속에서 아금은 나지막이 말했다.

"령아, 미안하다. 결국 널 강요하고 말았군. 인정한다. 난 네가 아니면 안 돼!"

목령아는 대답하지 않았다. 아금의 목소리가 그녀의 날카로운 비명과 씽씽거리는 바람 소리에 묻혀 버린 탓이었다.

이 언덕이 끝없이 길다면 얼마나 좋을까? 애석하게도 아무리 긴 길도 끝은 있기 마련이었다. 하물며 이런 언덕은 말할 것도 없었다.

그들은 이내 산 아래에 이르러 빙설로 뒤덮인 숲속으로 미끄러져 들어갔다. 바짝 뒤따라 온 봉영은 아금이 여전히 목령아를 안은 손을 풀지 않고 있는 것을 보자 결국 참지 못하고 질투에 휩싸였다!

본래는 흑삼림의 권력을 손에 쥐기 위해 저 남자를 얻을 생각이었는데, 지금은 자신이 진심으로 저 남자를 얻고 싶어 한다는 것을, 진심으로 목령아 저 못된 계집애를 용납할 수 없어 한다는 것을 깨달았다!

목령아는 눈을 감고 아금의 품속에 몸을 옹송그린 채 여전히 두려움에서 깨어나지 못했다. 아금 역시 그녀를 꼭 껴안고 그 따스함 속에 빠져 있었다. 그들은 조용히 그 자리에 앉아 그들

만의 고요한 세상을 이루었다. 그렇지만 봉영이 곧 그 아름다운 고요함을 깨뜨렸다.

"서둘러. 안 그러면 오늘 밤 잘 곳이 없어 얼어 죽고 말 거야!"

그녀는 그렇게 재촉한 뒤 한마디 덧붙였다.

"호랑이들은 안 데려가는 게 좋을걸. 데려갔다간 유목민들이 받아 주지 않을 테니까."

아금은 여전히 그녀를 무시했지만, 목령아는 천천히 눈을 떴다. 벌써 안전하게 평지에 내려와 있는 것을 알자 그녀는 땅이 꺼져라 안도의 숨을 내쉬었다. 그리고 곧 자신이 아금의 품에 꼭 안겨 있는 것을 의식했다.

그녀는 한마디 하고 싶었으나 목까지 올라왔던 말을 꾹 삼켰다. 아무리 말을 해 봐야 무슨 소용일까? 말해 봤자 싸우기만 하지. 그녀도 옆에 서 있는 봉영을 무시하고 지금까지 그랬듯 고개를 숙인 채 벙어리처럼 아무 말 하지 않았다.

"들었어? 서두르자니까?"

봉영은 노기가 끓어올라 목령아를 밀치려고 했지만, 아금의 깊은 눈빛에 얼어붙었다.

아금은 목령아를 놓아준 뒤 잊지 않고 일으켜 세워 주었다.

봉영은 애교를 부리듯 억울하고 불만스러운 눈빛을 던져보았지만, 아금은 못 본 척했다. 그는 호랑이들을 해산한 다음 차갑게 말했다.

"안내해라."

세 사람은 한 시진이나 걸었고 밤이 깊어졌을 때쯤에야 마침내 인가를 발견했다. 유목민은 친절하고 손님을 좋아했지만 애석하게도 방이 많지 않아서 별수 없이 아금은 땔나무를 쌓아 두는 작은 천막에서 지내야 했다.

여주인인 할머니가 집에서 제일 좋은 양가죽을 가져와 건초 위에 깔고, 솜이불도 가져와 세심하게 펴 주었다.

할머니는 웃으며 말했다.

"도령, 이렇게 하면 따뜻할 테니 마음 푹 놓으시게. 두 낭자는 우리 딸 방에서 자면 되네. 내일 아침에 낙병烙餅(밀가루와 달걀을 반죽해 납작하게 구운 중국 전통 음식)을 구워 줌세."

봉영은 매우 기뻐했다. 이건 기회였다.

그렇지만 아금은 목령아를 껴안으며 말했다.

"이 여자는 나와 함께 여기서 잘 거요."

할머니는 의아한 눈길로 목령아를 바라보았지만 아금의 안색이 좋지 않은 걸 보자 차마 이것저것 묻지 못하고 고개를 끄덕인 뒤 나갔다.

할머니가 사라지자마자 봉영이 펄펄 뛰었다.

"너희들……! 능과, 어떻게 이럴 수가 있어? 아무리 그래도 난 네 약혼녀야. 그런데……."

"내일 해가 뜨자마자 출발한다. 나가 봐라."

아금이 차갑게 그 말을 끊었다.

"나, 날 뭐로 보는 거야? 이런 식이면 나도 널 데려가지 않겠어! 혼자 갈 거야!"

봉영이 씩씩거리며 달려 나갔다.

아금이 쫓아올 줄 알았는데, 웬걸, 아금이 그녀에게 준 거라곤 '쾅' 하고 힘껏 문을 닫는 소리뿐이었다.

제아무리 많은 거짓말도, 음모도, 계획도, 무시하는 사람 앞에서는 아무 효과가 없었다. 적어도 아금의 냉담한 얼굴 앞에서는 그 어떤 사달도 일으킬 수 없었다.

문 닫는 소리는 봉영이 세운 또 하나의 악독한 계획을 망가뜨리는 동시에 목령아를 깨우쳤다. 목령아는 천천히 고개를 돌려 꽉 닫힌 나무문을 바라보았다. 본래도 굳었던 몸이 점점 더 뻣뻣해졌고 숫제 떨리기까지 했다.

아금은 뭘 하려는 거지?

목령아는 정말로 소스라치게 놀랐다. 하지만 사실 아금은 뭘 하려던 것이 아니었다.

이미 피로가 극에 달해 머리가 묵직하고 풍한 기운마저 있었기 때문이었다. 그는 목령아를 놓아주고, 아무 말 없이 제멋대로 겉옷을 벗은 다음 이불 속으로 들어갔다.

목령아는 믿을 수가 없는 얼굴로 멍하니 서서, 다리가 시큰시큰하도록 꼼짝도 하지 않고 아금이 잠들 때까지 기다렸다.

콩닥콩닥 미친 듯이 뛰는 심장도 서서히 침착해졌다.

제풀에 제가 놀란 격이었다!

그녀는 장막을 한 바퀴 둘러보았지만, 안에 있던 건초는 모조리 바닥에 깔아 양가죽으로 덮어놓았고, 뾰족뾰족한 땔나무만 남아 있어서 앉을 만한 곳조차 찾을 수 없었다.

한쪽에 웅크려 자거나 아금 옆에 앉거나, 둘 중 하나였다. 그녀는 한참 망설인 끝에 웅크리는 쪽을 선택했다.

밤이 깊을수록 날씨는 점점 추워졌고, 목령아의 두 발과 두 손은 얼음처럼 변해갔다. 그녀는 부득불 일어나서 두 손을 비비고 제자리에서 콩콩 뛰어 열을 냈다.

한참 지났을 때, 아금이 느닷없이 이불을 들쳤다. 목령아는 화들짝 놀라 무의식적으로 뒷걸음질 쳤다.

아금이 싸늘하게 그녀를 훑어보자 그녀는 곧 고개를 숙이고 가만히 있었다.

"이리 와!"

아금이 차갑게 말했다.

이젠 멍청하다고 비난하고 싶지도 않았다. 한밤중에 저렇게 있으면 추워서 병이 난다는 것도 모를까? 평상시에는 그렇게 대찬 여자 아니었나? 지금은 왜 저렇게 얌전해졌을까? 와서 이 불을 빼앗을 줄도 모르나?

그녀가 빼앗으려 했다면 그가 끝까지 잡고 있었을까?

정말이지 구제 불능의 멍청이였다!

목령아는 꼼짝도 하지 않았다. 마치 아금이 한 말을 듣지도 못한 것처럼. 아금은 추워서 입술마저 새파래진 그녀를 보자 더욱 화가 치밀어 버럭 소리를 질렀다.

"오란 소리 못 들었느냐? 세 번 말하게 할 테냐?"

목령아는 그래도 움직이지 않았다.

아금은 고개를 든 채 눈을 감고 한참 동안 침묵하다가 비로소 한마디 툭 던졌다.

"이리 와라. 내게 빚진 하룻밤을 갚을 때다."

목령아는 울음이 터질 것 같아서 입술을 꼭 깨물며 여전히 꼼짝하지 않았다.

"네 발로 와라. 내가 손쓰게 만들지 말고."

아금은 작정하고 말했다.

목령아가 번쩍 고개를 들고 그를 바라보았다. 초롱초롱하고 커다란 눈동자에는 눈물이 그렁그렁해서 언제든지 쏟아져 내릴 것 같았다.

그녀는 여전히 움직이지 않았다.

결국, 아금이 일어나 그녀에게 와락 달려들더니 단숨에 옷깃을 잡아챘다. 솜 조끼가 풀어지는 것을 느낀 순간, 목령아는 눈을 감고 고개를 들면서 눈물이 흐르지 않도록 고집스레 버텼다.

아금은 연노란색 솜 조끼를 벗긴 뒤 그녀를 번쩍 안아 올렸다. 그녀가 떨고 있다는 것을 분명하게 느끼면서도, 그는 일언반구없이 그녀를 양가죽 위에 눕히고 이불을 가져와 머리끝까지 덮었다.

이불 속에 숨은 목령아는 금방 따뜻해졌다. 그렇지만 심장은 얼음골 속에 떨어진 것만 같았다. 그녀는 몸을 바짝 말고 바들바들 떨었다. 앞으로 무슨 일이 벌어질지 감히 생각할 수도 없었다.

아금은 그녀 뒤쪽에 누웠지만, 다시는 그녀를 건드리지 않았다. 그저 똑바로 누워서 눈을 크게 뜨고 천막 꼭대기를 멍하게 바라보기만 했다.

목령아는 한참을 기다리고 한참을 벌벌 떨었지만, 아금은 아무런 움직임도 없었다. 그녀는 조심조심 눈을 떴다. 눈동자 속은 온갖 복잡한 감정으로 가득했다. 불안, 기쁨, 의혹, 아득함. 그리고 괴로움과 눈물까지.

그녀는 자연스레 호랑이 감옥에서의 그날 밤을 떠올렸다.

그날 밤 호랑이 감옥에서 그는 그녀가 임신하지 않았다는 것을 알아차리고 악당처럼 그녀의 몸을 깔고 앉아 아랫배를 만져 확인했다. 그녀는 필사적으로 발버둥 치다가 그의 경고를 받은 뒤에야 겨우 멈췄다. 나중에 두 사람은 일어났지만, 갑자기 그가 또다시 그녀를 깔아뭉개더니 비명을 지르려던 그녀의 입을 제 입으로 막아 정 숙부에게 발각되는 것을 피했다.

그렇게 해서 그는 정 언니가 임신했다는 것을 알게 되었다. 그녀는 어쩔 수 없이 그에게 비밀을 지켜 달라 부탁했지만, 그는 뻔뻔하게도 조건을 걸었다.

그 조건은 이랬다.

'나와 하룻밤 자자, 어떠냐?'

그녀는 그 자리에서 따귀를 날렸지만, 결국 마지못해 승낙했다. 그녀는 똑똑히 기억하고 있었다. 그날 밤, 그는 그녀를 방으로 데려가 침상 위로 거칠게 밀어 쓰러뜨린 다음 곧바로 덮쳤다.

그녀는 놀라서 울음을 터트렸고, 울면서 하지 말라고 애원했다. 그러자 그는 주먹으로 그녀의 얼굴 옆을 내리치며 소리소리 질렀다.

일부러 기억하려던 것은 분명히 아닌데, 공교롭게도 그날 밤 그가 침상 위에서 소리 질렀던 말은 아직도 똑똑히 기억하고 있었다.

'이렇게 무서워하면서 왜 그런 약속을 했지? 왜 하겠다고 했냐 말이다! 빌어먹을, 왜 이렇게 자신을 아끼지 않느냐? 네가 이런 식이면 나더러 어떻게 너를 아끼라고?'

그렇게 해서 그는 그녀가 가짜 임신했다는 비밀을 지켜 주었고, 그녀는 그에게 하룻밤을 빚졌다.

그것이 어떤 하룻밤인지는 그녀는 무척 잘 알고 있었다.

아금이 움직이지 않아도 목령아의 마음속은 똑같이 불안했다. 어쨌거나 그녀는 그의 속을 꿰뚫어 볼 수가 없었다. 죽을 만큼 피곤했지만 감히 잠들 수가 없었고, 긴장을 풀 수도 없어서 내내 몸을 뻣뻣하게 굳히고 있었다.

돌연, 아금이 입을 열었다.

"목령아, 자느냐?"

목령아는 심장이 철렁해 감히 대답할 수가 없었다.

아금이 천천히 몸을 뒤집더니 등 뒤에서 그녀를 안고 몸을 가까이 가져왔다. 새끼 양가죽과 이불이 너무 따뜻했기 때문인지 몰라도, 아금이 가까이 오자 목령아는 이불 전체가 훈훈해지는 것을 느꼈다.

그녀는 너무나도 선명하게 느꼈다. 그의 손이 천천히 자신의 허리로 올라와 천천히 감싸 안는 것도 느꼈고, 그의 몸이 등에 딱 붙고 긴 다리가 자신의 다리를 감싸는 것도 느꼈고, 자신이 천천히 그의 품 안에 갇혀 점점 따뜻해지는 것도 느꼈다.

하지만 모든 것은 거기서 멈췄다.

그의 손은 깍듯하게 분수를 지키며, 그녀의 허리만 껴안았을 뿐 더는 움직이지 않았다. 그는 그렇게 그녀를 단단히 껴안은 채 다시 조용한 상태로 돌아갔다.

이것뿐이야?

그가 말한 하룻밤이란 단지 이것뿐인 거야?

목령아는 눈을 동그랗게 떴다. 잠이 싹 달아났다.

아주 한참이 흐른 뒤, 갑자기 그가 그녀의 귓가에 속삭였다.

"바보, 얌전히 자라. 겁낼 것 없다. 난 널 함부로 못 하니까."

그의 목소리는 너무너무 부드럽고 따스했고 예전의 냉담함은 찾아볼 수도 없었다. 마치 연인 사이의 속삭임 같기도 하고, 인사불성 상태에서 하는 잠꼬대 같기도 했다. 이 소리를 듣자 내내 눈시울 속에 담아 두었던 목령아의 눈물이 주르륵 흘러내렸다.

"아금……."

입을 열자마자 목이 메었다.

"당신은 왜 이렇게 잘해 주는 거야? 왜 이렇게 고집이 센 거야? 나더러 당신을 어쩌라고?"

아금, 내가 가진 사랑은 전부 칠 오라버니에게 줬어. 다 줘 버렸다고! 난 어떻게 당신을 사랑해야 하지?

목령아는 괴로움에 흐느껴 울기 시작했다.

하지만 아금은 그녀의 말을 듣지 못했고, 그녀가 우는 것도 알아차리지 못했다.

이미 고열에 정신이 혼미해졌기 때문이었다. 온몸이 펄펄 끓어오르고 얼굴도 벌게졌다. 목령아는 똑똑히 물어보고 싶어서 이불을 걷고 몸을 돌렸다.

그런데 몸을 돌리자마자 뒤늦게 아금의 이상 상태를 감지했다. 이제 보니 따뜻했던 건 이불 때문이 아니라 그가 열이 나서 온몸이 불덩이가 되었기 때문이었다!

이마를 짚어 본 목령아는 그 온도에 소스라치게 놀라 하마터면 제 뺨을 때릴 뻔했다. 약제사라면서 옆에 있는 사람이 열이 나서 이 모양이 되었는데도 알아차리지 못하다니.

그녀는 허둥지둥 아금의 맥을 짚었고, 그 즉시 눈물을 뚝뚝 흘렸다.

아금은 너무너무 위중한 풍한에 걸려 있었다. 분명히 며칠 동안 쌓이고 쌓인 바람에 이 모양이 됐을 것이다! 그가 그녀를 찾기 위해 얼마나 고생했는지 누가 알까!

환자 앞에서는 빠릿빠릿 움직이고 좀체 당황한 적이 없던 그녀지만, 이번에는 당황해서 혼잣말하기 시작했다.

"약, 약은 어딨지? 내 약?"

다행히 그녀에겐 항상 약 주머니를 들고 다니는 습관이 있었다. 그녀는 추위에도 아랑곳하지 않고 급히 일어나 바닥에 떨어진 약 주머니를 주워 마른 약초를 한 줌 꺼내 들고 문밖으로 달려 나갔다.

쾅쾅쾅!

그녀는 할머니가 있는 방문을 미친 듯이 두드렸다. 할머니는 허겁지겁 문을 열고 나와 눈물투성이가 된 그녀를 보더니 깜짝 놀랐다.

"낭자, 어찌 이러나?"

목령아는 자신이 계속 눈물을 흘리고 있다는 것도 의식하지 못한 채 말했다.

"아금이 병이 났어요. 약을 달여야 해요. 약을 달여야 한다고요. 어서⋯⋯."

할머니는 그제야 무슨 일인지 알고 황급히 그녀를 주방으로 데려가 불을 피워 주었다.

봉영도 목령아가 문을 두드리는 소리에 깨어났다. 할머니와 목령아가 주방에서 바삐 움직이는 사이, 그녀는 살그머니 문밖으로 나가 아금의 천막에 숨어들었다.

바닥에 떨어진 솜 조끼를 본 그녀는 다시 아금에게로 시선을 돌리고 나지막이 중얼거렸다.

"병이 났다고?"

그녀는 조심스럽게 다가갔다. 아금은 이불을 끌어안고서 중얼중얼 잠꼬대하고 있었는데 무슨 말인지는 알아들을 수가 없었다. 좀 더 가까이 접근해 귀를 기울이자 사람 이름이 들렸다.

"령아."

병으로 이 모양이 되어서도 그 망할 계집애 걱정이라니.

봉영의 마음속에서 질투가 활활 타올랐다. 그녀는 흑삼림에서 가장 아름다운 사람이었다. 그런데 왜 좋아하지도 않는 사람에게 시집가야 하지? 왜 흑삼림에서 가장 존귀한 남자에게 시집갈 수 없는 거지?

그녀의 눈동자 깊은 곳에 모진 결단이 스쳐 갔다. 그녀는 아무 망설임 없이 옷을 훌훌 벗고 아금을 안았다.

"나 령아야. 나 여기 있어."

그녀는 아금에게 달라붙어 그의 손을 잡아 자신의 몸을 만지게 했다.

"령아…… 목령아……."

눈을 감은 데다 정신이 혼미해져 있는 아금은 목령아가 나간 줄은 꿈에도 모른 채, 목령아가 계속 곁에 있다고, 계속 자신의 품에 안겨 있다고 생각했다. 그는 다시 품에 있는 사람을 단단히 껴안았고, 손으로는 그 허리를 휘감았다.

그저 그녀를 껴안고 품에 가두고 싶었을 뿐이었다. 그저 그뿐이었다.

그렇지만 품속에 안긴 사람은 가만있지 못했다. 그 사람은 그의 손을 잡아 조금씩 조금씩 배 아래쪽으로 내려뜨렸고, 자신의 손으로는 계속해서 그를 자극했다.

그는 그래도 그녀를 밀어냈다.

"령아, 안 돼……. 난 강요하고 싶지 않다. 강요하기 싫다. 령아, 착하지……. 그냥 안고 있게 해 주면 된다. 령아, 난 어째서 좀 더 일찍 널 만나지 못했을까? 어째서…… 어째서……."

이 말을 들은 봉영은 어느 정도 감이 잡혔다. 목령아를 향한 질투도 훨씬 깊어졌다!

그녀는 아금의 손을 뿌리치고, 더욱더 대담하게 그의 옷을 벗긴 다음 추호의 부끄러움도 없이 그를 자극해 댔다. 아금이 그녀의 손을 밀쳐내려는 순간, 갑자기 그녀가 그의 귓가에 입을 가져가 속삭였다.

"내가 원해서 그래. 난 네가 좋아!"

이 말이 떨어지자 아금은 분명히 당황해서 몸을 굳혔지만, 곧 몸을 뒤집어 봉영을 덮쳤다. 그는 눈썹을 잔뜩 찡그린 채 깨질 듯이 아픈 머리를 참아가며 천천히 눈을 떴다. 그녀를 보고 싶었다. 그녀를 보면서 방금 했던 말을 다시 하는 모습을 보고 싶었다.

그는 억지로 버티며 천천히 눈을 떴다. 그렇지만 눈앞에 있는 사람 모습은 어지러이 흔들려서 마치 여러 사람이 있는 것 같아 똑똑히 볼 수가 없었다.

그는 고개를 숙이고 그녀의 몸에 머리를 묻었다. 바로 그때, 나무문이 벌컥 열렸다. 하지만 그는 알아차리지도 못했다.

문가에서 '쨍강' 하는 소리가 난 다음에야 깜짝 놀라 정신이 들었고, 무의식중에 그쪽을 돌아보았다. 목령아가 눈물투성이 얼굴로 문가에 서 있었다. 두 손은 허공에 떠 있었고, 발치에는 약그릇이 나뒹굴고 있었다.

"령아……."

그는 중얼거리다가 흠칫 놀라더니 곧 고개를 숙여 밑에 있는 사람을 보았다. 그 순간, 그는 철저하게 깨어났다. 두 사람 다 벌거벗은 몸이었다. 방금…… 방금 뭘 한 거지?

목령아를 바라보는 봉영의 눈동자에 냉소가 스쳤다. 저 계집애가 너무 빨리 오는 바람에 밥이 푹 익지는 않았지만, 이 장면을 두 눈으로 똑똑히 봤으니 꼭 나쁜 것도 아니었다!

봉영은 기다렸다. 목령아가 몸을 돌려 달아나기만을 기다렸다. 그런데…….

령아편 **몸매**

목령아는 그 장면을 보고도 달아나 버리지 않았다.

정신을 차린 그녀가 아금과 봉영 앞으로 와락 달려들더니, 어디서 그런 힘이 났는지 단숨에 아금을 밀어내고 곧이어 봉영의 따귀를 철썩 때렸다.

미처 대처하지 못하고 따귀를 맞은 봉영은 정신이 멍해졌다. 아금은 힘이 하나도 없어서 옆으로 밀려난 채 일어나지도 못하고, 눈물투성이가 된 목령아를 바라보았다. 해명하고 싶었지만 뭐라고 해명해야 할지 알 수가 없었다. 사실 그는 무슨 일이 일어났는지 전혀 몰랐다. 그의 기억은 목령아를 안고 잠든 순간에 멈춰 있었다. 그 후에 무슨 일이 일어났는지는 정말이지 기억나지 않았다.

목령아가 노기 띤 눈으로 그를 노려보더니 홱 돌아서서 달려나갔다.

"목령아!"

아금은 다급해졌다.

그때 봉영도 정신을 차렸다.

"저 여자가 날 때려? 감히 날?"

아금은 싸늘하게 봉영을 바라보았다. 비록 몸에 힘은 없지만 그 눈동자는 놀랄 만한 살기를 뿜어내고 있었다. 그의 몸에서 흘러나오는 분노가 점점 커지자 봉영은 저도 모르게 겁을 먹고 슬금슬금 물러났다.

"나, 난 네가 병이 났다는 말을 듣고 보러 온 거야."

봉영이 다급히 궤변을 늘어놓았다.

"그런데 네가 그럴 줄은…… 네가 그랬어, 능과. 네가 날 모욕한 거라고! 그런데 그 눈빛은 뭐야?"

아금은 그녀의 변명도 필요 없었고, 따져 물어서 진상을 밝혀내는 것도 원치 않았다. 그저 차갑게 외치기만 했다.

"죽여 버리겠다!"

"능과, 난……."

봉영은 무의식적으로 뒷걸음질 쳤다. 지금 아금에겐 닭 잡을 힘조차 없다는 것을 알면서도, 자신이 언제든 이 남자를 제압할 수 있다는 것을 알면서도, 그녀는 겁을 먹었다. 공격하는 것을 잊을 정도로 겁을 먹어서, 그저 물러나 피해야 한다는 생각밖에 없었다.

그의 눈빛은 너무나도 무시무시했다.

이내 봉영은 바깥에서 들짐승들이 접근하는 것을 느꼈다. 어려서부터 짐승과 함께 지낸 그녀는 이런 기척은 너무 잘 알고 있었다.

필시 장막 바깥은 진작 들짐승에게 에워싸였을 것이고, 그 짐승들은 전부 살기등등해 있을 것이다. 눈앞에 있는 이 남자가 정말 그녀를 죽이려 하니까!

봉영의 등은 땔나무 더미에 부딪혀 더는 물러날 길이 없었다.

마침내 그녀가 본모습을 드러냈다.

"날 놓아주면 모두 다 말해 줄게!"

아금은 동요하지 않았다. 비록 제자리에서 움직이지는 못했지만, 눈동자에 어린 예리한 살기는 봉영의 얼굴로 날아들어 언제든지 봉영을 찢어발길 수 있을 것 같았다.

아금이 말이 없을수록 봉영은 공포에 질렸다.

"능씨 집안의 모든 것을 말해 줄게. 모든 진실 말이야. 그러니 날 놓아줘!"

아금은 그녀의 말에는 일말의 관심도 없었다. 그는 차갑게 그녀를 노려보며 짐승같이 나지막하게 으르렁거렸다.

맹수를 부르는 소리였다!

봉영은 온몸을 부들부들 떨다가 느닷없이 바닥으로 몸을 날려 비수 한 자루를 더듬어 잡았다.

저 남자를 차지할 수 없다면, 저 남자가 날 죽이려 한다면 차라리…… 죽여 버리겠어!

그녀는 비수를 뽑아 힘껏 아금을 찔러 들어갔다. 그렇지만 아금에게 가기도 전에 달려 들어온 대백에게 깔려 바닥에 넘어졌다.

"안 돼……!"

봉영은 비명을 질렀다. 하지만 그 목소리는 곧 대백의 송곳니로 인해 뚝 그치고 말았다.

대백은 그녀의 목을 움켜쥔 채 멈추지 않고 질질 끌고 나갔다. 바닥에 핏자국이 길게 그어졌다.

천막 밖은 온통 맹수들이었다. 초원에 사는 맹수가 전부 와 있었다. 호랑이, 눈표범, 늑대에다 심지어 커다란 사자 몇 마리도 나타나 유목민의 천막을 전부 에워싸고 있었다.

대백은 봉영을 끌어다가 멀리 눈 바닥에 집어 던졌다. 목을 뜯긴 봉영은 피를 많이 흘려 숨만 겨우 붙어 있었다. 하지만 곧 주위의 맹수들이 먹이를 찾아 달려드는 바람에 그녀의 몸은 맹수들 틈에 파묻혔다.

이 같은 죽음 직전의 공포는 가히 상상할 수도 없는 것이었다. 봉영에게는 진실로 죽음만도 못한 삶이었다!

부근에 있는 양 우리와 말 우리 안의 가축들은 깜짝 놀라 마구 울부짖으며 버둥거렸고, 유목민 일가는 일찌감치 몸을 숨기고 감히 바깥을 내다보지도 못했다. 목령아는 어디로 갔는지 보이지 않았다.

얼마쯤 지나 맹수들이 우르르 흩어졌고, 눈 위에는 핏자국과 해골만 남았다.

어려서부터 각종 맹수를 길들여 온 봉영은 자신이 이렇게 죽을 거라는 생각은 절대로 해 보지 못했을 것이다.

초원은 고요함을 되찾았다. 천막 안에서는 아금이 바닥에 널브러져 있었다. 머리가 깨질 듯이 아프고 몸이 계속 부들부들 떨렸다. 그는 일어나고 싶었다. 일어나서 목령아를 찾으러 가고 싶었다. 하지만 전혀 힘을 쓸 수가 없었다. 일어나는 것은 말할 것도 없고 몸을 뒤집는 것조차 불가능했다.

몇 번이나 애를 써 봤지만 끝내 일어날 수 없자 어쩔 수 없이 포기했다.

그는 장막 지붕을 바라보며 천천히 앞머리를 걷었다. 몹시도 아름답게 생긴 눈동자가 차츰차츰, 절망의 빛으로 덮여갔다.

살아평생 이렇게 절망한 적이 없었다. 설령 노예가 되어 우리에 갇혀 있었을 때도, 삼도 암시장으로 팔려가 가격표를 달고 시장에 내보내졌을 때도 마찬가지였다.

그 절망 속에서 서서히 고통이 솟아올랐다. 그는 천천히 눈을 감았고, 덕분에 다시는 그의 눈 속에서 그 어떤 감정도 볼 수 없게 되었다.

몸도 힘이 없고 마음도 힘이 없었다. 그 자신이 온 세상을 포기했는지, 아니면 온 세상이 그를 포기했는지도 알 수가 없었다.

바로 그때, 문밖에서 분주한 걸음 소리가 들려오더니 그에게로 가까워졌다.

그도 들었지만, 유목민이 구하러 온 줄로만 알고 가만히 있었다. 하지만 온 사람은 목령아였다.

다시 달인 탕약을 들고 있는 그녀의 표정은 몹시 다급했다. 안으로 들어온 그녀는 아금이 벌거벗은 채 바닥에 누워 있는 것을 보았다. 상반신은 훤히 드러난 채였고 하반신은 이불 속에 있었다. 그는 두 손을 올려 이마를 가린 모습이었다.

목령아는 몹시 초조했지만, 이 광경을 보자 역시 걸음을 멈췄다. 그녀의 시선이 자연스럽게 아금의 양손과 양팔, 양어깨를 따라 천천히 아래로 내려갔다.

정말이지 상상도 못 한 일이었다. 저 수척한 사람이 이토록 잘 다져진 몸매를 갖고 있을 줄이야. 양팔이 그려 낸 선만 해도 조각한 것인 양 완벽해서 흠잡을 데가 없었다. 게다가 양어깨도 평소에 보던 것처럼 약하지 않았다. 두툼한 건 아니지만 넓고 단단하고 육감적인 데다 힘이 가득했다.

설마, 입은 옷 때문이었나? 목령아는 보면 볼수록 탄성이 나왔고, 그럴수록 참지 못하고 시선을 아래로 내렸다. 조각상처럼 결이 또렷한 그의 완벽한 가슴 근육과 배 근육이 눈에 들어왔다. 그 뒤에도 그녀의 시선은 멈출 기미 없이 배를 따라 아래로 움직였다. 근육은 아래로 갈수록 단단해졌고 보는 사람이 넋을 놓게 만들었다. 그녀의 얼굴과 귀가 빨갛게 달아올랐다.

시선이 솜이불에 막혔을 때야 목령아는 화닥닥 정신이 들었고, 하마터면 들고 있던 약그릇을 또 떨어뜨릴 뻔했다.

남자의 몸매는 다 저렇게 아름다운 거야?

목령아의 머릿속에서 저도 모르게 이런 질문이 떠올랐다. 그녀는 허둥지둥 머리를 흔들어 그 생각을 떨쳤다.

그리고 약그릇을 옆에 놓고 급히 다가가서 이불을 당겨 아금의 몸을 단단히 덮어 주었다. 아금은 눈을 감은 채 절망에 푹 잠겨 주변의 움직임에 전혀 동요하지 않았다. 목령아가 그의 손을 건드렸을 때야 대번에 그녀의 손인 것을 깨닫고 비로소 깜짝 놀랐다.

그가 눈을 번쩍 떴다. 과연 2년 넘게 그리워했던 그 얼굴이 보였다. 눈물에 젖은 얼굴이 가련해 보였다.

분명히 절망이 극한까지 차올랐던 그였으나 지금 이 순간에는 웃음이 났다. 그는 그녀의 눈가에 생긴 눈물 자국을 살며시 닦으며 부드럽게 말했다.

"목령아, 또 네 꿈을 꾸는군."

오늘부터는 그녀를 볼 수 없을 줄 알았다. 꿈에서조차도.

목령아는 움찔했다. 그녀는 황급히 그의 부드러운 시선을 피하고 그의 손도 피했다. 이마를 만져 보자 비록 예상은 했지만 그래도 그 온도에 깜짝 놀랐다. 본래도 병이 났던 그는 방금 그 사달에 상태가 더욱 심해졌을 것이다.

그녀는 서둘러 그의 맥을 짚었다. 예상대로 병세가 많이 심각해져 있었다.

더 강한 약을 써야 했다. 하지만 병이 너무 급작스럽게 찾아온 바람에, 그녀가 조금만 더 망설였거나 조금만 더 늦게 왔다면 아마 그의 머리는 열에 녹아내리고 말았을 터였다. 지금은 다시 약을 달일 시간이 없었다. 우선 이 약부터 먹여 병세를 늦춰야만 했다.

"일어나서 약 먹어, 어서! 이건 꿈이 아니야!"

목령아가 진지하게 말했다.

그녀는 아금을 일으켜 앉히려고 애썼지만, 안타깝게도 그를 움직일 수도 없었다. 이 인간은 이렇게 바짝 야위었으면서도 무게는 전혀 가볍지 않았다. 그녀도 진작 몸으로 실험해 본 적이 있었다.

아금이 움직일 힘이 있다면 벌써 일어나 그녀를 찾으러 나갔을 터였다. 그에게는 몸을 뒤집을 힘도 없었다.

"착하지, 내가 볼 수 있게 가만히 있어."

아금은 아직도 자신이 꿈속에 있는 줄 알고 있었다. 지난 2년간, 그는 자주 그녀 꿈을 꾸었다. 거의 사나흘에 한 번씩 꿈에서 그녀를 보았다.

그는 늘 생각했다. 자주 꿈을 꾸기 때문에 내려놓지도 못하고, 잊지도 못하는 게 아닐까?

목령아는 초조했다.

"꿈꾸는 게 아니라니까. 이건 진짜야! 어서 일어나서 약을 마시지 않으면 열 때문에 머리가 바보가 될 거야! 나보다 더 멍청해질 거라고! 일어나라니까!"

이 인간, 매일같이 나더러 멍청하다고 하더니, 진짜 멍청한 건 자기 자신이잖아!

아파서 이 모양이 됐는데 꿈은 무슨 꿈?

목령아가 초조해하건 말건 아금은 움직이지 않고 그녀만 바라보았다. 그렇게 보고 또 보던 그의 얼굴에 바보 같은 웃음이 피어올랐다. 목령아는 초조해 죽을 것 같았지만, 그가 웃는 것을 보자 저절로 눈길이 갔다. 한 번도 웃지 않던 저 인간이 웃으니 어쩜 저렇게도 예쁠까! 특히 저 눈!

"일어나!"

목령아는 있는 힘껏 그를 잡아당겼다. 한참 동안 끙끙댔지만 역시 아금을 움직일 수가 없었다.

아금은 여전히 그녀를 보며 바보같이 웃고 있었다. 초조해서 미칠 것 같던 그녀는 아예 제가 약을 마신 뒤 과감하게 머리를 숙여 아금의 입술에 입을 대고 약을 흘려 넣었다.

아금은 얼어붙었다. 본래는 몽롱하던 의식이 단번에 또렷해졌다. 그는 어쩔 수 없이 주는 대로 약을 받아마셨다. 목령아는 그를 놓아주고 재빨리 또 약 한 모금을 머금었다. 그렇게 해서 목령아는 큰 사발 하나에 든 약을 다섯 번에 걸쳐 결국 다 먹였다.

그녀가 겨우 숨을 돌리고 입가에 묻은 약을 닦으려는 순간, 뜻밖에도 아금이 확 팔을 뻗어 그녀의 목을 안아 아래로 잡아당긴 다음 입술을 덮었다.

목령아가 채 정신을 차리기도 전에 그는 거침없이 돌진해서 속으로 깊숙이 들어가 혀를 바짝 얽었다. 이 입맞춤이 얼마나 깊은지는 하늘만이 알 일이었다. 목령아는 반항할 기회조차 없어 아금이 만족할 때까지 함부로 굴도록 놔둘 수밖에 없었다.

그에게 첫 입맞춤을 뺏겼고, 또 그에게 강제 입맞춤을 당한 적도 있었다. 하지만 지금처럼 맹렬하고 깊었던 적은 없었다. 목령아는 비단 반항할 기회가 없었을 뿐 아니라 아예 견딜 수도 없을 정도였다. 그는 지나치게 열렬했고, 지나치게 힘을 썼고, 지나치게 정을 쏟아부었다. 그녀로선 그가 빼앗는 건지, 아니면 주는 건지조차 분명하지 않았다.

아금이 목령아를 놓아주자 목령아는 그의 몸 위에 엎드린 채 쌕쌕거렸다. 입술이 빨갛게 부풀어 오르고 얼굴에는 홍조가 떠오르고 정신은 몽롱했다.

아금은 살며시 혀로 입술을 핥으며 그녀를 바라보았다. 마치 한 번 더 덮쳐서 먹어치우고 싶은 사냥감을 보는 듯한 눈빛이었다.

목령아는 그의 사악한 눈빛을 대하기 무섭게 주먹을 휘둘러 아금의 가슴을 때렸다.

"이 나쁜 놈!"

"이제 보니 꿈이 아니었군."

아금은 참지 못하고 하하하 웃음을 터트렸다.

"뭐야! 꿈인 척한 거였잖아! 일부러 그랬지! 날 속여서 약을 먹여 주게 한 거야!"

목령아는 화가 나서 새빨개진 얼굴로 힘껏 입술을 문질렀다.

그렇지만 아금의 눈빛이 갑자기 사나워졌다. 그가 차갑게 말했다.

"목령아, 지금 난 정말 힘이 없다. 그렇지 않았다면…… 틀림없이 널 먹어치웠을 거다!"

목령아는 깜짝 놀라서 옆으로 물러나 앉았다. 그녀가 돌아서서 달아나려 하는데 아금이 태연하게 물었다.

"왜 날 구하러 돌아왔지? 난 네가 가 버린 줄 알았다. 다시는 날 아는 척하지 않을 줄 알았지."

봉영과의 일을 정확히 목격하고도 어째서 또 약을 달여 돌아왔을까?

령아편 **왜**

아금의 질문에 목령아는 몸을 돌리고 아금이 평생 잊지 못할 말을 했다.

"아금, 당신은 하마터면 그 여자에게 억지로 당할 뻔했어. 생각해 봤는데, 어쨌든 당신은 날 구해 준 적이 있으니까 다른 사람에게 유린당하는 걸 모른 척할 순 없잖아."

아금은 입이 떡 벌어져 한참 동안 말을 할 수가 없었다.

사실 목령아는 전혀 멍청하지 않았다. 아금이 병이 나서 어떤 상태가 되어 있는지는, 맥을 짚어 보아 더없이 정확히 알고 있었다. 게다가 그녀가 방을 나간 지 얼마 되지 않아서 아금이 그 여자를 유혹할 수도 없었다. 그 여자 스스로 달려든 것이 분명했다.

문밖으로 달려 나갔던 그녀는 잠시 서 있다가 어떻게 된 일인지 알아차렸다. 본래는 바로 돌아가려 했지만, 호랑이들이 접근하는 것을 보자 아금에게 별일 없겠다 싶어 짬을 내 다시 약을 달러 갔다.

병이 위중한 아금에게는 약이 가장 중요했다.

그녀가 약을 다 달여 나왔을 때 눈밭에 있는 피 웅덩이와 사람 해골 하나가 보였다. 그녀는 언제나 겁쟁이였지만, 뜻밖에도 이 장면 앞에서는 전혀 겁먹지 않았고 잔인하다고 생각지도 않았다. 도리어 뭐라고 설명하기 힘든 상쾌한 기분이 들어서, 자신이 참 못됐다고 생각했다.

아금은 할 말이 몹시 많았지만, 목령아의 이 대답 앞에서는 뭐라고 해야 할지 알 수가 없었다. 치욕스럽고 화가 났지만, 어쩔 도리가 없었다.

결국, 하려던 수만 가지 말들은 단 한 단어가 되어 나왔다.

"이리 와."

목령아는 움직이지 않고 물었다.

"그 여자를 죽였는데 어떻게 현공대륙에 갈 거야? 어떻게 고향을 찾을 거야?"

"이리 오면 알려 주지."

아금이 담담하게 말했다.

목령아는 다가가지 않고, 도리어 바닥에 떨어진 약봉지를 주워 일언반구도 없이 밖으로 나갔다. 그녀는 멀리 달아나지는 않고 문가에 선 채 고개를 들고 얼굴을 때리는 찬바람을 맞으며 정신을 차리려 애썼다.

아직도 부풀어 있는 입술은 약간 아프고 그의 숨결이 남아 있었다. 살며시 입술을 만져 보았더니 놀랍게도 심장이 빠르게 뛰었다. 그녀는 조금 전보다 훨씬 더 마음이 어지러워졌다. 정말이지 저 남자를 어떻게 해야 할지 알 수가 없었다. 갈수록 더 그랬다. 전에 내렸던 결심마저 부지불식간에 사라져 버렸다는 것을, 그녀 자신도 알아차리지 못했다.

그녀는 떠나지 않고 새 약을 지으러 갔다. 약을 달여 다시 천막으로 왔을 때 아금은 잠들어 있었다.

그녀는 조심조심 그의 이마를 만져 체온을 확인한 다음, 다시 맥을 짚었다. 병세가 호전된 것이 확실해지자 조마조마하던 심장도 비로소 제자리를 찾았다.

그녀는 그를 흔들었다.

"아금, 일어나서 약 먹어."

한참 불러야 깨어날 줄 알았는데 그는 그녀가 건드리자마자 바로 눈을 떴다.

또 자는 척했잖아!

그녀는 눈을 찡그리며 바라보았다. 눈물 자국이 잔뜩 난 얼굴이 꼭 할머니처럼 수심에 잠겨 있었다.

이번에는 그도 못 먹는 척하지 않았다. 그는 안간힘을 써서 일어나 앉은 다음 그녀에게서 약그릇을 받아 벌컥벌컥 마셨다.

약을 싹 비우고 나서 그가 말했다.

"또 왔군? 방금 그렇게 나가기에 난 또 네가 돌아오지 않을 줄 알았다."

그가 왜 돌아왔느냐고 묻기도 전에 목령아가 알아서 대답했다.

"어차피 돕기로 했으면 끝까지 도와야지. 이제 우리 사이에 빚은 없는 거지?"

"아니."

그는 힘없이 웃었다.

"그때는 너 스스로 내게 도움을 청했다. 난 오늘 도와 달라고 강요하지 않았고. 그러니까 아직 정산이 안 끝났다."

사실 그녀도 나오는 대로 해 본 말이고, 속으로는 영리한 아금이 쉽사리 승낙하지 않으리라는 걸 똑똑히 알고 있었다.

두 사람은 그렇게 침묵에 잠겼다. 아직 날이 밝지 않았고 지금은 가장 추운 시간이었다. 천막 안에는 난로가 없어서, 한참 앉아 있었더니 목령아의 손발은 금세 차가워졌다. 그녀는 저도 모르게 손을 비볐다.

"빌려주지."

아금이 제 모피 옷을 던져 주었다. 목령아도 거절하지 않고 모피 옷에 몸을 단단히 감쌌다.

두 사람은 또 침묵에 잠겼고, 그렇게 가만히 앉아 날이 밝기를 기다렸다.

여명 전의 어둠은 늘 이상하리만치 길다고 누가 그랬던가. 목령아는 그 말이 사실이라는 것을 깨달았다.

기다리고 또 기다렸으나 시간은 거북이처럼 느릿느릿 움직였고, 초원의 하늘은 끝끝내 밝을 줄을 몰랐다. 분명히 모피 옷을 걸치고 있는데도 왜 아직 이렇게 추운지, 다리에서부터 한기가 스멀스멀 기어오르는 바람에 목령아는 몸을 덜덜 떨었다.

결국, 아금이 침묵을 깨뜨리며 차갑게 말했다.

"목령아, 마지막으로 기회를 주지. 이리로 와라. 오늘 밤에 빚을 갚은 걸로 쳐 주마. 안 그러면 정말 이자까지 받을 테다."

목령아가 고개를 들고 그를 바라보았다. 경계 어린 눈빛이었다.

350

아금은 비웃음을 흘렸다.

"네가 추워서 병이라도 나면 누가 내 약을 달여 주겠느냐? 지금 난 아무것도 못 한다는 걸 알 텐데!"

목령아는 본래 기분이 몹시 무거웠으나, 이 말을 듣자 어떻게 된 건지 그만 웃음이 터졌다. 그는 힘이 하나도 없어서 확실히 그녀를 건드릴 수가 없었다.

웃음이야 터졌지만, 목령아는 그래도 움직이지 않고 가련한 얼굴로 물었다.

"그럼 아직도 날 부인으로 맞을 생각이야?"

하나를 주면 열을 바라는 몹쓸 여자 같으니!

아금은 몇 번이나 그런 말을 했지만 단 한 번이라도 진심인 적이 있었을까? 그가 두려워 한 것은 그녀에게 철저하게 져 버리는 것이었다. 그가 말했다.

"아니."

목령아는 그래도 다가가지 않고 새끼손가락부터 내밀었다.

"손가락 걸어. 거짓말하면…… 거짓말하면 앞으로 도박판에서 무조건 질 줄 알아!"

아금은 시원시원하게 손가락을 걸고 철석같이 맹세했다.

목령아는 마침내 안심하고 모피 옷을 벗은 뒤 순순히 따뜻한 이불 속으로 기어들어 갔다.

본래는 오늘 밤 최악을 예상했건만 뜻밖에도 일은 이렇게 되고 말았다.

날이 밝기만 하면 그녀와 아금 사이에 이제 빚은 없었다!

목령아는 알아서 옆으로 누워 아금이 등 뒤에서 천천히 다가 오도록 놔두었다. 그러나 아금이 가까이 와서 끌어안는 순간, 갑작스레 심장이 쿵 하고 내려앉았다!

그제야 생각이 났다. 아금이 옷을 안 입고 있다는 거!

"꺄악……!"

아금은 한 손으로 그녀의 입을 막고 다른 손으로 그녀의 허리를 단단히 안았다.

그녀는 진짜 까무러칠 듯 놀라 마구잡이로 발버둥 쳤다. 하지만 아금은 어디서 그런 힘이 났는지 그녀를 단단히 붙잡았다. 그녀는 반항할 수도 없게 되었다.

그러나 곧 아금이 귓가에 속삭인 한마디가 그녀를 조용하게 만들었다.

"목령아, 움직이지 않는 게 좋을 거다. 안 그러면…… 네게 했던 약속을 모조리 어기고 말 테니까!"

목령아의 반항이 뚝 그쳤다. 아금이 다리를 올려 그녀의 다리를 감았다. 두 사람, 두 심장은 기다란 두 개의 선처럼 한데 얽혀 점점 더 풀 수 없을 정도로 뒤엉켰다. 하지만 끝내 하나의 선이 될 수는 없었다.

목령아는 움직이지 않았고, 아금도 약속대로 움직이지 않았다. 하지만 그는 그녀의 귀에 입을 바짝 대고 속삭였다.

"령아, 난 네가 좋다. 아주 좋아한다. 이렇게 멍청한 널 난 왜 좋아하는 걸까? 령아, 만약 네가 날 먼저 만났더라면…… 그럼 내 사람이 되었을까? 누군가를 좋아하는 게 어떤 느낌인지 아느냐? 죽어도 포기하고 싶지 않은 거다. 그 사람이 괴로워하지 만 않는다면. 령아, 고칠소는 기뻐하기만 하고 전혀 괴로워하지 않았던 거냐? 그래서…… 너도 포기하지 않았던 거고? 그자도 틀림없이 널 무척 좋아하겠지? 령아, 난 포기한다. 그러니 기뻐 해라. 다시는 울지 말고."

그는 가볍게 탄식했다.

"령아, 앞으로는 바보같이 그런 약속은 하지 마라. 너 자신 을 소중히 해. 알겠지?"

그는 가볍게 웃었다.

"고칠소는 몇 달 전에 관문을 나가 북쪽으로 갔다. 아마 현공 대륙으로 가려는 거겠지. 날이 밝으면 너도 가라. 네 금패로 진 빚은 내가 전부 갚았다. 나는 동오에 남을 거다. 잘 기억해 뒀 다가 앞으로는 오지 마라."

말을 마친 그가 손을 놓고 그녀를 풀어 주었다.

날이 밝았다.

여명이 오기 전의 어둠은 분명히 몹시도 길었건만, 어째서 여명은 늘 이렇게 갑작스러울까? 어째서 아차 하는 사이 온 세 상을 환하게 밝히는 걸까?

목령아는 천천히 일어나 앉아 바깥을 바라보았다. 그제야 시 야가 온통 뿌옇고 빛이 보이지 않는 것을 알 수 있었다. 무심결 에 손으로 비벼 보자 비로소 자신이 울었다는 것을 알 수 있었 다. 얼굴이 온통 눈물이었다.

아금은 여전히 본래 자세를 유지한 채 모로 누워 있었다. 목령아는 멍하니 앉아서 자꾸만 눈물을 닦았다. 하지만 어째서일까, 닦으면 닦을수록 눈물은 점점 더 많이 흘렀다. 마치 영원히 다 닦아 낼 수 없을 것만 같았다.

결국, 그녀는 참다못해 무릎에 얼굴을 묻고 엉엉 울기 시작했다.

왜 이렇게 괴롭지?

분명히 자유의 몸이 되었고, 분명히 빚진 걸 다 갚았고, 분명히 훌훌 떠날 수 있게 되었는데. 분명히 영원히 다시 만날 일도 없고, 분명히 칠 오라버니가 어디로 갔는지도 알았는데. 그런데 왜 조금도 기쁘지 않을까? 왜 눈물을 멈출 수 없을까?

누군가를 좋아하는 느낌이란 대체 뭘까? 상대방이 괴로워하지 않는 한 죽어도 포기하고 싶지 않은 거?

하지만, 그녀는 칠 오라버니가 괴로워하는 것을 보지 못했고 기뻐하지 않는 것도 보지 못했다. 그런데도 포기했다! 벌써 2년 전에 포기하지 않았던가?

그렇게 칠 오라버니를 좋아했는데 왜 포기했던 걸까? 그렇게 아금을 싫어했는데 왜 지금은 계속 울고 싶은 걸까?

목령아는 목 놓아 울었다. 떠나지도 않고 말도 하지 않았다.

아금은 어떻게 해야 좋을지 몰라 눈을 찡그리고 그녀를 바라보았다.

억지로 붙잡아 둬도 울고, 가라고 보내 줘도 울고. 어떻게 해야 그녀가 조금이나마 기뻐할까?

별안간 그가 버럭 소리를 질렀다.

"목령아, 울지 마라! 가! 썩 꺼져!"

조금 사납게 해야만 정신을 차리려나?

별안간 목령아가 고개를 들고 목멘 소리로 물었다.

"아금, 왜 나한테 계략을 썼어? 왜 날 괴롭혔어? 왜 나한테 강요했어?"

삼도 암시장에서 그런 계략을 쓰지 않았다면, 그녀가 그를 원망했을까? 금패를 펑펑 써서 그에게 큰 빚을 지웠을까? 그가 그녀를 괴롭히지 않았다면, 그녀가 그에게 이처럼 많은 빚을 졌을까?

"사과하겠다. 됐지?"

아금은 그녀의 울음 때문에 마음이 초조해졌다.

"강요하지도 않겠다. 평생 안 그럴 테니 그만 가라."

그런데 뜻밖에도 목령아는 더욱더 심하게 울어 댔다.

"아금, 당신이 자꾸만 자꾸만 나한테 강요했잖아. 그런데 왜 끝까지 안 해? 왜? 왜 날 이렇게 괴롭게 하는 거야? 아금, 난 칠 오라버니를 포기했어. 난 다시는 누군가를 좋아하고 싶지 않아. 누군가를 좋아한다는 건 너무너무 지치는 일이고, 난 그렇게 지치기 싫어. 나 혼자서 잘 지낼 건데 왜 당신이 나타나서 괴롭히는 거야? 왜 당신을 보러 오게 만들어? 왜 나한테 그렇게 많은 말을 해? 왜 날 좋아하는 거야? 왜……."

목령아는 심장이 찢어질 듯이 울었다. 마치 그동안 숨기고 참아 왔던 것을 모두 터트리는 것 같았다.

그녀가 칠 오라버니를 포기했다기보다는 칠 오라버니가 그녀를 버렸다고 하는 편이 옳았다. 진작, 아주 진작부터 버림받은 데다 그동안 사랑받은 적도 없었다. 하지만 그녀는 반응이 너무 느려서 몇 년이 훌쩍 지난 다음에야 그걸 깨달은 것이었다.

그녀는 꼭 짝사랑하다 실연당한 사람 같았다. 분명히 사랑받은 적도 없고 서로 사랑한 적도 없는데 사랑이 주는 온갖 괴로움을 다 겪었다.

"아금, 칠 오라버니는 하나도 괴로워하지 않아. 그런데 내가 어떻게…… 어떻게 포기할 수 있겠어? 어떻게? 어떻게 칠 오라버니를 포기할 수 있어? 정말 오랫동안 좋아했단 말이야……. 그런데 어떻게……."

그녀는 울면서 아금을 바라보았다. 혼란스럽고 괴로웠지만, 자책감도 들었다.

아금은 마음이 아파서 말을 할 수가 없었다. 이 여자가 이렇게까지 멍청할 줄이야!

"왜 못 해?"

그가 화난 소리로 질책했다.

"목령아, 네가 그자에게 빚이라도 졌느냐? 왜 포기 못 하는 거냐? 누군가를 좋아하는 건 책임이 아니다. 사랑하는 것도 책임이 아니다! 자기 사람으로 만들어야만 책임이 생기는 거지! 목령아, 난 생각을 바꿨다! 널 내 사람으로 만들겠다!"

말을 마친 그가 목령아를 와락 잡아당겨 몸으로 덮쳐 눌렀다.

목령아가 아직 울고 있는 사이 그의 입술이 미친 듯이 내려앉았다.

목령아, 이렇게 억지를 부려서 그 끝도 없고 희망도 없는 집착 속에서 널 빼낼 수만 있다면 난 나쁜 사람이 되어도 좋다! 네가 영원히 날 증오해도 좋다!

아금의 입술은 마구잡이로 목령아의 얼굴과 몸 위로 내려앉았다. 그는 입맞춤하면서 목령아의 옷을 찢었다.

그처럼 그녀를 아껴 왔던 자신이 이런 지경까지 오리라곤 생각해 본 적도 없었다.

미친 듯한 손놀림과 미친 듯 격렬한 입맞춤이 목령아의 쓰디쓴 눈물과 섞여 한 번 또 한 번 그녀의 흐느낌을 집어삼켰다.

그는 그녀를 가린 것을 모두 찢어 내고 몸을 그녀의 몸과 딱 붙였다. 눈물투성이가 되어 의식마저 흐리멍덩한 그녀의 모습을 보자, 그대로 돌진해서 모질게 그녀를 찔러 정신을 차리도록 만들고 싶은 마음이 굴뚝같았다.

하지만 그는 결국 그러지 않았다. 그는 그녀의 턱을 들어 올리고 입술로 눈가에 흘러내린 눈물을 닦아 내며 자신을 똑똑히 보게 했다.

"목령아, 날 봐! 내가 누군지 보라고! 널 내 사람으로 만들 거다! 똑똑히 봐!"

강요하든 억지로 하든, 반드시 그녀에게 자신이 그녀를 자기 사람으로 만들겠다는 것을 알려 줄 생각이었다.

그는 지난번 자신이 했던 아픈 말을 번복했다.

"목령아, 난 깨끗한 여자 따위는 원하지 않는다. 너만 원할 뿐이야! 우리 사이에 정산은 끝났으니, 이번에는 내가 네게 빚진 것으로 하지!"

그는 말하고 또 말했다. 찰싹 달라붙은 그녀의 부드러운 몸이 그를 몹시 달아오르게 했지만, 그래도 그는 고집스럽게 똑똑히 알려 주려고 했다.

목령아, 넌 분명히 모를 거다. 이 아금이 널 얼마나 많이 아끼고 사랑하는지. 얼마나 정정당당하게 널 맞이하고 싶은지. 하지만 이제 그럴 수 없다.

이건 대체 누가 누굴 강요한 걸까?

대체 누가 누구에게 빚진 걸까?

목령아, 이 아금은 전생에 네게 빚을 졌을까, 아니면 고칠소에게 빚을 졌을까? 대체 누구에게 빚졌기에 이생에서 이렇게 시달리는 걸까?

"목령아, 들었느냐? 목령아, 내가 누군지 똑똑히 봐!"

아금은 계속 말하려고 했지만, 별안간 목령아가 그의 머리를 잡아 누르면서 먼저 입 맞춰 왔다. 한 번도 해 본 적이 없어서 서투르기 짝이 없는 움직임이었지만, 그녀는 몇 번 만에 손쉽게 그의 충동에 불길을 지펴 도저히 참을 수 없게 만들었다.

서툴고 초조한 움직임이 그야말로 그를 미치게 했다. 그렇지만 이런 상황에서도 그는 계속 참았다. 아이처럼 그녀의 대답을 들으려고 고집을 피웠다.

그는 그녀를 밀어내며 큰 소리로 물었다.

"내가 한 말 들었느냐?"

목령아가 양손으로 그의 얼굴을 감싸고 목멘 소리로 말했다.

"아금, 한 번 더 말해 줘. 한 번 더 듣고 싶어."

아금은 당황했다.

그토록 대답을 듣고자 고집했지만, 그녀가 이렇게 똑똑히 묻자 오히려 어쩔 줄 몰랐다.

그는 그녀를 보면서 한참 동안 말을 하지 못했다.

그녀는 조용히 기다렸다.

사랑할 수는 없어도, 사랑받을 수는 있었다!

그걸 원하는 사람이 있다면, 그녀가 한때 그런 사랑을 했다는 걸 개의치 않는 사람이 있다면.

'아금, 당신이 괴롭지만 않으면 받아들일게.'

이는 목령아가 속으로 한 말이었다.

지금 이 순간만큼은, 수천수만의 말도, '내 사람'이라는 말까지도, 모두 단 한마디로 변했다.

아금은 도저히 어쩔 수 없는 목소리로 말했다.

"목령아, 난 네가 좋다."

그런 다음 그는 고개를 숙이고 그녀에게 입맞춤했다. 그녀의 모든 아름다움에 입맞춤했다. 그녀의 몸도, 그녀처럼 너무나, 너무나 좋았다.

그가 모질게 마음먹고 그녀를 꿰뚫는 순간, 그녀가 말했다.

"아금, 미안해."

그가 들었는지 어떤지, 들었어도 그 말뜻을 이해했는지 어떤지 알 수는 없었다.

그는 그녀의 몸 위에서 움직임을 멈추고 충동을 꾹 눌러 참으며 입맞춤으로 첫 경험의 고통을 달래 주었다. 그녀의 몸이 더는 떨리지 않을 때까지 기다린 다음에야 다시 원정을 시작해 조금씩 조금씩 최고점까지 정복해 나갔다. 그는 그녀의 영혼 속까지 꿰뚫고 들어가 그곳에 자신의 이름이 있는지 보고 싶어 몸이 달았다.

그가 힘이 다해 그녀의 몸 위로 축 늘어지는 순간 온 세상이 다 조용해진 것 같았다.

천당과 지옥은 일념—念의 차이.

끝까지 함께하는 것과 영원한 이별도 일념의 차이.

기쁨과 고통 또한 일념의 차이였다.

누군가의 일념의 차이가 누군가에겐 돌이킬 수 없는 재앙일까?

누군가의 일념의 차이가 누군가에겐 영원일까?

여명이 오기 전의 일념은 '다시는 만나지 말자'였지만, 여명이 온 뒤의 일념은 '너를 내 사람으로 만들겠다'였다.

세상에서 가장 갚기 힘든 것은 오직 사랑의 빚이리라.

좋아하는 마음도, 집착도, 과거도, 미래도, 그 모든 것을 신경 쓰지 않으면 좀 더 기쁠 수 있을까?

그녀가 괴로워하는 것을 보고 포기하는 것. 이는 사랑이었다.

그녀가 괴로워하는 것을 보고 타협하는 것. 이것인들 왜 사랑이 아니겠는가.

사랑에 먼저와 나중은 없었다. 오직 길고 짧음만 있을 뿐이었다.

한참 동안 조용히 있던 아금이 이윽고 중얼거리듯 입을 열었다.

"목령아, 이게 꿈일까 아닐까?"

"아니야."

목령아가 단언했다.

"어째서?"

아금이 물었다.

"난 한 번도 당신 꿈을 꾼 적이 없거든."

목령아는 솔직히 말했다.

하지만 아금은 태연했다.

"그럼 내 꿈이겠군. 난 늘 네 꿈을 꾸니까."

"이런 꿈도 꿨어?"

목령아가 진지하게 물었다.

아금은 멈칫했지만 곧 웃음을 터트렸다.

"하긴, 이런 적은 없지."

목령아가 안도의 숨을 쉬는데 문득 그가 부드럽게 물었다.

"아직 아파?"

그녀는 얼굴을 붉히며 고개를 돌렸고 한참만에야 대답했다.

"안 아파."

그가 말이 없자 그녀가 곧바로 말을 이었다.

"당신, 병까지 났는데 이런……."

그녀가 말을 잇지 못하자 그가 곧바로 이어받았다.

"네가 준 약 덕분이지."

두 사람은 상대방의 침묵이 무척 두려운 모양이었다. 목령아가 잠깐 망설이다가 또 물었다.

"아금, 우리…… 이러면 아이가 생길까?"

"아이를 갖고 싶어?"

아금이 물었다.

"응."

목령아는 늘 솔직했다. 정 언니가 임신했을 때부터 아이가 갖고 싶었다.

"누구 아이?"

아금이 또 물었다.

목령아는 망설였다. 한때 호랑이 감옥에서 그녀는 늘 정 언니를 귀찮게 굴며 이것저것 물었다. 그녀는 칠 오라버니의 아이가 갖고 싶었고, 몇 번이나 그 생각을 했다.

목령아가 대답하지도 않았는데 아금이 웃으며 말했다.

"고칠소의 아이? 안됐지만, 오늘부터는 기회도 없어."

내내 옆으로 고개를 돌리고 있던 목령아는 아금에게 이런 말을 듣자 곧 다시 고개를 돌려 그의 눈동자를 똑바로 들여다보았다.

아금의 웃음이 살짝 굳어졌다. 결국 그가 응시하는 그녀의 시선을 피했다. 그는 그녀의 몸에서 내려와 평소의 차가움을 되찾았다.

"목령아, 네가 누굴 좋아하든 이제 돌이킬 길이 없다."

목령아는 말없이 계속 그를 바라보았고, 그가 옷을 다 입고 나간 다음에야 겨우 정신이 들었다.

유목민들은 맹수에 놀라 달아났는데 어디로 갔는지 알 수가 없었다. 그들은 이곳에서 닷새를 묵었다.

목령아는 잇달아 사흘 동안 시간 맞춰 아금에게 약을 달여 주었고, 본래 몸이 건강한 아금은 무척 빨리 회복되었다. 그들은 아무것도 하지 않았고, 낮에는 각자 서로 다른 천막에서 지냈다. 밤이 되면 그는 늘 그녀를 찾아와 반드시 그녀를 안고 잠들었다. 하지만 다시는 그녀를 건드리지 않았다.

엿새째 되는 날, 아금이 완전히 낫자 목령아가 말했다.

"설산으로 돌아가서 옥호접이 오는 걸 기다리고 싶어."

아금은 두말없이 대백을 불러 그녀를 데리고 산으로 돌아갔다. 그는 은자를 조금 남겨 두는 김에 깔개로 썼던 어린 양 가죽을 가져갔다.

두 사람은 설산 위에 자리를 잡았다. 둘 다 다시는 고칠소 이야기를 꺼내지 않았고, 좋아하느니 어쩌니 하는 이야기도 하지 않았다. 그는 그녀가 침묵을 지킬 것으로 생각했고, 그녀는 그가 무척 냉담할 것으로 생각했지만, 어떻게 된 셈인지 두 사람은 걸핏하면 말다툼을 벌였고 걸핏하면 소란을 피웠다.

그러나 아무리 소란스럽게 싸우고 온갖 이야기로 따지고 들어도, 사랑에 관한 이야기는 꺼낸 적이 없다는 것을 서로가 너무도 잘 알고 있었다.

하루 세 끼 식사 준비와 설거지는 아금이 도맡았다. 식재료가 제한적이라 해도 매 끼니 다양한 요리가 나왔다. 목령아는 설옥충초를 연구했다. 아금은 호랑이들과 함께 다니면서 이따금 설산에서 야생 동물을 잡아 와 푹 삶아 뜨끈뜨끈한 탕을 만든 뒤 그녀 앞에 들이밀며 반드시 일손을 멈추고 다 마시게 했다.

본래는 봄이 되어 옥호접이 오기만을 기다리던 그녀였지만, 차츰차츰 이 겨울이 길기를, 좀 더 길어지기를 바라게 되었다.

이제 보니 진지하게 사랑이니 뭐니 하지 않아도 똑같이 행복할 수 있었다.

이제 보니 매일매일 누군가와 말다툼하고 누군가가 성질을 건드려도 잘만 살 수 있었다.

그래도 봄은 왔다. 무리 지은 옥호접도 때맞춰 도착했다.

목령아는 방 안에 숨어 멍하니 바라보았다.

"정말 예쁘다!"

아금이 다가와 그녀 뒤에 한참 서 있다가 불쑥 그녀를 안았다.

목령아는 살짝 흠칫했지만 이내 마음을 놓았다.

밤에 잘 때를 빼면, 그는 낮에 함부로 그녀에게 손댄 적이 없었다. 밤에도 늘 그냥 안기만 했다.

그날 한 번 이후로 그는 다시는 강요하지 않았다.

오늘은 왜 이럴까?

사실 밤마다 그의 품에 안겨 잠들다 보니 진작 그 품에 익숙해진 터라, 목령아의 주의력은 다시금 옥호접에게 쏠렸다.

그런데 아금이 그녀의 귓가에 부드럽게 속삭이는 소리가 들렸다.

"령아, 옥호접을 중매인 삼아 내게 시집오는 게 어때?"

그가 금패 한 장을 꺼냈다. 목령아는 흘낏 보고 자기 금패라고 생각했으나 자세히 보자 아니었다.

그가 말했다.

"이건 내가 가진 유일한 금패인데 혼인 예물로 삼자. 돈은 많지 않지만 강건 전장에서 빌릴 수는 있어. 평생 네게 빚을 갚고 싶어."

이름도 금인데, 혼인 예물마저 속태가 넘쳤다. 그렇지만 목령아는 울고 싶을 정도로 감동했다. 그들 두 사람은 평생토록 서로의 빚을 갚지 못할 운명이었던 걸까?

목령아는 금패를 받았다.

"시집갈게."

눈이 녹은 후에야 아금과 목령아는 산을 내려가 북려 군영으로 돌아갔다.

아금은 목령아를 위해 성대한 혼례식을 준비했다. 당리는 약속대로 목령아에게 후한 혼수를 보내 주었고 한운석도 공주의 격식에 맞게 목령아의 혼수를 준비해 주었다.

아금은 손수 초청장을 썼고, 고칠소에게 보내는 것도 빠뜨리지 않았다. 초청장은 약귀곡으로 갔는데 약귀곡 사람이 그 초청장을 고칠소의 손에 넘겼는지 어떤지는 알 수 없었다.

결국, 한 달 후 혼례식에는 모두가 참석했지만 유독 고칠소만 오지 않았다. 목령아가 어쩌다 아금과 함께하게 되었는지 아무도 몰랐고, 감히 누구도 고칠소 이야기를 꺼내지 못했다.

그렇지만 아금이 먼저 용비야에게 물었다.

"폐하, 예친왕은 왜 오지 않았습니까?"

용비야가 대답했다.

"그자는 제 혼례식이 아니면 누구의 혼례식에도 참가하지 않을 것이다."

이 말에 당리가 참지 못하고 웃었다.

"누가 아니래. 고 태부 혼례식에도 나타나지 않았잖아!"

갑자기 목령아가 그쪽으로 고개를 돌렸다. 그 순간 모두가 조용해졌다.

뜻밖에도 아금은 피하지 않았다.

"내가 초청하지 않은 게 아니야. 그자가 체면치레를 안 한 거지."

모두가 깜짝 놀랐지만 목령아는 이렇게 말했다.

"짠돌이 같은 칠 오라버니. 고 태부 땐 선물이라도 보내더니 나한텐 아무것도 없잖아!"

그러자 사람들은 더욱더 놀랐다. 모두 고칠소라는 세 글자를 일부러 피했는데 뜻밖에도 두 사람은 전혀 개의치 않았다.

그들 사이에 대체 무슨 일이 있었던 걸까?

바로 그때 서동림이 나는 듯이 달려왔다. 손에는 기다란 비단 상자를 들고 있었다.

"아금 대인, 예친왕께서 사람을 시켜 선물을 보내왔습니다!"

그 비단 상자를 보자 한운석과 목령아, 그리고 고북월과 진민의 안색이 이상해졌다. 아주 낯익은 비단 상자였다!

령아편 **우매**

고칠소가 아금과 령아에게 보낸 혼인 선물은 비단 상자였다.

한운석 등 몇 사람은 이 비단 상자가 눈에 익었다. 이 상자가 지난번 고북월의 혼례 때 고칠소가 보낸 것과 아주 똑같이 생겼기 때문이었다!

그때 한운석과 목령아는 안에 든 물건을 훔쳐보았고, 선물 받은 당사자인 고북월도 당연히 보았다. 그리고 진민은, 예전에 운녕군에 사는 동안 태부 저택에 아직 하인이 없을 때 직접 고북월의 방을 몇 번 치우다가 이 선물을 발견했고, 호기심에 몰래 열어 보았다.

당리와 영정 부부는 무척 호기심을 보였다. 알다시피 고칠소가 보낸 선물은 절대로 평범하지 않을 터였다. 용비야는 고칠소가 남에게 보낸 선물에는 흥미가 없었다. 그가 속으로 관심을 쏟는 것은 이 혼례식이 아니었다. 그는 내내 영승의 선물을 기다리고 있었다. 바로 자신을 바람맞힌 사람을 노리고 이 자리에 온 것이었다.

아금은 비록 드러내 놓고 영승에게 초청장을 보내지는 않았지만, 남몰래 영승을 초청했는지 아닌지는 아무도 몰랐다. 영승과 아금은 어려서부터 교분이 있는 사이라 할 수 있었다. 그런 아금이 혼례를 올리는데 영승이 오지 않을 수 있을까?

백번 양보해서, 설령 직접 오지 않더라도 선물은 보내지 않을까?

　선물을 가져온 사람을 붙잡기만 하면, 그 실마리를 따라 영승을 끌어낼 방법은 얼마든지 있었다. 용비야는 영승이 남든 떠나든 상관하지 않았다. 하지만 그에게 한 약속은 반드시 이행하게 만들어야 했다.

　아금은 선물을 받은 뒤 차갑게 말했다.

　"서 시위, 우리 부부를 대신해 예친왕 전하께 감사를 전해 주게."

　말을 마친 그는 사람들 앞에서 상자를 열려고 했다.

　"열면 안 돼!"

　한운석과 목령아가 약속이나 한 듯 이구동성으로 외쳤다.

　고북월은 여전히 태연했다. 마치 똑같은 선물을 받아 본 적도 없고, 안에 뭐가 들었는지도 모르는 사람 같았다. 진민도 낯빛을 바꾸지 않고 바라보기만 했다. 두 사람 역시 약속한 것처럼 태연함을 가장하고 있었다.

　"어째서?"

　아금이 의아하게 물었다.

　"그게, 그러니까……."

　목령아는 한참 우물거렸지만 논리적으로 말할 수가 없었다. 다행히 기민한 한운석이 서둘러 변명했다.

　"혼례가 아직 안 끝났는데 뭐하러 서둘러 선물부터 열어 보는 거요? 어서 신부를 신방으로 데려가지 않고. 길시를 놓치면 큰일이잖소."

하지만 이 설명은 아금을 설득하지 못했고, 도리어 호기심을 자극했다. 다른 물건이라면 아금도 별로 신경 쓰지 않았겠지만, 고칠소가 보낸 것은 당장 열어보고 싶었다.

그래서 그는 한운석과 목령아를 무시하고 느닷없이 상자를 활짝 열어젖혔다.

그 순간, 목령아는 눈을 감았고, 한운석은 말없이 하늘을 올려다보았고, 고북월은 입꼬리를 실룩이며 은근히 민망해했다. 진민은 몰래 고북월을 흘낏 보고는 계속 모른 척하기로 했다.

상자 안을 들여다본 아금의 표정이 복잡해졌다. 그는 아주 한참이 지나도록 말이 없었다.

혼례는 장중했고 혼례 연회는 성대했다. 대초원에 큼직한 원형으로 연회석을 세 개나 만들고 수많은 모닥불을 피워 놓았지만, 커다란 막사 안에는 그들 몇 사람밖에 없었다. 바깥에서 나는 떠들썩한 소리가 초원의 밤을 불면의 밤으로 만들어 놓았으나, 막사 안은 아금의 침묵을 따라 유난히도 조용해졌다.

목령아의 귀뿌리가 빨갛게 물들기 시작했다. 그녀는 속으로 아금에게 욕설을 퍼부었다.

'왜 저렇게 봐? 저렇게 한참 보고도 부족해? 어서 빨리 뚜껑을 닫지 않고 뭘 하는 거야! 아무 일도 없었던 것처럼 하면 되잖아?'

그런데 뜻밖에도 아금이 갑자기 그녀를 돌아보면서 상자를 내밀었다.

"목령아, 이건 선물이 아니야. 고칠소가 네게 보내는 거지."

"응?"

목령아는 놀라서 소리를 질렀다. 순식간에 얼굴이 홧홧 달아올랐다. 칠 오라버니는 뭘 하자는 거지? 혼례를 망칠 셈이야?

한운석은 손으로 이마를 짚었다. 아금이 대체 왜 저런담? 고칠소가 소동을 벌이려 한다고 설마하니 아금마저 일을 크게 만들려는 건가? 저런 걸 령아에게 보여 주고 싶어도 신방에 들어가서 보여 줬어야지!

이 많은 사람 앞에서 저러면 령아의 체면이 뭐가 돼?

아금은 양손으로 상자를 들어 목령아 앞에 내밀었다. 아금은 키가 훌쩍 크고 목령아는 아주 조그마해서, 목령아는 눈앞에 상자가 있어도 안을 똑똑히 볼 수가 없었다. 물론 살펴볼 용기도 없었다.

그녀는 서둘러 뚜껑을 닫고 상자를 받았다.

"안 열어볼 거야?"

아금이 차갑게 물었다.

목령아는 화가 치밀었다. 이 인간이 대체 왜 이런담? 그녀가 발작하려는 순간, 아금이 담담하게 말했다.

"네게 주는 혼수야. 비록 늦었지만 그래도 열어 보는 게 좋겠지."

이 말이 떨어지자 모두가 깜짝 놀랐다. 목령아는 누구보다 더 눈을 휘둥그레 떴다.

혼수?

어떻게…….

목령아는 황급히 상자를 열었다. 안에는 서신 한 통이 놓여 있었는데 서신 봉투에 커다란 글자로 '혼수'라는 두 글자가 쓰여 있었다. 칠 오라버니의 필체라는 것을, 목령아는 한눈에 알아볼 수 있었다! 서신을 꺼내자 상자 안에 조그마한 약병 하나가 다소곳이 놓여 있었다. 아주 아주 낯이 익은 병이었다.

이 약병은 언젠가 그녀가 칠 오라버니에게 호명단護命丹을 주면서 함께 줬던 것이었다. 그녀는 이 안에 호명단이 들어 있으니 반드시 생사가 달렸을 때만 열어 보라고 그를 속였다. 사실이 조그만 약병 안에는 그녀가 가장 아끼던 환약만 들어 있던게 아니라 고백을 담은 글도 숨겨져 있었다.

그때 그녀는 아이 같은 희망을 품었다. 칠 오라버니가 살아 있는 동안 자신의 마음을 알아줄 것이라고. 지금 생각하니 목령아 자신마저 웃음이 났다. 그땐 왜 그렇게 멍청했을까? 칠 오라버니같이 똑똑한 사람이 그녀의 마음을 꿰뚫어 보지 못할 리 없었다.

그런데 그 약병을 돌려주겠다고? 안에 든 걸 본 걸까? 이게 무슨 혼수람?

그녀가 혼례를 올리는 날, 분명하게 거절의 뜻을 전하려던 걸까?

목령아를 제외하면, 그 자리에 있는 누구도 이 약병이 본래 목령아의 것임을 알지 못했다. 아금이 담담하게 물었다.

"그가 약을 선물한 거야?"

목령아는 고개를 들었고 그 즉시 아름다운 아금의 눈과 마주쳤다. 그의 눈에는 진지함과 호기심이 잔뜩 들어있었고, 그녀가 한눈에 알아볼 수 있는 집착도 담겨 있었다.

그녀는 그가 병에 든 게 뭔지 알고 싶어 한다는 것을 깨달았다. 그의 눈빛을 보자 그녀의 마음이 통제할 수 없이 아파지기 시작했다.

그녀는 약병을 열고 싶지도 않고 설명하고 싶지도 않았다. 아금에게 이걸 보여 주고 싶지 않았다!

이 많은 사람 앞에서 뭐라고 설명해야 할지 알 수가 없었다. 아금을 난처하게 만들고 싶지 않았다.

마음이…… 아팠다!

그녀가 어쩔 줄 몰라 하고 있을 때, 별안간 아금이 약병을 꺼내 뚜껑을 열었다.

그 순간, 목령아는 눈물이 쏟아질 뻔했다. 그런데! 아금이 뒤집은 약병에서 금가루가 흘러나왔다!

환약도 없고 고백을 쓴 종이쪽지도 없었다. 병 안에는 금가루가 가득 담겨 있었다! 너무너무 진귀하고 가치를 매길 수 없는 금가루였다!

알갱이가 고르고 매끄럽고 부드럽고 눈부신 금가루가 환한 등불 아래에서 옅은 금빛으로 반짝였다. 비할 데 없이 사치스러운 아름다움이었다.

그건 바로 금이었다! 운공대륙에서 가장 순도 높은 금!

"금……."

목령아는 놀란 목소리로 저도 모르게 내뱉었다!

아금도 무척 뜻밖이었다. 그는 목령아가 '금'이라고 부르는 순간 고개를 들었지만 그제야 그녀가 제 손에 있는 금가루를 보고 한 말이란 걸 알았다.

아금은 고칠소라는 자를 아주 경멸했고, 당연히 그가 보낸 물건 역시 깔보고 있었다. 하지만 손바닥에 쌓인 금가루를 보자 탄복하지 않을 수 없었다. 그 정성은 차치하더라도, 이런 것을 한 병 가득 채우기란 정말이지 쉽지 않았다.

주변에 있던 사람들도 아금의 손바닥을 가득 채운 금을 보고 무척 뜻밖이란 표정이었다.

한운석이 참지 못하고 웃음을 터트리며 물었다.

"령아, 너희 칠 오라버니가 준 혼수, 마음에 드니?"

목령아가 미처 대답하기도 전에 당리가 놀려 댔다.

"령아, 너희 칠 오라버니가 준 저 금, 마음에 들어?"

이 말이 끝나기 무섭게 영정이 당리의 발을 콱 밟았다. 이 인간은 입을 안 열면 죽기라도 해? 호랑이 감옥에 있을 때 목령아는 영정이 미쳐 버릴 만큼 귀찮게 굴었다. 덕분에 영정은 목령아가 한때 고칠소에게 품었던 감정을 누구보다 잘 알고 있었다.

목령아가 아직 내려놓지 못했다면, 방금 당리가 한 말은 상처에 소금을 뿌리는 셈이었다!

당리는 밟힌 발이 몹시 아파 감히 다시는 입을 벙긋하지 못했다.

그런데 웬걸, 아금도 물었다.

"령아, 마음에 들어?"

목령아는 그를 바라보며 미적미적 대답이 없었다.

순간, 또다시 분위기가 팽팽해졌다. 어른들은 가슴이 철렁했다. 특히 한운석이 그랬다. 그녀는 아직도 목령아가 왜 혼인을 하려는지 알지 못했다. 충동적이고 바보 같은 저 아이가 너무나 걱정스러웠다. 저 아이가 충동적으로 혼인을 결정했을까 봐, 고칠소의 선물에 또다시 충동을 이기지 못하고 혼례를 망칠까 봐 걱정스러웠다.

사랑. 그것은 한 사람의 일일 수도 있고 충동적으로 될 수도 있었다.

하지만 혼인은 두 사람의 일이고 충동이란 상대에게 상처를 주는 행동이었다.

목령아는 꽤 오랫동안 조용히 있었다. 마치 무슨 중대한 결심을 내리기 위해 아주 신중하게 생각해 볼 시간이 필요한 사람 같았다. 시간이 길어질수록 한운석뿐만 아니라 다른 사람들도 긴장하기 시작했다.

영정은 한운석에게 몇 번이나 눈짓했지만, 한운석인들 아무것도 할 수가 없었다. 영정은 화가 나서 더욱 힘껏 당리의 발을 짓밟았다! 저 망할 입! 어쩌자고 그렇게 대놓고 물어? 령아를 곤란하게 만들었잖아! 아금이 령아에게 저런 질문을 할 기회까지 주고!

당리는 아픔을 꾹꾹 참으면서, 목령아가 얼른 대답하기를 간절히 바랐다. 목령아가 입을 열지 않으면 영정은 그의 발을 용서하지 않을 터였다!

　모두가 초조해했지만 아금은 도리어 차분했다. 그는 태연자약하게 금가루를 다시 병에 넣고 참을성 있게 기다렸다.

　만약 목령이가 그 질문을 곰곰이 생각해 보고 싶어 한다면, 설사 혼례 중이라 해도 인내심을 발휘해 기다려 줄 수 있었다. 그녀가 잘 생각해 볼 때까지. 똑똑히 생각해 볼 때까지.

　금가루를 다시 병에 넣은 후, 아금은 잠시 망설이다가 아예 서신마저 사람들 앞에서 펼쳐보았다. 펼치고 나서야 알았지만, 기실 이 서신은 그에게 보낸 것이었다. 서신에는 단 한 줄 밖에 적혀 있지 않았지만, 아금은 한참 동안, 정말 한참 동안 바라보았다.

　아금, 우매(남 앞에서 누이동생을 겸손하게 일컫는 말)는 솔직하고, 우둔하고, 세상 물정을 모르네. 부디 많이 많이 포용하고 아껴 준다면 참으로 감사할 따름일세.

　낙관은 이렇게 되어 있었다.

　오라비, 고칠소.

　아금은 한참 넋이 나가 있다가 비로소 정신을 차렸다. 이유는 모르지만 갑자기 심장이 견딜 수 없을 만큼 답답해졌다. 지금까지 목령아에게 아무리 상처를 입어도 이렇게 괴로웠던 적은 없었다.

정확히 말하면, 마음이 아프다고 해야 했다.

이 서신은 너무도 따스했지만, 동시에 너무도 잔인했다. 이 따스한 당부는 목령아가 고칠소에게 철저히 거절당했다는 의미였다.

목령아를 바라보는 그의 기분은 뜻밖에도 괴로움보다 안타까움이 더 컸다.

저 가엾은 여자가 거절당했다. 버림받았다.

하지만 그는 여전히 억지로 웃음을 지었다. 그리고 늘 그랬듯 아무 생각 없는 것처럼, 아무렇지 않은 것처럼 웃으면서 서신을 그녀 앞에 내밀며 장난스레 말했다.

"령아, 잘 봐. 고칠소는 정말 널 원하지 않아. 앞으로 날 따르도록 해. 나도 내키진 않지만 그럭저럭 널 받아 줄 테니까."

주변에 있던 사람들은 서신에 뭐라고 쓰여 있는지 똑똑히 볼 수가 없었지만, 아금의 이런 말에 차례차례 눈썹을 찡그렸다. 용비야도 마찬가지였다.

대체 얼마나 좋아하기에 내키지 않는데도 받아들일 수 있다는 걸까?

목령아는 고칠소의 필체를 들여다보았다. 보고 또 보노라니 눈물이 주룩 흘렀다. 그녀는 고개를 들고 아금을 보며 중얼중얼 말했다.

"아금, 마지못해 그러지는 마, 당신도 알겠……."

"몰라."

아금은 단호하게 말을 잘랐다. 아주 사나운 말투였다.

"하지만……, 하지만……."

목령아는 그 서슬에 놀란 듯 더욱더 큰 소리로 울었다.

"하지만……, 하지만 칠 오라버니는 2년 전에 벌써 날 원하지 않는다고 한걸. 나도……, 나도 칠 오라버니를 원하지 않아."

아금은 당황했다.

령아편 **기쁨**

목령아가 고칠소를 원하지 않는다고?

2년 전 인사도 없이 사라졌던 고칠소는 이후 예아의 돌잔치 때 다시 나타났다. 목령아와의 내기에서 졌던 그가 설마…… 목령아에게 입 맞추지 않았단 말인가?

'칠 오라버니를 원하지 않아'라는 말이 목령아 입에서 나오다니, 누구도 상상 못 할 일이었다.

얼마나 큰 용기와 결심이 필요했을까?

이 소녀가 고칠소를 쫓아다닌 지도 벌써 10년이 넘었다!

이런 말을 하기까지 그녀는 얼마나 많은 고통을 견뎌야 했을까?

포기 당하는 사람이 가장 고통스럽다고 하지만, 사실 대부분 포기를 선택하는 쪽이 포기 당하는 사람보다 훨씬 고통스러웠다!

고칠소에게는 포기란 존재하지 않았다. 원한 적도 없고 가진 적도 없으니, 어찌 포기라 말할 수 있겠는가? 인정한 적도 없는데 어찌 포기를 당한다 할 수 있겠는가?

하지만 목령아는 포기를 당함과 동시에 포기를 선택했다.

한 번 터진 목령아의 울음보는 그칠 줄을 몰랐다.

"아금……, 나…… 널 좋아하게 된 것 같아. 그렇게 마지못해 받아 주지 말고 기뻐해 주면 안 돼?"

아금이 이 말을 얼마나 오래 기다렸던가?

목령아는 이 문제를 또 얼마나 오래 고민했던가?

이 순간 모두 진짜 어른이 된 령아를 본 듯했다.

그녀는 가장 괴로운 순간에 아금을 선택한 게 아니었다. 2년을 괴로워했고, 혼례에서조차 여전히 괴로워하며 생각하고 있었다.

아쉬운 대로 선택한 게 아니었다.

아금을 통해 상처를 치유하려던 것은 더더욱 아니었다.

사람들은 다른 사람을 사랑하는 것으로만 사랑의 상처를 치료할 수 있다고 했다.

하지만 령아는 2년 전부터 칠 오라버니를 원하지 않았다고 말하고 있었다. 사랑의 상처는 2년 전에 이미 끝났다. 아금을 보며 느끼는 모든 괴로움은 고칠소와는 전혀 무관한, 오직 자신에 관한 문제일지도 몰랐다. 자신이 다시 사랑할 수 있을지, 사랑을 원하는지, 감히 사랑할 용기가 있는지에 대한 문제였다.

아금은 눈살을 잔뜩 찌푸린 채 갈수록 심하게 우는 목령아를 바라보다가, 갑자기 그녀를 휙 잡아당겨 강렬하게 입맞춤했다.

입맞춤보다 더 진실하고 직접적이며 설득력 있는 대답은 없었다.

격렬하고 열정적이면서도 거친, 무아지경에 이를 정도로 깊은 입맞춤이었다. 목령아는 자신도 모르게 아금에게 반응했다. 처음으로 아무 부담 없이 몸과 마음을 다해 그의 숨결과 그의 모든 것을 느꼈다. 그리고 처음으로 이 남자가 아주 가까이 있으며, 다시는 거리감을 느끼게 하거나 갑자기 그녀를 포기하지도 않을 것이라고 느꼈다.

아금, 당신이 날 포기하지 않은 것은 나 목령아가 이번 생에 받은 가장 큰 자비야.

한운석 일행은 서로 눈짓하며 조용히 밖으로 나갔다.

예아와 당당은 원래 탁자 아래를 주시하고 있다가 영정이 당리의 발을 밟는 광경을 보았다. 영정이 당리를 놔준 후에야 두 아이는 시선을 거두었다.

세 살이 넘은 당당은 도자기 인형처럼 아주 예뻐졌다. 그녀가 작게 말했다.

"저것 봐, 우리 어머니가 아버지보다 훨씬 무섭지. 우리 집은 어머니가 하자는 대로 해."

두 살이 넘은 예아는 갈수록 용비야와 닮아갔다. 특히 두 눈동자와 얼굴에 흐르는 타고난 귀티가 그랬다.

그는 말없이 진지하게 손과 무릎을 털며 일어났다. 그 표정과 움직임은 정말이지 딱 애어른이었다. 분명 당당보다 한 살이 어린데도 당당보다 더 어른스러워서 당당의 오라버니 같았다.

그런데 일어나자마자 그는 아금과 목령아가 끌어안고 입 맞추는 모습과 마주쳤다. 그 순간, 어른스러운 겉모습은 모조리 무너졌고, 그 앳된 얼굴에 막막한 표정이 드러났다. 그는 너무 궁금한 나머지 조용히 물었다.

"뭐 하고 있는 거야?"

당당은 그 모습을 보자마자 비명을 지르며 얼른 동생의 눈을 가렸다.

"창피하게! 보지 마!"

어른들은 그제야 옆에서 놀고 있던 두 아이가 생각났다.

한운석과 당리는 참지 못하고 하하 소리 내 크게 웃었다. 용비야는 바로 예아를 안고 빠른 걸음으로 자리를 떴다. 당당의 눈을 가린 영정은 울 수도 웃을 수도 없었다.

"부끄러운 걸 알면서 뭘 계속 보고 있니?"

그랬다. 당당은 동생의 눈은 가렸으면서 자신은 부끄러운 두 어른의 모습을 빤히 쳐다보고 있었다.

다들 밖으로 나가자 갑자기 대들보에서 미끄러지듯 떨어진 꼬맹이가 찍찍거리며 크게 웃었다. 아주 바닥을 굴러다니며 웃었다.

작은 주인의 흑역사가 또 늘어났다!

꼬맹이는 작은 주인의 흑역사를 볼 때마다, 마치 어린 시절의 용 아빠가 망신당하는 모습을 본 것만 같아 너무 즐거웠다!

작은 주인의 지금 성격을 보면 앞으로 용 아빠와 아주 비슷한 성품으로 자랄 게 틀림없었다. 그때 가서 누가 작은 주인의 어린 시절 있었던 이런 흑역사들을 이야기해 주면, 작은 주인은 어떤 반응을 보일까?

꼬맹이는 뒤돌아보았다가 령아 낭자와 아금이 너무 격렬하게 입 맞추는 모습을 보고는 몸을 부르르 떨며 얼른 밖으로 뛰어나왔다.

꼬맹이는 단번에 공자의 어깨 위로 뛰어올랐다. 무심결에 공자 옆에 있는 진민을 흘긋 보았지만 적의는 없었다. 공자와 진민이 대체 어떤 관계인지 녀석은 몰랐다. 그저 공자의 혼렛날에 공자가 진민과 함께 있지 않았고, 두 사람이 내내 연극하고 있다는 것만 알 뿐이었다.

운녕에서 북려 군영으로 오는 동안 공자와 진민은 한 마차로 이동했다. 하지만 두 사람은 멀리 떨어져 앉아서, 흐트러짐 없이 아주 깍듯하고 예의 바르게 말하고 행동했다. 공자는 아무리 피곤하고 졸려도 오는 동안 마차에서 눕는 법이 없었다. 진민도 마찬가지였다. 내내 침상 가장자리에 앉아 졸면서, 옆에 높은 베개가 있어도 함부로 기대지 않았다.

꼬맹이는 공자 어깨에서 폴짝폴짝 뛰다가 진민의 어깨로 뛰어올랐다. 진민이 고개를 돌려 보더니 꼬맹이의 턱을 가만히 긁어 주었다. 꼬맹이는 기분이 좋아져서 아주 정답게 그녀의 손에 몸을 비볐다.

이렇게 순한 진민을 꼬맹이는 아주 좋아했다.

아금의 수하가 용비야 일행을 새 장막으로 안내하면서 연회는 계속되었다.

이치에 따르면 신랑인 아금이 나와서 손님들을 대접하며 술을 마셔야 했다. 게다가 주인인 용비야와 한운석이 아직 연회석에 있으니 아금은 더더욱 자리를 비워서는 안 되었다.

하지만 용비야와 한운석이 별말을 하지 않으니, 아랫사람들도 감히 예법을 따지지 못했다.

신방에 가서 장난치려던 사람들은 아금이 황제와 황후까지 내버려 두고 시중들러 나오지 않자, 감히 나서서 소란을 피울 수 없었다.

밤이 되었지만 혼례 연회는 계속 시끌벅적했다.

목령아와 아금은 이미 매파의 안내를 받아 신방으로 들어갔다. 부부 두 사람은 침상에 앉아 매파의 분부에 따라 해야 할 예식을 이어갔다.

매파는 아금이 데려온 사람으로, 이 혼례 예식은 아금이 원한 것이었다. 그는 가족 없는 떠돌이지만, 혼례와 같은 대사를 치르는 데 예법에서 목령아를 섭섭하게 만들 수 없었다. 다른 사람이 하는 건 그도 빠짐없이 그녀에게 해 주려 했다.

막대기로 면사포를 들어 올리고, 당수를 먹고, 합환주를 마셨다. 매파는 웃으며 아금에게 몇 마디 귓속말을 남긴 후에야 자리를 떴다. 아금은 직접 매파를 배웅한 후 문을 잠갔다.

수줍은 얼굴 위로 홍조를 띤 목령아의 모습은 방 안 가득한 붉은 빛을 받아 더 아름다웠다.

가장 아름다운 것은 살짝 눈을 들어 아금을 바라보는 그 찰나의 수줍은 모습이었다.

그녀는 방금 이 남자의 입맞춤에 숨이 막힐 뻔했다. 다행히 매파가 두 사람을 멈추게 하고 신방으로 들여보냈다.

아금이 다가와 그녀 앞에서 무릎을 꿇고 그녀의 두 손을 잡았다.

두 사람 모두 침묵했다. 서로 싸우는 데 익숙해진 듯, 갑자기 이렇게 조용한 것이 어색했다.

한참 후 아금이 말했다.

"난 억지로 받아 준 게 아니야. 나는 진심이야."

목령아는 당연히 그가 무슨 말을 하는 것인지 알고 말했다.

"미안해. 당신을 너무 오래 기다리게 했어."

"괜찮아. 3년이 안 됐으니."

그가 담담하게 말했다.

"정말 현공대륙에 안 갈 거야?"

그녀는 오래전부터 이 일을 묻고 싶었다.

"안 가. 지금이 좋아."

그가 대답했다.

"어째서?"

그녀는 이해되지 않았다.

"네가 너무 멍청해서 그곳에 어울리지 않거든."

그의 말은 진심이었다. 얼마 전 들은 말을 생각해 보면 그는 분명 평범한 출신이 아니었다. 그는 호랑이를 부릴 수 있지만 풍족과 흑족은 할 수 없었다. 그런 데는 필시 까닭이 있을 터였다.

그는 어려서부터 영승이 사명을 짊어지고 사는 모습을 보았다. 그것이 얼마나 많은 속박을 받고 뜻대로 할 수 없는 삶인지 알고 있었다. 그는 그런 삶이 싫었고, 목령아와도 맞지 않았다.

지금이 아주 좋았다.

게다가 목령아와 혼인했다고 정말 북려를 잃을 순 없지 않은가? 그럼 영승이 그를 평생 원망하지 않겠는가?

"당신이 나보다 더 멍청하거든!"

목령아가 언짢아하며 말했다.

아금은 눈을 치켜뜨고 아주 무시하는 표정으로 쳐다봤다. 목령아는 그 눈빛을 보고 눈살을 찌푸렸다.

"혼인하자마자 바로 날 괴롭히다니! 이럴 줄 알았으면 평생 당신에게 시집 안 갔어!"

아금은 기침을 하고는 말했다.

"목령아, 난 아직 널 어찌하지 않은 것 같은데? 벌써 후회한다고?"

"날 어떻게 하려고까지 했어?"

목령아가 화를 냈다. 이 인간, 이유도 없이 날 멍청하다고 한 것도 모자라서 또 뭘 하려고?

그가 현공대륙으로 가지 않는 게 그녀가 멍청한 것과 대체 무슨 상관이 있다는 걸까? 그는 기껏해야 짐승을 부릴 줄 아는 것뿐이었다. 제대로 무공을 따지기 시작하면 두 사람 모두 어설펐다.

아금이 일어나자 목령아도 따라서 일어서려 했다. 하지만 제대로 서기도 전에 아금이 그녀를 침상 위로 넘어뜨렸다.

그는 그녀를 몸 아래 가두고 양쪽으로 두 손을 짚은 채, 그녀를 내려다보며 솔직하게 말했다.

"목령아, 난 널 아주 오랫동안 참아 줬어!"

목령아는 아금이 그녀를 '괴롭'히려는 줄 알았다. 그런데 아금의 이 말에 그녀는 멍해졌다. 그가 그녀의 뭘 참았다는 거지?

"요즘 내가 당신을 건드린 적은 없는 것 같은데? 당신이 뭘 참았다는 거야? 말해 봐!"

그녀가 씩씩거리며 물었다.

아금은 순간 할 말이 없었다. 목령아는 그의 옷깃을 붙들고 말했다.

"확실하게 말해."

아금은 정말 그 말을 하고 싶지 않았지만, 할 수밖에 없었다. 그가 한 자 한 자 또박또박 말했다.

"목령아, 넌, 대체 얼마나 멍청한 거냐?"

"무슨 소리야!"

목령아는 정말 이해가 되지 않았다.

아금은 그녀의 막막해하는 얼굴을 보며 정말 울 수도 웃을 수도 없었다. 결국 인내심을 발휘하여 몸을 숙이고 그녀의 귀에 대고 작게 속삭였다.

그가 그녀의 무엇을 참았을까?

처음 이후 밤마다 미인을 품에 안고 있으면서도 그는 먹어치울 수 없었다. 그가 참아 준 게 아니면 무엇이란 말인가?

목령아는 마침내 깨달았고, 순간 귀뿌리부터 얼굴 전체가 붉게 달아올랐다. 아금은 이미 그녀의 귓가를 살며시 깨물며 입을 맞추기 시작했다.

초원에서의 그날 밤과 달리 오늘 밤 아금은 아주 부드러웠다. 오늘 밤 목령아는 아주 정신이 또렷했다. 그녀는 조심스럽게 그의 손길을 느꼈고, 그렇게 궁금해했던 모든 것을 직접 경험했다.

이런 느낌이었구나.

아금이 제대로 나서기 시작하자, 그녀는 멀쩡한 정신으로 느끼고 있을 수 없었고, 결국 견디지 못하고 소리를 질렀다.

초원에서의 그날 밤은 아팠고, 괴로웠고, 힘들었고, 마비되는 듯하면서도 두려웠다. 하지만 지금 그녀에게는 탐욕만이 남았다. 그의 모든 손길과 모든 입맞춤에 대한 탐욕이었다.

사랑하기 때문에 이렇게 거리낌 없고 이토록 아름다운 것이리라! 그가 정말 그녀와 한 몸이 되었을 때, 지극한 친밀함과 진정한 소유를 느낄 수 있었다.

아금, 앞으로 령아는 당신 거야.

행복해야 해!

늦봄과 초여름의 초원 풍경은 강남의 수향만큼이나 아름다웠다.

졸졸 흐르는 시냇물과 무성한 수초 위로 새들이 날아다녔고, 초원에는 각양각색의 꽃들이 피어났다. 이름 모를 꽃들이지만 초원 가득 피어 있는 광경은 가까이서 보든 멀리서 보든 아주 아름다웠다.

땅 위로 꽃 융단이 가득 펼쳐진 듯했다. 말을 타고 질주하며 즐기는 초원에서의 봄놀이는 강남에서 꽃을 감상하며 시를 읊는 것에 뒤지지 않았다.

하지만 안타깝게도 임신 중인 한운석은 마차를 탈 수밖에 없었다. 일국의 황제인 용비야가 직접 마부가 되어 그녀를 위해 마차를 몰았다. 예아는 용비야 옆에 앉아서 하늘을 맴돌고 있는 매를 올려다보고 있었다.

당당은 당연히 아버지 품에 있었고, 고북월과 진민은 각자 말을 타고 나란히 가고 있었다.

목령아와 영정 두 사람은 전혀 여자답게 굴지 않았다. 두 사람은 앞에서 채찍을 휘두르며 미친 듯이 달리면서, 누가 저 앞 언덕에 먼저 도착하는지 겨루고 있었다.

한운석은 예아 뒤에 앉아 웃으며 물었다.

"예아, 정 숙모가 이길 것 같니, 령아 이모가 이길 것 같니?"

예아는 생각도 하지 않고 대답했다.

"모후, 내기하실 거예요?"

용비야는 입가에 미소를 띠었으나 내색하지 않았다.

"무엇을 걸래?"

한운석이 얼른 물었지만 예아는 이렇게 대답했다.

"안 해요."

"왜, 질까 봐 두렵니?"

한운석이 자극했다.

예아는 대답하지 않았다.

"정말 못 하겠어? 네 부황이 속으로 웃으시겠구나."

한운석이 웃으며 말했지만, 예아는 대답하지 않았다.

용비야는 훨씬 전부터 속으로 웃고 있었다. 예아는 나이는 어려도 아주 훌륭한 판단력을 가졌다. 할 수 있는 일은 반드시 해냈고, 할 수 없는 일은 어떤 유혹과 자극에도 넘어가지 않았다. 그는 어머니에게 어떻게 대답해야 할지 모를 때는 말하지 않고 끝까지 침묵했다. 그의 습관을 잘 모르면 그가 무슨 생각을 하는지 정말 알 수 없었다.

한운석은 아들의 성격을 잘 알기에 쓸데없는 말은 하지 않고 고개를 돌려 고북월과 진민 쪽을 바라봤다.

용비야와 예아는 함께 앉아 있을 때 더 닮아 보였다.

지금 멀리 앞을 바라보며 쌀쌀맞은 표정을 짓고 있는 이 부자는 화를 내지 않고도 위엄을 드러냈으며, 거드름을 피우지 않아도 존귀와 위엄이 흘러나왔다. 하지만 멀지 않은 곳에 있는 당리와 당당은 완전히 반대였다. 부녀 두 사람은 아주 흥분하고 있었다.

"아빠, 빨리요, 빨리! 달려요! 엄마가 지겠어요!"

당당은 두 손으로 앞을 가리키며 긴장해서 소리쳤다.

"어서, 어서, 빨리!"

당리는 한 손으로 딸을 안고, 다른 한 손으로 채찍을 휘둘러 속도를 내어 쫓아가며 낮게 말했다.

"내가 있으니 네 어머니는 절대 지지 않아. 안심해."

당당은 멍해져서 고개를 뒤로 젖히고 그를 바라봤다.

"어째서요?"

"아니지. 령아 이모가 있는 한 네 어머니는 지고 싶어도 질 수 없어!"

당리가 웃으며 말했다.

"달려! 영정, 빨리!"

당당은 즉시 앞을 바라봤다.

"엄마, 힘내요!"

당리는 곧 당당을 데리고 영정 옆으로 쫓아가 그녀와 나란히 달렸다. 영정은 부녀 두 사람에게 잠시 한눈을 팔았다가, 다시 앞을 바라보며 전력을 다했다.

당리는 당당을 데리고 그렇게 그녀 옆을 따라갔다.

당리가 '정정'이라고 하면, 당당은 큰 소리로 '달려요!'라고 외쳤다.

당리가 다시 '영정'이라고 하면, 당당은 큰 소리로 '힘내요!'라고 외쳤다.

당리가 또 '부인'이라고 하면, 당당은 큰 소리로 '엄마!'라고 외쳤다.

"틀렸어!"

당리가 고쳐 주면, 당당은 바로 말을 바꾸어 소리쳤다.

이렇게 부녀 두 사람만 영정을 쫓으며 그녀의 옆에서 번갈아 가며 고함을 질렀다.

영정은 원래 전심전력으로 몰두했고, 목령아와 거리를 벌려 놓았다. 하지만 부녀 두 사람이 훼방을 놓자 정말 주의를 집중할 수 없었고, 점차 목령아가 추격해 왔다.

당리가 열정을 가득 담아서 '부인'이라고 외치자, 영정은 순식간에 목령아에게 추월당해 맨 뒤로 떨어졌다.

결국 영정은 더는 참을 수 없어 당리와 딸을 돌아보았다. 당리의 웃는 얼굴을 본 순간, 영정은 채찍을 휘둘러 그를 날려 버리고 싶었다. 하지만 딸이 흥분한 모습을 보자 마음이 누그러져 어쩔 수 없이 웃었다.

가끔 영정은 몰래 그런 생각을 했다. 사실 아이를 더 낳을 수 없는 게 그리 나쁘지 않은 일일지도 몰라. 엄청난 수다쟁이인 당리에 꼬마 수다쟁이 당당까지 있으니, 한 명 더 있었다간 그녀가 뒤로 넘어갔을 게 분명했다.

그녀는 고개를 돌리고 전력을 다해 계속 쫓아갔다.

하지만 이미 결승점에 가까이 왔기 때문에 그녀는 따라잡을 수 없었다. 1등은 목령아였고, 그녀는 2등이 되었다.

당당은 낙심했지만 당리는 그녀를 데리고 쫓아와 하하 소리 내며 크게 웃었다.

"영정, 2등 했네, 나와 네 딸이 꼴찌야!"

당당은 멍해졌다가 얼른 말 등 위로 일어나서 이쪽으로 오고 있는 예아 일행을 돌아보고는 웃으며 말했다.

"저쪽이 꼴찌예요!"

이런 겨루기에서 용비야가 진지하게 나오면 꼴찌를 할 리 있 겠는가? 불가능했다.

고북월은? 고북월은 말을 타지 않아도 1등을 할 수 있었다.

영정은 딸을 위아래로 훑어보다가 그 긍정적인 미소를 보고 는 입꼬리를 실룩였다. 이 딸이 계속 당리와 함께 다니다가는 어떤 모습이 될지 정말 알 수 없었다.

아금은 미리 언덕 아래에 도착해 있었다. 이미 장막을 다 쳐 놓고 화덕도 마련해 둔 그는 지금 석쇠를 걸쳐 두고 구이를 준 비 중이었다.

목령아가 이긴 것을 보고도 아금은 별다른 반응이 없었다. 그는 목령아에게 대충 수건을 건넨 후 다시 고개를 숙이고 고 기 구울 준비를 했다.

"정 언니, 양보해 줘서 고마워!"

목령아가 아주 환하게 웃었다.

"기마술이 많이 늘었구나. 아금이 가르쳐 준 것이겠지."

영정이 놀리듯 말했다. 목령아가 혼인했기 때문인지, 아니면 다른 이유가 있어서인지, 영정은 이 아이가 좀 다르게 느껴졌다. 하지만 어디가 달라졌는지는 콕 집어 말할 수 없었다.

한운석은 오자마자 고기 굽는 냄새에 매료되어 군침을 삼키며 시선을 떼지 못했다. 생각해 보면 이 구운 고기를 먹고 구역질이 나서 토하는 바람에 임신 사실을 깨달았다. 그런데 지금은 이 고기를 보고 있으니, 구역질은커녕 식욕이 돌았다.

그녀가 들어서자마자 곁에 있던 고북월이 바로 입을 열었다.

"황후마마, 안 됩니다."

한운석이 그를 흘긋 쳐다보았다. 그녀가 반박할 기회도 없이 용비야가 그녀의 손을 잡고 낮게 말했다.

"장막에 들어가서 쉬어라. 반나절 동안 마차를 타지 않았느냐. 점심 식사는 이따가 서동림이 가져다줄 것이니 말을 듣도록 해라. 또 한 번 서동림에게 특별 식사를 가져다 달라고 하면, 그 녀석의 두 손을 잘라 버릴 것이다."

용비야는 아주 작게 말했지만, 자리한 모든 사람이 그 소리를 들었다. 내내 고개를 숙이고 있던 아금까지 포함해서 모든 사람이 한운석을 바라보았다.

한운석은 쥐구멍에라도 들어가고 싶은 심정이었다. 임신을 확인하고 운녕으로 돌아간 후부터 그녀는 '사람답지 못한' 생활을 이어갔다. 용비야는 당리에게서 소책자 하나를 받아왔다. 그 안에는 각종 금기와 보양식이 적혀 있었는데, 용비야는 그 안에 적힌 모든 내용을 아주 엄격하게 따랐다. 궁 안에서든 궁 밖에서든, 삼시 세끼 모두 예외는 없었다.

부족한 것을 채워 주고 함께 있어 준다더니, 그게 왜 이런 모습인 거지?

하지만 이번 임신은 지난번처럼 가뿐하거나 기민하지 못하다는 점은 인정해야 했다. 나이가 들어서인지 아니면 너무 많이 먹고 너무 많이 자서인지, 바보가 되어 버렸다.

다섯 달밖에 안 됐는데 배는 아주 크고 뚜렷하게 티가 났고, 걸어 다닐 때 자신도 모르게 허리를 짚고 다녔다.

"언니, 내가 함께 갈게."

령아가 얼른 와서 부축했다.

그런데 갑자기 아금이 질문을 던졌다.

"고 태부, 임신했을 때 구운 음식 말고 또 무엇을 먹을 수 없습니까?"

목령아는 깜짝 놀라 무의식적으로 편편한 자신의 배를 쳐다봤다. 그녀는 구운 음식을 잘 먹지 않았다. 하지만 부치거나 튀긴 것, 양념에 졸이거나 훈제한 음식을 잘 먹었다. 특히 매운 음식을 아주 좋아했다. 약을 조제할 때는 배불리 먹지 않으면 집중할 수 없었다.

고북월이 담담하게 말했다.

"부친 것, 튀긴 것, 졸인 것, 훈제한 것입니다. 담백하게 먹는 것이 가장 좋고, 시고 매운 것을 줄여야 합니다."

아금은 별말 없이 고개만 끄덕였다. 하지만 목령아는 아주 불안해졌다. 어젯밤 아금이 그녀를 괴롭힌 후, 그녀는 그에게 아이가 빨리 생겼으면 좋겠다고 말했었다. 지금 보니 아주 신중하게 생각해야 할 것 같았다.

영정은 목령아의 표정을 봤다가 호랑이 감옥에서 그녀가 했던 말들을 떠올리고는 웃음이 났다. 그녀도 과거에 한운석을 귀찮게 한 적이 있었다.

그들이 안에 들어가려 하는데, 한운석이 돌아보며 말했다.

"진민, 서 있지 말고 들어와서 쉬어요!"

진민은 말에서 내린 후 내내 고북월 옆에 아주 조용히 서 있었다.

"예, 황후마마."

그녀가 허리를 굽히며 말했다. 이런 예의 바른 모습은 고북월과 아주 똑같았다.

운녕에서 북려로 오는 동안 한운석은 몇 번이나 말하다가 결국 말하기를 관두었다.

여자들이 모두 장막으로 들어갔다. 분명 한담을 나눌 테니, 용비야를 비롯한 남자들은 들어가기 어려웠다. 당리는 아금 옆으로 가서 고기 굽는 법을 배우기 시작했다. 용비야와 고북월은 옆에 앉아 그 모습을 보며 낮은 목소리로 대화를 나누었다. 예아와 당당은 일찌감치 꼬맹이를 쫓아 멀리 달려갔다.

용비야는 고북월과 이야기를 나누다가 고개를 들고 서쪽 설산을 바라보며 담담하게 물었다.

"아금, 내년에 동오족 노예수용소를 평정하는 게 어떠냐?"

동오국에서는 위로는 왕족과 귀족, 아래로는 노예 장수까지 모두 노예수용소를 갖고 수많은 노예를 가둬 두었다. 아금의 이번 생 기억은 노예수용소에서부터 시작되었다.

아금의 손이 살짝 굳어졌지만, 곧 계속해서 고기를 뒤집으며 말했다.

"폐하, 소신에게 인마를 얼마나 주시겠습니까?"

"얼마나 원하느냐?"

용비야가 물었다.

마침내 아금이 고개를 들고 진지하게 말했다.

"확실히 생각해 본 후 다시 말씀드리겠습니다."

장막 안에서 한운석, 목령아, 영정은 모두 나른하게 앉아 있었지만, 진민은 단정하게 허리를 곧게 펴고 앉아 있었다. 그 모습은 딱 대갓집 규수였다.

한운석과 목령아는 방금 영정에게 진민의 다리 중독에 대한 이야기를 다 해 주었다. 진민의 유산에 대해 한운석과 용비야는 지금까지 아무것도 모르는 척했다. 지금은 모두 진민이 아이를 잃고 몸조리하고 있는 줄 알았고, 고북월과 그녀가 영주성에서 양아들을 입양한 사실도 알고 있었다. 아이의 아명은 '영자'였다.

한운석은 진민이 한참 앉아 있다 보면 다른 사람들과 친해질 거라 생각했다. 그런데 진민은 내내 조용히 앉아서 거의 한마디도 하지 않았다. 세 사람이 이야기를 나누며 큰 소리로 웃으면, 진민은 따라 웃기만 할 뿐 이야기에 끼어들지 않았다.

마침내 한운석은 참지 못하고 눈썹을 치키며 진민을 바라보았다. 목령아가 입을 떼려는데, 영정이 눈빛으로 막았다.

한운석은 재미있다는 듯 진민을 살피기 시작했다. 당황하지는 않았지만 조금 불편해진 진민이 물었다.

"황후마마, 제 얼굴에 무엇이 묻었습니까?"

한운석은 고개를 저으며 말이 없었다.

진민은 궁금해졌다.

"황후마마…… 제게 하실 말씀이 있으십니까?"

한운석은 또 고개를 저었다.

진민은 참지 못하고 웃으며 직접적으로 물었다.

"그럼 어찌하여 저를 보십니까?"

한운석이 말했다.

"진민, 당신은 어쩜 보면 볼수록 고북월과 닮은 것 같죠?"

진민은 한운석이 이렇게 말할 줄은 몰랐다. 그녀는 한운석의 이 말 속에 뭔가 다른 뜻이 숨어 있다고 느껴졌다. 다만 더 생각은 못하고 계속 시치미를 뗄 뿐이었다.

사실 그녀도 연극을 하고 싶지 않았다! 그녀는 기다란 침상에 엎드려 한숨 푹 자고 싶었다. 마차를 타고 오는 동안 너무 피곤해서 온몸의 뼈마디가 쑤셨다. 요 며칠 장막 안에 누워 자긴 했지만, 그래도 잠이 부족했다.

어쩔 수 없었다. 그녀는 전에 운녕성에서 지내던 날들처럼 신경을 곤두세우며 시시각각 정신을 차리고 있어야 했다. 황후마마를 비롯한 다른 사람들과 친해지면 쉽게 사실이 탄로 날까 봐 두려웠다.

목령아는 괜찮으나 황후마마와 영정은 만만한 상대가 아니었고, 아주 눈치가 빨랐다.

아이 일로 그녀는 이미 고북월의 계획을 망쳤다. 만약 그녀와 고북월의 관계, 혼사와 관련되어 또 무슨 일이 생기면, 다음 생에도 고북월을 볼 면목이 없어졌다.

그녀는 영주성에서의 날들이 그리웠다. 그곳을 떠난 지도 꽤 오래되었고, 영자는 어찌 지내는지도 몰랐다. 원래는 영자를 데려오고 싶었으나, 오랫동안 신중하게 생각한 끝에 결국 포기했다.

그녀가 이렇게 불편한데 영자도 오면 불편할 터였다. 아이를 힘들게 할 수는 없었다.

"닮았나요?"

진민은 호기심 어린 말투로 반문했다.

"외모는 아닌데, 성격이 아주 똑같아요!"

목령아가 참지 못하고 말했다.

"민 언니, 우리한테만 몰래 말해 줘요. 고북월이 집안 규율을 정해 준 거 아니에요? 집에서는 이렇게 저렇게 하면 안 되고, 밖에 나가서도 이렇게 저렇게 하지 마라 이런 거요?"

진민은 웃음이 나왔다.

"아닙니다. 늘 제 뜻을 따라 주지요. 다만⋯⋯."

목령아는 상대하기 편했지만, 황후마마와 영정은 대충 넘길 수 없었다. 그녀는 대답하면서도 어떻게 화제를 돌릴까 생각했다.

결국 그녀는 부끄러운 척하며 작게 말했다.

"다만 제가 음식을 함부로 먹지 못하게 한답니다."

"임신한 것도 아닌데, 왜 아무거나 못 먹게 하죠?"

목령아가 또 물었다.

진민이 담담하게 말했다.

"몸조리 중이니까요. 제가 또 부주의할까 봐 지켜보고 있지요."

그제야 목령아는 진민의 유산이 떠올라 바로 말을 바꾸었다.

"민 언니, 고북월은 언니를 아끼니까 그렇게 지켜보는 거예요. 우리 형부도 우리 언니를 너무 아껴서 지켜보잖아요!"

목령아는 방금 고북월의 괜한 말참견 때문에 언니가 고기를 못 먹게 되었고, 앞으로 자신도 음식을 못 먹게 될 것 같아 속상했다.

하지만 진민이 넘어져서 아이를 잃은 사실을 알고 있는 그녀는 이 화제를 꺼냈다가 진민이 자책하고 기분이 울적해질까 두려워 말을 바꾸며 위로했다.

영정은 조용히 듣고 있었고, 사실을 아는 한운석은 말이 없었다.

"사실 이렇게 음식을 금할 필요는 없습니다."

진민이 담담하게 말했다.

여기까지만 말하고도 목령아가 먼저 화제를 바꾸게 하는 데 성공했다.

"정말요?"

목령아가 아주 기뻐했다.

진민이 진지하게 말했다.

"임신 후 세 달이 지나면 음식이나 일상생활에 너무 주의할 필요는 없어요. 시고 매운 것, 튀기고 굽고 부치고 훈제한 음식들도 식재료가 신선하면 반드시 금지할 필요는 없습니다. 가끔 먹으며 식욕을 만족시켜 주어도 안 될 것은 없답니다."

"하지만 고북월이……."

목령아는 믿어지지 않았다. 어쨌든 고북월은 의학계의 권위

자였다!

그런데 진민은 이렇게 말했다.

"여자의 일은 여자 의원의 말을 믿어야지요."

목령아는 멍해졌다가 곧 하하 소리 내며 크게 웃었다.

"맞아요, 지당한 말이에요!"

한운석은 진민이 일부러 화제를 돌리고 있음을 알 수 있었다. 하지만 이 말을 듣자 지기知己를 찾은 듯한 느낌이었다. 그녀는 비록 산과 의원은 아니지만, 임신했을 때 그렇게까지 주의할 필요가 없다는 것은 알고 있었다. 그저 줄곧 용비야를 설득하지 못했고, 고북월은 또 용비야 편에 섰다.

그녀가 놀리듯 말했다.

"진민, 저녁에 잠자리에서 고북월에게 부탁 좀 해 줘요. 나 대신 용비야에게 사정을 해 달라고 말이죠."

진민이 웃으며 말했다.

"황후마마, 소인 최선을 다하겠습니다."

목령아는 살짝 입을 오므리며 소리 없이 웃었다. 앞으로 자신은 각종 음식을 먹으며 행복한 나날을 보낼 것 같았다.

영정이 입을 떼려는데 진민이 얼른 선수를 치며 한운석에게 말했다.

"황후마마, 소인이 진맥해 드려도 되겠습니까?"

한운석은 바로 손을 내밀었다. 그녀는 고북월로부터 진민이 의학 팔방미인이고, 모든 방면에서 아주 전문적인 수준을 갖추었다는 이야기를 들었다. 게다가 그녀는 자신만의 침술을 갖고 있었다. 많은 약물로도 치유할 수 없거나 치유 효과가 느린 질병도, 그녀의 침술이면 빨리 나을 수 있었다.

안 그래도 방금 진민에게 진맥을 부탁할 생각이었다. 진민이 뭐라고 하는지, 고북월과는 무엇이 다른지 보려 했다.

평소 고북월은 며칠에 한 번씩 그녀의 맥을 짚으며 간단히 진찰한 후 주의사항을 알려 주었다. 그런데 지금 진민은 아주 오랫동안 맥을 짚었다.

처음 시작할 때는 태연하던 한운석이었으나, 진민이 아주 신중한 얼굴로 계속 말이 없자 조금 불안해지기 시작했다.

"우리 언니가…… 어떤데요?"

목령아가 참지 못하고 물었다.

진민은 여전히 침묵했고, 한참 후에야 대답했다.

"별문제 없습니다."

그녀는 말하다가 갑자기 한운석에게 가까이 다가가 작게 속삭였다. 한운석은 믿을 수 없다는 표정으로 말했다.

"정말이에요?"

"황후마마, 다섯 달쯤 지나면 확인하실 수 있습니다."

진민이 공손하게 자리로 물러갔다.

"당신……."

한운석은 정말 뜻밖이었다.

진민은 미소만 지을 뿐 더 설명하지 않았다.

영정과 목령아는 영문을 알 수 없었다. 다급해진 목령아가 말했다.

"무슨 귓속말을 하고 그래요!"

한운석이 말했다.

"내가…… 딸을 임신했다고?"

"에?"

목령아가 깜짝 놀랐다.

영정도 충격에 휩싸였다.

"진민, 이런 것도 알 수 있단 말인가요?"

진민은 여전히 대갓집 규수처럼 단정하게 앉아 있었고, 두 손도 예법에 맞게 가지런히 두었다. 살며시 웃는 그녀의 모습은 정말 아름다웠고, 조금도 경직되거나 부자연스럽지 않았다. 그 따스하고 달콤한 미소는 보는 이로 하여금 자신도 모르게 따스하지만 뜨겁지 않고, 환하지만 눈부시지 않은 바깥 햇빛을 떠오르게 했다.

때마침 4월인 지금, 밖은 따스한 봄날에 봄바람이 부드럽게 날렸고 봄 경치는 아름다웠다.

진민이 웃으며 말했다.

"황후마마, 정 부인, 령 부인, 진민 감히 여러분과 내기를 원합니다."

지금까지 한운석과 내기한 사람 중 한운석이 이기고 싶지 않다고, 지고만 싶다고, 너무 지고 싶다고 느끼게 한 사람은 진민이 처음이었다.

용비야가 얼마나 딸을 갖고 싶어 하는데!

그녀도 바라지 않았던가?

"해요! 진민, 당신이 이긴다면……."

한운석은 한참 생각했지만 조건이 떠오르지 않아 물었다.

"뭘 원하나요?"

진민은 속으로 기뻐하고 있었다. 그녀는 황후마마가 딸을 임신했다고 확신했다. 이 말을 꺼낸 것은 순전히 황후마마의 주의를 돌려 화제를 바꾸기 위해서였다.

하지만 황후마마가 이렇게 말하자, 그녀는 진지해지기 시작했다.

"황후마마, 소인 한 가지 청할 것이 있는데, 고북월에게는 말하지 말아 주십시오."

"얼마든지 말해요."

한운석은 고북월 대신 진민을 궁에 두고 정기적으로 진찰받고 싶은 마음까지 들었다.

"황후마마, 만약 소인의 말이 맞는다면, 북월이 많이 쉴 수 있게 해 주십시오. 그 사람은 약골이라 너무 피곤하면 안 된답니다."

진민이 진지하게 말했다.

지난번 고북월이 영주를 떠날 때 그녀가 고북월의 맥을 짚었는데, 고북월 몸이 아주 허약한 상태였다. 그녀는 그가 대체 어떤 상태인지 완벽하게 알지는 못했지만, 그에게 가장 시급한 것이 휴식이라는 것은 알았다. 그녀는 그가 영주를 떠난 후 자주 약욕을 하는지도 몰랐다. 그의 그 병증은 질질 끌면 안 되고, 끌수록 심각해졌다.

그는 고칠 수 있다며 별문제 아니라고 했고, 그녀는 물론 그를 믿었다. 하지만 그가 바쁘게 지내느라 질질 끌며 자신을 아끼지 않을까 걱정스러웠다.

그는 태자의 태부였다. 그가 가르치는 상대는 어린아이일 뿐 아니라 대진의 태자였고, 훗날 대진의 강산을 지킬 사람이었다.

그는 또한 태의원의 수장이자 의성의 수장이었다. 위로는 신분 높은 귀족부터 아래로는 평민 백성까지 대진 의료의 막중한 책임과 사람 목숨이 달린 일이 모두 그에게 달려 있었다.

더군다나 그는 황제의 내부 참모였다. 그는 비밀리에 모사들을 이끌고 황제의 걱정을 나누며 문제를 해결했고, 대진을 위해 온갖 정성을 다했다.

그녀는 그가 영자를 입양한 진짜 목적이 무엇인지 아직 몰랐다. 하지만 그가 자식을 원하는 것은 영족과 다소 관련 있을 거라고 생각했다. 그는 영족의 후예요, 유일한 후손이었다!

끝도 없이 바쁜 그가, 그 성격에 어찌 먼저 휴식을 청하겠는가?

영정과 목령아도 모두 알고 있었다. 용비야 다음으로 가장 바쁜 사람은 고북월이었다. 그녀들은 진민이 고북월과 함께 있을 시간이 적다며 원망하고 있다고 생각했다. 하지만 한운석은 고북월에게 휴식이 필요함을 알아차렸다. 고북월이 약골이라는 것은 한운석도 알고 있었다.

"좋아요!"

한운석은 단번에 약속했다. 그리고 속으로 돌아가면 어떻게

든 이유를 찾아 고북월에게 휴가를 주어야겠다고 생각했다. 진민이 내기에서 이기든 지든 상관없이, 반드시 그렇게 하리라고……

한운석과 용비야는 초원에서 며칠 머물렀다. 용비야와 고북월은 직접 동오족 쪽에 한 번 다녀온 후 아금과 온종일 밀담을 나누었다.

용비야는 동오족 초원을 차지하겠다는 결심을 굳히고 기회를 노리고 있었다. 군사 업무는 한운석이 관리했지만, 용비야가 임신 중에 너무 많이 마음 쓰지 못하게 했기 때문에 동오족 일에 관여하지 못했다. 그녀는 도리어 약성 일을 묻기 시작했다. 시집간 목령아도 약의 관리 감독 상황을 걱정했다. 한운석 일행이 운녕으로 돌아가는 당일, 그녀는 아금에게 자신을 데리고 목씨 집안으로 돌아가게 했다.

한운석은 원래 가는 동안 용비야와 함께 고북월의 휴가를 의논하려 했었다. 그런데 고북월과 진민이 그들을 따라 동행한 지 하루가 지났을 때, 갑자기 의성 심 부원장으로부터 밀서가 도착했다. 의성의 진씨 집안과 임씨 집안이 환자 한 명 때문에 싸우기 시작하여 심 부원장이 처리할 수 없으니, 고북월이 서둘러 와 달라는 내용이었다.

"폐하, 진민이 두 분과 함께 돌아갈 것입니다."

고북월이 진지하게 말했다.

"그럴 필요 없어요. 우리는 관도로 갈 테니 가는 길에 언제든

의원을 찾을 수 있어요.”

한운석이 거절했다. 고북월은 진민을 그녀 곁에 남겨 두고 돌보게 하려는 게 분명했다.

그녀는 임신을 했을 뿐, 의원이 수시로 대기하고 있어야 할 정도로 약해진 것은 아니었다. 이 일이 소문났다가는 사람들의 웃음거리가 될 터였다! 도리어 고북월이야말로 쉴 틈 없이 바쁘니 아무래도 옆에 돌봐 줄 여자가 있는 편이 없는 것보다 나았다.

“황후마마…….”

고북월이 막 입을 떼려는데 내내 조용히 있던 진민이 갑자기 말을 잘랐다.

“북월, 진씨 집안일도 확실히 마무리 지어야죠. 어쩌면 이번이 기회일지도 몰라요.”

“맞아요!”

한운석도 그 말을 하려던 참이었다. 목령아는 이미 약성으로 돌아갔다. 지금 대진의 국고는 풍성하여 황실의 위엄을 사방에 떨치고 있었다. 이제 의성과 약성 두 성에서 몇몇 세가들이 의약계를 독점하는 국면을 타파할 때였다.

“때가 됐다.”

용비야도 고개를 끄덕였다.

고북월은 진민을 한 번 보고는 더 말하지 않았다.

진민은 그의 눈빛과 마주쳤다가 황급히 시선을 피했다. 평온했던 마음이 걷잡을 수 없이 당황스러워지기 시작했다.

후회되었다!

마차가 갈림길에 들어섰을 때는 이미 깊은 밤이었다.

용비야와 한운석은 정남쪽으로 가야 했고, 고북월과 진민은 서남쪽으로 가야 했다. 용비야 일행의 마차가 멀어지는 것을 본 후 고북월이 돌아서서 담담하게 말했다.

"진 대소저, 며칠간 피곤하셨지요? 안심하고 주무십시오. 제가 직접 마차를 몰겠습니다."

진민은 마차에 올라 가리개를 내렸지만 결국 참지 못하고 낮게 말했다.

"북월 원장, 다음에는 이런 일이 없을 거예요. 약속드리겠어요."

그녀는 방금 쓸데없는 말참견을 했다.

북월편 **약탕**

　진민의 말을 듣자 고북월의 평온한 얼굴에 어쩔 수 없다는 표정이 서렸다. 그는 뭔가 말하고 싶은 듯했으나, 결국에는 가볍게 탄식하며 채찍을 휘둘러 마차를 몰았다.

　진민은 고북월의 탄식 소리를 듣지 못했다. 대답을 듣지 못하자 고북월이 듣고 그녀의 사과와 약속을 받아 주었는지 아니면 아예 듣지 못했는지 알 수 없었다.

　그녀는 한 번 더 말하고 싶었다. 하지만 생각해 보면 주변이 이렇게 고요하고 그녀의 목소리는 작지 않았다. 두 사람 사이에 가리개 하나밖에 없는데, 그가 못 들을 이유가 없었다.

　그녀는 조용히 마차 안쪽으로 앉았고 더 말하지 않았다.

　마침내 마차 안에 혼자 남았으니 편하게 앉고 누울 수 있었다. 하지만 그녀는 나른하게 높은 베개에 기대기만 할 뿐, 전혀 졸리지 않았다.

　그녀는 정신이 나간 듯 고개를 숙이고 있었다. 무슨 생각을 하고 있는지 알 수 없었다.

　한참 후에야 그녀가 나지막하게 말했다.

　"정말 다음에는 이런 일이 없을 거야."

　그녀는 몰래 창밖을 바라보았다. 깊은 밤 인적이 드물고 황량한 바깥 풍경이 보였다. 슬며시 가리개 끝자락을 살짝 들어

보니 고북월의 뒷모습이 보였다. 마차가 아주 빠르게 달리고 있어 그의 옷깃과 장포, 그리고 머리카락이 불어오는 바람에 휘날렸다.

원래는 한 번 보기만 하고 조용히 자러 갈 생각이었다. 하지만 끝없이 뻗은 길 앞으로 펼쳐진 어둠이 보였다. 계속해서 바라보던 그녀는 멍해졌다. 이 길이 계속해서 끝도 없이 길게 뻗어 나간다면 얼마나 좋을까!

고북월, 세상에서 가장 긴 길은 얼마나 길까요?

당신과 나의 이번 생은 얼마나 길까요?

눈 깜짝할 사이에 수십 년이 지나 때가 늦어 버릴까 봐 정말 무서웠다.

하지만 뭘 하기에 때가 늦어 버린다는 거지?

진민은 고개를 들고 하늘에 뜬 밝은 달을 바라보았다. 그녀는 문득 자신이 안질眼疾(눈병)이 아니라 다리 불구가 되었던 게 다행이란 생각이 들었다. 그렇지 않았다면 오랫동안 밝은 달빛을 놓치고 살았겠지!

수많은 풍경을 보았지만, 고북월을 만난 후 세상에서 가장 아름다운 풍경은 예부터 지금까지 변함없이 고요하고 부드럽게 하늘에 떠 있는 저 하얀 달이라는 사실을 깨달았다.

진민은 살짝 가리개를 내리고 한쪽에 기댄 채 조용히 잠이 들었다.

다음 날, 진민이 깨어났을 때는 이미 정오 무렵이었다. 마차가 현성에 들어서자 주변이 시끌벅적했다.

그녀가 가리개를 걷어 올리고 보니 이들은 길거리에 있었다.

고북월은 마차를 몰면서 물었다.

"진 대소저, 어젯밤에는 잘 잤습니까?"

"쉬지 않으셨어요?"

진민이 진지하게 물었다.

그녀는 어젯밤에 노정을 계산해 본 후 오늘 아침 한 마을에 도착할 테니 고북월이 쉴 수 있을 것이라고 생각했다. 그런데 그는 마을을 지나쳐 버리고 현성으로 달려왔다.

또 밤새 잠을 못 자다니, 몸이 어찌 버텨 내겠는가?

운녕에서 북려까지 이동 후 북려에서 며칠 머무른 데다가 지난 이틀간 길을 재촉하느라 그는 거의 한 달 반을 약탕에 몸을 담그지 못했다!

그녀는 그가 무슨 약탕을 사용하는지 몰랐다. 하지만 어떤 약방문이든 간에 적어도 한 달에 한 번은 약욕을 해야 했다.

약욕은 약으로 몸을 보양할 뿐 아니라 휴식할 수 있는 아주 좋은 기회였다. 몸과 마음이 지극히 편안한 상태로 쉴 수 있었다.

약물치료는 식이요법만 못하고, 식이요법은 심리요법만 못하다고 했다! 이 말은 병 치료가 아닌 요양에 관한 설명이고, 병이 났을 때는 약물치료와 심리요법을 결합하는 것이 가장 좋았다.

고북월의 경우에는 약욕이 가장 적합한 방법이었다.

"의성 쪽 상황이 시급하여 지체할 수 없었습니다. 앞에 있는 객잔에 잠시 쉬면서 식사하고 계십시오. 저는 건량을 준비하러 가겠습니다. 이번에 갈 때는 쉬기 어렵습니다."

고북월이 담담하게 말했다.

"안 돼요!"

진민이 무의식중에 말을 뱉었다. 여기서 의성까지는 최소한 보름은 걸렸다!

고북월은 놀라서 무의식적으로 진민을 돌아봤다. 그가 기억하는 그녀는 이렇게 큰 소리로 말한 적이 없는 듯했다.

"진 대소저, 무슨 불편한 점이 있습니까?"

고북월이 진지하게 물었다.

진민은 원래 약욕 이야기를 꺼내려 했다. 하지만 생각해 보니 그녀가 이렇게 말하면 고북월이 이유를 찾아 거절할 게 틀림없었다.

그녀는 이렇게 말했다.

"제가…… 제가 좀 불편해요. 약을 먹어야 하는데, 그 약은 최소한 세 시진은 달여야 하죠. 그리고 사야 할 물건도 있어요. 그렇지 않으면 가는 도중 불편해질 거예요."

고북월은 미간을 찌푸리며 물었다.

"왜 그러십니까?"

진민은 슬그머니 그를 쳐다봤다가 고개를 숙였다. 마음이 켕겨서 그런 것인데, 고북월의 눈에는 수줍어하는 모습으로 보였다.

고북월은 순간 복잡한 눈빛이 스쳤지만, 더 캐묻지 못했다.

그는 할아버지를 제외하고는 어떤 사람의 의술에도 탄복한 적이 없었다. 진민이 처음이라 할 수 있었다. 진민의 안색은 별로 나쁘지 않으니 큰일은 아닐 테고, 스스로 대처할 수 있을 터였다. 그의 예상이 틀리지 않는다면, 아마도 매달 여자가 마주해야 하는 그 일일지도 몰랐다.

진민이 돌려서 한 말도 바로 그 뜻이었다. 많은 여자가 불편해졌을 때 약을 먹고 몸조리를 했다. 그녀는 이런 이유라면 고북월을 속일 수 있을 것으로 생각했다.

그런데 뜻밖에도 고북월은 타협했을 뿐 아니라 이렇게까지 말했다.

"몸이 중요합니다. 오늘 밤은 객잔에서 하룻밤 묵고 천천히 가시지요. 급하지 않습니다."

"하룻밤이면 돼요. 내일 아침 일찍 갈 수 있어요."

진민이 얼른 덧붙였다.

객잔에 도착하자 진민은 정말 약방문을 작성한 후 약을 지으러 가려 했다. 고북월은 약방문을 들고 한 번 보고는 다 이해했다.

"진 대소저, 먼저 식사하러 가시지요. 이 일은 제게 맡기면 됩니다."

"그럼 죄송하지만 고 태부께 부탁드리겠어요."

진민이 말했다.

고북월은 순간 좀 적응이 되지 않았다. 그녀는 '원장 어른' 아니면 '북월 원장'이라고 불렀다. 그를 태부라고 부른 것은 처음이었다.

진민이 미소 지으며 말했다.

"고 태부, 이번에 다녀온 후에 의학원은 없어지고 당신도 더는 원장 어른이 아니기를 바라요."

고북월도 웃으며 말했다.

"진 대소저의 덕담대로 되기를 바랍니다."

고북월이 가려는데 진민이 불러 세웠다.

"고 태부, 운녕을 떠난 후 지금까지 약욕을 하실 틈이 없었잖아요. 오늘은 갈 수도 없으니 차라리……."

그 말이 끝나기도 전에 고북월이 말했다.

"진 대소저, 밤늦게 시위 두 명이 올 것입니다. 모두 믿을 만한 사람들입니다. 그 시위들이 당신을 의성으로 데려다줄 겁니다. 당신은 몸조리를 한 후에 가도 늦지 않습니다. 저는 건량을 마련한 후 잠시 후에 떠나겠습니다."

진민은 멍해졌다. 마치 머리에서부터 찬물을 뒤집어쓴 것 같았다. 서늘한 기운이 머리끝에서부터 발끝까지 뻗쳐 피부를 뚫고 마음속으로 파고들어 오는 것 같았다.

너무 추워서 어찌할 바를 몰랐고, 멍하니 고북월을 바라보면서도 뭐라고 해야 할지 몰랐다.

"천자天字 1호 방입니다."

고북월이 방패房牌를 건넸다. 그녀가 무의식적으로 손을 뻗어 받자 그는 뒤돌아 나갔다.

고북월의 모습이 사라졌는데도 진민은 여전히 멍하니 제자리에 서 있었다. 지나가는 사람들과 몇 번이나 부딪혔지만, 그녀는 꼼짝도 하지 않았다.

그 모습을 본 점원이 얼른 다가와서 물었다.

"천자 1호에 묵으시지요? 소인이 모시고 가겠습니다."

진민은 그제야 정신이 들었다. 점원을 바라보는 그녀의 눈시울이 갑자기 붉어졌다.

"소저, 괘…… 괜찮으십니까?"

점원이 깜짝 놀랐다.

'천자'라는 이름이 붙은 방은 객잔에서 가장 좋은 방이었다. 방금 그 백의 공자는 큰돈을 써서 천자 이름이 붙은 방을 모조리 다 빌렸다. 3층 전체를 빌린 셈이었다. 이 소저는 그와 동행이니 평범한 신분이 아닌 게 분명했다. 그는 시중을 잘 들지 못할까 봐 정말 무서웠다.

진민은 멍하니 한참 동안 그를 바라보다가 마지막으로 이렇게 말했다.

"괜찮다. 그저…… 배가 고픈 것뿐이다!"

배고파서 울 수도 있나?

점원은 궁금해하며 얼른 말했다.

"소저, 울지 마십시오. 드시고 싶은 음식은 뭐든지 소인이 바로 주방에 분부하여 만들어오겠습니다."

"내가 언제 울었다는 것이냐?"

진민이 진지한 얼굴로 말했다.

그랬다. 그녀는 눈시울을 붉힌 것뿐이었다. 언제 울었다고 그래?

"아니, 아닙니다. 소인의 눈이 어두웠습니다!"

점원은 얼른 차림표를 가져와 화제를 돌렸다.

"소저, 무엇이 드시고 싶으십니까? 식당에서 드시겠습니까, 아니면…… 소인이 방으로 음식을 올릴까요?"

진민은 차림표를 쭉 훑어보고 한상 가득 요리를 주문했다.

"방으로 가져오너라, 따뜻하게 해서 가져와야 한다!"

그녀는 말을 마치고 위로 올라갔다. 점원은 한숨을 돌린 후 얼른 주방에 분부했다.

곧 산해진미가 진민 앞에 한상 가득 놓였다. 그녀는 한 번 훑어보고는 소매를 걷고 아주 맛있게 먹기 시작했다.

진민은 배불리 먹고 나니 갑자기 힘이 회복된 듯한 느낌이었다. 그녀는 고북월이 돌아와서 자신을 찾지 못할까 걱정되어 점원에게 몇 마디 분부한 후 밖으로 나갔다. 그녀는 나가서 자신의 물건과 먹을 것을 마련했다.

진민은 돌아오자마자 방문 입구에서 그녀를 기다리는 고북월을 발견했다. 그는 옷을 갈아입었지만 여전히 흰옷이었다. 모든 일처리를 마치고 몸의 먼지도 깨끗이 씻고 나온 게 분명했다.

진민이 물건을 한 아름 들고 오는 것을 본 고북월은 쏜살같이 달려와 그녀를 도왔다.

진민이 물건을 모두 그에게 건네고 입을 떼려는데, 고북월이 먼저 말했다.

"진 대소저, 앞으로 낯선 곳에서는 혼자 외출하지 마십시오. 위험합니다."

그가 영주성 차루에서의 그 일을 떠올렸는지는 알 수 없었지만, 그녀는 그 생각이 났다. 그날 그가 분노하던 모습과 손, 다리, 목숨은 남겨 주겠다고 했던 말을 떠올리자 마음이 따스해졌다.

그녀가 말했다.

"고 태부, 고마워요. 꼭 기억하겠어요."

"그 약들은 달이라고 이미 부엌에 분부해 두었습니다. 저녁 무렵이면 방에 가져다줄 것입니다."

고북월이 또 말했다.

진민은 고개를 끄덕이며 물었다.

"고 태부, 출발하실 건가요?"

"시위가 오면 가겠습니다."

진민의 물건을 내려놓고 나가려는 고북월에게 진민이 물었다.

"고 태부, 배고프신가요?"

"배고프지 않습니다."

그가 담담하게 말했다.

"저는 문밖에 있겠습니다. 진 대소저, 무슨 일이 있으면 큰 소리로 부르시면 됩니다."

그런데 진민이 둘둘 싸 놨던 물건을 꺼내더니 담담하게 웃으며 말했다.

"고 태부께서 배고프지 않으시다면 출발하시지요. 건량도 다 준비해 두었어요. 가는 동안 멈추지 않으셔도 돼요."

고북월은 살짝 놀랐고, 진민은 말을 이어갔다.

"고 태부는 큰 병을 앓고 계시면서도 의성 일로 바쁘게 다니시잖아요. 저는 사소한 일일 뿐인데, 이렇게 지체해서는 안 되지요. 진씨 집안 쪽은 제가 돌아가지 않으면 태부도 손쓰기 힘드실 거예요."

"당신이 하루 이틀 정도 지체하는 것은 괜찮습니다."

고북월이 권했다.

"안 돼요!"

진민은 마음이 찔려 불안해졌다. 진민은 말하면서도 배를 잡고 앉아 아픈 척했다.

고북월이 다가와 진맥하려 했으나 진민은 허락하지 않았다.

"사소한 일일 뿐이에요. 병에 걸린 것도 아니고요."

그녀가 일어섰다.

"고 태부, 가시죠."

고북월은 눈살을 잔뜩 찌푸렸지만, 그리 오래 망설이지 않았다.

"진 대소저, 어서 앉으십시오. 약을 다 드신 후, 내일 아침에 함께 갑시다."

이 순간 진민은 하마터면 깡충깡충 뛸 뻔했다. 성공이었다!

하지만 그녀는 여전히 눈을 내리뜬 채 진지하게 말했다.

"안 돼요. 저 때문에 지체할 수는 없어요."

"괜찮습니다. 몸이 중요하니까요."

고북월이 부드럽게 위로했다.

진민은 여전히 고개를 저었다.

"안 돼요……."

고북월은 순간 어쩔 수 없다는 눈빛을 반짝이더니, 옅게 웃으며 말했다.

"진 대소저, 제가 약욕을 할 때가 되었으니 오늘은 당신 때문에 지체되는 것이 아닙니다."

진민은 웃음기 가득한 눈빛이었지만 감히 웃을 수 없었다.

그녀가 말했다.

"고 태부, 제게 약방문을 보여 주실 수 있을까요?"

고북월은 정말 약방문을 써 내려갔고, 점원을 보내 약을 지어오게 한 후 큰 통 가득 약을 달였다.

그는 열기 가득한 약탕에 몸을 담그고 깊게 한숨을 내쉰 후, 고개를 젖히고 눈을 감았다. 그도 처음에는 진민의 의도를 알아채지 못했다. 하지만 진민이 아픈 척하며 앉았을 때 그는 모든 것을 알아차렸다. 그녀는 그가 약욕을 하게 하려고 일부러 그런 것이었다.

그는 다시 한 번 자기 자신에게 질문을 던졌다. 진민을 신부로 맞은 것은 그의 이번 생에 유일하고도 가장 큰 실수가 아닐까?

북월편 **알게 되다**

고북월은 약탕에 몸을 담갔다. 약탕은 목욕통에 가득 차 있지 않아 그의 가슴에 미치지 못했다. 그는 야위었지만 단련된 몸을 갖고 있었고, 탄탄한 가슴 근육이 뚜렷한 굴곡을 자랑했다. 약골이면서도 전혀 약골 같지 않은 모습이었다. 아마도 어려서부터 무예를 연마해 왔기 때문이리라. 그의 이런 몸매는 흰옷 아래 가려져 있어 사람들은 전혀 예상하지 못했다.

그는 원래 지붕을 바라보며 생각에 잠기려 했으나, 어찌 된 일인지 자신도 모르는 사이에 잠이 들었다.

평상시였다면 아직도 서신 더미 속에 머리를 파묻고 한두 시진 바쁘게 보내다 결국 한밤중까지 피곤하게 일했을 게 분명했다. 잠들 리 없었고 잠을 잘 수도 없었다. 분명 긴장을 풀지 않았음에도 약탕 증기와 약재 냄새 때문에 몸이 느슨해졌고, 점차 마음의 긴장도 풀어졌다. 이 익숙한 온도와 냄새 속에 있으니 모든 것이 익숙하게 변한 듯했고, 마치 어린 시절 날마다 약탕에 빠져서 지내던 때로 돌아온 듯했다.

그의 몸과 마음이 그 시절로 돌아간 것은 아니었다. 그는 방관자처럼 약탕에 몸을 담그고 있는 어린아이가 점점 소년이 되고 어른이 되는 모습을 지켜보았다.

그의 온화한 눈동자에 저도 모르게 연민의 기색이 비쳤다.

그는 수많은 사람을 불쌍히 여겨보았지만, 자신을 불쌍하게 여긴 것은 처음이었다.

방관자의 시점에서 과거의 자신을 불쌍히 여기는 것은 대체 어떤 성숙함일까?

그는 익숙한 과거에 빠져 있다가, 점원이 뜨끈뜨끈한 약탕을 들고 들어왔을 때 정신을 차렸다.

점원은 목욕통 안에 뜨끈한 약탕을 부으면서, 야릇한 얼굴로 웃으며 말했다.

"공자, 입구의 그 소저는 공자와 어떤 관계입니까? 아주 오랫동안 밖을 지키고 있답니다."

고북월은 바로 눈을 치켜떴으나 말은 없었다. 점원은 자신이 말실수를 한 줄 알고, 감히 더 물을 수 없어 황급히 고북월의 눈빛을 피하며 계속 약탕을 부었다.

한참 후에야 고북월이 입을 열어 담담하게 말했다.

"내 부인일세."

점원의 말투 속 야릇함 때문에 그는 인정해야만 했다. 그렇지 않으면 여자인 진민이 이렇게 지키고 있는 모습을 보고 다들 무슨 생각을 하겠는가?

"소인 눈이 어두웠습니다! 몰라뵀습니다!"

점원은 아주 뜻밖이라 연신 고개를 끄덕였다. 하지만 속으로는 너무 의아했다. 두 사람은 부부면서 왜 두 방에 나누어서 묵는 걸까?

이 공자는 천자 2호방에, 그 부인은 천자 1호방에 묵었다.

점원의 의심하는 표정을 본 고북월은 바로 그 점을 떠올리고는 또 해명했다.

"어제 말다툼을 하여 부인이 화가 나 있네."

점원은 웃으며 이제 궁금해하지 않았다.

고북월이 똑똑하고 아주 세심하게 관찰하지 않았다면, 점원이 말이 많고 생각이 겉으로 드러나지 않았다면, 고북월도 그렇게 많이 설명할 필요는 없었다.

너무 똑똑하고 생각이 깊은 사람이 너무 단순한 사람과 함께 있으면, 똑똑한 사람이 피곤해지기 마련이었다.

점원은 고북월이 또 무슨 말을 더 할 줄 알았다. 하지만 고북월이 입을 열지 않자 잠시 기다리다가 돌아서서 나가려 했다. 그런데 문을 열던 그가 다시 되돌아오더니 낮게 말했다.

"공자께서 아까 밖에 나가셨을 때, 부인께서 우셨습니다."

원래 침묵하고 있던 고북월이 갑자기 몸을 일으켜 앉아 눈살을 찌푸리며 진지하게 물었다.

"어찌 된 일인가?"

점원은 그 부인이 말다툼 때문에 울었다고 생각했는데, 고북월의 이 반응을 보자 뭔가 이상하다는 것을 깨달았다.

그가 얼른 해명했다.

"소인도 모릅니다. 공자께서 나가신 후 부인은 제자리에서 꼼짝도 하지 않으셨습니다. 부, 부인께서는…… 무슨 주문에라도 걸리신 것처럼 다른 사람과 몇 번이나 부딪혔는데도 피하지 않으셨습니다. 소인……."

"부딪혀서 다쳤나?"

고북월이 다급하게 말을 자르고 물었다.

"아닙니다요! 그저 어깨를 부딪히신 것뿐, 별문제는 없었습니다."

점원이 얼른 해명했다.

"그런데 어찌하여 울었나?"

고북월이 진지하게 물었다. 그가 아는 진민은 진씨 집안 대소저 출신이지만 절대 나약한 성격이 아니기에 그렇게 훌쩍이며 울 리 없었다.

"소인도 모릅니다. 부인이 부딪혀 다치실까 염려되어 가까이 다가갔더니 울고 계셨습니다. 부인은 배고프시다며 한상 가득 음식을 주문하여 드셨습니다. 그러고 나서 밖으로 나가셨습니다."

점원이 사실대로 대답했다.

점원이 여기까지 말하자 고북월도 더는 물으려 하지 않았다. 그는 심각한 얼굴로 침묵한 채 손을 내저어 점원을 내보냈다.

진민은 줄곧 입구의 정원에 있었다. 점원이 문을 열고 나오는 모습을 보았지만 그녀는 다급해하지 않았다. 그녀는 참을성을 갖고 점원이 문을 닫을 때까지 기다렸다가 다가왔다. 그녀는 점원을 향해 살짝 미소를 지으며 손을 흔들어 그를 가까이 오게 했다.

점원은 고북월을 마주하는 것보다 진민이 더 무서웠다. 그는 아까 울던 부인이 지금은 왜 그를 향해 이렇게 아름다운 미소를 보이는지 알 수 없었다.

그랬다. 이 부인의 살짝 미소 짓는 모습은 다른 사람이 큰 소리로 웃을 때보다 훨씬 찬란했다.

점원이 벌벌 떨며 다가갔다.

"부인, 분부하실 일이 있으십니까?"

"잠드셨느냐?"

진민이 낮게 물었다.

점원은 처음에는 고개를 젓다가 곧 다시 고개를 끄덕였다.

"무슨 뜻이냐?"

진민이 진지하게 물었다.

"원래는 주무시고 계셨으나, 소인이 들어가는 소리에 깨셨습니다. 하지만 나중에 다시 잠드셨습니다."

점원은 이렇게 설명할 수밖에 없었다. 그는 공자가 자고 있지 않다고 말하면 이 부인이 자신에게 무슨 일을 시킬까 봐 무서웠다.

그런데 진민은 더 묻지 않고 다른 분부도 하지 않았다. 그녀는 다만 그가 정말 긴장을 풀고 쉬고 있는지 알고 싶었을 뿐이었다.

그녀는 그가 잠들 수 있다면 문제가 심각하지 않은 거라고 생각했다.

진민은 기쁜 마음에 점원에게 은 한 덩이를 내려 주었고, 이에 점원은 기분이 아주 좋아졌다.

"잠시 후에 약탕 갈아드리는 것을 잊지 마라. 한기가 들 수 있으니 너무 지체해서는 안 된다.”

그녀가 진지하게 당부했다.

“예, 예! 소인이 지키고 있겠습니다! 부인의 약도 소인이 지키고 있습니다요!”

점원이 쓸데없는 말을 하자 진민은 뭔가 이상함을 알아차리고 물었다.

“누가 부인이라고 부르라 했느냐?”

방금까지 소저라고 부르던 녀석이 들어갔다 나온 후에는 ‘부인’이라고 불렀다.

“공자께서 말씀하셨습니다.”

점원이 대답했다.

진민은 눈빛이 환해지면서 일어섰다가, 생각에 잠긴 듯 점원을 바라보았다. 점원은 즉시 자신이 또 뭔가 말을 잘못한 것 같다는 생각이 들었다. 그는 마음이 켕겨서 말했다.

“부인, 약을 아궁이에 달이고 있으니 소인이 얼른 가서 살펴보겠습니다!”

그런데 진민이 돌아서 점원의 앞쪽으로 가더니 바보처럼 보일 정도로 달콤한 미소를 지으며 물었다.

“방금 깨어나셨다고?”

“소인이 약탕을 갈러 들어갔을 때 그 소리에 깨셨습니다.”

점원은 사실대로 털어놓을 수밖에 없었다.

“그분이 내 이야기를 하셨느냐?”

진민이 또 물었다.

426

점원은 도저히 버틸 수 없어 사실대로 말할 수밖에 없었다.

"좀 전에 소인이 쓸데없이 입을 놀려 부인께서 밖에서 기다
린다고 말씀드렸습니다."

진민은 눈살을 찌푸렸다. 그녀는 고북월이 이 사실을 알게
하고 싶지 않았다.

"그분이 뭐라고 하셨느냐?"

진민이 계속 물었다.

이렇게 꼬치꼬치 캐물으니 점원은 대충 둘러댈 수가 없어 사
실대로 털어놓았다.

"공자께서는 부인이라고 하셨습니다."

진민은 굳게 닫힌 방문을 멍하니 바라보았다. 그녀가 다른
사람 입에 오르내리지 않게 하기 위해 그렇게 말했다는 것을,
그녀도 물론 알고 있었다.

"그렇게 피곤하게 굴 필요가 있을까?"

그녀는 속으로 탄식했다.

점원은 슬그머니 빠져나갔고, 진민도 더 캐묻지 않았다. 그
녀는 점원이 고북월에게 그녀가 울었다고 말한 줄은 모르고 있
었다.

점원 생각에는 눈에 눈물이 그렁그렁 가득 차 있었으니 운
것이었다!

하지만 그녀 생각에는 눈물이 떨어지지 않았으니 울지 않은
것이었다!

그녀가 입구에 있다는 것을 고북월이 알게 된 이상, 그녀는

계속 지키고 있기로 했다. 점원이 시간에 맞춰 물을 갈아 주는지 확인해야 했다. 그렇지 않았다가 한기가 들고 풍한이라도 걸리면, 어렵게 한 약욕인데 얻는 것보다 잃는 게 많았다.

그녀는 기다리면서 고북월의 약방문을 곰곰이 생각했다.

의학과 약학은 본디 하나이기에, 의술을 배운 그녀는 약리학도 잘 알았다. 하지만 유감스럽게도 이 약방문은 아무리 봐도 이해가 되지 않았다.

지난번 고북월을 진맥했을 때 그녀는 그의 병이 어려서부터 앓아 온 질병으로, 폐와 심장과 간에 문제가 있다고 진단했다. 이 약방문에 적힌 것은 분명 그 병증을 치료하는 약재였다. 하지만 몇 가지 약재들의 사용은 봐도 이해가 되지 않았다.

그녀는 한참 망설이다가 결국 자기 방으로 돌아가 몰래 약방문을 한 장 모사하여 남겨 두고 천천히 고민하기로 했다.

사실 가장 먼저 떠오른 생각은 목령이나 고칠소에게 가서 묻고 싶다는 것이었다. 하지만 진지하게 생각한 후 단념했다.

어쨌든 이것은 고북월의 사생활이었다. 그녀가 할 수 있는 것은 그가 자주 약욕을 할 수 있게 재촉하는 것뿐이었다.

잠시 후 점원이 시커먼 탕약 한 그릇을 들고 왔다.

진민은 원래 마실 생각이 없었다. 진짜 이 약이 필요한 것도 아니었다. 게다가 그녀는 보통 약 마시는 것을 싫어하고 침놓기를 좋아했다. 약은 너무 써서 싫었다.

원래는 약을 쏟아 버릴 생각이었다. 그런데 무슨 생각이 난 것인지, 그녀는 혼자 웃더니 아주 즐거운 듯 그 쓴 약을 벌컥벌컥 다 마셔 버렸다!

이 뜨끈뜨끈한 약이 밤의 한기를 모두 몰아냈다. 진민은 온몸이 따스해지는 것을 느꼈다.

그녀는 의자를 갖고 와서 고북월이 있는 곳 문 앞에 두더니 등롱을 들고 밟고 올라갔다.

뜨거운 약탕을 들고 오다가 이 광경을 본 점원이 깜짝 놀라며 외쳤다.

"부인, 부인!"

"쉿!"

진민은 높은 의자에 서서 뒤돌아보며 무서운 얼굴로 말했다.

"시끄럽게 해서 저분을 깨우면 네게 책임을 묻겠다!"

점원이 다가와서 다급하게 말했다.

"부인, 이게 뭐하시는 겁니까? 만일 넘어지시기라도 하면…… 저희 가게는 배상할 능력이 없습니다요!"

진민은 그를 무시한 채 발끝을 들고 등롱을 건 후 뛰어 내려왔다. 아주 민첩한 움직임이었다.

점원은 높이 걸린 등롱을 보았다가 다시 진민을 쳐다봤다. 정말 믿을 수 없었다. 이 유약한 여자가 남자들이 하는 일을 할 수 있을 줄은 생각도 못 했다.

"들어가거라. 약탕이 식겠다!"

진민이 재촉했다.

점원은 어째서인지 갑자기 몸을 부르르 떨고는 황급히 안으로 들어갔다.

방 안에 고북월은 눈을 감고 있었다. 정말 자는 것인지 아니면 자는 척하는 것인지는 알 수 없었다. 점원은 더 이상 쓸데없는 말을 할 엄두가 나지 않아 약탕을 바꾼 후 급히 밖으로 나왔다.

그는 입구에 도착했을 때 또 진민 때문에 깜짝 놀랐다.

진민은 문가에 앉아서 벽에 등을 기댄 채 진지하게 의서를 보고 있었다. 감히, 그리고 차마 방해할 수 없을 정도로 진지한 모습이었다.

삼경이 지난 후 점원은 깨끗한 뜨거운 물을 가져왔고, 고북월의 약욕은 끝이 났다. 진민은 기지개를 켜고는 주저하거나 머뭇거리지 않았다. 그저 소리 없이 자기 방으로 돌아가 머리를 대자마자 바로 잠이 들었다.

다음 날, 그녀는 아주 일찍 일어났다.

하지만 아무리 기다려도 고북월이 나오지 않았다. 그녀가 문을 두드리며 낮게 말했다.

"고 태부, 일어나셨습니까?"

고북월은 진작에 일어나 서신들을 살피고 있었다. 그는 분명 진민의 목소리를 들었으면서도 꼼짝도 하지 않았다.

진민은 몇 번 두드려도 답이 없자 고북월이 아직 자고 있다고 생각했다. 그녀는 감히 방해할 수 없었다. 그가 좀 더 쉴 수 있음에 가장 기쁜 사람은 그녀였다. 그녀는 방으로 돌아가 다시 잠을 청했다.

진민은 고북월이 일어나면 자신을 부를 줄 알았다. 그런데 정신 못 차리고 계속 자다 보니 정오가 될 때까지 자고 말았다.

그녀가 놀라서 깨어났을 때, 고북월은 막 짐을 챙겨 나갈 준비를 마친 참이었다. 그녀는 그를 바라보며 속으로 한숨을 돌렸고, 쓸데없는 다른 말은 하지 않았다.

"진 대소저, 몸은 좋아지셨습니까?"

고북월이 물었다.

"많이 좋아졌어요. 출발하셔도 돼요."

진민이 웃으며 말했다.

두 사람은 이렇게 간단하게만 말하고 계속 서쪽으로 이동했다. 가는 동안 두 사람의 대화는 극히 드물었고, 정말 더 지체할 수 없어 바로 의성으로 달려갔다.

북월편 **싸움의 발단**

고북월의 여정은 비밀이었고 아주 조용히 움직였다.

하지만 임씨 집안과 진씨 집안사람들은 그래도 사람을 보내 밤낮으로 의학원 입구를 지키며 고북월이 돌아오기를 기다리고 있었다.

진씨 집안에서는 한 달 동안 거의 매일 진민에게 서신을 보냈다. 하지만 안타깝게도 진민은 답장을 보낸 적이 없었다.

이날 밤, 마차 한 대가 의학원 입구에 천천히 멈춰 섰다. 마차는 소박했지만, 마차를 모는 사람은 만나려 해도 만날 수 없는 하늘에서 내려온 선인 같았다.

그랬다. 고북월이 직접 마차를 몰고 진민과 함께 돌아온 것이었다. 그들이 심야에 도착한 것은 사람들의 눈을 피하기 위해서였다.

하지만 고북월은 도착하자마자 주변에 많은 사람이 잠복해 있음을 눈치챘다.

그는 먼저 마차에서 내려 뒤에서 바퀴 달린 의자를 꺼낸 후, 마차에 올라 진민을 안았다.

그는 마차 안에서 낮게 말했다.

"주변에 사람이 있으니 신중하게 행동해야 합니다."

"알겠어요."

진민도 낮게 말했다.

고북월이 손을 내밀었다.

"진 대소저, 실례하겠습니다."

진민은 여전히 미소만 지었다.

"고 태부, 신세를 질게요."

그렇게 고북월은 한 손으로 진민의 등을, 다른 한 손으로 두 다리를 받치며 진민을 공주처럼 안아 올렸다.

진민은 두 손을 몸의 양옆에 붙이고 있었다. 어색하지 않다면 거짓말이요, 긴장하지 않았다면 더 거짓말이었다. 그녀는 온몸이 경직되었다. 고북월도 분명하게 느낄 수 있었다.

그녀는 긴장한 표정으로 눈을 내리깐 채 미간을 살짝 찌푸렸다.

그녀를 안고 마차에서 나온 그는 허공을 밟으며 공중을 걷듯이 가볍게 착지했다.

그는 진민을 바퀴 달린 의자에 앉히다가 무심결에 그녀의 표정을 보고 바로 시선을 돌렸다. 왜인지 모르지만 그의 입가에 옅은 미소가 피어났다.

옅고 옅어서 있는 듯도 하고 없는 듯도 한 미소였다. 어쩔 수 없어서 그러는 것인지 아니면 놀리는 것인지, 그것도 아니면 순수하게 재미있어서 그런 것인지는 알 수 없었다. 아마도 그 자신만이 알 수 있으리라. 아니 어쩌면, 자신조차 알지 못할지도 몰랐다.

지금 진민은 고북월의 옅은 미소는 물론이요, 고북월의 입꼬리가 위로 확 올라갔다고 해도 알아볼 수 없었다. 너무 긴장한 상태였다!

그의 품에 몸을 맡기고 그의 두 손에 안겨 있었다. 그의 몸에서 옅게 풍기는 약초향이 자신을 뒤덮자, 그녀는 이미 어떤 일에도 신경 쓸 수 없었다. 눈에 아무것도 안 보이고, 머릿속은 텅 빈듯했다.

그녀는 무의식적으로 눈을 감았다.

누군가를 좋아하면 분명 그 사람이 눈앞에 있는데도 눈을 감고 그 존재를 느끼고 싶어질 때가 많았다.

아마도 본다고 해서 꼭 기억할 수 있는 것은 아니기에, 느낌만이 가장 영원하기 때문이리라.

고북월은 진민을 바퀴 달린 의자에 앉힌 후 바로 일어나더니, 제일 먼저 자신의 바람막이를 벗어 진민의 두 다리를 덮었다.

그가 진지하게 말했다.

"한기가 들어 또 아프면 안 됩니다."

그 후에 진민을 밀면서 의학원으로 들어갔다.

아직 처소에 도착하기도 전에 심 부원장이 찾아왔다.

"원장 어른, 돌아오셨군요!"

"그 환자는 아직 요양 중입니까?"

고북월이 진지하게 물었다.

"아식 요양 중입니다. 모레 아침이 기한입니다. 계속 치료하지 못하면 목숨이 위험합니다!"

심 부원장이 초조해하며 말했다.

고북월은 안으로 들어가면서 물었다.

"진씨 집안은 지금 어떤 입장입니까?"

하지만 안에 들어왔음에도 심 부원장은 대답하지 못했다.

진민은 정말 세심하고 똑똑한 사람이었다. 그녀는 심 부원장이 그녀가 함께 있다는 사실을 꺼리고 있음을 알고 얼른 말했다.

"심 부원장, 지금 진씨 집안은 잘못을 저질렀고, 제 아버지는 큰 잘못을 저질렀습니다! 지금 어떤 상황인지 거리낌 없이 말씀하세요!"

진민을 잘 알지 못하는 심 부원장은 아주 의아했다. 사실 처음 고북월이 진민을 신부로 맞았을 때, 그를 포함한 의학원 사람은 모두 고북월이 진심이 아니라 다른 목적을 갖고 진민과 혼인한다고 생각했다.

심 부원장은 아무래도 주저할 수밖에 없었다. 고북월이 입을 떼려는데, 진민이 갑자기 바퀴 달린 의자에서 벌떡 일어나 담담하게 말했다.

"심 부원장, 이렇게 하면 안심할 수 있겠죠?"

"아니, 이런?"

심 부원장은 깜짝 놀라 말도 안 된다는 듯 진민 주변을 한 바퀴 돌았다. 자신의 두 눈을 도저히 믿을 수 없었다.

진민은 고북월 옆자리에 앉아 스스럼없이 청하는 손짓을 보였다.

"심 부원장, 앉아서 자세하게 이야기하시지요."

심 부원장은 고북월을 바라보았다. 고북월이 고개를 끄덕이자 그제야 그는 자리에 앉았다.

"원장 어른, 이…… 이게 어찌 된 일입니까?"

고북월은 진민의 두 다리가 중독된 일을 이야기해 주었다. 심 부원장은 바로 진씨 집안에 음모가 있음을 알아차렸고, 마음속으로 의심하는 대상도 있었다.

진민의 아버지는 진씨 집안의 주인인 진봉례秦奉禮였다. 큰딸인 진민 아래로 여동생은 여러 명 있었지만 남동생은 한 명뿐이었다. 올해 열여섯 살이 된 아들은 의술이며 경력 모두 평범하여 삼품 의사에 불과했다.

진씨 집안에서 의술 재능이 가장 뛰어난 사람은 진 대소저였다. 하지만 안타깝게도 진 대소저는 두 다리가 불구라 좋은 혼처를 찾을 수 없었고, 혼인을 통해 가주 자리를 놓고 다투는 남동생에게 힘을 보태 줄 수 없었다. 그래서 줄곧 진 대소저는 사랑받지 못했고, 응당 받아야 했을 교육도 받지 못했다. 심지어 지금까지 품계 시험은 삼품 의사 시험 한 번만 참가했을 뿐이었다. 그녀의 다른 여동생들의 재능도 모두 평범했다. 이에 진봉례는 딸들도 더 가르치지 않고, 도리어 딸들을 위해 좋은 혼처를 찾아다녔다.

진 가주의 눈에 딸은 의술이 아무리 훌륭하고 품계가 높아 봐야 결국은 여자일 뿐이기에, 차라리 혼인을 통해 힘을 얻는 편이 나았다. 진 가주는 하나뿐인 아들에게 모든 정성을 쏟았다. 그러나 안타깝게도 아들은 아직 나이가 어렸고 실력이 변변치

436

못했다.

진봉례의 동생이자 진민의 둘째 숙부, 진씨 집안의 둘째 어른인 진봉현秦奉賢에게는 뛰어난 재능에 젊고 유능한 아들이 하나 있었다. 올해 스물여섯 살인 그는 오품 신의에 올랐는데, 한종안의 기록을 깨고 서른 전에 의종에 올라 의학원 역사상 가장 젊은 육품 의종이 될 가능성이 컸다.

가주 쟁탈전에서 의술이 가장 중요하긴 하나 그게 전부는 아니었다.

진 둘째 어른이 아들의 가주 자리를 위해 진민에게 독을 썼을 가능성이 없지 않았다. 아니, 오히려 가장 의심스러운 사람이었다.

다른 집안의 내분이라면 심 부원장도 그리 많은 관심을 갖지 않았을 것이었다. 하지만 진씨 집안과 임씨 집안의 내분은 심 부원장뿐 아니라 고북월도 일찌감치 주의를 기울이고 있었다.

과거 최고의 세가였던 고씨 집안이 쇠락한 후 진씨 집안과 임씨 집안은 의학원의 양대 대표 세력이 되었다. 의학원에서 정책을 결정할 때, 대부분 진씨 집안과 임씨 집안의 제약을 받았다.

원래는 임씨 집안이 의술과 인맥에서 더 앞섰으나, 고북월이 진민과 혼인하여 진씨 집안의 사위가 되면서 진씨 집안은 임씨 집안과 맞먹는 수준이 되었다.

물론 진씨 집안의 내분은 이번 일과는 큰 관련이 없었고, 심 부원장도 참견하기 힘들었다. 이번은 진씨 집안과 임씨 집안 간의 싸움이었고, 진 대소저는 마땅히 아버지 편을 들어야 했다. 이 일에서 그녀는 의심받을 행동을 피하는 것이 가장 좋았다.

심 부원장은 원장 어른을 몇 번 쳐다봤다. 원장 어른이 여전히 더 말하려 하지 않으니 포기할 수밖에 없었다. 그는 속으로 원장 어른이 진민을 믿는다면, 그도 신뢰할 수 있다고 생각했다.

"원장 어른, 부인, 진 가주는 지금까지도 계속 치료하지 않겠다고 고집부리고 있습니다. 모레까지 생각을 바꾸지 않으면, 이 환자는 반드시 죽습니다. 만일에 대비하여 원장 어른이 직접 나서시지요."

심 부원장이 진지하게 말했다.

이번에 임씨 집안과 진씨 집안의 은원 관계는 이러했다.

얼마 전 쉰 살 넘은 가난한 노인이 괴병에 걸려 의원을 찾아다녔지만 해법을 찾지 못했다. 나중에 이 병의 이야기를 들은 진 가주는 사람을 보내 노인을 데려온 후 자진해서 치료해 주었다.

진 가주는 칠품 의성으로 임 가주와 함께 의학원 삼대 의성으로 불렸으며, 의선인 심 부원장과 의존인 고북월 다음 가는 실력자였다.

진 가주가 직접 진료해 주는 것은 쉬운 일이 아니었다. 진 가주는 '사람'이나 '병'을 가리며 진찰했는데, 아주 권세 높은 사람이거나 아주 희귀한 병이라야 그의 눈에 들어왔다.

노인은 처음에는 아주 기뻐하며 진 가주의 은덕에 감사했다. 그런데 한 달간 치료를 받았지만 어떤 치료 효과도 나타나지 않고 도리어 병세만 깊어졌다. 진 가주가 두 번째 단계 치료를 진행하려 할 때 노인이 갑자기 달아났다. 그는 임씨 집안 대문으로 달려가 무릎을 꿇더니, 자신이 진 가주에게 당했다면서 임 가주에게 살려 달라고 애원했다.

진 가주는 이 일로 아주 격노했다. 임 가주도 노인의 애원을 받아 주지 않고 치료를 거절함과 동시에 진씨 집안으로 돌아가라고 권했다.

하지만 진 가주는 자신을 포함한 진씨 집안 누구도 이 병을 건드려선 안 된다고 엄포를 놓았다!

진 가주는 노인에게 세 달 기한의 치료 방법을 세워 주었다. 그가 선택한 것은 사지로 몰아넣는 방법인데, 먼저 모든 병소病巢가 나오게 한 후 다시 완벽하게 치료하는 방식이었다. 아주 위험을 무릅쓰는 치료 방법으로, 지금 절반 정도 치료한 상태에서 의원을 바꿔 버리면 아주 위험했다!

설사 진 가주가 이전 치료 상황을 임 가주에게 자세히 설명해 준다 해도, 임 가주 역시 넘겨받을 수 없었다!

임 가주는 이 일로 진 가주가 의원으로서 갖춰야 할 품덕을 상실했으며, 환자를 파리 취급하고 환자 목숨을 유린했다고 질책했다. 심지어 진 가주의 치료 방법에 의문을 제기하기까지 했다. 진 가주는 대로하여 환자를 임 가주에게 떠맡겼고, 더는 환자를 받지 않겠다고 더욱 굳게 결심하며 누가 설득해도 양보하지 않았다.

임씨 집안과 진씨 집안은 원래부터 보이지 않게 신경전을 벌이고 있었다. 이번에 두 가주가 맞서자 두 집안은 공개적으로 대립하기 시작했고, 이 일을 시끄럽게 떠벌리며 집안 분쟁으로 확산시켰다. 의성의 크고 작은 세력도 편을 가르기 시작했다.

두 집안과 두 진영의 투쟁이라면 심 부원장이 모른 척하고 내버려 둘 수 있었다. 하지만 이것은 환자의 목숨이 달린 일이었다. 두 집안 사이에 환자가 끼어 있으니, 심 부원장은 관여하지 않을 수 없었다.

그의 수하는 두 집안이 싸우게 놔두다가 환자가 죽은 후에 원장 어른이 나서면, 이를 이유로 두 가주를 처벌하고 의원 자격을 박탈할 수도 있으니 가장 좋다고 의견을 내놓았다. 심지어 이 기회에 의학원 개혁을 단행할 수 있다고도 했다.

아주 좋은 생각인 것은 분명했다. 모든 개혁에는 희생이 불가피했다. 하지만 심 부원장은 부모의 마음을 가지고 의술을 행하는 의원으로서 모진 마음을 먹을 수 없었다. 그는 이 젊은 원장 어른도 모질게 굴 수 없을 것을 잘 알았다. 그래서 최선을 다해 환자를 보호하며 원장 어른이 올 때까지 기다릴 수밖에 없었다.

심 부원장은 병에 대해 보고했다. 이 환자가 처음부터 그의 손에 맡겨졌다면 그가 치료해 줄 수 있었다. 하지만 지금 상황에서는 감히 위험을 무릅쓸 수 없어 병세가 악화되지 않도록 하며 간신히 환자를 보호했다.

고북월은 병례를 살펴본 후 담담하게 물었다.

"그 노인은 임씨 집안사람이겠군요?"

진민의 입가에 옅은 미소가 지어졌다. 심 부원장은 순간 멍해졌지만, 곧 크게 깨닫고 이마를 탁 치며 말했다.

"틀림없습니다! 틀림없어요! 제가 노망이 들었나 봅니다!"

북월편 **하라는 대로**

고북월의 말에 심 부원장은 그제야 큰 깨달음을 얻었다. 이번 일은 임씨 집안사람이 일으킨 게 틀림없었다.

진 가주는 두문불출하며 환자가 찾아오길 기다리는 사람이고, 임 가주는 천하를 돌아다니며 먼저 나서서 각종 난치병을 찾아다니는 사람이었다. 임 가주는 사람들이 모르는 난치병에 대해 아주 많이 알고 있었다.

이들 수준 정도 되는 의원에게 평범한 질병 치료는 아주 긴급 상황이 아니면 시간 낭비이자 고급 인력을 썩히는 짓이었다. 그래서 이들은 난치병에 도전하길 원했다. 그것은 치료이자 연구였다. 이들이 어느 정도 병례를 수집하면 체계적인 치료 방안을 세울 수 있고, 반복된 실험으로 범례를 만들어 결국에는 한 치료 방법의 창시자가 될 수 있었다. 게다가 의학원 교재뿐 아니라 의료 역사에도 이름을 남길 수 있었다.

누가 이 환자를 진 가주에게 추천한 것은 이상하지 않았다. 이상한 것은, 이 환자가 감히 진 가주를 떠나 임씨 집안 대문 앞에 와서 치료해 달라고 간청했을 뿐 아니라, 진 가주의 의술에 의문을 제기했다는 점이었다.

진 가주는 의성이었다!

가난하여 치료받을 도리 없는 노인은 물론 권세가도 감히 이렇게 진 가주의 권위에 의문을 제기할 수 없었다!

그 노인은 누군가의 지시를 받았을 가능성이 컸다!

지금 의성에서 감히 진씨 집안을 도발할 수 있는 세력은 고북월 본인을 제외하고는 임씨 집안뿐이었다.

"그렇다면 진 가주는 아주 큰 손해를 보게 됐군요!"

심 부원장이 진지하게 말했다.

일반적으로 의원을 바꾸는 경우는 두 가지였다.

첫째, 의원이 자발적으로 환자의 의원을 바꿔 주는 경우였다. 의원은 병세에 따라 최적의 시기에 맞춰 새 의원을 연결해 주고 모든 상황을 인수인계해 줬다. 새 의원이 인계받은 후에도 이전 의원은 한동안 도와주면서 뜻밖의 상황을 막고 환자가 적응할 수 있게 도왔다.

둘째, 환자가 의원 실력을 의심하며 자발적으로 의원을 바꿔 달라고 요구하는 경우였다. 이전 의원이 새 의원을 추천할 수도 있고, 환자가 직접 찾을 수도 있었다. 하지만 이전 의원은 여전히 인수인계 작업을 잘 해 줘야 했다.

하지만 이 노인의 경우는 달랐다.

이 노인의 병세는 원래 특별했고, 진 가주의 치료 방법은 더 특수했다. 진 가주가 어찌 개인적인 치료방법을 임 가주에게 기꺼이 알려 주겠는가?

"진 가주도 어리석지 않으니, 그자가 임씨 집안에서 데려온 환자라는 것을 알아챈 게 분명합니다."

고북월이 담담하게 입을 열었다.

"알아도 어쩔 수 없지요. 지금은 진퇴양난의 지경이니 늦었습니다."

진민은 너무도 유감스러웠다.

"임씨 집안의 이번 수는 정말 음험합니다!"

지금 의학원에서는 진 가주를 성토하는 사람이 적지 않았다! 게다가 이 일은 이미 외부로 알려지기 시작했다. 상황을 잘 모르는 사람들 눈에 진 가주는 사람이 죽는 것을 뻔히 보면서도 구하지 않는 의원일 게 틀림없었다.

진 가주는 울분을 참으며 순순히 치료 방법을 내놓거나, 아니면 그 노인이 죽든 말든 상관치 않고 있다가 죽는 것을 보고도 구하지 않은 덕을 상실한 의원이라는 오명을 덮어쓸 수밖에 없었다. 결국에는 의학원도 진 가주를 엄히 벌해야 할 게 분명했다.

세 사람 모두 침묵한 채 깊은 생각에 잠겼다.

고북월이 초조해하지 않는 걸 보면 그 환자에 대해 자신이 있다는 소리였다. 그렇다면 사람 구하는 것이 가장 중요하지만, 이번 기회에 어떻게 두 집안 가주를 눌러 줄 수 있는지도 중요했다.

진민은 고북월을 몰래 훔쳐보았다. 다른 일이었다면 그녀는 절대 이곳에 앉아 있을 리 없고 참견할 일은 더더욱 없었다. 하지만 이 일은 본디 그녀, 그리고 진씨 집안과 관련 있으므로 반드시 이곳에 앉아 말해야 했다.

오는 동안 고북월은 그녀와 이 일에 관해 이야기하지 않았다. 하지만 그녀는 고북월이 이 일을 어떻게 처리할지 이미 속으로 다 계산해 두었다고 확신했다.

그는 무엇을 망설이고 있는 것일까?

"원장 어른, 이 일에 대해 어찌……."

심 부원장은 수많은 날을 애태우며 보낸지라 마음이 조급했다. 그런데 고북월은 아랑곳하지 않으니, 심 부원장은 결국 진민에게 물어보는 눈빛을 보냈다.

진민은 무의식적으로 시선을 피했고, 순간 어찌할 바를 몰랐다. 그녀는 심 부원장이 그녀에게 눈빛으로 고북월의 생각을 물어보고 있음을 알았다. 고북월 곁에 그렇게 오래 머물렀지만 이런 상황은 처음이었다.

진민은 뭐라 말할 수 없는 느낌에 그저 웃고만 싶었다.

그녀는 잠시 망설이다가 눈을 들어 심 부원장을 바라보았다. 하지만 심 부원장은 이미 그녀를 보고 있지 않았다.

'나도 저 사람이 무슨 생각을 하는지 몰라요!'

그녀는 속으로 중얼거렸다.

그녀는 이상하다고 생각했다. 심 부원장은 왜 초조해하는 걸까? 그는 아주 오래, 그녀보다 더 오래 고북월과 함께 있었다. 그런데 왜 고북월의 성격을 헤아리지 못하는 것일까?

사실 고북월과 지내는 일은 가장 단순했다. 말해야 할 때가 되면 그가 말할 테고, 그렇지 않을 때는 쓸데없이 많이 묻고 짐작할 필요가 없었다.

그는 많은 설명을 하려 하지 않았지만, 다른 사람을 충분히 안심시킬 수 있었다.

진민은 생각하고 생각하다가 문득, 자신이 이 남자를 전보다 아주 많이 알게 되었음을 깨달았다. 분명 알 기회는 별로 없었는데. 혼인한 지 2, 3년이 지났지만, 진짜 함께 보낸 시간은 반년이 채 되지 못했다. 그녀가 어쩌다 이렇게 많이 알게 되었을까?

진민이 자신도 모르게 넋이 나가있을 때, 고북월이 갑자기 입을 열었다.

"부인……."

진민은 그의 목소리를 들었지만 여전히 멍하니 정신을 차리지 못했고, 고북월이 자신을 부르고 있음을 깨닫지 못했다.

부인이라는 소리가 그의 입에서 나오는 것이 너무도 낯설어 다른 사람을 부르고 있는 듯했다. 그런데 유독 다른 사람이 그렇게 부르면, 그건 또 너무 익숙해서 그녀는 단번에 자신을 부르는 것을 알아챘다.

"부인."

고북월이 고개를 돌려 진민을 바라보며 다시 한 번 불렀다.

진민이 이번에는 정신을 차리고 무의식적으로 대답했다.

"예?"

"부인은 장인어른을 걱정하고 계십니까?"

고북월이 덤덤하게 물었다.

진민은 솔직하게 고개를 저었고, 고북월은 참지 못하고 입가에 미소를 지었다. 심 부원장은 갈수록 의심이 솟아났다. 딸인 진 대소저가 정말 친아버지 편을 들지 않는다는 것인가?

"그럼 잘 됐습니다. 내가 구할 방법을 알려 줄 테니 가서 그 환자를 살리십시오."

고북월이 마침내 마음속 생각을 이야기했다.

그 말에 심 부원장은 깜짝 놀랐다.

심 부원장이 놀란 것은 진 대소저의 실력이었다. 그녀가 얼마나 대단한 실력을 갖췄기에 배워서 할 수 있단 말인가? 원장 어른이 직접 가르쳐 준다고 해도 이 병은 결코 단순하지 않은데?

진 대소저가 자신만의 침술을 갖고 있는 것도 알고, 의술 역시 그녀의 품계보다 훨씬 뛰어난 것도 알고 있었다. 하지만 그가 아는 한, 진 대소저의 의술은 그렇게까지 대단하지 않았다.

설마 진 대소저가 남들이 모르는 능력을 갖고 있는 걸까?

진민도 뜻밖이었다. 그러나 그녀가 뜻밖이라고 생각한 것은 그가 이 결정을 내리는 데 그렇게 오래 주저했다는 점이었다. 왜 망설였지? 그녀를 믿지 못하는 걸까? 그녀가 이곳에서 이치에 맞지 않게 진씨 집안 편을 들까 봐?

그녀는 그를 한 번 보고는 담담하게 대답했다.

"예."

진민은 고북월이 계속 이어서 말하기를 기다렸다. 그런데 고북월은 담담하게 이렇게 말했다.

"부인, 늦었으니 먼저 가서 쉬십시오."

진민은 눈을 크게 떴다. 너무도 뜻밖이었다.

이 사람, 지금 날 내보내려는 건가?

그녀의 다리 중독 사실을 발견한 후 그가 그녀를 의성에서 운녕으로 가게 했을 때, 그는 그녀에게 의성 일을 이야기해 주었다. 그는 그렇게 말했었다. 적당한 때에 약성 쪽과 함께 대진의 의약 개혁을 진행할 거라고, 그녀가 함께 해 주었으면 좋겠다고, 그리고 기회를 봐서 그녀에게 독 쓴 사람을 찾아 주겠다고 약속했었다.

그는 그녀에게 참여할 권리를 약속했었다. 그런데 지금은…… 왜 처음에는 믿어 놓고 이제 와서 또 의심하는 거지? 지난 2, 3년간 거짓 임신을 제외하면 다른 잘못을 저지른 적은 없는데.

진민은 기개 있는 여자였다. 고북월이 나가게 하자 당연히 그 자리를 떠났다.

방에 들어오니 그녀의 감정이 확 솟구쳐 올랐다. 분노가 솟아났지만 분출할 곳도 분출할 방법도 없었다. 꾹 참고 있자니 오장육부가 아팠다.

결국 그녀는 이불 위로 주먹질을 하며 분노를 표출했다.

"고북월, 나 진민이 어떤 사람인지 몰라요? 갑자기 날 이렇게 경계하다니, 재미있어요?"

이 말을 하자마자 그녀는 또 갑자기 멍해졌고, 한참 후에야 나지막이 혼잣말을 읊조렸다.

"고북월, 내가 어떤 사람인지 당신이 어떻게 알겠어요! 어떻게 알겠어요……."

이날 밤은 이렇게 지나갔다. 진민은 임씨 집안과 진씨 집안

일을 더 묻지 않았다. 다음날 오후, 고북월은 그녀를 서재로 불러 직접 치료 방법을 가르쳐 주었다.

진민은 내내 말없이 조용히 듣기만 했다. 그녀가 조용히 있으니 도리어 조용하던 고북월이 계속 입을 열어 이해했는지, 질문은 없는지 묻게 되었다.

진민은 내내 고개를 저었다. 고북월의 설명이 끝난 후 그녀는 고북월이 가르쳐 준 내용에 따라 자신이 이해한 의학과 약학 이치를 쭉 설명했고, 실제처럼 침술을 해 보였다.

고북월은 진민의 실력을 잘 알고 있었지만, 그럼에도 그녀의 우수한 학습능력과 이해력에 깜짝 놀랐다. 결국 그는 자신도 모르게 한마디 덧붙였다.

"진 대소저, 당신은 정말 아깝군요."

뭐가 아깝다는 걸까?

이렇게 뛰어난 재능을 갖고도 교육을 받지 못해 젊은 시절 의성과 천하에 이름을 떨치지 못한 게 아깝다는 걸까? 아니면 그에게 시집간 게 아깝다는 걸까?

진민은 무의식적으로 고개를 흔들었다. 쓸데없는 생각을 하고 싶지 않았다. 그녀는 얻고 싶어 안달하고, 잃을까 봐 두려워하며, 의심으로 가득한 상태가 싫었다.

바라는 게 없으면 근심 걱정도 없지 않겠는가?

진민은 묻지 않았고, 깊이 생각하지도 않았다. 그녀는 이미 속으로 결심을 굳혔다. 의성 일이 끝나면 영주성으로 돌아가 자유롭게 지내면서 영자를 잘 돌보고 가르쳐 주리라.

고북월, 난 당신을 좋아해요.

하지만 당신이 아니면 안 되는 것은 아니에요!

그녀는 고북월을 돌아보며 웃었다.

"아깝지 않아요. 제가 얼마나 자유롭게 지내는데요. 당신들처럼 날마다 사람 목숨을 책임지고 날마다…… 말할 수 없는 일들을 속에 가득 담고 살지 않아요."

진민은 고북월에게 아리따운 모습만 남기고 시원스럽게 뒤돌아갔다. 고북월은 자신도 모르게 멍해졌다. 문득 아주 익숙한 느낌을 받았다. 마치 운녕의 그 달밤으로 돌아간 듯했다. 이 여자는 이번에도 그렇게 우아하게 돌아섰고 발걸음도 시원스럽고 경쾌했다.

어젯밤 그가 일부러 고민하는 척하고, 일부러 그녀를 내보낸 것은 그녀의 마음을 끊어 내기 위해서였다. 그는 악역을 맡아 그녀의 원망을 듣더라도, 그녀가 잊지 못하게 놔두고 싶지 않았다.

그는 어젯밤 그녀의 상처받은 눈빛을 분명히 보았다. 그런데 그녀는 어떻게 하룻밤 만에 그를 향해 이렇게 웃으며, 이런 대답을 할 수 있는 것일까?

진민, 당신은 대체 어떤 사람이지?

고북월은 처음으로 이 문제를 생각했지만, 깊이 고민하지는 않았다.

오후에 의성의 젊은 의원들이 모여 진씨 저택 문 앞에서 항의시위를 벌이며 진 가주를 성토했다. 그들은 진 가주에게 당장 환자를 구하지 않으면 영원히 의성을 떠나라고 요구했다.

마침 고북월은 심 부원장과 함께 진민을 보내 환자를 구할 방법을 의논하던 참이었다. 이 일이 일어나자 고북월은 진민에게 진씨 집안으로 가서 아버지를 대신해 환자를 살리고 민중의 분노를 다스리라고 했다.

진민은 고북월이 왜 이러는지, 다음 계획이 무엇인지 몰랐지만 하라는 대로 했다.

진민이 기다린 지 반 시진도 되지 않아서 작약이 돌아왔다.

아직 호위병도 오지 않았는데 그녀는 작약에게 자신을 밀고 가게 했다.

북월편 **그녀가 살린다**

진씨 저택 대문 앞으로 사람들이 물샐틈없이 둘러싸고 있었다. 맨 앞에 세 줄로 앉아서 농성을 벌이는 사람들은 모두 의성의 젊은 의원들로 의품이 낮지 않았다. 그 뒤에 서 있는 네다섯 줄 사람들은 의품이 낮은 의원들, 일반 백성 그리고 치료를 위해 가족을 의성에 보낸 많은 사람들이었다. 그들은 왈가왈부하며 떠들었고, 시시때때로 함께 항의 소리를 냈다. 처음에는 진가주 한 사람만 성토하다가 나중에는 진씨 집안 전체로 화가 옮겨졌고, 진씨 집안의 유명한 의원들도 욕을 먹었다.

담황색 긴 치마에 단아한 분위기를 풍기는 진민은 여름날에 말할 수 없이 맑고 청량한 느낌을 주었다. 바퀴 달린 의자에 앉은 그녀가 작약이 밀어 주는 가운데 골목 안에서 나타났다. 다들 진씨 집안 대문의 시끌벅적한 상황에 집중하느라 그녀가 온 것을 알아차린 사람은 별로 없었다. 누가 보았다고 하더라도 그녀의 미모에 매료되어, 이리도 아름다운 외모를 가진 그녀가 불구인 사실에 탄식만 했을 것이었다.

의성 사람 누구나 진씨 집안 대소저이 두 다리가 불구라는 사실을 알았지만, 그녀가 꽃처럼 아름다운 외모의 소유자라는 사실을 아는 이는 드물었다.

작약은 진씨 집안 입구 상황을 보고 깜짝 놀라 멈춰 서서 낮은 목소리로 물었다.

"부인, 나리께 호위병을 둘 불러 달라고 하시지요. 만일 저들이 소동을 피우다가⋯⋯."

말이 다 끝나기도 전에 진민이 잘라 말했다.

"우리 집 대문 앞에서 괴롭힘을 당할까 두려워한다고? 놀리는 거니?"

작약은 입을 삐죽이며 더는 권하지 않았다.

그녀는 원래 주인을 따라 영주성에서 운녕으로 갔었다. 하지만 그녀가 쓸데없이 많은 말을 하는 것을 싫어한 주인은 그녀를 운녕으로 보내 버리고 혼자서 나리와 함께 북쪽으로 가 버렸다. 그녀는 부인과 나리가 가는 동안 무슨 일은 없었는지 궁금했다. 하지만 감히 많이 물어볼 수도 없었다. 부인의 심기를 건드렸다가 또 영주로 보내 버릴까 두려웠다. 정말 오래 간청한 끝에 부인이 의성에 와서 시중들어도 좋다고 허락했기 때문이었다.

작약이 의자를 밀어 주면서 진민은 점점 무리에게로 가까이 다가갔다.

바로 이때, 진씨 집안의 굳게 닫힌 대문이 갑자기 열렸고, 순간 모든 논의와 성토의 소리가 별안간 멈추었다.

마침내 온 세상이 조용해졌다!

진민은 귀를 막은 채 작약을 멈추게 했다. 우선 진씨 집안에서 누구를 내보내 이 일에 대처하는지 봐야 했다.

곧 진민은 뜻밖의 상황을 마주했다. 진씨 집안에서 나온 사람은 다름 아닌 둘째 숙부의 귀한 아들, 진씨 집안의 큰 도령인 진쟁원秦箏原이었다. 단정한 흰옷을 입은 그는 허리에 옥대를 매고 머리를 높이 묶고 있었다. 대문 앞에 고고하게 서 있는 그의 표정은 엄숙했고, 나이는 어렸지만 의원의 침착한 분위기를 풍겼다.

둘째 숙부 부자는 그녀의 아버지가 이 일에서 처참히 무너지길 바랄 텐데, 어찌 도우러 나서겠는가? 진민은 상황을 짐작했다. 과연 진쟁원은 잠깐 서 있다가 직접 문을 닫고 한 걸음씩 계단을 내려왔다. 많은 사람이 주시하는 가운데 그는 뒤돌아서 굳게 닫힌 대문을 향해 진지하게 읍을 한 후 큰 소리로 말했다.

"쟁원, 백부께 구합니다. 생명을 중히 여겨 주십시오! 백부께서 허락하지 않으시면, 이 조카는 자리에서 일어나지 않겠습니다."

군소리는 필요 없었다. '생명을 중히 여겨 주십시오'라는 말 한마디로 모든 것이 설명되었다. 진쟁원은 말을 마친 후, 농성을 벌이며 앉아 있는 젊은 의원들 맨 앞에서 갑자기 무릎을 꿇었다.

순간 고요하던 장내가 들끓기 시작했다.

"진씨 집안에 사리에 밝은 인재가 남아 있었군!"

"허허, 그 대단한 의성인 진 가주는 후생보다 이치를 모르고 의원의 덕도 부족하구나!"

"진 가주는 가주를 맡을 만한 자가 못 되니 빨리 자리를 물려주는 게 좋겠소! 진씨 집안 가업이 그 손에 있다가는 다 무너지겠소!"

"진 대가주! 진 대장로, 지금 진씨 집안사람도 가만히 두고 보지 못하는데, 아직도 모습을 드러내지 않는 거요?"

"허허, 나중에 진씨 집안사람에게 들려 나오면, 그때는 정말 체면이고 뭐고 남아 있지 않을 텐데!"

사람들은 시끄럽게 떠들어 댔다. 한 집안의 주인이자 일대의 의성인 진 가주가 후생과 비교되어 평가절하되다니, 정말이지 엄청난 조롱이자 치욕이었다.

그런데 진씨 집안 대문은 여전히 굳게 닫힌 채 미동도 없었다.

"부인, 둘째 어른 쪽 무리가 정말 주인어른을 내보낼지도 모르겠어요!"

작약이 낮게 말했다. 진민은 들으면 들을수록 이상한 느낌이 들어 진지하게 말했다.

"작약, 내가 부인이라고 부르지 말라고 했잖니. 너는 내 친정 시녀야, 왜 날 부인이라고 불러?"

진민은 아무리 들어도 작약이 '부인'이라고 부르면서 또 '주인어른'이라고 하는 게 어색했다. 작약은 그녀의 친정에서 시집갈 때 함께 보낸 시녀였다. 그녀가 누구의 부인이 되든 작약은 그녀를 아가씨라고 불러야 했다. 10년 넘게 '아가씨'라고 부르던 작약이 어쩜 저리 익숙하게 '부인'이라고 바꿔 부를 수 있는 것일까?

"부인, 지금이 어느 때인데 그런 걸 따지세요?"

작약이 다급하게 물었다.

진민이 고개를 돌려 눈을 부라렸다. 작약은 처음에는 그녀와 맞섰지만, 진민이 맑고 커다란 눈동자를 천천히 가늘게 뜨자 마음이 찔려서 순순히 말을 바꾸었다.

"아가씨, 지금 때가 어느 땐데요, 이런 걸 따지고 있지 말아요, 네?"

진민은 마침내 만족해하며 말했다.

"날 밀고 가."

진쟁원은 진씨 집안 젊은 세대 중 의품이 가장 높긴 하지만, 진민은 한 번도 그를 안중에 둔 적이 없었다.

작약은 진민을 밀며 계속 앞으로 갔다. 그런데 진민이 어쩔 수 없다는 듯 낮게 말했다.

"작약, 우리는 연극을 하러 온 거야. 소리를 질러 줄 수 있겠니?"

아까 그 두 가지 호칭 때문에 괴로워하던 작약은 이때서야 정신을 차렸다.

"예!"

말하자마자 그녀는 갑자기 큰 소리를 질러댔다.

"까아악……."

이 목소리에 진민만 놀란 게 아니었다. 앞쪽에 있는 백여 명의 사람들도 일제히 돌아보며 깜짝 놀랐다.

작약은 무리가 돌아보는 것을 보고 바퀴 달린 의자를 밀며 미친 듯이 앞으로 날렸다!

"비켜요, 비켜, 빨리 비켜요! 부딪혀도 보상은 못 해 줘요. 얼른 비켜요! 목숨이 달린 중요한 일입니다, 어서 비키세요. 부딪혔다가 목숨이 날아가면 뒷감당은 알아서 하세요! 어서! 어서! 빨리요! 안 비키면 사람을 못 구해요, 목숨이 달렸다고요!"

무리는 물론 진민 자신도 작약 때문에 놀라서 눈이 휘둥그레졌다. 대체 뭐라고 소리치는 거야? 작약이 외친 소리가 효과가 있었는지, 아니면 바퀴 달린 의자를 미는 속도가 너무 무시무시했기 때문인지, 무리는 알아서 아주 빨리 두 사람에게 진씨 집안 대문에 이르는 길을 비켜 주었다. 방금 '자리에서 일어나지 않겠다'고 모진 말을 내뱉은 진쟁원마저 일찌감치 일어나 달아났다. 바퀴 달린 의자가 갑자기 멈춰 섰을 때 진민은 하마터면 날아갈 뻔했지만, 다행히 선견지명이 있었던지라 두 손으로 팔걸이를 꽉 붙들고 있었다.

바퀴 달린 의자가 멈추자 주변 모든 사람이 진민을 바라봤다. 그들을 돌아보는 진민의 마음은 답답하기 그지없었다. 분명 소리는 작약이 질렀건만, 이 사람들은 왜 자신을 그런 괴물 보는 듯한 눈빛으로 보는 것일까?

정적 가운데 진쟁원이 갑자기 놀라서 외쳤다.

"진민!"

그 말에 무리 중 진민을 알아본 사람들이 입을 열기 시작했다.

"진씨 집안 대소저 진민 아니오?"

"이 분은 원장 부인이신데 어찌……."

"원장 부인께서 언제 돌아오셨지?"

진민을 모르는 사람들은 모두 안타까워했다. 의성에서 가장 유명한 불구인 그녀가 이렇게 아름다운 외모를 가졌을 줄은 생각도 못 했다.

그러나 떠드는 것은 떠드는 것이고, 다들 진민이 지금 이때 이곳에 나타난 이유를 알고 싶어 했다. 아버지 대신일까, 아니면 지아비 대신일까.

이곳에 와서 시위를 벌일 수 있는 사람은 모두 진씨 집안의 친구가 아니라 평소 진씨 집안에 적의를 품은 사람들이었다. 진민은 명색이 원장 부인이기에 다들 아무래도 두려워하는 바가 있었고, 훨씬 예의 바른 태도를 보였다.

그러나 예의 바르다고 해서 호의적인 것은 아니었다. 원장 부인의 신분은 도리어 모두가 진민을 괴롭히는 결정적인 요소가 되었다.

역시나 많은 사람이 그녀를 에워싸기 시작했다.

"원장 부인, 아버님을 설득하러 특별히 오신 겁니까?"

"원장 부인, 이것은 목숨이 달린 일인데, 원장 어른께서 직접 나서실까요?"

"원장 부인, 아버님은 한 집안의 주인이자 원장 어른의 장인입니다. 멋대로 고집을 부리시다간 우리 의학원 체면이 완전히 땅에 떨어집니다. 어서 설득해 주십시오."

이런 말들은 그나마 완곡한 표현이었다. 어떤 이들은 심지어 웃으며 물었다.

"원장 부인, 진씨 집안은 이제 부인 생각대로 결정되겠지요. 이 일에 관해 어서 방법을 생각해 주셔야 합니다."

진쟁원은 진민이 올 줄은 생각도 못했다. 침묵하고 있을 수 없던 그가 나와서 소리쳤다.

"누님, 마침내 돌아오셨군요. 어서 백부님을 설득해 주십시오. 백부님은 누님 말을 가장 잘 들으십니다."

이때 무리 속에 숨어 있던 임씨 집안사람들은 모두 재미있는 구경거리를 기다리고 있었다.

진민이 진 가주를 설득할 수 있다 해도 뭐 어떤가. 일이 이렇게까지 소란스러워진 이상, 진 가주의 명성은 이미 다 무너졌다. 그들의 목적도 달성되었다. 게다가 그들의 주인은 애당초 그 노인을 매수하면서 이미 다 분부해 두었다. 진 가주가 지금 나서서 구해 준다고 한들 이미 늦었다.

이 목숨은 진씨 집안이 지고 가야 했다!

진씨 집안에 이런 오점이 남으면, 진씨 집안이 원장 부인의 친정이라 한들 뭐 어떠하겠는가? 진씨 집안은 영원히 상황을 뒤집을 수 없었다.

진쟁원은 진쟁원의 음흉한 속셈이 있고, 임씨 집안은 임씨 집안의 음모와 궤계가 있었다. 진민은 그 속을 훤히 다 들여다봤고, 누구도 상대하고 싶지 않았다.

그녀는 다만 고북월이 하라는 일을 하러 온 것뿐이었다. 나머지는 고북월에게 맡겨야지.

그녀는 입을 열어 고북월이 분부한 그대로 말했다. 자기 생각은 조금도 포함시키지 않았다.

"여러분, 모두 돌아가세요. 아버지가 환자를 살리지 않으면 제가 살립니다! 살리지 못했을 때 다시 찾아와도 늦지 않아요."

그 말에 사람들은 모두 충격에 빠졌다. 많은 사람이 잘못 들은 줄 알고, 낮게 웅성거리기 시작했다.

"뭐라고 했지? 자신이 살리겠다고?"

"말도 안 되는 소리. 심 부원장도 쉽게 이어서 치료하지 못했는데, 부인이 한다고?"

"하하, 정말 사람 목숨을 파리 목숨 취급하는군!"

모두 그래도 작은 소리로 웅성거리는데, 진쟁원이 갑자기 크게 외쳤다.

"누님, 무슨 농담입니까?"

그러자 모든 사람이 큰 소리로 떠들기 시작했다.

"원장 부인, 목숨이 달린 일입니다. 장난인 줄 아십니까? 부인이 어떻게 살린단 말입니까?"

"살리지 못하면 다시 찾아오라고요? 그럼 이미 때는 늦지요!"

"이건…… 정말이지 목숨을 애들 장난으로 여기는 것 아닙니까! 이제 보니 진씨 집안 사람은 모두 이 따위란 말입니까!"

진민의 한마디가 모든 사람의 화를 돋웠다. 무리 속에 숨어 있던 임씨 집안사람들도 아주 뜻밖이었고, 도저히 가만히 있을 수 없었다. 그들이 막 입을 떼려는 순간, 무리 속에서 한 여자가 걸어 나와 큰 소리로 말했다.

"원장 부인, 그 사람은 저도 살릴 수 있습니다! 제게 기회를 양보해 주십시오."

이 여자는 다름 아닌 임씨 집안 넷째 소저, 임우람任雨嵐이었다.

임 넷째 소저?

현장에 있는 무리는 다시 한 번 놀랐다. 임씨 집안사람들도 마찬가지였다.

"넷째 아가씨가 어떻게? 주인어른이 보내신 것인가?"

"정말 살릴 수 있단 말이야?"

"어서, 빨리! 내가 여기서 지켜보고 있을 테니, 너희 둘은 서둘러 주인어른께 알리거라."

영문을 알지 못하는 임씨 집안사람들은 모두 다급해졌다.

의아한 얼굴로 임 넷째 소저를 바라보던 진민도 정신을 차렸다.

진민은 물론 임 넷째 소저가 의성 제일의 미녀 의원인 것을 알고 있었다. 외모만 아름다운 것이 아니라 의술도 아주 뛰어났다. 임 넷째 소저는 본래 아주 유명했다. 지난번 의술 대회에서 고북월을 도와 사람을 살리면서 임 넷째 소저는 단번에 이름을 날렸고, 의학원의 명예 이사로 진급했다. 엄격한 추천과 심사를 거친 이사는 아니었지만, 의학원 역사에 기록될 만한 특수 사례였다. 그 후 모두 임 넷째 소저가 고북월의 심복임을 알았다. 심지어 의성에서는 임 넷째 소저가 의학원의 여주인이자 원장 어른의 부인이 될 가능성이 크다는 소문이 퍼졌다. 임씨 집안 역시 당시 고씨 집안이 쇠락하고 임 넷째 소저가 부상하면서 의성 제일의 명문가가 되었다. 그러나 고북월이 결국 선택한 사람은 진민이었다.

이 때문에 그녀와 고북월의 혼사에 대해 고북월이 임씨 집안을 누르기 위한 수단이라고 떠드는 사람이 많았다.

진민은 이 일들을 알고 있었지만 쓸데없는 생각을 한 적은 없었다. 어쨌든 그녀와 고북월은 이름만 부부일 뿐이고, 이런 복잡한 일들은 모두 고북월의 개인 사정이니 그녀와 상관없었다. 그녀는 다만 진씨 집안을 떠나고 싶었을 뿐이었다.

지금 진민이 의아한 것은 누가 임 넷째 소저를 불렀는가 하는 부분이었다.

임 가주? 아니면 임 넷째 소저 본인? 그것도 아니면 고북월?

임 넷째 소저에게 정말 살릴 능력이 있을까?

임 넷째 소저의 속사정을 잘 모르는 진민은 쉽게 입을 열 수 없었다. 그저 속으로 절대 고북월이 임 넷째 소저를 보내지 않았기를 기도할 뿐이었다.

진민이 말이 없자 임 넷째 소저가 또 말했다.

"원장 부인, 이 일은 우리 임씨 집안도 잘못이 있습니다. 저는 환자를 살리고 잘못을 만회하러 왔습니다. 원장 부인, 뜻을 이루게 도와주십시오."

진민은 순간 복잡한 눈빛을 반짝이며 물었다.

"임씨 집안이 무슨 잘못이 있습니까?"

그러자 주변이 더 조용해졌다.

"저 노인이 우리 임씨 집안에 와서 치료해 달라고 부탁했을 때, 아버지께서 거절하지 않으셨어야 했습니다……."

임 넷째 소저가 여기까지 말하자 임씨 집안사람이 참지 못하고 말을 잘랐다.

"아가씨, 그 괴병은 진 가주가 절반을 치료했습니다. 주인어른이 어떻게 이어받을 수 있습니까? 심 부원장도 감히 이어받지 못하는데요! 주인어른이 거절하신 것을 탓할 수 없습니다."

임 넷째 소저는 아랑곳하지 않고 계속 말을 이어갔다.

"아버지께서 치료를 못하시면 환자를 심 부원장에게 보낼 수도 있었습니다. 아니면 장로회로 보내 대진을 맡길 수도 있었지요. 아버지는 진 가주와 싸우는 데만 신경 쓰고 진 가주를 질책했습니다. 환자는 상대하지 않고, 안으로 들어오게 하지도 않았습니다. 노인을 대문 앞에 종일 무릎 꿇게 놔두며 하루를 지체했습니다. 이것이 잘못이 아니면 무엇이겠습니까? 이것이 죽는 것을 보고도 구하지 않은 것과 무엇이 다르단 말입니까?"

임 넷째 소저의 이 말에 장내가 고요해졌다. 모두 너무 뜻밖이라 서로 얼굴만 쳐다봤다.

이번 분쟁에서 사람들은 대부분 진씨 집안을 공격했고, 지금까지 누구도 이토록 엄하게 임씨 집안의 잘못을 질책하지 않았다. 그런데 임 가주의 친딸이자 가장 사랑받는 임 넷째 소저가 직접 나서서 이런 말을 할 줄은 정말 생각지도 못했다.

다른 사람은 둘째치고 진민은 속으로 탄복하고 있었다. 임 넷째 소저의 이 발언은 정말 환자를 가장 중시하며 환자를 최

우선으로 삼는 태도였다.

의원은 사람이 누구든 상관하지 않고 병에 집중해야 했다!

임 넷째 소저는 진민을 바라보며 아주 진지하게 말했다.

"원장 부인, 뜻을 이루게 도와주십시오!"

"임 넷째 소저의 그 마음은 귀하지만, 나 역시 딸 된 사람으로 진씨 집안을 위해 속죄하고 싶어요. 그 노인은 원래 우리 진씨 집안을 먼저 찾아왔으니, 내가 나서도록 하지요."

진민이 담담하게 말했다.

임 넷째 소저가 아주 고집스레 나섰다.

"원장 부인, 그래도 뜻을 이루게 도와주십시오!"

진민은 복잡한 눈빛을 반짝이며 물었다.

"임 넷째 소저가 고칠 수 있다면 왜 지금까지 미루고 있었죠? 게다가 지금 환자 상황을 이해할 수 있나요? 아버지께서 무슨 치료법을 사용했는지, 알고 있어요?"

진민은 괴롭히려는 것이 아니라 떠보려는 의도였다. 임 넷째 소저가 모든 상황을 안다면, 고북월이 그녀를 보낸 게 틀림없었다.

그런데 임 넷째 소저가 도리어 반문했다.

"고칠 수 있다고 하신 원장 부인도 설마 환자의 상황을 다 아시는 것인가요?"

진민은 속으로 감탄했나. 임 넷째 소저는 그녀가 상상한 것보다 더 총명했고, 의술만 아는 바보가 아니었다. 과연 그때 고북월이 임 넷째 소저를 마음에 들어 하여 의술 대회처럼 큰일에 그녀를 참여시킬 만했다.

임 넷째 소저의 이 질문은 순수한 반박일 수도 있지만, 그녀와 마찬가지로 떠보는 것일 수도 있었다. 어느 쪽이든 진민은 거절할 수 없었다.

진민은 자신이 여기서 쓸데없는 추측을 하지 않게, 아예 이 일을 심 부원장과 고북월에게로 갖고 가서 두 사람에게 처리를 맡겨야 하나 고민하고 있었다.

그런데 그녀가 입을 떼려는 순간, 주변 사람들이 권하기 시작했다.

"원장 부인, 부인은 두 다리가 불편하니 피곤하시지 않도록 임 넷째 소저에게 고치라고 하시지요."

"원장 부인, 방금 의성에 도착하시느라 오는 동안 피곤하셨을 텐데 우선 쉬십시오. 다들 사람을 살리러 왔으니 이 일은 임 넷째 소저에게 맡기시고 안심하십시오."

"맞습니다, 맞아요. 원장 부인, 임 넷째 소저는 수년 동안 의술을 펼치면서 실수한 적이 없습니다. 임 넷째 소저가 살릴 수 있다면 반드시 살릴 수 있습니다."

이들은 예의 바르고 완곡하게 설득하며, 심지어 그녀의 두 다리가 불편한 것까지 이유로 내세웠다. 진민은 당연히 알아챘다. 이자들은 첫째, 그녀의 의술을 믿지 못했고, 둘째, 임 넷째 소저가 임씨 집안의 속죄 기회를 얻어다 주길 바랐다.

그녀는 무리 쪽을 몇 번이나 보았지만 고북월과 심 부원장은 시종일관 보이지 않았다. 사태가 이렇게 되면서 원래 계획에서 이미 완전히 벗어나 버렸다. 양보해 주어야 하는 걸까?

"아가씨, 아니시면 나리를 찾아가서 물어본 후에 다시 결정하는 게 어떻습니까?"

작약이 작게 물었다.

"그럴 필요 없어. 이렇게 큰일이니 분명 보고 계실 거야."

진민은 단념하지 않고 계속 무리 속에서 익숙한 목소리를 찾고 있었다.

그녀는 고북월의 암시를 알아챌 수 있기를, 그녀가 이 상황을 어떻게 이어가야 할지 알려 주길 바랐다. 하지만 안타깝게도 그녀에게 뭔가를 알려 주는 사람을 전혀 찾을 수 없었다.

어쩌지?

주변 사람들은 계속 '원장 부인'을 부르며 끊임없이 그녀를 설득하고 임 넷째 소저의 사정을 이야기했다. 진민도 착각이 들 정도였다. 마치 이 일은 진씨 집안과 아무 상관이 없고, 임씨 집안이 잘못을 저질러 모두 임씨 집안을 위해 사정하는 것처럼 느껴졌다.

진민은 망설임 없이 큰 소리로 말했다.

"누가 와서 살릴 것인지는 원장 어른이 결정하시면 됩니다. 임 넷째 소저, 함께 원장 어른을 찾아갑시다."

고북월이 안 오면 그녀들이 가면 되었다!

진민이 원상 이야기를 꺼내자 모두 침묵에 빠졌다. 임 넷째 소저는 얼굴에 복잡한 기색이 스쳤다가 담담하게 말했다.

"모든 일은 부인의 뜻에 따르겠습니다."

진민과 임 넷째 소저는 의학원으로 갔고, 수많은 사람이 그 뒤를 따라갔다.

진민은 고북월을 보자마자 바로 눈짓을 보내 임 넷째 소저를 그가 보낸 것인지 물었다. 그러나 고북월은 전혀 반응해 주지 않았다.

원래는 그저 궁금하기만 했던 진민은 고북월의 이 반응에 화가 났다. 임 넷째 소저는 방금 했던 말을 한 번 더 말하며 고북월에게 임씨 집안에 기회를 달라고 간청했다. 진민은 침묵한 채 한마디도 하지 않았다. 사람들은 고북월을 바라보며 그의 선택을 기다렸다. 진민은 고개를 숙이고 있어 어떤 상태인지 알 수 없었다.

정적 속에서 고북월은 오래 망설이지 않고 담담하게 말했다.

"사람 살리는 일이 중요하고, 속죄는 작은 일입니다. 의품이 높은 사람이 심 부원장을 따라가십시오."

의품이 높은 사람이라면 당연히 임 넷째 소저였다.

임 넷째 소저는 고북월을 바라보았다. 이 눈빛에 수많은 밤낮의 그리움과 기다림이 담겨 있었다. 그러나 모든 마음도 그저 고개 들고 바라보는 눈빛 하나에만 담길 뿐이었다.

"원장 어른, 감사합니다."

그녀는 몸을 숙이고 한마디만 남긴 채 시선을 거두고 뒤돌아갔다.

사람들은 진민을 바라보았고, 진민은 여전히 고개를 숙인 채 말이 없었다.

진쟁원은 진민 옆에 서서 탄식하며 이상한 어조로 말했다.

"누님, 저는 자형이 누님 편을 들 줄 알았습니다만? 이런……."

환자는 후문의 작은 집에 있었고, 사람들은 임 넷째 소저의 소식을 기다렸다.

그런데 잠시 후, 임 넷째 소저가 갑자기 손에 피를 가득 묻힌 채 질겁하며 튀어나왔다.

"원장 어른, 어서요! 환자가 자살하려 합니다!"

순간, 고북월을 포함한 모든 사람이 멍해졌다. 그러나 진민은 오히려 바로 고개를 들고 작약에게 그녀를 밀고 가게 했다. 작약은 즉시 바퀴 달린 의자를 밀며 미친 듯이 뒤쪽으로 돌진했다. 진씨 집안 대문 앞에서보다 훨씬 빠른 속도였다.

고북월이 가려는데, 열 명이 넘는 임씨 집안사람이 몰려들면서 앞이 막혀 버렸다.

작은 집안에는 환자가 배에 비수를 꽂고 끊임없이 피를 흘리고 있었다. 여기에 원래 있던 중병까지 더해져 아주 긴급한 상황이었다. 심 부원장은 지혈만 하고 어찌할 바를 몰랐다.

제일 먼저 진민이 들어오자 심 부원장은 다급한 마음에 신분도 잊고 고함쳤다.

"어서, 원장 어른을 모셔오시오! 얼른!"

그런데 진민이 바퀴 달린 의자에서 일어나더니 쏜살같이 달려가 심 부원장을 옆으로 밀쳤다.

"문 닫고 나가세요!"

그 말이 떨어지자마자 고북월이 입구에 당도하면서 밀려난 심 부원장과 부딪혔다. 다행히 고북월이 받쳐 주었기에 망정이지, 안 그랬으면 심 부원장은 넘어졌을 게 분명했다.

심 부원장이 입을 떼려는데 진민은 이미 응급 처치를 시작했다. 작약은 아주 노련하게 조수 노릇을 하며 진민이 필요한 금침을 순서에 맞게 꺼내 주었다! 진민도 혈을 찾아 시침하는 방식을 사용했는데, 한운석의 침술법과 아주 비슷했지만 달랐다.

한운석의 침술은 해독을 하지만, 진민의 침술은 병을 치료하고 목숨을 구했다.

심 부원장뿐 아니라 고북월도 보고 멍해졌다. 진민의 침술이 어떠한지는 둘째치고, 그 치료 효과만 보아도 피가 이미 멈춰 있었다.

진민은 지혈 후 앞으로 돌아가 노인의 이마와 어깨에 침을 놓기 시작했다. 그녀가 침을 놓는 속도는 너무 빨라서 그 수법을 보는 심 부원장은 눈이 어지러울 정도였다. 고북월은 눈 한 번 깜박하지 않고 주시했다. 그는 진민이 쓰는 치료 방법이 자신이 가르친 방법이 아님을 단번에 알아챘다.

뜻밖의 상황에 처한 이 노인에게 그가 가르쳐 준 치료법은 안전하지 못했다. 진민의 치료법이 안전하고 효과가 있을지는 두고 봐야 했다.

잠시 후 고북월이 낮게 말했다.

"나가시지요."

그가 밖으로 나가자, 심 부원장은 그제야 알아차리고 함께 밖으로 나와 바퀴 달린 의자를 안으로 밀어 넣고 조심스레 문을 닫았다.

"원장 어른, 부인께서 재주를 이렇게 깊이 숨기고 계셨습니까?"

심 부원장은 참지 못하고 낮은 목소리로 말했다.

"저것은 부인께서 직접 만드신 침술입니까?"

고북월은 말없이 대청으로 갔다. 그는 지금껏 다른 사람들처럼 진민의 의술을 낮게 평가하지 않았다. 하지만 진민의 의술은 그가 생각한 것보다 훨씬 뛰어났다.

진민의 이 침술은 정말 스스로 만들어 낸 것일까, 아니면 배워서 익힌 것일까?

대청에 돌아오니 사람들이 고북월과 심 부원장 주변을 에워쌌다. 모두 응급 처치가 이미 끝났다고 생각했다.

"원장 어른, 그 사람은…… 살았습니까?"

"원장 어른, 그 노인은 죽어서는 안 됩니다!"

"원장 어른, 지금 상황은 어떻습니까?"

무리가 고북월을 에워쌌고 이 사람 저 사람 모두 한마디씩 질문을 던졌다. 임 넷째 소저는 지금까지도 손에 묻은 핏자국을 씻지 않은 채, 눈시울을 붉히며 목멘 소리로 물었다.

"원장 어른, 어떠합니까?"

그녀가 방금 안에 들어갔을 때, 심 부원장은 진맥 중이었고 그 환자는 숨이 금방이라도 끊어질 듯한 상황이었다. 그런데 그가 소매에서 칼날을 끄집어내 배 옆을 찌른 것이었다.

그 순간, 선혈이 솟구쳐 나오는 바람에 그녀는 깜짝 놀랐다!

의원이라면, 특히나 그녀 정도 되는 품계의 의원이면 거의 매일 사신과 싸우기 때문에 일찌감치 죽음에 익숙해졌다. 하지만 이번에 그녀는 무서웠다.

이 노인이 죽으면 임씨 집안이 철저히 끝장난다는 생각에 무서웠다!

고북월은 이맛살을 찌푸린 채 좀 전에 그의 앞을 막았던 사람들을 차갑게 바라본 후, 아무 말 없이 한쪽으로 가서 앉았다. 심 부원장이 사람들의 질문에 대답해 주었다.

"아직 응급 처치 중이고, 아직 생사는 모르네."

그 말에 사람들은 모두 멍해졌다.

아직 응급 처치 중이라니, 의성에서 의술이 가장 뛰어난 두 사람이 모두 여기 나와 있는데, 누가 안에 남아서 응급 처치를 한단 말인가?

그제야 사람들은 방금 시녀가 빠르게 밀어 주면서 들어간 원장 부인을 떠올렸다.

설마…… 진민이!

모두 짐작은 했지만 감히 물어볼 수 없었다. 그런데 정적 속에서 고북월이 입을 열었다.

"진민이 안에서 응급 처치 중입니다."

그 말에 장내는 더 조용해졌다. 밖에 나뭇잎 떨어지는 소리까지 들릴 정도의 정적이었다. 임 넷째 소저는 의심 가득한 표정으로 의자에 주저앉았다.

정적 가운데 기다리고 있으니 시간은 더욱 느리게 흘러갔다.

두 시진이 흐르자 모든 사람의 마음이 불안해졌다.

고북월은?

고북월은 내내 고개를 숙인 채 꼼짝도 하지 않았다. 원래부터 조용한 사람인 그는 지금 이 순간 마치 조각상처럼 자신만의 고요한 세계 안에 있는 듯했다.

또 반 시진이 흘렀다.

갑자기 작약이 뒷문에서 나는 듯이 달려 나와 고북월 앞으로 돌진했다.

"나리!"

순간, 온 세상이 잠잠해졌고, 모든 사람이 움직임을 멈췄다. 오로지 고북월만 천천히 고개를 들었다.

"구하지 못했……."

작약이 말했다.

그 순간 작약은 나리의 눈에 서린 두려움을 분명히 보았다.

그녀는 평생 이 순간 나리의 눈빛을 잊을 수 없었다. 그녀는 줄곧 나리 같은 분은 두려워하는 게 없을 거라 생각해 왔었다.

온 세상이 정적에 휩싸이고 어두워졌다.

하지만 작약이 갑자기 웃으며 말을 덧붙였다.

"다면 이상하지요!"

그 순간 작약은 나리의 눈동자 속 환한 빛을 보았고, 역시 영원히 잊을 수 없었다. 그녀는 사람의 눈동자에서 정말 환한 빛을 발할 수 있다는 사실을 처음으로 깨달았다!

"작약! 대체 어찌 되었느냐! 제대로 말하거라!"

심 부원장이 매서운 목소리로 말했다.

"아가……."

작약은 잠시 멈췄다가 바로 말을 바꾸었다.

"원장 부인께서 그 노인을 살리셨습니다. 지금 약을 처방하고 계십니다. 부인께서……."

작약의 말이 다 끝나기도 전에 고북월이 일어나 걸어갔다. 심 부원장도 얼른 따라나섰고, 다른 장로들도 황급히 그 뒤를 쫓아갔다. 남은 사람들은 모두 충격에 휩싸였다. 자신들이 들은 말을 도저히 믿을 수 없었다.

진민의 수준으로 어찌 그 환자를 살려 낼 수 있단 말인가!

그 노인의 병은 본디 아주 위급했다. 거기에 자살 시도까지 했는데, 어떻게 살릴 수 있지? 고북월이 아니면 누가 살릴 수 있단 말인가?

모두 후원에 이르렀을 때, 바퀴 달린 의자에 앉은 진민이 스스로 의자를 밀며 밖으로 나왔다.

그녀는 제일 먼저 고북월을 보았지만, 모든 사람을 향해 웃으며 말했다.

"간신히 목숨은 구했습니다. 의학원과 진씨 집안 모두 위중한 죄에 빠지지 않게 되었습니다."

고북월은 뭔가 말하고 싶은 듯했으나 다른 말은 하지 않았다. 그와 심 부원장, 그리고 다른 장로들은 함께 작은 집 안으로 들어가 검사를 마친 후에 밖으로 나왔다.

이때서야 진민은 마침내 고북월을 똑바로 바라보았다. 그리고 여전히 그를 향해 미소를 지으며 말했다.

"서방님, 제 말이 맞지요?"

이 '서방님'이라는 말에 고북월은 멍해졌다가 한참 후에야 정신을 차리고 대답했다.

"부인, 고생하셨소."

주변 사람들은 이 부부 두 사람의 이상한 모습에는 주의를 기울이지 않고 의아한 눈빛으로 진민을 바라보았다. 직접 사실을 목도했으면서도 다들 진짜라고 믿기 힘들었다.

장로들도 믿을 수 없는 마당에, 밖에 있는 사람들은 말해 무엇하랴?

고북월이 노인은 이미 위험에서 벗어났고 큰 문제가 없다고 말하자, 방 안에 있는 사람들과 밖에 몰려든 사람들은 하나같이 눈이 휘둥그레졌다. 임 넷째 소저도 마찬가지였다! 진씨 집안 도령 진쟁원은 일찌감치 진씨 저택으로 돌아갔다.

환자가 살아났으니 고북월은 당연히 상황을 주관해야 했다. 임씨와 진씨 집안의 두 가주를 처벌하고, 관련된 사람들도 이 기회에 눌러 줘야 했다!

사람들이 보는 앞에서 고북월이 진민에게 말했다.

"부인, 부인이 환자를 살렸으나, 진씨 집안의 처벌은 피할 수 없습니다."

진민이 담담하게 말했다.

"알아요. 아버지는 부당한 분노로 사람이 죽어가는데도 구하지 않았지요. 서방님께서 어떻게 처리하시든 원망치 않겠어요."

또 '서방님'이라고 했다. 다행히 이번에는 그가 아주 빠르게 적응하여 사람들 앞에 이상한 모습을 들키지 않았다. 지금 이 순간 모두의 눈이 그를 향해 있었다.

"임씨 집안과 장로회 모두 책임이 있습니다."

고북월은 마침내 진짜 주제로 이야기를 돌렸다.

"우리 의성은 곳곳에 의원이 있습니다. 환자가 우리 의성에서 무릎을 꿇고 온종일 문전박대를 당했는데도 누구 하나 관심을 두지 않았습니다. 장로회는 대체 관리를 어찌 한 겁니까?

의감은 또 일을 어찌 한 겁니까? 윗물이 맑아야 아랫물도 맑은 법, 여러분이 이러한데 하급 의원들은 어떠하겠습니까? 이익만 꾀하고 죽는 것을 보면서도 나 몰라라 하며, 목숨을 초개같이 여기다니요! 폐하께 의성을 고발하고 본 원장을 고발하는 상주문이 하늘까지 쌓여 있습니다!"

고북월은 말할수록 분노가 치밀었다. 연극이긴 하나 진심에서 우러나온 말이기도 했다. 어쨌든 그가 한 말은 모두 사실이었다.

고북월이 분노하기 시작하자 정말 무시무시했다.

그 평온한 얼굴이 준엄하고 냉혹해지기 시작하니, 하늘이 빚은 조각처럼 어느 쪽에서 보아도 준엄하고 냉혹한 모습이었다. 마치 무정하고 욕망도 없는 신의 한계를 누군가 건드려 이제는 어떤 사정도 봐주지 않을 것 같은 모습이었다.

사람들은 고북월이 이렇게 분노하고 냉엄한 모습을 본 적이 없었다. 진민도 마찬가지였다.

옆에 있던 진민이 고개를 돌려 그의 모습을 바라보았다. 하지만 그녀는 무섭기보다는 말할 수 없이 낯선 느낌이 들었다. 순간 그녀는 그가 연극을 하는 것인지 아니면 본래 성품이 이런 것인지 분간이 가지 않았다.

고요한 대청 가운데 고북월의 차갑고 위엄있는 목소리가 하늘에서 내리치듯 울려 퍼졌다.

그가 말했다.

"심 부원장, 오늘부터 임 가주와 진 가주 두 사람의 의품을 취소하고 의노醫奴로 강등하겠습니다! 이 일과 관련된 모든 사람은 의품을 한 단계씩 강등하겠습니다. 장로회에 관해서는…… 다시 의논합시다!"

고북월은 말을 마친 후 즉시 일어나 자리를 떠났다. 진민도 별말 하지 않고 작약에게 자신을 밀어 방으로 돌아가게 했다.

두 사람이 멀어지자 사람들은 그제야 야단법석을 떨며 자리를 떠났다. 똑똑한 사람은 누구나 고북월의 마지막 말을 알아들었다. 의성에 곧 격변이 일어날 것이 분명했다.

맨 마지막에 떠난 사람은 임 넷째 소저였다. 그녀는 임씨 집안으로 돌아가지 않고 임씨 집안과 반대 방향으로 걸어갔다.

임 넷째 소저는 골목 안쪽 깊숙이 숨겨진 작은 의관으로 갔다. 이곳은 고북월이 과거 남몰래 사람들을 가르치던 곳으로, 그녀는 그가 중요하게 여겼던 학생들 중 한 명이었다. 제대로 따지자면 그녀는 그를 사부라고 불러야 했다.

하지만 그는 그녀는 물론 다른 학생들도 그렇게 부르지 못하게 했다. 전에는 모두 그를 고 의원이라고 불렀고, 이제는 그를 원장 어른이라고 불렀다.

당시 동기들은 모두 의성과 대진 각지로 흩어졌다. 그러나 이 작은 의관은 버려지지 않았다. 그녀는 그를 본받아서 이곳에서 비밀리에 사람들을 가르쳤다.

재능이 뛰어나고 마음 밭이 좋으나 여러 이유로 의학원에 들어와 배울 수 없는 사람을 학생으로 받았다.

오늘은 수업이 없어 이곳은 텅 비어 있었다.

임 넷째 소저는 과거 자신이 앉았던 자리에 가서 앉았다. 계속 앉아 있던 그녀는 어째서인지 눈물범벅이 되었다.

그가 진씨 집안에 혼담을 넣으러 갔다는 이야기를 들었을 때도, 그의 혼롓날에도 그녀는 이렇게 비참하게 울지 않았다. 그녀는 다 참을 수 있었다. 하지만 오늘은 도저히 참을 수 없었다.

그녀는 자신이 잘못한 것을 알고 있었다. 아주 큰 잘못이었다.

그가 의성을 개혁하려 한다는 것을 그녀는 일찍이 알고 있었다. 그가 임씨와 진씨 두 집안을 견제하려 한다는 것 또한 내내 알고 있었다. 심지어 그녀도 이미 그의 개혁 계획 속에 참여하여, 우선 산과 영역에서 개혁을 시작했다.

하지만 오늘 이 일에 대해 그녀는 모질게 마음을 먹을 수 없었다.

그녀는 아버지가 그 환자를 매수한 사실을 일찌감치 알고 있었다. 모든 것은 다 그녀의 아버지가 계획한 일이었다. 진 가주를 무너뜨리고 진민까지 연루시켜 진씨 집안 둘째 어른이 잇속을 얻게 만들려는 의도였다.

그 환자의 괴병에 대해 그녀의 아버지는 이미 여러 사례를 연구했었고, 병례 기록과 치료 방법에 관한 상세한 기록도 갖고 있었다. 그런 괴병의 치료 방법은 아주 다양했지만 처음 시작은 모두 동일했다. 바로 진 가주가 쓴 사지로 몰아넣는 치료 방법이었다.

진 가주는 이런 병을 처음 보았기 때문에 당연히 알지 못했다. 하지만 그녀의 아버지는 아주 잘 알고 전체적인 상황을 조

478

종했다.

그녀는 진상을 알게 된 후 수없이 갈등하며 고북월과 심 부원장에게 알리려 했다. 하지만 결국에는 자신의 그 한계를 넘지 못했다. 아버지를 배신할 수 없었던 그녀는 그저 설득할 수밖에 없었다.

자신이 설득할 수 없음을 알았을 때, 그녀는 아버지의 진료 기록을 훔쳐 몰래 치료 방법을 공부했다.

진민이 그 노인을 치료할 수 있다고 말했을 때, 그녀는 당황한 나머지 제대로 생각도 않고 바로 일어났다. 이 기회를 뺏고 싶었다.

진민을 곤란하게 하려던 게 아니라, 진민의 모든 말과 행동이 고북월이 시킨 것임을 짐작했기 때문이었다. 그가 손을 쓴다면 이 기회에 그녀의 아버지를 없애 버릴 것을 알고 있었다.

그녀는 당황한 나머지 모든 이성을 잃어버렸다. 그저 최선을 다해 상황을 만회하고, 단죄받기 전에 먼저 속죄하려는 생각뿐이었다.

임 넷째 소저가 참회에 빠져 있던 이때, 갑자기 기다란 칼날 하나가 밖에서부터 날아와 그녀의 발 옆에 떨어졌다.

임 넷째 소저는 단번에 그 노인이 자살하려고 썼던 칼날임을 알아보았다!

그녀는 무의식적으로 고개를 들어 바라보았다. 고북월이 차가운 표정으로 걸어 들어오고 있었다.

그 순간, 가까스로 그쳤던 임 넷째 소저의 눈물이 또 하염없이 흘러내렸다.

고북월은 멀리서 걸음을 멈추고 싸늘하게 임 넷째 소저를 바라보았다.

임 넷째 소저가 진씨 집안 문앞에 나타난 것은 확실히 그가 예상치 못한 일이었다. 하지만 그는 바로 임 넷째 소저가 임 가주가 꾸민 음모의 진상을 알고 있다고 판단 내렸다.

그가 진민에게 아무 귀띔도 하지 않은 것은 진민이 그와 심부원장에게로 이 일을 가져오기를 바랐기 때문이었다. 그가 의품에 따라 임 넷째 소저를 선택한 것은 확실한 증거를 잡아 임씨 집안이 노인의 병을 고칠 수 있음에도 일부러 무고한 척하며 모든 책임을 진씨 집안에 덮어씌우려 한 것을 증명하기 위해서였다.

북월편 **화내다**

그 노인이 자살을 선택한 것은 모두 예상 못한 일이었다.

지금 고북월에게는 임씨 집안의 음모를 증명할 충분한 증거가 없었다. 그가 임씨 집안과 진씨 집안을 동일한 죄로 처벌한 것은 도리상 임씨 집안에게 불공평했다.

그의 추측대로라면 임씨 집안은 이미 행동을 시작했을 것이었다. 내일 아침이면 의성 가주 절반 이상이 함께 나서서 임씨 집안을 위해 사정할 가능성이 아주 컸다.

고북월도 임씨 집안에 맞서지 못할 것은 아니었다. 이번이 안 되면 다음 기회도 있었다. 기회가 없다면 그가 함정을 파서 임 가주가 뛰어들게 할 수도 있었다.

하지만 그는 이런 싸움에 시간을 낭비하고 싶지 않았다. 그의 시간은 점점 더 소중해졌다. 게다가 그는 의성에 관한 추문이 더 많이 퍼지는 것을 원치 않았다.

의원은 훌륭한 덕행으로만 환자의 신뢰를 얻을 수 있었다. '신뢰'가 양약이 되는 경우도 많았다!

의성에서 연이어 너무 많은 추잡한 일이 벌어지면, 운공대륙 백성들이 의학원 출신 의원을 어떻게 보겠는가? 어떻게 목숨을 맡길 수 있겠는가?

그래서 고북월은 이곳으로, 임 넷째 소저를 찾아왔다. 사실 그는 임 넷째 소저가 이번 일을 감싼 데 대해 아주 크게 실망했다.

고북월은 다른 설명 없이 간단히 말했다.

"임 넷째 소저, 수고스럽겠지만 내 대신 아버님께 말씀을 전해 주십시오. 임씨 집안 전부와 임씨 집안의 뛰어난 인재……당신을 포함한 인재들을 지키고 싶다면 경거망동하지 말라고, 그렇지 않으면 더 큰 대가를 치러야 할 거라고 말입니다!"

"원장 어른……."

임 넷째 소저는 입을 떼자마자 참지 못하고 울기 시작했다. 그와 오랫동안 알고 지낸 그녀는 처음으로 깨달았다. 그는 온화한 사람이 아니었다. 그는 모질어지기 시작하면 이렇게 인정사정 봐주지 않았다! 어쩌면 그는 본디 이런 무정한 사람이었으리라. 과거의 친분, 은혜와 의리, 심지어 깍듯했던 예의도 더는 존재하지 않았다.

"말을 전해 주길 바랍니다."

고북월은 말을 마치고 뒤돌아서 가려 했다. 그런데 임 넷째 소저가 쫓아와 목멘 소리로 말했다.

"원장 어른, 제가 잘못했습니다!"

고북월은 그녀를 피해 계속 가려 했다.

다급해진 임 넷째 소저가 그의 팔을 붙들고 물었다.

"원장 어른, 반드시 말씀을 전하겠습니다! 한 가지만 묻겠습니다. 진민과 안 지 얼마나 되셨습니까?"

지금까지 그녀는 대부분 사람과 마찬가지로 그가 불구인 진민과 혼인한 것은 진씨 집안을 일으켜 임씨 집안과 맞서게 하기 위해서라고 생각했다. 또 진씨 집안의 다른 사람에게서 제약을 받지 않기 위해서라고 여겼다.

그녀는 줄곧 고집스레 그렇게 믿어 왔다. 어쩌면 그의 혼롓날에 무너지도록 울지 않은 이유도 이 때문이리라.

그런데 진민의 의술은 그녀의 상상을 훨씬 뛰어넘었다! 인정하고 싶지 않지만 인정해야만 했다. 진민의 의술은 그의 의술과 어울릴 만했다.

진민은 왜 깊이 숨어서 모습을 드러내지 않았을까?

진민의 진짜 실력을 그는 일찌감치 알고 있었을까?

두 사람은 안 지 얼마나 오래되었을까?

어쩌면 모든 질문은 한 가지로 귀결될 수 있으리라. 그는, 진심으로 진민을 부인으로 맞은 것일까?

고북월은 고개도 돌리지 않고 말했다.

"임 넷째 소저, 남녀가 유별한데 자중해 주십시오. 개인적인 질문이라 알려 주기 어려우니 양해해 주십시오."

여전히 예의 바르고 깍듯했다. 하지만 임 넷째 소저는 한없이 소원하게 느껴졌다.

차라리 그가 성질을 부리고, 짜증 내고, 그녀를 야단치는 게 낫지, 이런 거리감은 원치 않았다. 그녀는 가슴이 답답할 정도로 괴로움을 느끼며 천천히 손을 놓았다.

고북월이 의학원으로 돌아왔을 때 진민은 서재에 숨어 의서를 보고 있었다.

　진민이 뛰어난 의술 실력을 숨기고 드러내지 않았다는 이야기가 한 시진도 안 되어서 온 의성에 퍼졌다. 진씨 집안사람, 진씨 집안과 친분 있는 세가들의 부인과 아가씨들이 모조리 그녀를 찾아왔다. 심지어 의학원의 많은 학생도 가르침을 받고 싶다며 그녀를 만나고 싶어 했다.

　시끌벅적한 것을 싫어하는 그녀는 너무 놀라 고북월의 서재로 숨어들었고, 작약에게 밖을 에워싸고 있는 사람들을 상대하게 했다.

　고북월도 그 사람들을 보고는 조용히 길을 돌아 뒷문으로 들어왔다.

　서재에 들어온 그는 자신의 커다란 의자에서 두 다리를 굽히고 쪼그려 앉아 의서를 들춰 보는 그녀를 발견했다. 그녀는 그가 들어온 것을 본 순간 멍해졌다가 즉시 두 다리를 내리고 단정하게 똑바로 앉았다.

　그의 시선이 아래로 내려갔다. 제대로 신을 겨를이 없어 수놓은 신발을 밟고 있는 그녀의 발이 보였다. 그녀는 신발을 신기에는 이미 늦었음을 알았고, 그가 알아채지 못할 줄 알았다. 그런데 그가 아래쪽을 쳐다볼 줄이야. 그녀는 아무 일 없는 척하려 했지만, 그는 굳이 그곳에 멍하니 서 있었다.

　그녀는 난처하기도 하고 어색하기도 해서 무의식적으로 두 다리를 뒤로 움츠렸다. 그는 그제야 그녀가 난감해하는 것을 깨닫고 얼른 시선을 돌렸다.

"미안합니다. 이곳에 있는 줄 몰랐습니다. 실례했습니다."

그는 말을 마치고 바로 나가 버렸다.

그녀는 쥐구멍에라도 들어가 숨고 싶은 심정으로 신발을 신으면서 중얼거렸다.

"고북월, 연극을 아주 잘하잖아요? 좀 못 본 척해 주면 안 돼요?"

고북월은 의원이었다. 여자의 신발 신지 않은 모습은 물론 맨발과 다리까지 다 본 적이 있었다. 진민의 종아리를 그는 몇 번이나 보았고 약도 발라 주었다.

그가 멍하니 있었던 것은 그녀의 발 때문이 아니라 그녀가 신을 벗고 의자에 쪼그려 앉아 있던 모습 때문이었다. 단정하고 품위 있으며, 교양 있고 예의 바른 대소저가 혼자 있을 땐 이런 모습이란 말인가? 방금 그녀의 뒷모습을 보자마자 그는 사람을 잘못 본 줄 알았다.

고북월은 바깥에 서 있었다. 진민이 언제 신발을 다 신을지 몰라서 감히 다시 들어갈 수 없었다.

진민은 한참 기다린 후에야 밖으로 나왔다.

고북월은 이미 평소의 침착한 모습을 회복한 뒤였다. 그는 아무 일도 없었던 것처럼 진민을 데리고 원락 안으로 들어가 앉았다.

어색하고 거북한 일도 한쪽에서 아무렇지 않아 하면 다른 한쪽도 편안해졌다.

진민도 평소 평온하고 온화한 모습으로 돌아왔다. 방금 나른하게 의자에 웅크리고 앉아 책을 보던 모습과는 완전히 딴판이었다.

"진 대소저, 소저의 의술 실력은 정말 뜻밖이었습니다."

고북월은 단도직입적으로 말했다. 그는 뜻밖이었고 궁금했다.

"그 침술은……."

진씨 집안에 외부로 알려지지 않은 몇 가지 침술이 있긴 하지만, 진민이 쓴 침술은 아니었다. 그는 진민이 쓴 그 침술을 누가 가르쳐 주었는지 묻고 싶었다.

"진씨 집안 열 가지 침술의 정수를 모아 새로 만든 거예요."

진민은 숨기지 않고 말해 주었다.

고북월은 깜짝 놀랐다. 그는 진민이 거짓말할 리도 없고 거짓말할 필요도 없음을 알고 있었다. 진민이 만들어 낸 것이라면 그녀의 의학적 조예는 훨씬 뛰어났고, 앞으로의 성과는 헤아릴 수 없을 것이었다.

고북월이 말이 없자 진민은 잠시 망설이다가 담담하게 물었다.

"고 태부, 제가 사람을 살리는 데 마음이 급해 두 분의 좋은 일을 망친 것은 아니겠지요?"

고북월은 진민이 말한 '두 분'이 그와 임 넷째 소저 두 사람을 가리킨다는 것을 알았다.

임 넷째 소지가 갑자기 나타나 자신의 아버지를 책망했고, 그 괴병을 고칠 수 있다고 주장했으며, 그는 임 넷째 소저를 선택했다. 이 세 가지만 보면, 진민이 아니라 다른 사람이라도 임 넷째 소저가 그의 지시를 받았다고 추측할 수 있었다.

고북월은 본디 해명할 생각이었으나 진민이 담담하게 말했다.

"고 태부, 저는 상황을 잘 모릅니다. 그저 당신께 사람을 살리겠다고 약속했으니 무슨 일이 있어도 해내야 한다는 생각뿐이었지요. 두 분 일을 망쳤다면 용서해 주세요. 수고스러우시겠지만 임 넷째 소저에게도 사과의 말씀을 전해 주세요."

그녀를 바라보던 고북월은 갑자기 말로 표현하기 힘든 느낌에 사로잡혔다. 그저 갑갑하기만 했다.

그가 말하기도 전에 진민이 자리에서 일어났다. 그녀는 여전히 깍듯했고 평온했다. 마치 누구도 그녀의 고요한 작은 세상을 방해할 수 없는 듯했다.

"고 태부, 또 다른 일이 있으면 얼마든지 분부하세요. 저는 먼저 가 볼게요."

진민은 말을 마치고 돌아서서 나갔다. 고북월은 그녀의 뒷모습을 바라보며 점점 미간을 찌푸리기 시작했다. 그 깊은 두 눈동자에 언뜻 안타까워하는 마음이 살짝 드러났다.

하지만 그는 쫓아가지 않았고, 해명하러 가지도 않았다.

오해하는 것도 좋겠지?

그럼 그가 따로 기회를 찾아서 일부러 거절하며 상처를 주지 않아도 되었다.

그는 혼잣말을 중얼거렸다.

"진민, 의성 일은 끝났습니다. 당신은 운녕으로 돌아가세요. 그럼 당신이 좀 즐거울 수 있을지도 모르지요."

진민은 시원스럽게 걸어갔지만, 실은 속으로 숫자를 세면서 기다리고 있었다!

그녀는 자신의 걸음 수를 세고 있었다. 그녀는 그가 쫓아와 임 넷째 소저의 일을 제대로 해명하기를 기다리고 있었다.

그녀가 그렇게 떠보았을 때 그는 다 묵인했다. 그 말은 임 넷째 소저의 모든 행동이 다 그의 지시였다는 소리였다. 그녀는 그가 왜 그랬는지 몰랐고, 상관도 할 수 없었다. 하지만 적어도 그녀에게 미리 알려 줬어야 하는 것 아닌가?

그는 임 넷째 소저를 개입시켰고, 또 임 넷째 소저를 선택했다. 그런데 왜 그렇게 열심히 그녀에게 치료 방법을 가르쳐 준 것일까?

그가 임 넷째 소저를 선택한 그 순간, 그녀가 얼마나 곤혹스러웠는지 그가 알까? 그녀를 바라보는 주변 사람들 눈빛에 얼마나 비웃음이 가득했는지?

그녀는 마음이 넓지만 그렇다고 자존심이 없는 것은 아니었다!

일을 성사시키기 위해서라면 그 정도 자존심이야 버릴 수 있었다. 하지만 그래도 그녀에게 먼저 말은 해 줬어야지!

아무 말도 하지 않고 그녀 혼자 바보처럼 짐작하게 만들다니, 이게 뭐란 말인가?

다행히도 결국에는 그녀가 선수를 쳐서 그 노인을 살려 냈다. 그녀는 고집스레, 자기 멋대로 그가 맡긴 일을 완수했다.

진민은 문을 밀고 안으로 들어가면서 분개하며 말했다.

"고북월, 당신 때문에 화나 죽겠어요!"

방 안에 있던 작약은 진민이 돌아온 것을 보자마자 바로 달려왔다.

"아가씨, 밖에 있던 여자들이 얼마나 무시무시하던지요, 그 여자들이……."

말을 다 하기도 전에 작약은 놀라고 말았다. 그녀는 진민을 붙들고는 까치발을 들어 그녀를 살폈다.

"아가씨, 우셨군요!"

진민이 그녀를 밀치며 말했다.

"무슨 허튼소리야? 밖에 있는 여자들이 왜?"

작약이 진지하게 말했다.

"아가씨, 우셨군요!"

진민은 갑자기 눈을 부릅뜨고 작약 앞으로 확 다가와서 노한 목소리로 말했다.

"누가 울었다는 거야?"

속이 부글부글 끓고 있는 그녀 앞에서, 작약 이 계집애가 욕을 벌고 있었다.

"아가씨, 눈시울이 붉어졌잖아요."

작약도 고집을 부렸다.

"그래도 안 울었다고요?"

진민은 살짝 멍해졌다.

눈시울이 붉어졌다고? 왜 몰랐지?

그녀는 슬프지 않았다. 그냥 분노해서, 몹시 화가 치밀었을 뿐이었다.

슬프면 눈물이 난다지만, 화가 나도…… 그럴 수 있나?

"아가씨, 나리가…… 또 아가씨를 괴롭혔어요?"

작약이 떠보듯 물었다.

작약의 질문을 들었는지 아닌지 모르지만, 진민이 엄숙하게 말했다.

"작약, 흘러내리지 않은 눈물은 눈물이 아니야. 난 울지 않았어. 허튼소리를 했다가는 진씨 집안으로 쫓아낼 줄 알아!"

임 넷째 소저 일을 물어볼 생각이었던 작약은 진민의 말을 듣고는 두 손으로 입을 막았다. 그리고 힘껏 고개를 끄덕이며 알았다고 표현했다.

이어진 며칠 동안 임씨와 진씨 집안 모두 별다른 움직임은 없었다. 사정을 호소하러 찾아오는 자들도 있었지만, 대세에는 큰 영향을 주지 못했다. 고북월이 임 넷째 소저를 통해 전한 경고가 아주 효과적인 듯했다. 진 가주 쪽은 자신이 이번에 당한 것을 잘 알고 있었다. 그래도 임씨 집안이 아니라 사위인 고북월에게 당했으니 오히려 다행이었다.

고북월은 아주 무거운 처벌을 내렸지만 각 집안은 거부하지 않았다. 이 사실이 도리어 의학계에 엄청난 두려움을 불러왔다. 이는 고북월이 곧이어 시행할 개혁에 아주 큰 도움이 되었다.

이 일은 용비야와 한운석의 귀에도 전해졌다. 용비야는 고북월의 수단을 부드러운 폭력이라고 칭했다.

며칠 후, 심 부원장은 직접 진씨와 임씨 두 집안의 가주를 처벌했다. 두 가주는 의노 신분으로 강등당했다. 의노는 신체 자유가 없는 의원으로, 영원히 감옥에 갇힌 채 죄수들의 병을 치료했다.

　타지 감옥으로 보내지기 전, 두 가주는 잠시 의성의 감옥에 갇혀 있었다. 이때 진 가주가 진민과의 면회를 청했는데…….

고북월은 진 가주가 진민과의 면회를 청했다는 소식을 진민에게 말해 주었다.

진민은 몸을 숙이며 진지하게 말했다.

"모든 것은 원장 어른의 분부에 따르겠습니다."

형언하기 힘든 낯선 느낌이 밀려들었다. 마치 두 사람이 처음 만났을 때로 돌아간 것처럼, 진민의 태도는 깍듯하고 아주 공손했다. 고북월은 자신이 무심결에 또 미간을 찌푸리고 있다는 사실을 알아차리지 못했다.

그가 말했다.

"진 대소저, 아버지를 만나러 가는 것은 당연한 도리입니다."

"감사합니다, 원장 어른."

진민은 일어나서 한마디 덧붙였다.

"아버지는 제게 사정해 달라고 부탁하려는 것뿐입니다. 원장 어른, 안심하십시오. 진민은 분수를 안답니다."

고북월은 잠시 침묵했다가 담담하게 말했다.

"안다면 됐습니다. 가 보십시오."

진민은 다시 허리를 굽힌 후 물러갔다.

아무리 친밀한 사람도 모진 말 한마디로 서먹한 사이가 될 수 있었다. 하물며 두 사람은 전혀 친밀하지 않았다.

그는 문을 등진 채로 있었고, 그녀는 문밖으로 나가면서 스치고 지나갔다.

진민은 돌아보지 않았지만 고북월은 돌아봤다. 그는 점점 멀어지는 진민의 뒷모습을 바라보며 자신도 모르게 탄식했다.

그날 서재에서 그녀와 마주친 후, 두 사람은 줄곧 만나지 못했다. 그녀는 이 원락 안에 머물렀고, 그는 늘 밤늦게까지 바쁘게 지내다가 서재에서 잠들었다.

오늘 만남에서 그녀는 그날보다 더 예의를 차렸고, 심지어 낯설게 굴기까지 했다. 그는 그녀가 아직 화가 나 있음을 알고 있었다.

화는 용서로 변하기도 하지만, 절망으로 변할 수도 있었다. 그는 후자를 기다리고 있었다.

진민은 원장 부인이라는 이름으로 의학원 감옥에서 쉽게 사람을 부릴 수 있었다. 그녀는 사람을 시켜 아버지를 편한 옥방으로 옮겨 주었고, 따뜻한 음식도 가져다주었다.

그녀는 변변치 못한 남동생이 감옥에 와서 뇌물이라도 찔러 줄 줄 알았다. 풀려나게 할 수는 없지만 최소한 아버지가 부족함 없이 지낼 수 있도록 할 수는 있지 않은가. 하지만 안타깝게도 그 변변치 못한 남동생은 오지 않았고, 그녀의 자매들조차 오지 않았다.

그녀가 기억하기로 바로 어제 그녀의 자매들이 모두 찾아와 만남을 청했으나, 작약에게 막혀 돌아갔다.

그녀는 바퀴 달린 의자에 앉은 채, 게걸스럽게 음식을 먹는 아버지를 조용히 바라보았다. 감옥에서 삼시 세끼를 다 챙겨 주긴 하지만, 어려서부터 지금까지 사치스럽고 부유하게 살아온 아버지가 어찌 잘 먹을 수 있겠는가? 그녀는 마음이 갑갑했지만, 겉으로 감정을 드러내지 않았다.

진봉례가 배불리 먹고 처음 한 말은 이것이었다.

"민아, 네가 아버지를 보러 와 주다니, 아버지는 이번 생에 여한이 없다."

고북월이 사람을 보내 혼담을 꺼냈을 때부터 그는 끊임없이 딸에게 이것저것을 요구했다. 딸이 출가한 후 그의 밀서는 더 끊이지 않았다. 그는 딸이 고북월 앞에서 진씨 집안의 이익을 챙겨 주길 바랐고, 딸이 빨리 고북월의 아들을 낳아 정실부인의 자리를 공고히 하길 원했다.

하지만 안타깝게도 딸은 지금껏 그를 상대해 주지 않았다. 심지어 유산 소식을 듣고 그가 직접 영주로 찾아갔지만, 딸은 만나 주지 않았다.

그는 딸이 평생 다시는 자신을 상대해 주지 않을 줄 알았다.

"아버지, 저를 무슨 일로 찾으셨나요?"

진민이 담담하게 물었다.

"아직도 아버지가 원망스럽겠지?"

진민이 아무 말이 없자 진봉례가 또 말했다.

"과거 일은 이 아버지가 미안하다. 네 침술은…… 원장 어른이 가르쳐 준 것이냐?"

딸의 두 다리가 불구가 된 후, 그는 다시는 그녀를 돌보지 않았다. 모든 배움의 기회를 다른 딸들에게 내주었고, 심지어 다른 딸들을 시집보내기 위해 그녀를 늙은이에게 시집보내려 했다.

고북월이 사람을 보내 혼담을 꺼냈을 때, 그는 충격을 받고 삼일 밤낮 눈을 붙이지 못했다. 그는 딸에게 이유를 물어보았지만, 딸은 아무런 말도 해 주지 않았다.

이제 딸은 세상을 뒤흔들 정도로 놀라운 의술을 선보였다. 고북월이 아니면 누가 가르쳤겠는가?

진민은 대답하지 않고 담담하게 말했다.

"아버지, 다른 일이 없으시면 전 가 보겠어요."

진봉례는 다급해져 되는대로 말을 내뱉었다.

"민아, 반드시 임 넷째 소저를 조심하거라!"

진민은 살짝 놀라며 마침내 아버지를 진지하게 바라보았다.

"민아, 임 넷째 소저의 의술도 고북월이 가르쳐 준 것이다! 그렇지 않다면 그 젊은 나이에 그런 능력이 있을 수 있겠느냐?"

진봉례가 진지하게 말했다.

그것은 진민도 다 아는 사실이었다. 그녀는 계속 침묵했다.

"민아, 임씨 집안은 우리 집안과 다르다! 잘 생각해 보거라, 고북월이 너도 신부로 맞았는데, 임 넷째 소저라고 맞이하지 못하겠느냐?"

진 가주는 딸이 조금도 동요하지 않자, 아예 솔직하게 다 털어놓으며 딸에게 상세히 분석해 주었다.

그가 보기에 고북월은 진씨 집안을 이용해 임씨 집안을 견제하려고 그녀와 혼인한 것이었다. 이제 그와 임 가주 모두 감옥에 갇혔으니, 두 집안의 대권은 반드시 새로운 후계자가 이어받아야 했다.

진씨 집안에서는 누나인 진민이 어떻게든 남동생을 보살필 것이다. 다시 말해 진민은 진씨 집안의 배후 조종자가 될 것이었다.

임씨 집안에서는 임 첫째 도령이 꽤 훌륭한 실력을 가졌고, 집안 주인의 중임을 감당할 수 있었다. 하지만 의학원에서 그의 지위는 임 넷째 소저만 못했다. 다시 말해 임 첫째 도령은 모든 일에 임 넷째 소저의 말을 들어야 했다. 임 넷째 소저는 진민과 마찬가지로 임씨 집안의 진정한 주인이 될 것이었다.

"민아, 임 넷째 소저가 임씨 집안을…… 허허, 임씨 집안을 혼수 삼아 고북월에게 첩실로 시집간다면, 너는 어찌해야 하겠느냐?"

진봉례가 낮은 목소리로 물었다.

진민은 여전히 말이 없었다.

진봉례는 잠시 멈췄다가 진짜 목적을 꺼냈다.

"민아, 너는 진씨 집안을 버리면 안 된다. 우리 진씨 집안이 없어지면, 앞으로 너는 무엇으로 임 넷째 소저와 겨루겠느냐?"

진민은 마침내 아버지의 뜻을 이해했다. 아버지가 이렇게 많은 말을 한 것은 결국 그녀보고 그 변변치 못하고 무능한 동생을 어떻게든 도와서 진씨 집안의 대권이 둘째 숙부의 손에 넘어가지 않게 하라는 소리였다.

진민은 속으로 탄식했다. 할 말이 있으면 솔직하게 말씀하시지, 무엇하러 임 넷째 소저까지 끌어들이는 걸까? 아버지는 고북월을 이해하지 못하고 있었다.

고북월이 그녀와 혼인한 것은 진씨 집안을 이용해 임씨 집안을 견제하기 위해서가 아니었다. 고북월이 임씨 집안과의 관계를 위해 임 넷째 소저와 또 혼인할 일도 없었다.

그가 의성을 장악하려 한다면 방법은 많았다. 그가 독한 수단을 쓰려고만 하면, 어느 집안도 그의 손에서 벗어날 수 없었다.

혼사에 대해서라면…….

지금까지 그녀는 그가 목적을 갖고 혼인한 게 아니라는 것만 알뿐, 그가 왜 혼인했는지는 몰랐다.

지금까지 함께 지내면서 그녀가 여러모로 신경을 썼지만, 그가 싫어하는 게 무엇인지만 알 뿐 그가 무엇을 좋아하는지는 모르는 것과 마찬가지였다.

아버지가 고북월을 이렇게 생각하니, 임씨 집안 쪽 사람도 이런 관점으로 고북월을 보겠구나. 고북월이 이번에 온 목적은 누구와의 관계를 위해서가 아니었다. 모든 집안의 특권을 없애고, 의학계에서 독점적인 의학원 지위를 무너뜨리기 위해서였다.

다시 말해 고북월은 이번에 의성을 조정에, 용비야에게 넘기기 위해서 온 것이었다!

그날 고북월은 사람들 앞에서 장로회를 처분하지 않고 처리를 뒤로 미루었다. 그리고 요 며칠간 고북월은 암암리에 사람을 써서 소문을 냈다. 의학원의 모든 제도를 개혁하고 의학원의 교육과 의품 평가, 의원 자격 수여 등 모든 대권을 조정에 넘기려 한다는 소문이었다.

고북월은 사람을 시켜 이런 소문을 내면서 사람들의 반응을 떠보고 있었다. 아버지는 이곳에 갇혀 있으니 당연히 이 소문을 듣지 못했다. 진민도 더 말하지 않고 이렇게만 말했다.

"아버지, 진씨 집안의 주인이 누가 되든, 우리 진씨 집안의 침술을 더 발전시키고 사람을 살리며 치료할 수 있다면, 우리 진씨 집안 선조들을 뵐 면목이 있을 겁니다. 원장 어른은 똑똑한 분이니 진씨 집안을 푸대접하지 않으실 거예요."

"민아!"

진봉례는 다급해졌다.

진민이 웃으며 말했다.

"아버지, 아버지께서 감옥에서 걱정 없이 편히 지내실 수 있게 제가 도와드릴게요. 의서가 필요하시면 옥졸에게 말씀하세요. 저들이 구해다 줄 겁니다. 아버지의 의술 실력은 아주 뛰어나니, 수많은 병을 고치실 수 있습니다. 아버지, 의술에만 마음을 쏟으시고 분쟁에는 신경 쓰지 마세요. 민아는 이미 시집간 몸이니 중임을 감당할 수 없습니다. 동생은 어리고 아직 의술을 많이 배워야 하니, 여전히 아버지의 가르침이 필요합니다. 아버지, 건강하세요."

진민은 말을 마치고 작약을 불러 자신을 데리고 나가게 했다. 진봉례는 멍하니 제자리에 남아 한참 동안 정신을 차리지 못했다.

그는 이 말이 진민 스스로 하는 말인지, 아니면 고북월이 진민을 시켜 경고하는 것인지 알 수 없었다. 하지만 그 말의 뜻은 알아차릴 수 있었다.

그는 가주의 지위, 의성이라는 품계, 자신이 가졌던 권세와 부귀영화를 다 잃었다. 하지만 의술은 잃지 않았다. 그는 여전히 병든 사람을 치료하고 살릴 수 있으며, 여전히 의술을 가르칠 수 있었다. 진씨 집안의 가장 큰 판돈은 바로 그의 의술이었다!

감옥에서 나온 후 진민은 바로 돌아가지 않았다. 그녀와 작약은 성 남쪽으로 가서 한 객잔에 들어가려 했다. 하지만 얼마 가지 않아서 그녀는 행인들에게 둘러싸이고 말았다.

고북월에게 시집가기 전, 그녀는 자주 몰래 진씨 집안을 빠져나가 얼굴을 가리고 사람들의 병을 치료했었다.

의성에 있는 아무 객잔에나 들어가도 명의를 만나지 못한 환자를 많이 만날 수 있었다. 그때 그녀는 하루에 서너 군데의 객잔에 가서 십여 명의 환자들을 진료했다.

처음에 환자들은 그녀를 믿지 않고 사기꾼으로 생각했다. 하지만 그녀에게는 환자들을 설득할 방법이 있었다.

지금 그녀는 예전처럼 얼굴을 가리고 있었지만, 객잔에 들어가기도 전에 행인들에게 둘러싸이고 말았다. 사람들이 그녀의 시녀인 작약을 알아봤기 때문이었다.

사람들이 그녀를 에워쌌다. 순수하게 진민을 구경하려는 사람, 끊임없이 질문하는 사람, 진민을 스승으로 모시고 싶다는 사람, 심지어 치료해 달라고 오는 사람도 있었다.

그 노인의 목숨을 구한 순간부터 그녀는 의성 전체에 이름을 날렸다. 사람들은 그녀를 우러러 탄복하며 존경했다. 심지어 어떤 이는 그녀의 이야기를 노래로 만들었고, 아이들은 그 노래를 부르고 다녔다. 불구의 몸으로 굳은 의지를 갖고 운명에 굴복하지 않는 그녀를 칭송하는 노래였다.

그녀가 불구의 몸으로 고북월에게 시집갔을 때는 의성 절반이 그녀를 욕했었는데!

수단 방법을 가리지 않는다느니, 꼬리를 쳐서 유혹했다느니, 혼인도 하기 전에 임신한 것이라느니 떠들며 그녀를 거의 구미호로 만들어 놓았었다.

이번 일로 그녀는 의성에 이름을 날렸다기보다, 스스로 자신의 명성을 바로잡은 것이라고 할 수 있었다.

가장 기쁜 것은 당연히 작약이었다. 하지만 이런 것들은 진민에게 전혀 상관이 없었다. 그녀는 혼자서도 즐겁고 재미있게 지낼 수 있는 사람이었다. 상관없는 사람의 평가는 그녀에게 어떤 영향도 미치지 않았다.

주변 구경꾼들이 점점 많아지자 진민이 낮게 말했다.

"작약, 마차는?"

"바로 앞 골목에 있습니다."

작약이 얼른 대답했다.

"그럼 빨리 가지 않고 뭘 하니?"

진민이 언짢아하며 물었다. 그녀는 원숭이처럼 사람들에게 구경거리가 되는 게 싫었다. 게다가 고북월이 소문을 낸 후 의성에 그에게 불만을 품은 사람이 많았고, 부인인 그녀는 당연히 연관되어 있었다. 몰려드는 사람이 많아질수록 더 위험해졌다.

"비켜요, 비키세요! 실례지만 비켜 주세요, 급한 일이 있으니 길을 막지 말아요! 진료를 받으려면 의학원으로 가세요. 거기서 시간을 잡아 줄 겁니다. 다들 비켜요!"

작약도 처음에는 그렇게 복잡하게 생각하지 않았다. 하지만 에워싸는 사람들이 점점 많아지자 그녀도 무서워졌다.

상황이 갈수록 나빠지자 작약이 갑자기 고함을 질렀다.

"비켜요. 부딪히면 뒷감당은 알아서들 해요!"

그녀는 작정하고 아가씨를 밀며 미친 듯이 앞으로 돌진했다. 사람들은 비켜섰지만 그 뒤를 놓치지 않고 두 사람을 따라 골목으로 들어갔다.

마차는 골목 안에 서 있었다. 마차를 타면 안전해졌다.

하지만 사람들이 다 보고 있는데 진민이 스스로 마차에 탈수는 없지 않은가? 작약은 그녀를 안고 탈 힘이 없었다. 마부는 고북월 사람이었지만 겨우 열서너 살 정도밖에 안 된 소년이라 진민을 안아서 옮길 수도 없었다!

어쩌지?

진민은 작약을, 작약은 진민을 바라보았다. 두 사람 모두 어쩔 줄을 몰랐다. 의학원은 성 북쪽에 있었고, 진민은 마차를 타고 이곳에 도착한 후에 바퀴 달린 의자로 갈아탄 것이었다. 작약에게 의자를 밀고 되돌아가라고 해야 하나?

상황이 심상치 않음을 알아챈 소년이 작약에게 낮게 말했다.

"어서 가서 사람을 불러오십시오. 제가 버티고 있겠습니다."

작약은 함부로 움직일 수 없었다. 하지만 진민이 고개를 끄덕이자 그제야 자리를 떠났다.

진민은 얼굴을 가린 면사포를 벗지 않은 채 고개를 숙이고 침묵했다. 소년이 앞으로 나서서 그녀를 보호하며 큰 소리로 외쳤다.

"뭐 하는 사람들이오? 모두 흩어지시오, 흩어져요! 보긴 뭘 봐요, 감히 원장 부인께 무례를 행하다니, 지금 반란을 일으키려는 거요? 거기 당신, 당신, 그리고 거기 있는 당신, 이름이 뭐고 어느 집안사람이오?"

소년이 이렇게 무섭게 굴자 사람들은 뒤로 물러섰다. 그런데 사람들이 다 흩어지기도 전에 한 중년 남자가 앞으로 걸어 나왔다.

"소인 이쇄李釗라고 합니다. 원장 부인의 명성은 익히 들어왔습니다. 오늘 이렇게 만나 뵙게 되어 참으로 영광입니다. 원장 부인……."

그 말이 끝나기도 전에 소년이 말을 잘랐다.

"원장 부인께서는 쉬셔야 하니 방해하지 말고 가십시오."

이쇄는 소년을 무시하며 계속 말했다.

"원장 부인, 소인은 괴병에 걸렸습니다. 날마다 가슴이 아파 낮에는 음식도 못 먹고, 밤에는 잠도 자지 못하고 있습니다. 원장 부인, 자비를 베풀어 주시어 소인을 좀 봐주십시오."

진민은 그의 안색을 보고 그가 연극하고 있으며 몸이 아주 건강한 것을 알아챘다.

그녀도 바보는 아닌지라 논쟁하지 않고 이렇게만 말했다.

"의학원에 가면 의동이 시간을 정해 줄 것이오."

그런데 이쇠가 갑자기 가슴을 움켜쥐며 소리 질렀다.

"아이고, 아파라!"

그리고는 한쪽 무릎을 꿇으며 호흡이 곤란한 듯한 모양새로 말했다.

"원장 부인, 사…… 살려 주십시오! 살려 주십시오!"

"임월林月, 네가 진맥해 보거라."

진민이 담담하게 말했다.

소년이 바로 나서서 진맥한 후 말했다.

"부인, 맥상은 정상이고, 괴질도 아닙니다."

진민이 입을 떼려는데, 이쇠는 바닥에 엎어져서 구르며 아프다고 소리 질렀다.

진민은 상대하지 않고 자리에 있는 다른 의원에게 진맥을 맡기려 했다. 그런데 무리 가운데 불만 섞인 목소리가 흘러나왔다.

"아이고, 어린 의동이 무슨 병을 알아본다고, 원장 부인, 목숨이 달린 일인데 어서 구해 주시지요?"

"맞습니다. 원장 부인, 설마 부인의 아버님처럼 죽는 것을 보면서 구하지 않는 것은 아니겠지요!"

"이렇게까지 아파하는데, 원장 부인, 의원은 부모의 마음을 가졌다고 했습니다. 그런데 부인의 마음은 어떤 것입니까?"

진민은 살짝 놀랐다. 그제야 이쇠가 혼자가 아니라 뒤에 무리를 끌고 왔음을 깨달았다! 온 사람들은…… 호의적이지 않았다! 그녀가 직접 진맥했다가는 무슨 일이 일어날지 알 수 없었다.

진민이 주저하고 있는데 무리 가운데서 갑자기 한 남자가 벌떡 일어났다. 진민은 그를 알아보았다. 그는 바로 위魏 씨 집안 넷째 도령으로 오품 의선이었다.

넷째 도령은 이쇠의 진맥을 짚은 후 냉소를 짓기 시작했다.

"병도 없는 자가 아픈 척하며 길에서 원장 부인을 괴롭히다니, 무슨 속셈이냐?"

"아이고…… 아이고……."

이쇠는 여전히 바닥에 몸을 웅크린 채 고통스럽게 신음했다.

"괴병이 어디 그리 쉽게 알아낼 수 있단 말인가. 그랬다면 원장 부인을 찾아갈 필요도 없지."

"허허, 진씨 집안사람들은 다 저런 모양이군. 사람이 죽는 것을 보면서 구하지 않는다니, 원장 어른이 아시면 절대 사사로운 정 때문에 부인 편만 들어줄 수는 없을 걸세!"

"원장 부인, 이 사람이 이렇게 아파하는데, 얼른 좀 봐 주십시오!"

이쇠와 한패인 사람들이 쉬지 않고 저마다 한마디씩 거들었다. 지탄하기도 하고 애원하기도 하면서 금세 주변 사람들을 선동했다.

물러설 곳이 없어진 진민은 그 자리에서 결단을 내렸다.

"내가 봐줄 테니 그 사람을 이리로 데려오시오! 어서!"

연극을 하겠다면 그녀도 끝까지 상대해 줄 생각이었다!

남자 몇 명이 얼른 앞으로 나와 이쇠를 진민 앞으로 데려갔다. 진민은 진맥 후 충격받은 표정을 지었다.

"아니, 정말 심각한 병이군!"

그녀는 말하면서 갖고 다니는 금침을 꺼냈다.

"지금 당장 시침을 하겠소. 아플수록 더 효과가 있으니, 살고 싶다면 참아야 하오."

이쇠는 순간 비열한 눈빛을 번뜩이며 말했다.

"가…… 감사합니다, 원장 부인."

그는 물론 진민이 자신의 계획을 역이용하여 괴롭히려는 것임을 알고 있었다. 그의 윗사람은 이미 그에게 확실하게 분부해 두었다. 그는 진민을 괴롭히러 온 것이 아니라, 진민을 능욕하고 고북월을 모욕하기 위해서 온 것이었다!

고북월은 의학원을 조정에 넘기려 했다. 그에게 대가를 치르게 하지 않으면, 이 세가들을 정말 만만한 상대로 생각지 않겠는가?

진민이 시침하려는 순간, 이쇠는 갑자기 자신을 붙들고 있던 사람을 뿌리치고 큰 소리로 '아이고, 아파라'라고 외치며 진민에게 달려들었다!

진민은 그제야 이쇠의 진짜 목적을 깨달았다. 피할 새도 없었던 그녀는 깜짝 놀라 눈을 질끈 감았다.

하지만 아무리 기다려도 이쇠는 그녀의 몸 위로 엎어지지 않았다. 시끌벅적하던 주변도 순식간에 조용해졌다. 너무 고요한 나머지 그녀는 두근거리는 자신의 심장 소리도 들을 수 있었다.

어떻게 된 일이지?

진민이 조심스럽게 눈을 떴다. 그런데 뜻밖에도 눈앞에 가장 낯익은 사람의 옆얼굴이 보였다!

이 옆얼굴 선은 흠 잡을 데 없이 완벽했다. 그녀와 너무도 가까이 있어서, 길고 촘촘하면서 새까만 것이 아주 보기 좋은 그의 속눈썹까지 볼 수 있었다.

이 옆얼굴은 늘 그렇듯 아주 잠잠했지만, 평소의 온화함은 사라지고 서늘함만 느껴졌다.

차갑든 따뜻하든, 어쨌든 그가 왔다.

고북월이었다!

그 순간, 그녀의 마음은 평온해졌다.

고북월은 진민 앞에서 몸을 굽히고 있었다. 그는 한 손은 뒷짐 지고, 오직 한 손으로만 이쇠의 목을 움켜쥐어 아주 쉽게 이쇠의 몸을 가로막았다.

주변은 정적에 휩싸였다. 고북월이 어떻게 온 것인지 제대로 본 사람은 없었다. 이 원장 어른은 갑자기 허공에서 나타난 것 같았다.

가장 뜻밖인 사람은 이쇠였다. 분명 진민을 덮치려 했는데, 분명 진민 위로 엎어져 아래로 깔리게 한 후 아프다는 핑계로 미적대며 일어나지 않을 수 있었는데. 고북월이 이렇게 빨리 올 줄은 몰랐다.

진민이 감옥에 들어갔을 때부터 이들은 내내 그녀 뒤를 미행하고 있었다. 그리고 사람을 보내 알아본 결과 고북월은 수업 중이었다.

이쇠는 너무 깜짝 놀라서 움직일 수 없었고, 말은 더더욱 할 수 없었다. 고북월이 손에 힘을 주면 자기 목숨이 날아갈까 봐 두려웠다.

정적 속에서 갑자기 누군가 고함을 질렀다.

"원장 어른이 오셨으니 이제 살았구만, 살았어."

그 말에 이쇠 패거리가 정신을 차렸다.

"원장 어른, 어서 봐 주십시오. 이 사람은 방금 아파서 땅을 데굴데굴 굴렀습니다."

"그렇다니까요. 아이고, 정말 복 있는 자일세. 원장 어른께서 직접 와주시다니."

"지금도, 여전히 아픕니까?"

고북월의 목소리는 온화했지만 여전히 이쇠의 목을 움켜쥔 채 놔주지 않았다.

이쇠는 감히 대답할 수 없었고, 감히 그의 눈을 쳐다볼 수도 없었다. 겁이 나서 바지에 오줌을 쌀 것 같았다.

고북월의 이런 모습을 보고 자리에 있던 사람들은 대충 상황을 짐작했다. 하지만 이쇠 패거리는 단념하지 않았다. 그중 한 사람이 대놓고 물었다.

"원장 어른, 지금 사람을 살리는 것입니까, 아니면 죽이는 것입니까?"

고북월이 돌아보며 담담하게 물었다.

"살리는 것입니다. 목에도 맥이 있지요. 진陳 첫째 도령은 사품 대의사이면서, 이런 상식도 모르십니까? 본 원장이 보니 도령은 아무래도 의동에서부터 다시 배우기 시작해야 할 것 같군요. 누가 당신에게 의품을 내렸습니까? 돌아가서 본 원장이 제대로 물어보겠습니다!"

진 도령은 순간 눈이 휘둥그레져서 대답하지 못했다. 고북월이 그의 내력을 알고 있을 줄은 생각도 못했다. 고북월이 '목에도 맥이 있다'고 대답할 줄은 더 생각지 못했다.

진씨 집안 첫째 도령의 의품이 이제 취소될 듯했고, 심지어 그에게 의품을 내린 사람까지 연루되게 생겼다. 순간 다른 사람들 모두 입을 다물었다.

고북월이 화가 났다는 사실을 누구라도 알 수 있었다.

고북월은 긴 손가락으로 이쇠의 맥을 가볍게 두드리며 담담하게 말했다.

"확실히 괴병이라 안사람은 치료할 수 없소. 본 원장이 직접 치료해 줄 테니, 사흘 안에 금방 나을 거요."

늘 그렇듯 평온하고 또렷한 목소리에서는 어떤 감정 색채도 느껴지지 않았지만 사람들은 등골이 서늘해졌다. 이쇠는 두 다리에 힘이 풀렸다.

고북월은 그를 놔주며 담담하게 말했다.

"이자를 의학원으로 데려가서 아주 잘…… 보살펴 주어라!"

이쇠는 마침내 참지 못하고 쿵 소리를 내며 바닥에 무릎을 꿇었다.

"원장 어른, 소인이 잘못했습니다! 누가 시켜서 한 일이었습니다! 원장 어른, 제발 살려 주십시오!"

주변이 아주 고요하여 이쇠의 간청하는 소리가 유독 크게 느껴졌다.

고북월은 그를 쳐다보지 않고 고개를 돌려 무리 속을 쳐다봤다. 그쪽에서 표창 하나가 날아왔다. 목표는 바로 이쇠였다.

배후에 있는 자가 죽여서 입을 막으려는 게 틀림없었다.

고북월은 잠잠히 보고 있다가 표창이 가까이 왔을 때 갑자기 발로 이쇠를 걸어찼다. 그리고 다른 한 손을 써서 표창을 왔던 방향으로 도로 날려 보냈다.

표창은 흉수의 어깨에 명중했고, 흉수는 깜짝 놀라 뒤돌아 도망쳤다. 고북월은 전혀 아랑곳하지 않았지만 따라온 시위들이 이미 그를 쫓아갔다.

현장에 있는 사람들은 마침내 어찌 된 일인지 깨달았지만 감히 입도 뻥긋할 수 없었다. 이쇠도 너무 놀란 나머지 시위가 자신을 끌고 가게 내버려 두었다.

진민은 이 모든 광경을 바라보며 속으로 끊임없이 한숨을 내쉬었다. 만약 고북월이 제때 오지 못했다면 상황이 어떻게 되었을지, 감히 상상도 할 수 없었다.

고북월이 뒤돌아 그녀를 바라보며 부드럽게 말했다.

"부인, 놀랐습니까."

너무 오랜만에 그의 '부인' 소리를 들어서 진민은 멍해졌다. 그가 자신을 부르는 것 같지 않았다.

고북월은 많은 말을 하지 않고 허리를 굽혀 그녀를 안았다.

그가 가까이 다가오면 그녀는 바로 긴장했다. 처음이든 지금이든 마찬가지였다.

그는 한 손으로 그녀의 무릎 아래를, 다른 한 손으로 그녀의 등을 감쌌다. 바퀴 달린 의자에 앉은 그녀의 두 손이 딱딱하게 굳어 있어 그가 안아 올리기 힘들었다.

그는 몇 번이나 힘을 썼지만 어찌할 수가 없었다. 사람들이 다 쳐다보고 있어서 그저 낮은 목소리로 귓가에 속삭일 뿐이었다.

"진 대소저, 제가 안아서 마차에 태워드리겠습니다. 실례하겠습니다."

진민의 몸은 돌처럼 딱딱하게 굳어 있었다. 전에 화난 심정은 다 사라지고 그저 긴장만 되었다.

"수고를 끼쳐 죄송합니다."

그녀는 이렇게 말만 하고 여전히 움직이지 않았다.

고북월은 어쩔 수 없어 또 낮은 목소리로 말했다.

"진 대소저, 실례지만 손을 들어 주십시오."

진민은 그제야 그의 뜻을 알아차리고 얼른 오른손을 들었다. 고북월의 손이 그녀의 오른팔 아래를 지나 등을 감싸자 그제야 힘을 줄 수 있게 되었다. 그는 단숨에 그녀를 옆으로 안아 올려 마차로 데리고 갔다.

현장에 있는 여자들의 부러움을 사는 광경이었다.

사람들은 처음으로 고북월이 이토록 친밀하게 여자와 접촉하는 모습을 본 듯했다.

지금까지 사람들은 모두 '원장 부인'을 영광스러운 신분의 상징으로 생각했다. 하지만 이제는 다들 '원장 부인'이라는 신분이 곧 '고북월의 여자'라는 의미임을 깨달았다.

고북월도 마차 안에 올라타 담담하게 명령을 내렸다.

"임월, 의학원으로 돌아가자."

〈천재소독비〉 27권에서 계속